Zu diesem Buch

Die Leiche von Edward Hookham, die mitten in Trekkersburg im Kofferraum eines Autos gefunden wurde, ist kein schöner Anblick, zu lange schon hat der Wagen in der prallen Sonne gestanden. Viel beunruhigender als der Verwesungszustand ist jedoch die Tatsache, daß der Tote mit unmenschlicher Kraft mißhandelt wurde. Alles deutet auf einen geheimnisvollen mordlüsternen Riesen hin, der sich irgendwo im Busch verborgen hält.

Einer ist ihm knapp entronnen: Archie Bradshaw überlebte die Konfrontation leicht verletzt, weil er sich tot stellte. Lieutenant Tromp Kramer von der Mordkommission und sein Bantu-Sergeant Michael Zondi stehen vor einem beängstigenden Rätsel, das Kramer immer mißtrauischer macht. Ist es wirklich nur ein Zufall, daß die beiden Opfer im Zweiten Weltkrieg Piloten der britischen Royal Air Force waren?

Während der Gerichtsmediziner Dr. Strydom auf immer ausgefallenere Experimente mit Leichenteilen verfällt, um dem Riesen auf die Spur zu kommen, gerät Lieutenant Kramer in Konflikt mit seinem Vorgesetzten Colonel Muller, weil er sich allzu respektlos in die Privatangelegenheiten des Trekkersburger Bürgertums einmischt.

James McClure, 1939 in Johannesburg geboren, beschreibt in seinen mehrfach ausgezeichneten Büchern das von der Apartheid geprägte Südafrika der 60er Jahre. Die Kriminalromane um Lieutenant Tromp Kramer und den Bantu-Sergeant Michael Zondi entwerfen ein authentisches Szenario vom alltäglichen Rassismus in einer Kleinstadt im Süden des Schwarzen Kontinents. In der Reihe rororo thriller liegen vor: Die schwarze Hexe (Nr. 3078), Begräbnis inklusive (Nr. 3112), Nachtspiele (Nr. 3122), Beichtgeheimnisse (Nr. 3123) und Im Bann der Schlange (Nr. 3124).

James McClure

Die Jagd nach dem Schatten

Deutsch von Erika Ifang

rororo

Rowohlt

rororo thriller
Herausgegeben von Bernd Jost

Deutsche Erstausgabe
Veröffentlicht im Rowohlt Taschenbuch Verlag GmbH,
Reinbek bei Hamburg, Mai 1996

Die Originalausgabe erschien 1980 unter dem Titel
«The Blood Of An Englishman» bei Macmillan London Limited

Redaktion Ronald Gutberlet
Umschlaggestaltung Walter Hellmann
Satz Aldus (Linotronic 500)
Gesamtherstellung Clausen & Bosse, Leck
Printed in Germany
1290-ISBN 3 499 43126 2

Für Arthur Maling

«Ich rieche, rieche Menschenfleisch.»
Der Riese in *Die drei Zauberbohnen*

Anmerkung des Autors

Seemann Malan, Dr. LeMoyne Snyder, der Texaner und auch alle Epileptiker außer einem sind oder waren wirkliche Menschen; auch der Bluttest ist ziemlich authentisch. Die übrigen Figuren sind frei erfunden, bis auf die Namen zweier südafrikanischer Polizisten zum Zeichen, daß sie nicht vergessen wurden. Zum Schluß möchte ich noch Joe Connolly für seine Hilfe im Anfangsstadium dieses Buches danken.

1

Droopy Stephenson war noch nicht sehr lange ein geiler alter Bock. Er mußte sich noch an die Vorstellung gewöhnen. Er war dabei, alle Pros und Kontras gegeneinander abzuwägen, und bemühte sich, seine Arbeit nicht darunter leiden zu lassen.

Was gar nicht so leicht war.

«Was höre ich da, Droopy?» fragte Sam Collins, sein Chef, der neben dem Landrover hockte, unter dem Droopy gerade die Ölwanne ausbaute. «Mann, ich bin ja schockiert über dich!» Und er klatschte sich auf die Schenkel und ging lachend davon.

Droopy streckte die Hand nach einem Achter-Ringschlüssel aus, und Joseph, sein aufmerksamer Zulu-Gehilfe, wischte das Öl vom Griff und reichte ihm den Schlüssel. Dann lag Droopy eine Zeitlang einfach rücklings auf dem Rollwagen und starrte von unten auf die Ablaßschraube der Ölwanne.

Vor drei Tagen war er in den Obstladen an der Ecke gegangen, ein paar Meter entfernt von der kleinen Tankstelle, in deren Werkstatt er arbeitete, und hatte zu der Besitzerin gesagt: «Wieder so ein glühendheißer Tag, was, Mavis? Darf ich mal Ihre Tomaten anfassen?» Er mochte nur knackige Tomaten. Und Mavis Koekemoor, die Droopy schon seit Jahren kannte, hatte es nicht einmal für nötig befunden, zu nicken. Statt dessen hatte sie ihm erklärt, daß ihre Füße sie noch umbringen würden und daß sie daran dächte, solange die Hitzewelle anhalte, ihre junge Nichte hinter die Kasse zu stellen. Da der Laden aus nicht viel mehr als einer Kasse bestand, fand Droopy diesen Einfall vernünftig. Und dementsprechend hatte er sich auch geäußert. Er hatte sich ebenso nach Mavis' junger Nichte erkundigt, die, wie er sich dunkel erinnerte, in den Schulferien öfters im Laden ausgeholfen hatte, und erfahren, daß sie Friseuse werden wollte. «Ja, inzwischen ist sie ein großes Mädchen», hatte Mavis Koekemoor mit Befriedigung bemerkt und dabei die Tüte Tomaten herumgewirbelt, um sie auf diese Weise in einer Bewegung zu verschließen. Droopy hatte versucht, diesen netten kleinen Trick nachzumachen, nachdem er zwei Tomaten zu seinen Mittagsbroten verspeist hatte, aber sie waren ihm allesamt in die Grube gefallen.

«Wünscht der Boß den Sechser?» fragte Joseph etwas beunruhigt, da unter dem Fahrzeug keinerlei Geräusche mehr zu hören waren.

«Nein, nein, der Achter paßt schon.»

Nachdem er ein paar Muttern losgedreht hatte, kam er wieder ins Träumen und ging noch einmal die Ereignisse durch, die ihm seinen neuen Ruf eingetragen hatten.

Vor zwei Tagen war er wieder in dem kleinen Obstladen an der Ecke gewesen und hatte sich – anders konnte man es wirklich nicht sagen – einem Paar erstaunlicher Brüste gegenübergesehen und einer Haartracht, die wie ein Elektroschock wirkte. «Sie kennen Glenda ja schon», hatte Mavis Koekemoor von ihrem bequemen Sitz vor dem Ventilator aus gesagt. «Schauen Sie sie doch mal an! Ich bitte Sie! Das ist die Vorstellung dieser jungen Dame vom Sonnenbaden – ‹Ich will braun werden, Tantchen!› –, und jetzt ist sie ganz rot.» Droopy, der seine normale Schüchternheit und Scheu ganz vergessen hatte, schaute schon längst. Er starrte Glenda wie hypnotisiert an, weniger beeindruckt von den deutlichen Anzeichen des Sonnenbadens als vielmehr von Veränderungen eher bleibender Art. «Hallo, Droopy», hatte Glenda ihn mit einem süßen, unschuldigen Lächeln begrüßt. «Was darf's denn sein?» – «Äh, darf ich mal deine Tomaten anfassen?» – «Also *wirklich*, Droopy!» Und von da an war es immer schlimmer geworden. Viel schlimmer. Bis sich Droopy schließlich eine herumliegende Gurke und zwei Orangen geschnappt und fluchtartig den Laden verlassen hatte, während Mavis Koekemoor, der vor Lachen die Puste ausgegangen war, in die Arme ihrer gewissenlosen Nichte sank.

«Ist dem Boß schlecht?»

Droopy hatte unabsichtlich gestöhnt.

«Ach was! Aber ist es nicht an der Zeit, mir meinen Tee zu holen?»

«'tschuldigung, Boß.»

Am nächsten Tag – er schien Millionen Jahre zurückzuliegen, obwohl es erst gestern gewesen war – hatte Droopy das kleine Obstgeschäft natürlich wie die Pest gemieden und versucht, die Vorstellung seiner Hauswirtin von einem Lunchpaket aufzubessern, indem er der Konditorei einen Besuch abstattete. Für gewöhnlich schenkten ihm die drei Mädchen dort keinerlei Beachtung, sondern verkauften ihm seine Kuchenstückchen, ohne ihr Gespräch zu unterbrechen. Doch als er diesmal an die Theke trat, war hinter seinem Rücken ein erstes Kichern erklungen, und dann war es über ihn hereingebrochen, als er etwas verärgert gefragt hatte, ob sie Zitronentorten hätten. «Das hätten wir *nie* von Ihnen gedacht», sagte die Blondine. «Stille Wasser sind tief, was, Droopy?» So etwas hätte jeden aus der Fassung gebracht, und er hatte auch prompt üble Kopfschmerzen bekommen. Deshalb war er auf dem Rückweg zu Sams Tankstelle noch bei der Drogerie vorbeigegangen. Die beiden Verkäuferinnen hatten kichernd hinter einem Schaukasten mit Sonnenbrillen gestanden, bis die eine von ihrer Kollegin vorgeschubst wurde und sagte: «Augenblick, Droopy, ich hol eben den Chef für Sie!» – «Was könnte der mir anderes verkaufen als ihr, he? Ich brauche bloß ein paar Aspirin.» Daraufhin hatten sich ihre gezupften Augenbrauen gehoben. «Sind Sie sicher? Ihnen fehlt sonst nichts?» – «Natürlich fehlt mir was!» empörte sich Droopy zu ihrer unermeßlichen Erheiterung. Das Faß zum Überlaufen brachte die affige Kassiererin bei seiner Rückkehr zur Tankstelle, als sie augenzwinkernd zu ihm sagte: «Na, na, Droopy, wo haben Sie denn den ganzen Mittag über gesteckt? *Was* hatten Sie denn vor?»

Josephs löcherige Schuhe kamen knirschend neben dem Landrover zum Stehen. «'tschuldigung, Boß. Boß Sam sagen, ob Boß wünschen, daß Boß Sam Zeug in seinen Tee tun.»

«Was für ‹Zeug›?»

«*Ungasi*, Boß. Ich gehen und ihn fragen?»

«Nein, bring mir endlich meinen Tee, und stell dich nicht so an, Mann! Ich habe zu tun!»

«'tschuldigung, Boß.»

Aber der Achter-Ringschlüssel lag immer noch untätig in seiner Hand. Auf dem Heimweg war ihm dann endlich ein Licht aufgegangen, als ihn nämlich die kleine Miß Brooks, die das PUPPENHOSPITAL an der Ecke führte, in ihren Laden gewunken und gesagt hatte: «Ich wollte Sie nur wissen lassen, Mr. Stephenson, daß *ich*, ganz gleich, was diese freche Göre überall erzählt, mich nie dazu verleiten lassen werde, Sie als einen – einen alten Bock zu bezeichnen.» Droopy hatte ihr kleinlaut gedankt und war nach Hause gegangen, wo er sich die ganze Nacht über auf dem schmalen Sofa hin und her geworfen und darüber nachgegrübelt hatte, auf welche Weise er Glenda Koekemoor umbringen könnte. Am Morgen hatte er sich eingestehen müssen, daß ihm nichts anderes übrigblieb, als seinen ganzen Mut zusammenzunehmen und die Sache klarzustellen. Und so hatte er vor Arbeitsantritt bei der Konditorei, der Drogerie, beim Reisebüro, beim Filmladen und verschiedenen anderen Geschäften einschließlich des kleinen

Obstladens vorgesprochen. Glenda, hatte Mavis Koekemoor ihm gesagt, käme erst später, woraufhin er die Nachricht für sie hinterlassen hatte, daß er mit ihr reden wollte. Droopy war der Gedanke an diesen Rundgang zuerst unangenehm gewesen, aber dann hatte es ihm Spaß gemacht. In der Konditorei wurde die übliche Schar von Lehrlingen und sehr männlich auftretenden jungen Büroangestellten, die sich für ihre Pause um elf Gebäck holten, schlagartig ignoriert, kaum daß er eintrat. Die Mädchen hatten ihm hingebungsvoll zugehört, und er hatte nicht einmal besonders witzig sein müssen, um sie dazu zu bringen, vor Begeisterung zu kreischen und ihre Reize spielen zu lassen. Ähnlich war es ihm in der Drogerie ergangen, bis der Chef erschienen war und Droopy mit der ersten Packung Kondome in vierzig Jahren hinausmarschierte. Und die Rothaarige im Reisebüro hatte ihm maßlos geschmeichelt, als sie darauf bestanden hatte, daß es für einen Mann seiner Reputation nur eins gäbe, nämlich möglichst bald eine Vergnügungsreise nach Paris zu machen – wohin sie ihn, wenn sie es auch nur halbwegs ermöglichen könne, gern begleiten würde. Selbst der Rückweg war aufregend anders gewesen. Während Droopy sonst einfach seines Weges ging, schäbig und unbemerkt, hatte sein Gang diesmal fast grenzenlose Aufmerksamkeit erregt.

Ein Paar ölgetränkte Mokassins tauchten neben dem Landrover auf. «Morgen, Droopy!»

Es war sein Kollege Boet Swart.

«Morgen, Boet. Wie geht's?»

«So lala. Aber sag mal, wie machst du das eigentlich?»

«Was?»

«Ach, komm schon, Droopy – mir kannst du doch nichts vormachen, he! Es ist raus – ich sag's dir, es ist raus!»

«Ich weiß», sagte Droopy, und es überraschte ihn, daß er den Gedanken sogar irgendwie mochte. Manches von dem Kitzel dieses Morgens tat immer noch seine Wirkung. «Ich habe es gestern abend von Miß Brooks gehört.»

«Ach ja?»

Der ungläubige Ton in Boets Stimme versetzte seinem Stimmungshoch einen Dämpfer. «Warum sagst du so komisch ‹ach ja›? Du wärst bestimmt froh, wenn all die Puppen –»

«Ausgerechnet Miß Brooks?»

«Sie hat mich in ihren Laden gerufen und –»

«Teufel auch.»

«Sie hat's aus purer Freundlichkeit getan – was ist daran so verkehrt?»

«Hmmmm.»

Droopy kam unter dem Landrover hervorgepaddelt und erhob sich vom Rollwagen. «Was soll das, Boet – am besten erzählst du mir mal, was du eigentlich meinst.»

«Na ja, du weißt vielleicht noch nichts über Miß Brooks, alter Freund. Es könnte einen anderen Grund geben, warum sie sich plötzlich für dich interessiert...»

Droopy legte den Kopf schief und wartete. «Was könnte eine alte Frau wie sie denn von mir wollen?» sagte er.

«Mann, die Frage ist doch, *was* für eine alte Frau sie ist», sagte Boet trübselig, «und sie wird nicht die einzige bleiben, die hinter dir her ist, nachdem's nun raus ist. Sie werden von allen Seiten hinter dir her sein.» Damit drehte er sich auf dem Absatz um und ging schnell davon, und die affige Brünette an der Kasse grinste.

Droopy wurde von Panik erfaßt. Die Phantasien attraktiver junger Dinger waren eine Sache, aber nicht eine Sekunde lang hätte er es für möglich gehalten, daß geile alte Weiber scharf auf ihn sein könnten. Sein Bruder war früher Polizist gewesen und hatte oft gesagt, er würde es lieber mit neun Kaffern aufnehmen, die mit Zuckerrohrmacheten bewaffnet seien, als mit einer entschlossenen Frau – besonders so piekfeinen wie Miß Brooks, die noch dazu hysterisch seien. Hätte er mehr Zeit gehabt, wäre Droopy vielleicht einfach mit einem Lachen über die ganze Sache hinweggegangen, aber er hatte keine Chance mehr dazu.

Eine hohe kultivierte Stimme war vom offenen Werkstattor her zu vernehmen. «Ich weiß gar nicht, was daran so schwierig sein soll! Warum kann ich *den* nicht haben? Es sieht nicht so aus, als wäre er gerade beschäftigt.»

Als Droopy sich umdrehte, sah er eine hochgewachsene dünne Frau mit weißem Haar und knallroten Lippen, die mit dem Finger auf ihn zeigte.

«Kannst du mal einen Moment herkommen?» fragte Sam und wartete, bis Droopy herbeigeschlurft war, ehe er weitersprach. «Die Dame hat anscheinend ein Problem, bei dem du ihr helfen kannst.»

«Ja bitte, gnä Frau?» sagte Droopy, ohne Sams Blinzeln und das Kichern von der Kasse her zu beachten.

«Mein Kofferraum geht nicht auf – es ist zum Verzweifeln. Gerade habe ich *Berge* von Zeug eingekauft, das da hinein sollte, und nun kann ich einfach nicht aufschließen. Der Schlüssel läßt sich nicht einmal ins Schloß stecken.»

«Kümmer dich drum», sagte Sam und ging in sein Büro zurück.

«Hier», sagte die Frau und reichte Droopy ihre Autoschlüssel. «Ich hab's dort drüben abgestellt. Ich muß gleich los, sonst komme ich zu spät zum Friseur.»

Droopy ging nach draußen und ein kurzes Stück die Straße entlang. Das erste, was ihm an dem Wagen auffiel, war, daß Hunde die Hinterreifen und die hintere Stoßstange vollgepinkelt hatten. Das war zwar ein bißchen merkwürdig, hätte aber dem Schloß nichts ausmachen dürfen. Dann kauerte er sich hin und inspizierte das Schloß.

«He, Droopy!»

Er sprang auf. Es war Glenda, die fast aus ihrer dünnen Bluse platzte und keinerlei Reue zeigte. Sein Griff um den Achter-Ringschlüssel, den er noch immer bei sich trug, wurde fester.

«Du wolltest mich sprechen, hat Tantchen gesagt? Ich hoffe, es wird nicht so peinlich wie neulich.»

«Hör mal!» stieß Droopy hervor und verstummte jäh.

Es nützt sowieso nichts, sagte ihm sein gesunder Menschenverstand. Was er auch erklären würde, es würde nichts mehr ändern an dem, was sie getan hatte. Er konnte nur beten, daß irgend etwas geschah, was ihn der allgemeinen Aufmerksamkeit entzog, aber das war ja der Ärger mit dieser Straße, daß so gut wie nie etwas passierte.

«Ach, vergiß es», murmelte er.

Glenda hockte sich neben ihn und stieß mit ihrer rechten an seine linke Schulter. «Wo liegt das Problem?»

«Du hast doch Augen im Kopf!»

«Ja. Da steckt ein abgebrochenes Streichholz drin.»

Das hatte Droopy gar nicht bemerkt. Er warf ihr einen schrägen Blick zu, legte den Schraubenschlüssel ab und suchte in seinen Taschen.

«Mit 'ner Haarnadel», sagte sie und gab ihm eine.

«Geht nicht.»

«Du hast es ja noch gar nicht probiert.»

Er probierte es. Das Streichholz steckte nur noch fester. «Diese verdammten Bälger», knurrte er. «Denen ist alles...»

«Ja, ja, immer sind es die Kinder – immer sind sie schuld! Woher willst du das wissen?»

«Wer denn sonst?»

«Laß mich mal, Droopy.»

«Merkst du nicht, daß du hier überflüssig bist?»

Glenda blieb. Sie schnupperte. Sie zog die Nase kraus und schnitt ein Gesicht. «Zum Teufel, hier stinkt es ja grauenhaft», sagte sie angeekelt. «Woher kommt dieses Auto – von einer Farm? Es muß an den Rädern kleben.»

«Zieh Leine, hab ich gesagt!»

«Ach Droopy, Mann, sei doch nicht so!» Sie legte ihre weiche Hand auf seine schwielige Faust, und schon durchfuhr ihn ein Prickeln. «Du mußt auch mal einen Spaß vertragen können!»

«Was ist daran spaßig?» sagte er verächtlich. «Seit wann ist das, was du getan hast, ein Spaß?»

«Meinst du das, was ich über die Tomaten erzählt habe?»

Ihre Unverfrorenheit nahm ihm den Atem. «Man sollte dir die Hosen runterziehen und den Hintern versohlen, mein Fräulein!»

«Ist das ein Angebot?»

«Glenda Koekemoor!»

«Natürlich war es ein Spaß», fuhr sie ungerührt fort und nahm ihm die Haarnadel aus den nervösen Fingern, um selbst einmal ihr Glück mit dem Schloß zu versuchen. «Es wäre kein Spaß gewesen, wenn du *wirklich* ein Dreckschwein wärst, nicht wahr? Aber das bist du ja nicht – in Trekkersburg bist du wahrscheinlich der Mann mit dem *geringsten Sexappeal.*»

«Bitte?»

«Meinst du denn, es würde sich jemand trauen, dich so aufzuziehen, wenn du nicht so ein – so eine richtige Null wärst? Nie im Leben!»

«I – Ich –»

«Mein Freund könnte das Ding hier leicht aufkriegen – er verpaßt ihm einfach einen Tritt, und schon fliegt es auf.»

«Ich –»

«Glaub mir, das hat ihm schon Ärger mit den Cops eingebracht!»

«Allmächtiger!» keuchte Droopy so verletzt wie nie zuvor. «Eine ‹richtige Null›, sagst du, he? Was weißt du denn schon von den Männern –!»

«Aha!» Glenda lachte entzückt auf. «Du gibst also zu, daß du *doch* gewisse Schuldgefühle hattest, als du so rot wie eine Rübe geworden bist?»

Das reichte. Droopy hatte auf einmal wieder den Achter-Ringschlüssel in der Hand und wollte nur noch damit auf sie einschlagen, auf sie einschlagen und sie ebenso verletzen, wie sie ihn mit jedem frechen Zungenschlag verletzte. Und mehr noch, er wollte ihr den Kopf zerschmettern, so daß das Hirn, das sich solche gemeinen Dinge über ihn ausdachte, auf die Straße spritzte.

«Droopy!» schrie Glenda und sprang entsetzt auf.

Er holte aus und schlug mit aller Kraft zu, und traf genau auf das Schloß. Der Kofferraumdeckel sprang auf, ein entsetzlicher Gestank verpestete die Luft, und vor ihnen lag unzweifelhaft der dreckigste Kerl, den sie je gesehen hatten. Er war von Schlamm, Exkrementen und Blut bedeckt, und seine Hände hatte man mit einem so grauenhaft festen Knoten nach hinten gebunden, daß die Knochen gebrochen waren. Und tot war er außerdem.

Glenda schrie und schrie, und die ganze Straße eilte zu ihrer Rettung herbei.

2

Die Nachricht von dem schrecklichen, folgenschweren Fund auf der Gillespie Street erreichte das CID-Hauptquartier in der Boomplaas Street nicht so schnell, wie sie sollte. Dafür gab es verschiedene Gründe. Als die uniformierten Beamten der südafrikanischen Polizei am Tatort erschienen, mußten sie erst unter beträchtlichen Schwierigkeiten die öffentliche Ordnung wiederherstellen. Eben hatten sie die Menschenmenge unter Kontrolle, da biß einer der Polizeihunde schändlicherweise den leitenden Beamten, dessen aufgeregt-hektische Art wahrscheinlich seinen Verdacht erregt hatte. Bis also alles geregelt und eine neue Befehlskette eingerichtet worden war, herrschte noch der Status quo im CID-Gebäude. Manche Beamte saßen murrend über Schreibarbeiten, andere redeten auf die Stenotypistinnen ein, und einige wenige gingen beharrlich weiterhin Ermittlungen nach.

Er mußte so lange und so still dagesessen haben, daß die Fliege gedacht hatte, sie könnte ihn getrost zum Eierlegen ansteuern. Denn was sollte sie sonst vorhaben, wenn sie ihren Rüssel in sein linkes Nasenloch schob? Um dann zu zaudern und zu überlegen, ob nicht doch das andere Nasenloch das bessere wäre. Dieses rechte Nasenloch war bei Lieutenant Tromp Kramer vom Trekkersburger Morddezernat verschnupft, und so war es dort mit Gewißheit weniger zugig. Genauer gesagt hatte er durch dieses Nasenloch schon drei Tage lang nicht mehr atmen können. Die Fliege wechselte dorthin.

Der Gefangene fand all das offensichtlich spannend. Er saß selbst ziemlich still, starrte Kramer an und schwitzte stark.

Kramer starrte zurück; er schwitzte überhaupt nicht. Sein Fieber war über Nacht gewichen, und jetzt waren auch seine Halsschmerzen kaum noch zu spüren. Er merkte, wie die Fliege hochkrabbelte und innehielt. Papiertaschentücher, angeblich garantiert weicher als das knubbelige Gegenstück eines Kinderpopos, hatten die Mund- und Nasenpartie so aufgerauht, daß sie ungewöhnlich empfindlich war und Kramer sich leicht vorstellen konnte, was vor sich ging. Die Fliege stand auf fünf Beinen, kratzte sich mit dem sechsten den häßlichen haarigen Kopf und fragte sich, ob sie eine Münze werfen sollte oder so was. Wieder Bewegung. Sie hatte sich schließlich doch für das linke Nasenloch entschieden und bahnte sich kitzelnd einen Weg durch die Härchen.

Ein schwaches verschlagenes Lächeln erschien auf dem schmalen Gesicht des Gefangenen. Meerkat Marais – von seinen englischen Geschäftspartnern «Mungo» genannt – gab sich immer gern den Anschein, als wüßte er mehr als die anderen, und es war ziemlich egal, was.

Kramer nahm sich ein Papiertaschentuch, ohne dabei auch nur im geringsten den Kopf zu bewegen. Er breitete das Tuch auf seiner rechten Hand aus. Dann kniff er urplötzlich die Nase ziemlich fest damit zu und blies das tote Insekt genau in die Mitte des Papiertuchs.

«Es funktioniert immer», murmelte er.

Volle fünf Minuten dauerte es, bis der Gefangene nicht mehr an die Fliege dachte und schließlich das Schweigen brach, indem er mit dünner, gepreßter Stimme fragte, warum er eigentlich auf dem Aktenschrank sitzen müsse.

Kramer zuckte die Achseln und ließ das zerknüllte Papiertuch in den Papierkorb neben sich fallen. «Ich habe gehört, du hättest Höhenangst, Meerkat, mein Söhnchen.»

«Was?»

«Na ja, ich dachte, fangen wir mal klein an, und dann sehen wir, wie's weitergeht. Okay?»

Meerkat wurde aschfahl und gab ein kurzes entsetztes Lachen von sich. «Da komm ich nicht mit, Mann!» sagte er. «Ich verstehe nicht ganz! Was für Höhen?»

Auf der anderen Seite des CID-Parkplatzes wurde gerade ein 18stöckiges Bürohochhaus für eine Versicherung gebaut. Das oberste Stockwerk war fast fertig. Kramer wandte sich vom Fenster ab und sah die auffallend gekleidete Gestalt an, die mit Handschellen auf seinem Aktenschrank hockte. Sie zitterte wie ein Presbyter, der Pornofotos von sich selbst auspackt.

«Komm», sagte Kramer und erhob sich. «Ich weiß, wo es eine hübsche steife Brise gibt.»

«Nein!»

«Bitte?»

«Seien Sie doch fair, Lieutenant», flehte Meerkat. «Wie viele Stunden halten Sie mich schon hier fest? Drei? Und Sie –»

«Erst zwei, Meerkat.»

«Gut, zwei, aber was haben Sie mich bisher gefragt? Nichts! Woher soll ich denn wissen, was Sie wollen? Wie kann ich die leiseste Ahnung haben? Hölle und Teufel, es könnte *irgendwas* sein, stimmt's?»

Kramer setzte sich wieder hinter seinen leeren Schreibtisch. «Nein, Mann, könnte es nicht», sagte er. «Ich für mein Teil bearbeite nur Morde und Raubüberfälle, wenn ich also einen Typen zum Reden herbringe, steht das Thema bereits fest. Und wenn ich nichts sage, dann nur, verflucht noch mal, weil es unfein ist, zu unterbrechen.»

«Was zu unterbrechen?»

«Deinen Redefluß, Meerkat. Deinen Redeschwall. Deine Herzensergüsse, deine Offenbarungen. Glaub mir, Meerkat, du wirst dich dann entschieden wohler fühlen.»

Meerkat entspannte sich. «Ich soll also etwas zu gestehen haben?» sagte er mit einem nervösen Lächeln. «Das höre ich aber jetzt zum erstenmal!»

«Ja, schon möglich», pflichtete Kramer bei.

Der Gefangene war ein ausgemachter Psychopath von der Sorte, die bereits mit drei Jahren der Großmama in die Wärmflasche pissen, und danach ist dann kein Halten mehr. Menschen spielten für Meerkat einfach keine Rolle. Er hatte Leuten Dinge angetan, an die man gar nicht denken durfte, alles, ohne mit der Wimper zu zucken, manchmal sogar, ohne es überhaupt zur Kenntnis zu nehmen.

«Sie haben mir immer noch nicht gesagt, worum es eigentlich geht, Lieutenant.»

«Vielleicht ist es andersherum.»

«Bitte?»

«Archie Bradshaw – erzähl mir von ihm.»

Meerkat blinzelte. «Hölle und Teufel, wenn Sie glauben, ich hätte damit –»

«Erzähl schon!» bellte Kramer. «Erzähl mir alles, was du über Archie Bradshaw weißt, sonst gehst du in zwei Minuten in einem Zementkübel auf Reisen!»

Meerkat schluckte heftig und wand sich, als wäre sein Arschloch so fest zu, daß es ihn zwickte. «Jemand hat versucht, Bradshaw fertigzumachen», sagte er. «Vor sechs Tagen, stimmt's? Er führte gerade seinen Hund aus, oben an der Pferderennbahn, und der Schuß hat ihn hier ins Schlüsselbein getroffen. Nicht tiefer. Als er wieder zu sich kam, war sein Hund dabei, ihn abzulecken. Ich für mein Teil glaube ja, daß der Hund das Blut –» Er räusperte sich nervös, als er sah, wie Kramer die Fäuste ballte. «Na ja, wie dem auch sei, er ist jedenfalls in sein Auto gestiegen und nach Hause gefahren. Es war ein Wagen mit Automatik, es ging also. Seine Frau sah das ganze Blut und fragte ihn, was passiert sei. Er wollte ihr nichts sagen. Selbst dem Arzt wollte er nichts sagen. Dann haben sie ihn ins Krankenhaus gebracht und operiert. Als er wieder zu sich kam, sah er den Polizisten dort, wollte aber immer noch nicht mit der Sprache heraus. Die Ärzte meinten, er habe höchstwahrscheinlich einen schweren Schock erlitten. Am nächsten Morgen hat seine Frau zum erstenmal die Story gehört. Bradshaw erzählte, er sei gerade unter den Bäumen spazierengegangen, als er ein Geräusch im Gebüsch hörte. Daraufhin habe er sich umgeschaut und einen großen Kerl erblickt – wie ein Gorilla, hat er gesagt, oder ein Riese – mit einem silbernen Revolver in der Hand. Er habe noch nie im Leben einen so riesenhaften Kerl gesehen, sagte er, und es sei ein solcher Schock gewesen, daß er wie erstarrt gewesen sei. Dann hätte er das Mündungsfeuer gesehen, ehe er eine Chance hatte, etwas zu sagen, und es sei wie –»

«Meerkat!»

«Ja, Lieutenant?»

«Du erzählst mir genau das, was in der Zeitung steht!»

«Aber – ich –»

«Nun komm schon, Mann», sagte Kramer, stand auf und ging zu Meerkat hinüber, um ihn von nahem anzuschauen. «Laß mal hören, was noch nicht die ganze Stadt weiß. Laß mal hören, was du –»

«Hören Sie, Lieutenant Kramer, bitte, Sir. Alles, was ich über diese Sache weiß, habe ich in der *Gazette* gelesen – und das ist die reine Wahrheit.»

Kramer holte eine kleine Plastiktüte aus der Tasche und ließ sie ein paar Zentimeter vor Meerkats Nase baumeln, so daß der zu schielen anfing. «Und was ist das, he? Eine .32er Kugel.»

«Na und?»

«Kaliber .32 ist doch relativ ungewöhnlich, nicht?»

«Vielleicht, aber –»

«Vergiß das nicht», sagte Kramer und nahm seinen Platz am Schreibtisch wieder ein. «Es heißt, ein gewisses Individuum sei illegal im Besitz einer silberbeschlagenen Pistole mit verdecktem Schlaghammer und fünf Kammern –»

«Ich?» Meerkat bemühte sich, ein ungläubiges Lachen zustande zu bringen. «Es muß ja wirklich schlecht stehen, wenn Sie ausgerechnet mich rauspicken, Mann! Erstens kenne ich diesen Bradshaw nicht einmal, und –»

«Er schwört, er hätte den Kerl auch noch nie gesehen.»

«Ach ja? Sehe ich vielleicht wie ein Riese aus?»

«Bei so etwas kommt es leicht zu Übertreibungen, wie du dir vorstellen kannst. Meiner Meinung nach kann *jeder*, der mit einem Revolver genau auf einen zielt, den Eindruck hinterlassen, als wäre er ein riesenhafter Kerl. Ich kann mich noch daran erinnern, wie einmal nach einem bewaffneten Raubüberfall in Peacevale ein Kaffer hinter mir und Zondi her war, und er kam uns so monströs wie King Kong vor, bis wir ihm ein paar Löcher in den Pelz gebrannt hatten.»

«Trotzdem –»

«Er war zwölf.»

Meerkat schaute den Wandkalender mit den Blutspritzern an. «Vor sechs Tagen, das wäre der Zehnte gewesen», sagte er. «Für den Zehnten habe ich ein Alibi.»

«Wie heißt sie?»

«Krankenschwester Turner.»

«Und wo warst du mit Krankenschwester Turner zur fraglichen Zeit? In der Klappe?»

«*Ich* schon. Ich sollte einen Weisheitszahn gezogen bekommen.»

«Unmöglich», sagte Kramer.

Eine zweite Fliege begann, ihn zu belästigen. Er schlug mit der Akte *Archibald Meredith Bradshaw, Mordversuch* nach ihr und wünschte, er hätte einen anderen Beruf ergriffen. In den sechs Tagen, seit er den Fall bearbeitete, war er in eine Sackgasse nach der anderen geraten und kein Stück weitergekommen. Bald würde Colonel Muller anfangen, ihm unangenehme Fragen zu stellen. War ein mögliches Motiv für diesen Mordanschlag ermittelt worden? Nein. Eine Spur von der Tatwaffe? Nein. War seit dem letzten Freitag überhaupt ein Fortschritt in den Ermittlungen zu verzeichnen gewesen? Nein. War Kramer vielleicht mit seinem Latein am Ende? Gut möglich, ja.

«Meerkat...»

«Ja, Lieutenant?»

«Ich will ganz offen sein. Ich habe Probleme mit diesem Fall, und mein Boß ist schon ganz schön am Fluchen. Am besten für mich wäre, wenn ich einfach eine Aussage tippe – die du natürlich unterschreibst –, daß du deine .32er an einen riesenhaften Verrückten verkauft hast, den du vorher noch nie gesehen hast. Ich weiß, daß das nicht alles ist, aber –»

«*Was?*» keuchte Meerkat. Er wäre beinahe von seinem Sitz gefallen.

«Es sei denn, du kannst irgendwie beweisen, daß ich falschliege.»

Kramer hörte schnelle Schritte im Treppenhaus und sah zur Tür. Zwei Sekunden später kam ein schmucker, gut gebauter Zulu in schmissigem, schwarzem, mit Silberfäden durchwirktem Anzug und weichem, breitkrempigem Schlapphut rutschend auf der Veranda zum Stehen und steckte den Kopf zur Tür herein. Es war sein Assistent, der Bantu-Kriminalbeamte Sergeant Mickey Zondi.

«Sag nichts», seufzte Kramer, «laß mich raten. Ihr Ehemann kam überraschend nach Hause und hat kein Wort gegl –»

«Es hat einen Mord gegeben, Lieutenant. Der Colonel hat versucht, telefonisch zu Ihnen durchzukommen, aber es war immer besetzt.»

Kramer legte den Hörer auf die Gabel zurück. «Welcher Art? Schwarz gegen Schwarz?»

«Ein weißer Boß – die Leiche ist eben erst gefunden worden.»

«Wo?»

«Gillespie Street.»

Meerkat sah, wie Kramer sein Jackett nahm und zur Tür schlurfte. «Moment mal, Lieutenant!»

«Was gibt's, alter Freund?»

«Was wird denn aus mir?»

«Das», sagte Kramer, schon mit Zondi auf dem Weg nach draußen, «ist eine Frage, die du dir selbst stellen solltest.»

Der Verkehr war für einen Mittwoch sehr zäh, und Zondi kam nur langsam voran. Sie fuhren zwei Häuserblocks weiter, ohne miteinander zu reden, jeder in eigene Überlegungen darüber vertieft, was sie in der Gillespie Street wohl erwartete. Dann hielt der Chevrolet vor einer roten Ampel.

«Übrigens», knurrte Kramer. «Wie steht die Sache mit dem Clown, der in Mama Bhengus Bordell niedergestochen wurde?»

«Nicht so gut, Boß. Ich habe die Mordwaffe gefunden, aber das wär's auch schon. Es war ein geschärftes altes Sägeblatt.»

«Hmmm. Zumindest ein Anfang. Ich habe überhaupt noch nichts.»

Zondi schnalzte mit der Zunge und schüttelte mitfühlend den Kopf. «Vielleicht sollte ich noch einmal zu Boß Bradshaws Haus gehen und mich gründlicher mit der Dienerschaft unterhalten.»

«Zeitverschwendung.»

«Und mit dem Kaliber läßt sich auch nichts anfangen?»

«Ebenfalls Zeitverschwendung. Und weißt du, was der einzige Schmutzfleck ist, den ich bisher an Bradshaw gefunden habe? Daß er einmal eine alte Dame um ein paar Goldmünzen gebracht hat, aber ihr Sohn hat es gemerkt, und Bradshaw hat dafür bezahlt. Toll, was? Nenn mir mal einen Antiquitätenhändler, der nicht von Zeit zu Zeit mit solchen kleinen Tricks arbeitet.»

Die Ampel sprang um, und sie fuhren an. «Was ist denn mit dem Silber, dessen Spur von den Beamten vom Einbruch bis in seinen Laden zurückverfolgt worden ist, Boß?»

«Dafür hatte er eine plausible Erklärung, wie mir gesagt wurde, so daß sie keine Anzeige erstattet haben. Täusch dich nicht, Mickey, dieser Bradshaw ist ein harter Brocken. Eine Menge Leute in der Stadt halten ihn für einen brutalen Schläger und Mistkerl, aber keiner wüßte, warum jemand ihn umbringen wollte.»

«Und?»

«Und so komme ich wieder auf die Idee des Colonels zurück, daß der Täter einfach irgendein Verrückter war, der sich ausgerechnet Bradshaw als Tontaube ausgesucht hat. Sag du mir mal, welche Theorie sonst noch in Frage käme.»

«Vielleicht versucht der gleiche Mann es noch einmal.»

Kramer schnaubte. «Himmel, sei doch nicht so herzlos! Habe ich nicht schon genug am Hals mit dieser neuen Sache? Nein, es war ein Verrückter, da bin ich sicher, und der Blitz schlägt nicht zweimal an der gleichen Stelle ein.»

«Boß Bradshaw ist ein hoher Baum», sagte Zondi bedächtig, «und bei meinen Leuten gibt es ein Sprichwort –»

«Quatsch», unterbrach ihn Kramer, «du erfindest das doch nur!»

Sie lachten beide, dann spähten sie über die Autos vor ihnen hinweg und suchten eine Abkürzung zur Gillespie Street. Dies war fast immer ein spannender Moment, dachte Kramer, so ähnlich wie beim Rendezvous mit einer Unbekannten. Die gleiche heikle Angelegenheit, aber vielleicht war er bloß abgestumpft, denn es war lange her, seit ein Körper seinen Erwartungen entsprochen hatte.

«Den müssen Sie sich anschauen, verflucht noch mal!» schwärmte Sergeant Bang-bang Bronkhorst, der vor Gericht schwören konnte, daß er Gefangene nicht ein einziges Mal schlug, weil er immer zweimal zuschlug. «*Yirra*, Lieutenant, der ist wirklich *ekelhaft* – könnte eine Hyäne zum Kotzen bringen.»

«Ich finde, Sie sehen ganz normal aus, Bang-bang.»

«Bitte? Aber wie gesagt, dieser Kerl ist von oben bis unten eingekotet, fingerdick mit Blut bedeckt und hat ein großes Loch – so groß wie meine Faust! – im Hinterkopf.»

«Hmmm. Wo ist er denn?»

«Teufel auch, *ich* habe keine Ahnung, Lieutenant! Ich bin eigentlich nur stellvertretend hier, weil Fritz ausgerastet ist und den guten alten Willem in den Hintern gebissen hat, und es ging drunter und drüber, bis mich das Hauptquartier in meinem Wagen angefunkt hat.»

Kramer runzelte die Stirn. Er wußte nichts von dem Polizeihund, geschweige denn, daß er Fritz hieß, und sein Vertrauen in die Fähigkeiten seiner Kollegen bekam einen Knacks. Er ging in Richtung des grünen Rovers, der auf der anderen Seite der Gillespie Street parkte, aber Bang-bang faßte ihn am Arm.

«Hat das nicht noch 'ne Minute Zeit, Sir? Ich dachte, Sie möchten vielleicht erst mal diesen Zeugen anhören. Er wird gleich ins Krankenhaus gebracht.»

«Was ist denn mit ihm?»

«Schwerer Schock, Lieutenant.»

«Nicht schon wieder», murmelte Kramer und schüttelte die Hand ab, die ihn zurückhalten wollte. «Na schön. Wo ist er?»

Sie gingen hinter der Menschenansammlung entlang und betraten die kleine Autowerkstatt an der Tankstelle, wo ein glatzköpfiger, rotwangiger, etwa fünfzigjähriger Mann in verdrecktem Overall auf einem umgedrehten Ölfaß saß. Neben ihm standen ein Angebertyp mit dickem Schnurrbart, ein weiterer Mechaniker, der noch ganz jung war und etwas Gemeines um die Augen hatte, und eine dümmlich dreinblickende junge Frau von ungefähr 18 Jahren. Der Sitzende summte vor sich hin.

«Sehen Sie, was ich mit ‹schwerem Schock› gemeint habe?» flüsterte Bang-bang. «Er heißt Stephenson.»

«CID. Mr. Stephenson – Lieutenant Kramer vom Morddezernat.»

«Hier sind Sie richtig!» sagte der Angeber. «Übrigens, mein Name ist Sam Collins, dies hier ist mein Betrieb. Droopy – äh –, Mr. Stephenson ist der Mechaniker, dem ich den Auftrag gegeben habe, und er war es, der sie gefunden hat, müssen Sie wissen. Die Leiche.»

«Dein Bild wird in allen Zeitungen sein, Droopy!» kicherte das Mädchen.

«Weiß ich», brummte Stephenson. «Damit werde ich berühmt. Es ist ein Wunder.» Und er fing wieder an, vor sich hin zu summen.

«Können Sie mir sagen, was genau passiert ist?» fragte Kramer Stephenson.

«Ganz einfach», sagte Collins. «Ich war eben draußen und hab die Zapfsäulen kontrolliert, als eine Dame zu mir kommt und sagt, sie wäre gerade im Supermarkt gewesen und jetzt könnte sie ihren Kofferraum nicht aufkriegen. Sie kennen doch den Supermarkt da hinten?»

«Natürlich kennt ihn der Lieutenant», sagte Bang-bang scharf. «Er ist schließlich vom CID!»

«Regen Sie sich ab, ja? Ich will doch nur helfen! Also hab ich zu Mr. Stephenson hier gesagt: ‹Sieh dir die Sache mal an, Droopy›, und kaum drehe ich mich um, ist die Dame auch schon auf und davon. Ehrlich gesagt, hab ich mir gleich gedacht, daß ihr Benehmen irgendwie verdächtig ist. Hab ich's dir nicht sogar gesagt, Doreen, daß sie mir verdächtig vorkam?»

«Ich – na ja, ich weiß es nicht mehr, Mr. Collins.»

Collins tätschelte ihr die Schulter und blickte Kramer mitfühlend an. «Sie ist in einer schrecklichen Verfassung, die arme Doreen», sagte er. «Schrecklich.»

«Hmmm. Verstehe ich Sie recht: Sie haben keine Ahnung, wer die Frau war? War sie keine Kundin von Ihnen?»

«Mit einem Rover?» fiel der andere Mechaniker jetzt verächtlich ein. «Sehen Sie nicht, daß wir nur alte Mühlen hier stehen haben?»

«Wir haben auch schon mal *Land*rover», bemerkte Collins verärgert.

«Das stimmt», bestätigte Bang-bang.

«Heiliger Himmel», sagte Kramer.

Einen Augenblick wurde es ganz still, während Stephenson mit einem leeren Lächeln zu ihm aufschaute. «Der Name der Frau ist Lillian Digby-Smith», sagte er. «Das steht auf dem Lederding an ihrem Schlüsselbund.» Er kramte den Schlüsselbund aus seiner Tasche hervor.

«Ein Beweisstück!» sagte Bang-bang. «Geben Sie schon her, Mann.»

Kramer fing ihn an seiner Stelle auf, überprüfte den Namen auf dem Anhänger und steckte den Schlüssel zu seinen Papiertaschentüchern. «Können Sie mir Mrs. Digby-Smith beschreiben?»

«Groß und dünn mit roten Lippen», sagte Stephenson.

«Jung? Alt? Mittel?»

«Äh, eher älter.»

«Haar?»

«Weißes Haar. Sie sagte, sie hätte einen Termin beim Friseur.»

«Sonst noch etwas?»

«Nein, eigentlich nicht.» Und er verfiel wieder ins Summen.

Kramer wandte sich der dümmlich aussehenden jungen Frau zu, der die tröstende Aufmerksamkeit ihres Chefs unangenehm war. «Wie viele Friseurläden gibt es hier in der Nähe? Können Sie eine Liste aufstellen und diesem Sergeant geben?»

«Nun – äh – ja, ich glaube schon.»

«Gut. Wenn die junge Dame das gemacht hat, Sergeant, wünsche ich, daß Sie eine Fahndung organisieren.»

«Gern, Lieutenant», sagte Bang-bang wichtigtuerisch. «Überlassen Sie das getrost mir, Sir!»

Kramer dankte Stephenson für seine Hilfe, wofür er mit einem sonnigen Lächeln bedacht wurde, und ging, um einen Blick auf den Toten zu werfen, wobei er die seltsame Hinhaltetaktik von Bang-bang Bronkhorst einfach ignorierte. Die neugierige Menschenmenge, darunter eine alte Frau mit Puppe, machte ihm bereitwillig Platz.

«Verfluchter Bronkhorst», murmelte ein junger Polizeibeamter, der sich abmühte, den Kofferraum zu öffnen. «Mußtest du ihn denn so fest wieder schließen, du verdammter Hund – *hallo*, Sir!»

Kramer sah gleich, daß das arg mitgenommene Schloß wahrscheinlich Probleme machen würde. Er trat einen Schritt näher, hob den rechten Fuß, trat zu und sprengte den Kofferraum mit einem geübten Tritt auf. Sofort scharte sich eine Gruppe Uniformierter darum, um den Inhalt von den Blicken der Umstehenden abzuschirmen, und er beugte sich vor, um hineinzuspähen.

Zuerst sah die Leiche so aus wie andere auch – natürlich auf ihre eigene Weise atemberaubend, aber nichts Besonderes, und er war durch seine verstopfte Nase im Vorteil. Dann sah er, daß sie seine Erwartungen weit übertraf. Er sah, daß die Armknochen durch einen Knoten gebrochen waren, den ein hünenhafter Mann festgezogen haben mußte, ein menschlicher Gorilla – im Grunde die gleiche Art Monster, von der auch Archie Bradshaw gesprochen hatte.

Schaudernd schloß Kramer den Kofferraum, überlegte einen Augenblick und ging, um Zondi Bericht zu erstatten.

3

Nach hektischen zwanzig Minuten Jagd durch alle Friseursalons in Gehweite von der Gillespie Street wurde Mrs. Lillian Digby-Smith schließlich im Jonty's, einem High-Society-Schönheitssalon mit breitgefächertem Angebot an kosmetischen Behandlungen, aufgespürt. Es hieß, daß sich einmal eine Tarantel dort hinein verirrt hätte und drei Stunden später mit bläulicher Haarfarbe, achterlei Lidschatten und Beinen wie Betty Grable wieder hervorgekommen sei. Außerdem erzählte man sich, daß die Ehemänner eines Großteils der feinen Gesellschaft von Trekkersburg die Rechnung dafür bekommen und ohne Einwände dankbar beglichen hätten.

Kramer genoß das Gefühl des lila Hochflorteppichbodens unter den Füßen, den Anblick der kultivierten Püppchen, die dort arbeiteten, und den aphrodisisch wirkenden Duft von heißem Haar und Henna. Besonders gefiel ihm, wie eine kleine Rothaarige mit kornblumenblauen Augen ihn mit verstohlener Anerkennung in einem Spiegel musterte. Jonty war allerdings nicht ganz nach seinem Geschmack.

Der Geschäftsinhaber segelte herbei. «*Sie* sind also der reizende Lieutenant, auf den wir alle gewartet haben? *Super.*» Und er hob das Chiffontuch um seinen Hals kokett mit dem Handrücken hoch.

«Hör mal, Kuschelbärchen, wo ist die Dame?» fragte Kramer.

«Hören Sie», lispelte Jonty und beugte sich nah zu ihm herüber, «noch so eine Entgleisung, Sie Mistkerl, und Sie kriegen meine Knie in die Eier.» Dann deutete er mit anmutiger Geste auf die hinterste Reihe der mit Vorhängen abgeteilten Kabinen. «Da drin, die Ärmste – ich hoffe *wirklich*, es ist nichts Ernstes!»

Kramer setzte grinsend seinen Weg fort. Er hatte eine Spur von Herzlosigkeit bei Jonty bemerkt, die ihm zusagte. Zwei uniformierte Beamte traten aus der vorletzten Kabine und begrüßten ihn mit nervösem Nicken.

«Sie haben noch nicht mit ihr gesprochen?» fragte Kramer.

«Nein, Sir», flüsterten sie unisono.

«Gut. Wissen Sie was, lassen Sie sich eine Haarwäsche oder so was verpassen, aber bleiben Sie in der Nähe.»

In der Kabine lag Mrs. Digby-Smith auf einer niedrigen Liege und blätterte in einer Ausgabe der *Vogue*, um sich zu zerstreuen. Sie verzog keine Miene, als sie hörte, daß die Leiche eines Mannes im Kofferraum ihres Wagens gefunden worden sei. Sie setzte sich auf, aber das war auch alles. Erst als Kramer hinzufügte, daß es sich um die Leiche eines Mannes Ende Fünfzig mit welligem grauem Haar und einem großen braunen Muttermal hinter dem rechten Ohr handelte, erschienen nach und nach feine Risse in der Wachsmaske auf ihrem Gesicht.

«Um es kurz zu machen, gnä Frau», fuhr Kramer fort, «kennen Sie eine solche Person – oder wissen Sie, wie sie dort hineingekommen ist?»

«Wer?»

Kramer wiederholte die Personenbeschreibung, die nicht sehr detailliert war, da der Kreisarzt den Toten erst so sehen sollte, wie er vorgefunden war, bevor jemand irgend etwas berührte. «Ach ja, und er hat beigefarbene Hosen, Sandalen und ein Sporthemd mit einem ungewöhnlichen Markennamen darauf an. Moment mal... St. Michael.»

«Großer Gott...»

Kramer wartete. Er wartete seinem Empfinden nach sehr lange. «Kennen Sie diesen Mann?» fragte er schließlich.

Mrs. Digby-Smith gab immer noch keine Antwort. Dann begann sie zu weinen – nicht schluchzend, sondern lautlos. Ihre großen grauen Augen hefteten sich starr auf den lila Vorhang hinter ihm, wurden naß und liefen über. Kramer hatte so etwas schon öfter erlebt. Aus irgendeinem Grund war ihm in diesem Leben das Los zugefallen, einer nicht unbeträchtlichen Zahl von Frauen Hiobsbotschaften zu überbringen. Natürlich verhielt es sich jedesmal ein bißchen anders, und so war auch dieses Mal. Die Tränen füllten normalerweise das Unterlid, quollen darüber und rollten langsam die Wangen hinab, um dann unterhalb des Kinns zu verschwinden. Diese Tränen jedoch sammelten sich im Unterlid, rollten heraus, sausten über das gelbe Wachs und hinterließen ein Tropfenmuster auf dem hellgrünen Kittel, der ihre Kleidung schützte.

Mrs. Digby-Smith regnete.

«Hören Sie, gnä Frau», sagte Kramer und setzte sich auf den Hocker neben der Liege. «Ich weiß, daß es nicht gerade angenehm für Sie ist, aber falls Sie die Identität des –»

«Nein!»

«Nein was? Nein, Sie wissen nicht, wie er heißt?»

Die Augen starrten weiter. Sie wurden trocken und fingen an zu glänzen. Der Mund, von Lippenstift befreit und blutlos, bildete eine verkniffene unregelmäßige Linie wie eine altgewordene Blinddarmnarbe in dem Loch, das wachsfrei geblieben war. Er sah jedenfalls nicht danach aus, als würde er sich plötzlich wieder öffnen.

Kramer schaute sich um. Auf dem kleinen Schränkchen am Kopfende der Liege bemerkte er einen Block Luftpostpapier, ein Paket Luftpostumschläge, einen halben Brief und einen kleinen Stapel Farbfotos, die auf der Rückseite beschriftet waren. Auf das oberste Foto war mit Kugelschreiber gekritzelt: *Bonzo und ich im Wildreservat – das ist Jacks Schatten!* Er drehte es um und sah, daß Jack, der angedeutete Schatten im Vordergrund, der Fotograf gewesen war. Vor der Hütte einer Ferienanlage in Zululand stand ein Paar und blinzelte in die Sonne. Die Person links war groß, dünn und weißhaarig, und er erkannte in ihr sofort die kerzengerade vor ihm sitzende Frau wieder. Die Person rechts war ein Mann Ende Fünfzig mit welligem, grauem Haar, dem bewußten Hemd der Marke St. Michael und nagelneuen Ledersandalen. Das Bild ließ nur einen Schluß zu, aber Kramer nahm es erst noch einmal genauer unter die Lupe, ehe er es wieder auf das Schränkchen zu den anderen legte. Dann bestand jedoch kein Zweifel mehr für ihn, denn die Gesichtszüge des Paares hatten zuviel Ähnlichkeit miteinander, als daß es Zufall hätte sein können.

«Ich weiß, wer der Tote ist», sagte er.

Ihr flackernder Blick zuckte hinüber zu ihm.

«Er heißt Bonzo, gnä Frau, und er ist ihr kleiner Bruder.»

Mrs. Digby-Smith sagte nichts. Sie fiel in Ohnmacht. Sie schwankte und stürzte von der anderen Seite der Liege, so plötzlich, daß Kramer sie nicht mehr auffangen konnte. Ihre Maske aus gelbem Wachs zersprang auf dem Fliesenboden in Stücke wie Eierschale, und dann fiel ihre obere Zahnprothese heraus.

«Hölle und Teufel», sagte Kramer. «Und das, wo wir uns gerade erst kennengelernt haben.»

Im Haus des Kreisarztes klingelte erneut das Telefon. Anneline Strydom seufzte und hob ab, denn sie ahnte schon, wer am anderen Ende der Leitung war, und hatte auch gleich sein Bild vor Augen: ein großer, breitschultriger Mann mit hellem Haar, hohen Wangenknochen, leicht vorstehenden Schneidezähnen und Augen wie grüne Murmeln, vor allem aber mit riesigen Löwenpranken, die ihr Schauer über den Rücken jagten.

«Nun hören Sie mir mal zu, Trompie», sagte sie bestimmt, denn sie ahnte auch, in welcher Stimmung der Anrufer war, «es hat gar keinen Zweck, mich so unter Beschuß zu nehmen, wenn Chris noch nicht angekommen ist. Ich habe ihm Ihre Nachricht übermittelt – mehr kann ich doch nicht tun!»

«Äh, ich bin's, Mrs. S. – nicht Lieutenant Kramer.»

«Sergeant van Rensburg?»

«Genau, Mrs. S.»

Sogleich hatte sie das Bild eines Leichenhallenbeamten vor sich, der so unglaublich übergewichtig war, daß er die Finger nicht mehr in die engen Hosentaschen quetschen konnte. «Erzählen Sie mir bloß nicht, daß noch jemand reingekommen ist!» rief Anneline ärgerlich. «Mein armer Mann nimmt sich wahrhaftig nicht oft vormittags frei!»

«Teufel auch, wir wissen doch alle, wie ernst er seine Arbeit nimmt», sagte van Rensburg pathetisch. «Ich wollte dem Doc ja auch nur – falls er noch nicht weg ist – den Weg in die Gillespie Street ersparen. Es ist nämlich beschlossen worden, die ganze Bescherung herzubringen, wissen Sie, zur Leichenhalle, und infolgedessen habe ich jetzt den Wagen mit der noch intakten Leiche im Hof.»

«Was?»

«Ja, sie haben ihn hergeschleppt.»

«Na schön, ich werde mal nachsehen gehen, ob Dr. Strydom irgendwo zu finden ist, obwohl ich es bezweifle. Es ist doch wohl ein *Weißer*, um den Lieutenant Kramer all das Theater macht, oder?»

«Selbstverständlich, Mrs. S.»

«Dann ist es gut. Adieu.»

Anneline wußte genau, daß ihr Mann noch draußen im Garten war und mit Josiah, dem Gärtner, nach Schnecken suchte. Aber weil er sich nur selten für etwas anderes als eine Leichenöffnung interessierte, mochte sie ihn nicht stören, und so ließ sie die Sache weitere zehn Minuten auf sich beruhen. Dann ging sie aus Sorge, er könnte sich unbemerkt davonmachen, ohne den neuen Stand der Dinge zu kennen, hinaus, um ihn zu rufen.

«Chris?» Er war verschwunden. «Chrissie – wo steckst du denn, Mann?»

Schließlich fand sie ihren Gatten nebst Gärtner Josiah weit hinten im Garten hinter ein paar großen Azaleenbüschen. Sie wirkten wie Kinder und nicht wie erwachsene Männer, wie sie da so nebeneinanderhockten und mit großer Aufmerksamkeit im Inhalt einer großen Glasschale herumstocherten. Anneline sah mit Erstaunen, daß dieser Inhalt aus Hunderten von ekelhaften Schnecken bestand, mit Salatblättern vermengt.

«Gütiger Himmel», rief sie. «Du willst dieses Zeug doch wohl nicht essen?»

«*Hau!*» sagte Josiah und mußte auf einmal lachen.

«Nein, nein, was wir machen, ist rein wissenschaftlich», erwiderte ihr Mann munter. «Bei dieser Schnecke handelt es sich um *Helix* –»

«Du mußt es doch nicht übertreiben mit der Wissenschaftlichkeit, Mann! Und warum benutzt ihr meine beste Salatschüssel? Ihr hättet einfach nur Salz in einen Eimer Wasser zu streuen brauchen. Das bringt sie nämlich garantiert um. Van hat gerade angerufen, ich soll dir sagen –»

«Ich komme! Ich komme ja schon! Ich wollte nur Josiah zeigen, wie man es macht.»

«Wie man *das* macht?»

«Gewiß. Wir bereiten einen Extrakt zu.»

«Was? Wofür denn das?» Und sie lachte wie ein Backfisch.

Er sagte ihr aber nicht, wofür, denn er war beleidigt. Er stapfte über den Rasen davon, einen Hemdzipfel aus der Hose, den weißen Haarschopf verwuschelt, und murmelte düster vor sich hin. Nur gut, dachte Anneline Strydom, daß die Person, zu der er unterwegs ist, keine rücksichtsvolle ärztliche Behandlung mehr nötig hat.

Namen wie Digby-Smith hatten Kramer immer irritiert. Sie klangen nach Englisch sprechenden Snobs mit Pferdemist unter den Fingernägeln, und es gab – außer abgedröhnten, mit Alkohol vollgepumpten, geschlechtskranken Mischlingen – keinen Menschenschlag, dem er mehr mißtraute. Allerdings mußte er einräumen, daß der Name Digby-Bindestrich-Smith unzweifelhaft einen Vorzug hatte. Er stand nur zweimal im Trekkersburger Telefonbuch. Und was die Sache noch einfacher machte, war, daß ein Eintrag als *privat* und der andere als *geschäftlich* gekennzeichnet war.

«Tut mir leid», erwiderte die Sekretärin auf seine telefonische Anfrage, «aber Mr. Digby-Smith ist im Augenblick unterwegs und besichtigt mit einem Klienten ein Grundstück. Darf ich Sie mit seinem Juniorpartner, Mr. Wells, verbinden?»

Kramer sank in sich zusammen. «Ach nein, das würde mir nicht viel weiterhelfen», sagte er. «Aber könnten Sie vielleicht zweierlei für mich tun? Ihren Chef, sobald er zurückkommt, bitten, zu Jonty's zu kommen – Sie wissen doch, diesem Schönheitssalon?»

«Äh-äh, ja... Sie sagten, Polizei?»

«CID, Kripo. Und würden Sie mir außerdem bitte noch die Telefonnummer des Hausarztes der Familie durchgeben?»

«Das ist Dr. Crickmay. Aber was um Himmels willen –?»

«Später», sagte Kramer und legte auf.

Er fand Dr. Crickmays Nummer und wählte sie. Für eine Arztpraxis dauerte das Klingeln unverzeihlich lange. Während er darauf wartete, daß jemand abhob, sah er sich in Jontys Privatbüro um und konnte sich nicht entscheiden, ob er es nun verflucht modern oder verflucht einfach und bodenständig nennen sollte. Der Fußboden bestand aus nackten Holzdielen, die Wände waren einfach weiß, Pult und zwei Stühle waren normal, der Kalender ein Werbegeschenk, und das war's auch schon – bis auf einen riesigen Familienkühlschrank in der gegenüberliegenden Ecke des Raums, der erstaunlich fehl am Platz wirkte. Verflucht modern, urteilte er schließlich.

Jonty kam leise ins Zimmer und schloß die Tür. «Hatten Sie schon Glück bei dem Arzt? Sie ist noch immer nicht ganz da, wissen Sie. Brabbelt irgendwelches Zeug über Bonzo, und dann verdreht sie wieder die Augen.»

«Den versuche ich gerade zu erreichen, er scheint bloß nicht – oh, hallo, CID. Dr. Crickmay zu sprechen?»

«Tut mir leid, aber der Doktor macht gerade seine morgendlichen Hausbesuche», sagte die Sprechstundenhilfe.

«Hölle und Teufel.»

«Ist es dringend? Dann könnte ich den Doktor nämlich per Pieper rufen und vom nächsten Telefon aus anrufen lassen.»

«Ideal», sagte Kramer und gab ihr die Nummer des Salons durch.

Jonty wartete, bis der Hörer wieder auf der Gabel lag, ehe er fragte: «Was ist eigentlich los? Haben Sie ihr irgendwelche schlechten Nachrichten gebracht?»

«Ja, ziemlich schlecht.»

«Von ihrem Bruder?»

«Wie kommen Sie darauf?»

«Na ja, nach dem zu urteilen, was sie vor sich hin murmelt, nehme ich mal an, Mr. – äh...»

«Kramer – Lieutenant Tromp Kramer, Kripo, Abteilung Raub und Mord.»

«*Raub?* Jontys buschige Augenbrauen schossen in die Höhe. «Armer Kerl! Und wo? Hier in der Stadt? Heute morgen?»

Kramer wollte die Sache schon richtigstellen, als ihm einfiel, daß der Salonbesitzer vielleicht mehr nützen könnte, solange er auf der falschen Fährte war. Ein Mord war im allgemeinen eine unangenehme und sehr persönliche Angelegenheit, in die sich andere Leute nicht gern hineinziehen ließen. Dagegen wurde ein Raub eher als höhere Gewalt angesehen, so daß sich niemand scheute, jedem Interessierten alles mitzuteilen, was er über die Lebensumstände des Ausgeraubten wußte.

Also sagte er nur: «Bonzo ist vor etwa einer Stunde auf der Gillespie Street gefunden worden. Sie reden von ihm, als wenn Sie mit ihm bekannt wären.»

«Mir ist nur einiges *von ihm* bekannt», sagte Jonty. «Wie Sie sich vorstellen können, sind wir immer auf dem laufenden über unsere Kunden und ihre Angelegenheiten – sie selbst bestehen darauf, uns damit zu langweilen, und ihre besten Freunde pflegen dann noch die Klatschgeschichten hinzuzufügen. Bisweilen ist es kaum zu ertragen, aber so ist es nun einmal, wir sind schließlich im Ego-Busineß.»

«Hmmm.»

«Und da habe ich natürlich eine ganze Menge von ihm aufgeschnappt: Bonzo alias Edward Hookham, Flieger mit Orden und Ehrenzeichen – da fällt mir was ein!» Jonty riß die Kühlschränke auf, und da standen etwa zehn Dutzend Dosen kühles Bier. «Welche Sorte, Lieutenant? Ein Lager?»

«Ja, bitte», sagte Kramer und fühlte sich plötzlich wohl, denn er war ein Mann, der Einfaches und Bodenständiges mochte. «Ohne Glas, wenn's recht ist.»

Während Jonty die Dosen herausholte, nutzte Kramer die Gelegenheit zu einer schnellen Neueinschätzung. Er sah jetzt, daß der Saloneigentümer trotz seines Aufzugs – dem breiten Ledergürtel, dem bestickten Hemd und den rosa Jeans – ein ziemlich normaler Mensch war und kein bißchen pervers. Er war um die Fünfzig und überdurchschnittlich gut gebaut. Sein Gesicht hätte einem Bulldozerfahrer Ehre gemacht, vorausgesetzt, es wurde etwas an den goldenen Ringelchen geändert. Eine Kleinigkeit wirkte allerdings noch etwas befremdend, und das war sein Akzent.

«Gut, dann mal runter damit», sagte Jonty und reichte ihm das Lagerbier. «Wo waren wir stehengeblieben?»

«Sie wollten mir gerade etwas von diesem Bonzo erzählen.»

«Eine alte Trekkersburger Familie, die Hookhams. Müssen schon Südafrikaner der zweiten oder dritten Generation gewesen sein, als unsere Lillian geboren wurde und ein paar Jahre später Bonzo. Ihr Papa war im Sämereigeschäft.»

«Ah ja, Hookham & Bailey am Marktplatz.»

«Richtig. Lillian hat Geld geheiratet – Digby-Smith spielt im Grunde nur den Immobilienmakler –, und Bonzo ist nach England abgedampft und bei Kriegsbeginn zur Royal Air Force gegangen. Er war bei einem Bombergeschwader, daher hat er wohl auch seinen Spitznamen Bonzo, der bis heute an ihm klebengeblieben ist. Und dann hat er das Gegenteil von mir gemacht.»

Kramer sah ihn fragend an.

«Das ist so», erklärte Jonty. «Ich bin letzten März vor fünf Jahren aus Southampton hergekommen – ich bin ein Einwanderer.»

«Aha, hatte ich mir schon fast gedacht.»

«Und Bonzo hat es genau andersherum gemacht. Als der Krieg zu Ende war, ist er in England geblieben, hat eine Engländerin geheiratet und ein kleines Elektronikunternehmen aufgebaut. Seine Frau ist vor zwei Monaten gestorben.»

«Ach ja?»

«An Krebs. Da war er ganz allein, die Kinder waren alle aus dem Haus, und er hat beschlossen, trotzdem die für seinen Ruhestand geplanten Ferien zu genießen, indem er seine Schwester hier besuchte. Seine ersten richtigen Ferien, hat sie mir gesagt.»

«Wann ist er denn angekommen?» fragte Kramer.

«In Trekkersburg? Na ja, ich würde sagen, vor etwa drei Kosmetiksitzungen. Ja, stimmt, sie haben ihn letzte Woche zum Hluhluwe-Wildreservat mitgenommen, angekommen sein muß er also –»

«– Anfang des Monats.»

«Genau.»

Kramer beobachtete Jonty dabei, wie er die Bierdose in einem Zug leerte. «Und jetzt etwas vom Klatsch, ja?»

«Über die Digby-Smith?»

«Genau.»

Jonty lachte. «Sie machen wohl Witze! Die beiden? Die sind nicht nur aus dem Alter raus, sondern, wie ich glaube, überhaupt nie so gewesen!»

«Nun mal los.»

«Keine Kinder, keine Hunde, sechs Diener und ein Haus von der Größe eines Hotels. Alles geregelt bei ihnen. Jahraus, jahrein tun sie immer das gleiche. Sie haben keine Sorgen, sind nur darauf bedacht, daß alle ihre Stellung anerkennen, auf Cocktailpartys nett zu ihnen sind und der alten Schraube sagen, wie gepflegt sie ist.»

«Klingt ja ganz schön bitter, mein Freund.»

«Tatsächlich?» Jonty mußte wieder lachen und ging zum Kühlschrank, um die nächsten zwei Dosen Lager zu holen. «Bin ich eigentlich gar nicht. Ich gebe mich schon seit Jahren mit ihresgleichen ab, und bisher ist immer was für mich dabei rausgesprungen.»

Das Telefon klingelte. Kramer nahm das Gespräch entgegen. Dr. Crickmay versprach, in zehn Minuten beim Jonty's zu sein.

«Es gibt also absolut keinen Klatsch über die Digby-Smiths?»

«Himmel, nein!» schnaubte Jonty. «Das würde sie umbringen!»

Kramer sann einen Augenblick nach. «Aber gilt das auch für Bonzo?» fragte er dann. «Gibt es da auch keine Skandale?»

«Bisher nicht. Scheint kein übler Kerl zu sein, was ich so höre. Seine Schwester meckert immer, wie ‹unabhängig› er ist. Das heißt wahrscheinlich, daß sie ihn ständig betuttelt und ihm noch seinen Arsch nachgetragen haben, während er lieber abgehauen ist und sein eigenes Ding abgezogen hat. Wie gestern abend zum Beispiel.»

«Ach ja?» Kramers Interesse wurde lebhafter.

«Darüber hat sie sich jedenfalls heute morgen beklagt. Anscheinend hat Bonzo verkündet, er wolle eine alte Flamme aufsuchen, hat sich das Auto seiner Schwester geliehen, gesagt, es würde spät, und die Karre dann die ganze Nacht mit offenen Fenstern außerhalb des Grundstücks stehenlassen. Ich habe auf die ganzen schauerlichen Einzelheiten verzichtet.»

«Eine alte Flamme?» fragte Kramer. «Haben Sie eine Ahnung –»

«Nicht die mindeste.»

«Und trotzdem behaupten Sie, daß es kein Gerede über ihn gibt?»

Jonty zuckte die Achseln. «Nun ja, ich nehme mal an, daß es in gewissen Kreisen ein bißchen Aufregung gegeben hat. Etliche der süßen jungen Dinger, die er mal gekannt hat, sind inzwischen geschieden – oder verwitwet –, und sie sind alle reich und hübsch und frei, müssen Sie wissen. Ich würde sagen, ich habe einige Pfund verdient an der Gesichtskosmetik!»

«Möchte ich wetten.»

«Meines Erachtens täten sie besser daran, zur Gymnastik zu gehen, nach allem, was ich so gehört habe. Wenn etwas klar und deutlich über Bonzo Hookham zu mir durchgedrungen ist, dann, daß er ein ziemlich dynamischer Typ ist – ein richtiger kleiner Energiebolzen!»

«So einer, der sie reihenweise flachlegt?»

«Oder an den Kandelabern hängenläßt! Nein, ich will fair sein, so weit ist das Gerede noch nicht.»

Kramer sah zu, wie Jonty auch sein zweites Bier in einem langen Zug leerte. «Wissen Sie, ob zwischen den Digby-Smiths und den Bradshaws eine Verbindung besteht?»

«Bradshaw?» wiederholte Jonty etwas verwirrt.

«Ihm gehört ein Antiquitätengeschäft in Ballard's Arcade.»

«Ach, Sie meinen den Idioten, der letzte Woche angeschossen worden ist und behauptet, es sei ein Riese gewesen? Nein, ich bin ziemlich sicher, daß da nichts läuft – also wirklich, die Bradshaws gehören wohl kaum zur feinen Gesellschaft, oder?»

Kramer erhob sich. «Können Sie mir zwei Gefallen tun?»

«Lassen Sie erst mal hören, was.»

«Nummer eins: Halten Sie die Ohren offen, ob Sie irgendwelche Klatschgeschichtchen über Bonzo herausbekommen.»

«Das ginge, obwohl ich –»

«Nummer zwei: Kümmern Sie sich um Dr. Crickmay, wenn er kommt. Ich habe einen Termin in der Leichenhalle und komme sowieso schon viel zu spät.»

«Wenn Ihre Jungs noch bleiben, habe ich nichts dagegen», willigte Jonty ein. «Ich finde aber, daß Sie mir als Gegenleistung ruhig ein paar Details erzählen könnten, Kumpel. Zum Beispiel, was Bonzo eigentlich geraubt worden ist!»

«Sein Leben», sagte Kramer.

Die Bierdose in der Hand des Engländers zerknitterte wie ein Plastikbecher. «Sie wollen mich wohl auf den Arm nehmen», sagte Jonty langsam.

«Kann man eigentlich nicht sagen. Er wurde vor etwa einer Stunde mit zerschossenem Kopf im Kofferraum des Wagens seiner Schwester aufgefunden, zusammengeschnürt wie ein Brathuhn.»

Jonty ließ die zerdrückte Dose in den Papierkorb fallen. Dann zog er eine Schreibtischschublade auf, nahm einen Parfümzerstäuber heraus, sprühte sich etwas in den Mund, so daß er husten mußte, und dann reichlich über Brust und Schultern, bis der Hopfengeruch übertönt war. «Ich muß wieder rein», sagte er und hielt die Tür auf. «Sie sind ein richtiger Mistkerl, stimmt's?»

«Die Spitze eines Eisbergs», sagte Kramer und blinzelte auf dem Weg hinaus der Rothaarigen zu.

4

N2134 NXUMALO, der Zulu-Wachtmeister und Assistent von Sergeant van Rensburg in der Leichenhalle der Polizei, einem kleinen roten Backsteinhaus, das halb versteckt im Gebüsch hinter den anderen Gebäuden lag, bereitete Zondi immer einen besonderen Empfang. Er schlüpfte aus der Seitentür, wobei er achtgab, daß die Fliegengittertür nicht laut hinter ihm zuschlug, und schritt mit einem breiten, glücklichen Lächeln auf ihn zu.

«Sei gegrüßt, Sergeant», sagte er. «Vielen Dank hierfür.»

«Wofür?» gab Zondi unbestimmt zurück.

Er beobachtete gerade Sergeant Fanie Prinsloo von der Spurensicherung dabei, wie er das Innere des grünen Rovers untersuchte. Der Wagen war vom Abschleppdienst der Polizeiwerkstatt zur Leichenhalle gebracht worden. Zondi hatte mitfahren dürfen und gehofft, mit eigenen Augen sehen zu können, wie fest die Handgelenke des Toten zusammengeknotet worden waren. Es war immerhin möglich, daß die Spuren der dabei aufgewendeten enormen Kraft wirklich überzeugend waren, aber er glaubte nicht recht daran.

«Vielen Dank», sagte Nxumalo noch einmal, brach eine Zigarette in zwei gleich große Stücke – denn er war arm und hatte mehrere Frauen – und bot Zondi eine Hälfte an. «Bis jetzt war dieser Vormittag schrecklich. Dr. Strydom kam nicht, und da hat Sergeant van Rensburg, der alte Pavian, das angeordnet, was er ‹Frühjahrsputz› nennt. Weißt du, was ‹Frühjahrsputz› heißt?»

Zondi nickte in dumpfer Erinnerung an etwas Ähnliches aus seiner Vergangenheit als Hausdiener. «Es bedeutet, daß die Weißen das ganze Haus auf den Kopf stellen, dich sogar noch die Wände abwaschen lassen und dir dann sagen, du sollst alles wieder in Ordnung bringen.»

«Ah, es ist also ein Brauch», seufzte Nxumalo, als wäre damit alles erklärt.

Sie zündeten sich mit dem gleichen Streichholz die Zigaretten an und sahen zu, wie der Spurensicherungsbeamte seine Aufmerksamkeit nun dem Äußeren des Wagens zuwandte, besonders dem Bereich um das Kofferraumschloß.

«Du bist ein fauler Kaffer!» ahmte Nxumalo fast liebevoll van Rensburg nach – er arbeitete schon viele Jahre mit ihm zusammen. «Was macht dieser Arm hier, he? Wie lange haben wir diesen Arm schon? *Hau*, Boß, viele, viele Monate – seit dem großen Zusammenstoß von dem Zug mit dem Tankwagen. Komm mir nicht mit irgendwelchen Ausreden, du! Raus mit dem verfluchten Teil! Und dieser Kopf? Was ist mit diesem Kopf, den du hier hinten in den Gefrierschrank gestopft hast? Dachtest wohl, ich würde ihn nicht sehen, was? Der Kopf, Boß, ist der ohne Körper – Sie wissen schon, der, den die Streife in der Township Peacevale gefunden hat, wo sich Hunde darum rissen, und Dr. Strydom hat gesagt, er wäre mit einem Taschenmesser abgetrennt worden. Also nur der Kopf von irgendeinem faulen Kaffern, Nxumalo! Siehst du nun, was mit faulen Kaffern geschieht? Ja, mein Boß, nur hat Dr. Strydom gesagt, ich dürfte nicht –. Nun hör mir mal gut zu, Nxumalo, dies ist doch wohl *meine* Leichenhalle, oder? Wenn er so versessen auf diesen Kopf ist, soll er ihn doch mit nach Hause nehmen und in seine Tiefkühltruhe stecken! Warum soll er bei mir so viel Platz wegnehmen! Was der Mann alles für Schrott ansammelt! Schmeiß ihn bloß raus, hörst du?»

Zondi lachte und blies einen Rauchring in die Luft.

«So geht das ununterbrochen seit acht Uhr heute früh», knurrte Nxumalo, «und keine Minute Pause. Kaffer! Ja, mein Boß? Hast du die Ritze hinter dem Waschbecken gesehen, du verdammter Affe? Da ist altes Blut drin, und es ist *angetrocknet*. Und was machen all die Organe in den Glasbehältern da unten? Du hast doch hoffentlich nichts eingemacht für deine verfluchte Familie, oder? Mach diesen Tisch so sauber, daß ich davon essen kann – hast du gehört? Ja, Boß, wird gemacht, Boß – aber wohin mit dem Zeug, Boß? Wohin du willst, verflucht noch mal, bloß raus damit. Pack es zu den Leichen, die heute vormittag abgeholt werden, zwischen die Füße, wo es niemandem auffällt! Aber halt dich ran, hast du mich gehört? Ja, ich höre, mein Boß...»

Wieder ein Rauchkringel. «Und jetzt, Bruder?» murmelte Zondi und fragte sich, wann der Kofferraum des Wagens endlich aufgemacht wurde.

«Jetzt ist das alles vergessen», sagte Nxumalo mit einem dankbaren Seufzer. «Jetzt hat der alte Pavian nichts anderes mehr im Sinn als die neue Leiche, die ihm gebracht worden ist. Sie stammt, wie er sagt, aus einer guten Familie, wir müssen also schnell aufräumen und den Tisch hübsch decken für sie. Ich habe die Messer herausgelegt, und dann hat er mir gesagt, ich solle abhauen, um alles übrige würde er sich selber kümmern.»

«Hmmm», brummte Zondi, ebenfalls aus einem gewissen Nachahmungsbedürfnis heraus.

Sergeant Prinsloo hatte gerade mit sichtlichem Abscheu seine Utensilien für die Sicherung der Fingerabdrücke beiseite gelegt und griff nach der Kamera. Er öffnete den Kofferraum des Wagens, prallte zurück und verzog die Nase, dann sah er lange und genau hin und spitzte die Lippen zu einem lautlosen Pfiff. Das war zuviel. Zondi schlenderte hinüber und warf einen verstohlenen Blick auf die Leiche.

«He, Mickey, das ist kein Farbiger, klar?» protestierte Prinsloo. «Was willst du also hier?»

«Darf ich dem Sergeant das Blitzlicht halten, Sir?»

«Nein, ich komme schon zurecht – nun geh, zisch ab!»

Zondi zischte ab. Er ging zu Nxumalo zurück, zuckte die Achseln und lehnte sich wieder an die Wand. Ein Blick war weniger, als er sich erhofft hatte, aber genug, um ihm das gleiche mulmige Gefühl im Magen zu geben, von dem der Lieutenant erzählt hatte. Ob es an der furchtbaren Kraft lag, mit der der Knoten gebunden worden war, oder weil es wirklich eine Verbindung zwischen dem Fall Bradshaw und diesem Mord gab, vermochte er nicht zu sagen, aber sein Interesse war erwacht.

«Nxumalo, sei ein guter Freund», sagte er und reichte ihm die Hälfte der Lucky Strike, die er taktvoll entzweigebrochen hatte, «und hol mir mal das Telefonbuch aus dem Büro des alten Pavians – ich würde mir gern eine Adresse herausschreiben.» Zondi kannte sich zwar in den Nachnamen der Weißen nicht besonders aus, aber zumindest hatte er noch nie zuvor Digby-Smith gehört, und das dürfte die Sache ein wenig vereinfachen. Viel größer war letztendlich das Problem, ein Auto zu entführen.

Als Kramer mit seinem Chevrolet auf den Schotterparkplatz vor der Leichenhalle fuhr, waren nur drei junge Beamte von der Spurensicherung anwesend, die bei der minutiösen Untersuchung des Rover-Kofferraums grün anliefen und würgten. Die Leiche war entfernt worden, und sie füllten nun Erdproben und andere, weniger erfreuliche Manifestationen von Mutter Natur in Plastiktüten. Keiner hatte bisher etwas Besonderes zu berichten.

«Tatsache ist», sagte einer von ihnen, «daß Sarge Prinsloo innen nur zwei Sätze Fingerabdrücke nehmen konnte, und er sagt, die hinten wären alle verschmiert gewesen.»

«Wo ist er denn? In der Leichenhalle?»

«Genau, Sir. Doc Strydom hat vor ungefähr zehn Minuten mit der Arbeit begonnen.»

Kramer nickte und ging durch die Doppeltür in die Eingangshalle, wo Nxumalo mit drei Särgen beschäftigt war, und durch eine weitere Doppeltür in den Autopsieraum. Er hatte bei einer anderen Gelegenheit schon bemerkt, daß der Kreisarzt etwas von einem Gartenzwerg an sich hatte. Seine Charakterisierung erschien ihm an diesem Vormittag besonders treffend, denn Doc Strydom hüpfte neben einem Seziertisch auf und nieder wie ein Gartenzwerg, der nach zehnjährigem Angeln in einem Goldfischteich gerade seinen Fang gemacht hatte.

«Trompie!» rief Strydom. «Mann, so eine faszinierende Leiche haben Sie mir schon lange nicht mehr gebracht!»

«Freut mich, daß sie Ihnen gefällt, Doc.»
«Sehen Sie doch nur diese gebrochenen Handgelenke!»
«Habe ich gesehen. Was gibt's sonst noch?»
«Drei Schußwunden und einen Schädelbruch!»
«Was Sie nicht sagen!»
Kramer ging über die klappernden Laufbretter aus Holz näher heran. Prinsloo, mit dem er seit kurzem auf dem Kriegsfuß stand, nickte ihm nervös zu, während ihm van Rensburg mit seinem 140-Kilo-Charme ein breites, gewinnendes Lächeln schenkte, das wirkte wie der Riß in einem Heißluftballon. Daraus entwich jedoch bedauerlicherweise keine Luft, kein unanständiges Geräusch war zu hören, und er sauste auch nicht zusammenschrumpfend durch das nächste Fenster.
«Morgen, Lieutenant», sagten die 140 Kilo.
Er überhörte den Gruß und wandte sich dem Toten zu.
Edward «Bonzo» Hookham lag auf dem ersten der fünf Seziertische aus Keramik, den Kopf auf einen U-förmigen Holzblock gebettet. Was ihm gleich ins Auge fiel und ihn verblüffte, war die natürliche Reinheit Hookhams. Seine verdreckte Kleidung war in Plastiksäcke gepackt worden, die auf dem nächsten Seziertisch lagen, und Van Rensburg hatte offenbar fleißig den Schlauch benutzt, um auch die letzte Schmutzspur wegzuspülen. Als nächstes fiel auf, daß Hookham relativ wenig Platz auf der Platte einnahm: Kramer schätzte sein Gewicht auf etwa 110 Pfund bei einer Größe von maximal 1,65 Meter. Was den Gesamteindruck betraf, konnte man sich nur schwer entscheiden zwischen Siamkatze und Kokoseis am Stiel. Drei Wochen südafrikanischer Sonne hatten Hookhams Kopf, Hände und Füße (bis auf die hellen Streifen da, wo die Sandalen saßen) dunkelbraun gebrannt, während sein übriger Körper sehr blaß war, wie es nördlichen Breiten entsprach. Wie Kramer bei näherem Hinsehen vergnügt feststellte, waren Hookhams Augen tiefblau und mit leichtem Schielen gebrochen. Schaute man ihn jedoch von den Füßen her der Länge nach an, war seine rechte Seite weiß und die linke rosa, was ihm das Aussehen von Kokoseis verlieh.
«Hypostase», bestätigte ihm Strydom und drückte den Daumen in die Verfärbung. «Das ganze Blut ist zur der Seite hingeflossen, auf der er gelegen hat, als er gefunden wurde. Daraus können wir zwei Schlüsse ziehen. A: daß er seit mindestens sechs Stunden tot ist, und B: daß er nicht lange irgendwo herumgelegen hat, sondern gleich in

den Kofferraum gepackt wurde. Wenn Sie mal seine Schulter hier betrachten, sehen Sie deutlich den Eindruck eines Schraubenkopfes von der Karosserie des Wagens.»

Die achteckige weiße Form zeichnete sich so klar ab wie aus Papier geschnitten. Andere Druckpunkte auf Hookhams linker Seite waren ähnlich frei von angesammeltem Blut.

«Sie sagen, seit mindestens sechs Stunden. Aber wo ist die Obergrenze?» fragte Kramer. «Haben Sie seine Temperatur gemessen?»

«Ja, unter den gegebenen Umständen nützt das allerdings nicht viel. Der Kofferraum war wie ein Backofen, Trompie, und die Leichenstarre muß verdammt schnell eingetreten sein – es gibt sogar schon Spuren von Verwesung.»

«Also keine Todeszeit?»

«Ich würde sagen, innerhalb der letzten 24 Stunden.»

«Stimmt. Es war gestern abend oder nacht.»

Hookham hatte sehr wenig Fett am Körper, eine Bestätigung für Jontys Bemerkung, er sei ein Energiebolzen, obwohl er jetzt nur noch kinetische Energie besaß. Das Gesicht war eher jungenhaft und recht nett. Es wurde von einem Schnurrbart beherrscht, den Kramer als typisch für R.A.F.-Flieger einstufte, mit nach oben gebürsteten Spitzen und etwas großspurig, während der dünnlippige Mund wie geschaffen zu sein schien für lakonische Bemerkungen.

«Wo hat ihn die erste Kugel getroffen, Doc? Hier am Kopf?»

«Möglicherweise. Ich wollte gerade die anderen Löcher in seiner Brust untersuchen.»

«Dann legen Sie mal los.»

Die beiden Einschußlöcher befanden sich etwas rechts von Hookhams Brustbein. Sie hatten jeweils einen Durchmesser von etwa einem Zentimeter und durch Abschürfung ringsum einen dunklen Rand, so daß noch einmal drei Millimeter hinzukamen.

«Eins kann ich Ihnen sofort sagen», sagte Strydom. «An seinem Hemd waren weder durch Rauch verursachte Schmutzstellen noch Einlagerungen von unverbranntem Pulver, sie kamen also beide eindeutig aus einer Entfernung von über einem Meter.» Er verstummte und runzelte die Stirn. «Komisch, ich kann die Spur von dieser hier nicht finden...» Um mehr sehen zu können, hielt er die Kugel in einem steileren Winkel zur Leiche und bewegte sie vorsichtig hin und her. «Aha, so geht sie hinein! Sieht so aus, als hätte er diese Schüsse abbekommen, während er auf dem Rücken lag.»

«Die erste traf ihn also in die Stirn, und die anderen wurden hinterher abgefeuert?» fragte Kramer.

«Nach dem Einschußwinkel zu urteilen, würde ich sagen, daß das eine logische Vermutung ist, ja.»

«Ich weiß nicht, warum sich jemand die Mühe gemacht hat», murmelte van Rensburg. «Das Hirn von dem Typen war doch sowieso schon weggeblasen.»

«Das stört manche Leute nicht weiter», entgegnete Strydom, der den Leichenhallenbeamten nicht mochte, giftig. «Nur gut, daß sich der Mörder die Mühe *gemacht* hat, Sie Komiker, denn aus der Kopfwunde können wir keine Kugel herausholen – sie ist gleich hinten wieder heraus.»

«Sie meinen, wir hätten vielleicht etwas für die Ballistiker?» fragte Kramer und wurde wieder munter. «Keine Löcher im Rücken, wo die Kugeln wieder ausgetreten sind?»

«Sehen Sie selbst, Trompie – los, van Rensburg, packen Sie mit an!»

Während die Leiche umgedreht wurde, räusperte sich Prinsloo wie jemand, der hofft, etwas wiedergutmachen zu können. «Lieutenant, Sir», sagte er respektvoll, «darf ich einen Gedanken äußern? Ich habe mit angehört, wie Sie meinten, diese Sache könnte mit dem Fall Bradshaw zusammenhängen. Wenn dem so ist und der Mörder die Sache mit Bradshaw versiebt hat, weil er nur einen Schuß auf ihn abgegeben hat, dann hat er diese Extrakugeln vielleicht in den hier reingepumpt, weil er dieses Mal auf Nummer Sicher gehen wollte.»

«Schon möglich.»

Strydom strich mit der Hand leicht über Hookhams Rücken. «Wissen Sie was? Ich glaube, wir haben Glück!» sagte er mit leisem Lachen. «Ziehen Sie sich den Gummihandschuh dort an und fühlen Sie mal hier, Tromp. Ein Knubbel, wie eine Zyste.»

Kramer ertastete ihn schnell. «Ist das eine der Kugeln?»

«Mit ziemlicher Sicherheit», erwiderte Strydom. «Wie Sie wissen, bietet nach dem Knochen die Haut einer Kugel den größten Widerstand. Zum Beispiel haben nur wenige, die sich ins Herz schießen wollen, Erfolg damit. Die Kugel trifft bloß auf das Brustbein und rutscht dann unter der Haut auf dem Brustkorb entlang.»

«Skalpell?» sagte van Rensburg dienstbeflissen und hielt ihm eins hin.

Strydom übersah es einfach und wählte ein anderes von genau der gleichen Art. «Wie oft muß ich Ihnen eigentlich noch sagen, daß das hier kein verfluchter Operationssaal ist, Sergeant? Wenn ich so hätte leben wollen – statt in Frieden und Stille –, hätte ich mir auf jeden Fall eine Oberschwester zugelegt, die entschieden hübscher wäre als Sie!»

Van Rensburg, der nicht nur mit seinem Bürstenschnitt schneidige Männlichkeit beweisen wollte, wurde erst knallrot, dann bläulichlila und schließlich schmutzigbraun. Er murmelte etwas von einem faulen Kaffern, dem er einen Tritt verpassen müsse, und verschwand.

«Äh-hem», räusperte sich Prinsloo erneut. «Wünschen Sie, daß ich auch hiervon eine Aufnahme mache, Doc?»

«Nein, aber Sie können mir aus dem Licht gehen, wenn's Ihnen nichts ausmacht.»

«Entschuldigen Sie, Doc! Teufel auch, das mit der Haut war ja interessant, was?»

Kramer stöhnte innerlich auf. Und schon war kein Halten mehr: Strydom wartete mit seinem unerschöpflichen Vorrat einschlägiger Anekdoten auf, die sich auf die Fallgeschichten gründeten, die er so begierig verschlang – dabei zählte im Moment eigentlich nur das Kaliber, das für Hookham verwendet worden war. Der Unterschied zwischen der Einschlagswunde, die eine Kugel vom Kaliber .32 verursacht, und der, die eine .38er hinterläßt, war natürlich mit bloßem Auge nicht zu erkennen, und in Anbetracht der unsinnigen Kaliberbezeichnungen schon gar nicht. Eine .38er Spezial war in Wirklichkeit eine .35er, weshalb er dieses Kaliber in der .357er Ruger-Magnum verwenden konnte, die unter seinem linken Arm steckte.

«Ich will Ihnen mal von einem Fall erzählen», sagte Strydom und hielt mit erhobenem Skalpell inne, «von dem ein gewisser Dr. LeMoyne Snyder in Amerika berichtet hat. Ein Mann wurde zu ihm verwiesen mit geschwollenem Skrotum – Sie wissen, was das ist?» Prinsloo nickte und wies auf ein Glasgefäß neben sich im Regal. «Ja, aber ansonsten war es normal, nicht so gescheckt. Jedenfalls ertastet Snyder einen harten Knoten darin, also gibt er dem Mann eine Spritze Novocain und bringt einen kleinen Schnitt an, etwa so...» Die Schnittstelle öffnete sich in Hookhams Rücken wie ein blutunterlaufenes Auge mit bleigrauer Hornhaut. «Und was springt heraus? Eine .38 Kugel! Eine Sekunde noch, Tromp, ich will nur eben zu Ende erzählen, ja? Nun, der Typ hat schließlich gesagt, was passiert ist. Anscheinend hat er zehn Tage zuvor versucht, sich zu erschießen, zu diesem Zweck die Waffe auf sein Brustbein gerichtet und abgedrückt.»

«*Yirra!*» sagte Prinsloo.

«Als er wieder zu sich kam, lag er bei sich zu Hause auf dem Fußboden. Alles, was er hatte, war ein kleines Loch, das etwas weh tat, sonst nichts. Zuerst suchte er überall nach der Kugel in dem Glauben, es habe sich um eine Art von Querschläger gehandelt, aber dann gab er es auf und dachte, der Allmächtige sei wohl dazwischengeraten und habe seinen Selbsttötungsplan vereitelt – was wahrscheinlich auch der Wahrheit entsprach. Die Schwellung seines Skrotums brachte er in keinen Zusammenhang damit, sie setzte auch erst nach knapp einer Woche ein. Geschehen war folgendes: Die Kugel war zwischen Haut und Knochen nach unten gelenkt worden, am Peritoneum vorbei – der Bauchhöhle mit den Eingeweiden –, und war im linken Hoden steckengeblieben.»

«Hat – hat er sich davon erholt?» fragte Prinsloo.

«Vollkommen!»

«Das ist ja ein Ding! Und hätte die Kugel genausoleicht auch noch in seinen linken Fuß rutschen können, Doc?»

Strydom schaute ihn verständnislos an. «Wieso?» sagte er verwirrt.

«Na ja, weil es eine phantastische Geschichte aus dem wirklichen Leben ist, die ich meinen Kindern in der Sonntagsschule erzählen könnte, nur –»

Prinsloo erhaschte gerade noch rechtzeitig Kramers Blick und verstummte. Strydom beugte sich hastig über die Leiche, weitete die Haut um die Einschnittstelle herum und hielt gleich darauf mit befriedigtem Grunzen eine Kugel zwischen Daumen und Zeigefinger hoch. Er ließ sie in Kramers ausgestreckte Hand fallen.

«Eine .32er, was, Tromp? Ist ja so sauber rausgeploppt wie eine Erbse aus der Hülse!»

«Ein *Teilmantelgeschoß* vom Kaliber .32», murmelte Kramer und bekam auf einmal wieder ein mulmiges Gefühl im Magen, «genau wie das, was aus Archie Bradshaw herausgeholt wurde...» Er zog das Originalgeschoß aus seiner Brusttasche und reichte es mit der Hookham-Kugel zusammen Prinsloo. «Geben Sie die Ihren Jungs da draußen, sie sollen sie so schnell wie möglich zur Ballistikabteilung bringen, aber dalli! Und heute mittag möchte ich einen vollständigen Bericht haben.» Dann wandte er sich wieder Strydom zu. «Gut so, Doc – nun wollen wir mal sehen, was Sie noch für mich finden können.»

Zondi war eben mit dem Chevrolet des Lieutenants, den er eine Viertelstunde zuvor heimlich vom Hof der Leichenhalle stibitzt hatte – er war gleichzeitig mit einem klapprigen Leichenwagen, der einen Toten eingeladen hatte, davongefahren –, in dem piekfeinen Vorort Morninghill angekommen. Er parkte den Wagen um die Ecke und ging zu Fuß zum Anwesen der Digby-Smiths.

Die Digby-Smiths wohnten in einer breiten, farbenprächtigen Straße, gesäumt von Flammenbäumen in voller Blüte und kleinen, auffälligen Schildern, die vor den Alarmanlagen in den angrenzenden Anwesen warnten. Ebenso wie die anderen Häuser lag auch das ihre weit von der Straße ab in einem Park mit Rasenflächen, Terrassen, gepflegten Blumenbeeten, ordentlich geschnittenen Hecken und einem Tennisplatz. Statt eines Swimmingpools hatten sie einen Lilienteich, der von Felssteinen eingefaßt war und von merkwürdigen nackten Negerknaben aus weißem Zement beherrscht wurde, die alle dicke Bäuche hatten und schwere Gefäße mit Erde und Blumen hielten. Vielleicht waren diese Figuren Fruchtbarkeitsfetische, die das Wachstum ringsumher anregen sollten, aber angesichts ihrer fast unkenntlichen Geschlechtsteile war er sich dessen nicht sicher. Das Haus konnte von der Straße aus nur über einen Fahrweg erreicht werden, eine lange Einfahrt, deren Belag gerade erneuert wurde, und so hielt er sich am Rand, tauschte Grüße mit den Arbeitern aus und kam schließlich zu einem ummauerten Hof, der von der Garage abging.

«Ist deine Herrin fort?» fragte er, als eine magere Köchin auf sein Klopfen hin die Küchentür öffnete.

«Wer fragt?» erwiderte sie hochmütig.

«CID.»

«Hau?»

Von da an war alles ein Kinderspiel. Die Köchin bat ihn in die Küche, setzte Teewasser auf und lauschte mit gespannter Aufmerksamkeit seiner Beschreibung eines bekannten Sittenstrolches, der kürzlich in dieser Gegend gesichtet worden sei. Sie war bald halbwegs überzeugt, ihn in der Nähe der Läden schon einmal gesehen zu haben, und versprach, auch die anderen weiblichen Hausangestellten davon in Kenntnis zu setzen. Als der Tee eingegossen war, hatte sich das Gespräch schon diesem und jenem zugewandt.

«Nein, die Arbeit hier ist nicht allzu schwer», meinte die Köchin. «Es sind ja nur der Herr und die Herrin.»

«Und der Bruder der Herrin», fügte das Hausmädchen hinzu, eine dralle Magd, die sich gerade zu ihnen gesellt hatte. «So ein Männchen!» Und sie kicherte. «Klein, mit grauen Haaren, die sich nicht bändigen lassen, und dann noch braune Knubbel am Kopf!»

«Schscht!» mahnte die Köchin.

«Ist schon gut, er schläft noch», sagte das Hausmädchen.

«Er schläft?» Zondi mimte Erstaunen.

«Er ist gestern nacht sehr spät heimgekommen», erklärte das Hausmädchen, «und die Herrin hat gesagt, wir sollten ihn nicht stören. Sieh mal, dort auf dem Tablett wartet immer noch sein Frühstück darauf, daß er klingelt.»

Die Köchin schnalzte mißbilligend mit der Zunge. «Er hat den ganzen Morgen noch nicht geklingelt.»

«Ich glaube euch», sagte Zondi.

Er rührte in seinem Tee, schaute die Köchin an und fragte sich, ob ihre Magerkeit ein Zeichen dafür war, daß sie schlechte Arbeit leistete, oder ob sie vielleicht Würmer hatte.

«Diese Weißen», seufzte das Hausmädchen. «Sie leben nicht schlecht, stimmt's? Nur weil sie sich bis nachts um eins amüsiert haben, dürfen sie den ganzen nächsten Tag verschlafen.»

«Woher weißt du, daß es ein Uhr war?» fragte Zondi und zwinkerte ihr zu. «Was hat dich denn so lange wach gehalten?»

Sie kicherte und die Köchin ebenfalls.

«Hast du ihn heimkommen sehen?» fragte Zondi hartnäckig weiter. «Wie konntest du denn in der Stellung irgend etwas sehen?»

«Sie geht immer in den Garten mit dem –», hob die Köchin an, um sich dann selbst mit einem Klaps auf den Mund zum Schweigen zu bringen.

«Ich bin aufgestanden, weil ich zur Toilette mußte», sagte das Hausmädchen mit schlecht gespielter Würde. «Ich hörte ein Auto kommen und habe zur Straße hinuntergesehen.» Wieder kicherte sie. «Nein, ich mache nur Spaß», gestand sie dann. «Es hielt zwar um eins ein Wagen draußen, aber der Mann, der ausstieg, war groß.»

5

Für Edward «Bonzo» Hookham hatte endgültig die letzte große Reise ins Unbekannte begonnen. Geöffnet vom Schambein bis zum Kiefer, lag er da und sah aus, als passiere er gerade den Zoll. Eifriges Herumwühlen hatte sein farbenfrohes Innenleben in kunterbunte Unordnung gebracht. Herz, Lunge, Leber und Speiseröhre waren herausgetrennt und auf dem Abtropfbrett der Spüle aufgeschnitten worden, die Nieren ruhten in einer Nierenschale auf dem dritten Tisch, und seine Därme warteten in einem Emailleeimer auf eine weitere Untersuchung.

«So weit, so gut», kommentierte Strydom, brachte mit der Messerspitze am Kopf einen Schnitt von Ohr zu Ohr an und klappte die Hautlappen auf beiden Seiten nach unten. «Die Knochensäge bitte, Sergeant.»

«Oh, ich bin also doch noch zu etwas zu gebrauchen!» murmelte van Rensburg.

«Spielen Sie nicht die beleidigte Leberwurst», sagte Strydom und wandte sich an Kramer. «Na, Tromp, haben Sie schon was Interessantes über den Strick herausgefunden?»

Kramer spielte mit dem Stück Schnur, das von den Handgelenken des Toten gelöst worden war. «Das einzig Ungewöhnliche daran ist, daß beide Enden vor kurzem abgeschnitten worden sind. Sie sagen, es wäre kein besonders fester Knoten unter all dem Dreck gewesen?»

«Richtig. Einmal drunterher und einmal drüberher – ein halber Altweiberknoten, könnte man sagen. Aber was ist mit der angescheuerten Stelle in der Mitte?»

«Sieht aus, als wäre die Schnur vorher mal um irgend etwas herum – oder darüber – gelaufen, was die schadhafte Stelle verursacht hat.»

«Ein Rollo vielleicht?»

«Ja, daran habe ich auch schon gedacht. Aber vom Rollo eines Fensters kann die Schnur nicht sein, dafür ist sie zu dick. Wir müssen wohl abwarten, was das Gerichtslabor herausfindet.»

Strydom nickte. «Natürlich, mich läßt nur der Gedanke nicht los, wie stark jemand sein muß, um solche Brüche hervorzurufen. Könnten Sie so stark ziehen?»

«Keinesfalls.»

«Ä-hem», meldete sich Prinsloo.

«Na los, Fanie», seufzte Kramer. «Dann lassen Sie mal hören.»

«Wenn nun gar nicht so viel Stärke im Spiel war, weil der Mann eine Menge Gewicht mitbrachte, Lieutenant? Wenn ich einen Vorschlag machen darf: Könnte nicht van –»

«Immer sachte!» knurrte van Rensburg wütend, der sich gerade bemühte, den kreisförmigen Sägeschnitt ordentlich abzuschließen.

Draußen im Büro klingelte das Telefon, und Prinsloo schlich hinaus, um das Gespräch anzunehmen. Kramer beschäftigte sich noch immer mit dem Stück Schnur. Es war völlig logisch, daß *ein* Ende abgeschnitten war, denn nur Gott allein wußte, wie lang die Schnur ursprünglich gewesen war, aber warum auch das andere Ende?

«Das waren die Ballistiker», verkündete Prinsloo bei seiner Rückkehr. «Der Kleine, den ich mit der Kugel hingeschickt habe, ist eben dort eingetroffen.»

«Und?» drängte Kramer, dem diese alberne Nachricht verdächtig vorkam.

«Also, es kann sich noch etwas hinziehen, Lieutenant.»

«*Was?*»

«Bis sie ihr Vergleichsmikroskop oder so was gefunden haben. Sie haben gestern abend Mitchells Beförderung im Labor gefeiert, und irgendein Scherzbold hat –»

«Heiliger Himmel!» unterbrach ihn Kramer, «wie lange hinziehen? Wenn die glauben, daß ich –»

«Sie haben versprochen, bis heute abend irgend etwas zu liefern, Sir, wenn Sie also...»

Aber Kramer ging schon im Sturmschritt über die Laufbretter und stopfte beim Gehen die Schnur in seine Jackentasche. Dank der Formalindünste in der Leichenhalle waren seine Halsschmerzen in doppelter Stärke wiedergekehrt, das Gezanke von Strydom und van Rensburg ging ihm auf die Nerven, und nun mußte auch noch so etwas passieren. Beinahe wäre er geradewegs in eine Leiche gerannt, die eben von einer in Tränen aufgelösten schwarzen Familie abgeholt wurde.

Nxumalo kam eilends auf ihn zu. «Boß? Kann der Boß wohl Sergeant van Rensburg bitten, mit den Unterlagen herzukommen, damit die Leute hier ihr Zeichen darauf setzen können?»

«Augenblick, Mann! Siehst du nicht, daß ich beschäftigt bin?»

Kramer ging in das Büro hinter dem Kühlraum und wählte die Nummer der Ballistikabteilung. Während er darauf wartete, daß jemand abhob, durchforstete er die vollgestopften Schubladen von van

Rensburgs Schreibtisch, fand dessen ledernen Flachmann mit Kap-Brandy und nahm einen Schluck zur Halskur. Nachdem er volle drei Minuten gewartet hatte – er hatte diesen Morgen kein Glück mit dem Telefonieren –, verlor er die Geduld, schmetterte den Hörer auf die Gabel zurück und hätte um ein Haar wieder die schwarze Familie umgerannt. Sie hatten die Leiche in einen langen Elektrogerätekarton gelegt, den sie irgendwo ergattert hatten.

«Boß?» bettelte Nxumalo.

«Ja, ja, ich vergeß es schon nicht.»

Van Rensburg war mit seiner schwierigen Aufgabe fertig und entfernte gerade rosa Sägemehl von den Zähnen seiner Säge. Prinsloo stellte seine Kamera ein, und Strydom hob die Schädeldecke ab, was ein leises Schmatzen verursachte.

«Herrlich!» rief er bei näherem Hinschauen. «Geradezu ein Paradebeispiel! Sehen Sie nur, die Kugel ist hier durchgegangen wie ein Stein durch einen Pudding, ist dabei ins Trudeln gekommen, seitlich an den Hinterkopf gestoßen und hat dann hinten ein großes Loch in den Schädel gerissen. Und diese Fraktur hat wirklich ein beachtliches Format, nicht?» Er zog die Kopfhaut mit dem Haarschopf hoch und schaute in das Haar. «Großer Gott...»

«Was ist?» fragte Kramer.

Aber Strydom schwieg, bis er den Bereich schnell mit einem Skalpell rasiert hatte und drei runde Blutergüsse in einer Reihe zum Vorschein kamen, zu der noch eine vierte, aber viel schwächere Quetschung hinzukam.

«Ist ja nicht zu glauben», brummte er vor sich hin. «Die Schädeldecke ist normal dick, der Knochen nicht etwa weich...»

«Kann er nicht rückwärts auf eine Baumwurzel gestürzt sein?» überlegte Prinsloo.

«Vielleicht auf die Stoßstange des Autos», meinte van Rensburg.

«Oder auf Steine?» schlug Strydom vor.

Kramer schwieg. Er sah das Entsetzen in ihren Gesichtern und wußte, was keiner von ihnen sich eingestehen mochte. Die blauen Flecken auf dem Schädel sahen genauso aus wie Knöchelmale, die ein einziger Faustschlag zurückließ. Von einer Faust, die so stark war, daß sie die Schädeldecke darunter zertrümmert hatte. Die Faust eines Goliaths.

«Wissen Sie was: Ich glaube, wir sollten ein Experiment durchführen», sagte Strydom leise und ging hinüber zu dem Toten, um sich noch einmal die Brüche an den Handgelenken anzuschauen. «Die Schwierigkeit ist nur die, wie wir...» Und er versank in Gedanken.

«Übrigens», sagte Kramer zu van Rensburg, «Nxumalo möchte, daß Sie ihn von einer Leiche befreien.»

«Und wenn Sie schon da draußen sind», fügte Strydom hinzu, «dann sehen Sie doch mal, ob Sie nicht ein Stück Kordel finden können wie die, die hier rumgebunden war. Okay?»

Van Rensburg ging murrend davon, und Prinsloo machte ein paar Nahaufnahmen von den Blutergüssen. Strydom wanderte im Raum hin und her.

«Ah, die müßte gehen», sagte er dann, zog die Federwaage vom Holzpflock über dem Becken und nahm die metallene Waagschale für Organe ab. «Wenn wir ein Ende der Schnur an diesen Haken knoten und beim Ziehen darauf achten, was die Nadel anzeigt, haben wir die erforderliche Zugkraft in Kilogramm!»

«Schlau, schlau, Doc», sagte Kramer. «Aber was wird eigentlich damit bewiesen?»

«Hmmmmm? Das *wirkliche Problem* besteht natürlich darin, etwas zu finden, woran wir dieses Experiment durchführen können. Schade, daß beide Arme gebrochen sind, sonst könnten wir...»

«Haben Sie nicht ein paar Schwarze ohne Angehörige im Kühlschrank?» fragte Prinsloo, eifrig darauf bedacht, sich als ideenreicher Mensch zu profilieren.

«Leider nicht, fürchte ich. Aber, wie Mama immer zu sagen pflegte: Wo ein Wille ist, ist auch ein Weg.»

Kramer hatte auf einmal genug. Wieviel Kilo auch immer dabei herauskommen mochten, das war nicht die Art von Daten, die beim CID – oder anderswo – in den Akten zu finden waren, dieser Unsinn würde die Ermittlungen keinen Deut weiterbringen. Überdies war er sicher, gehört zu haben, wie gerade vor den Milchglasfenstern sein Auto vorfuhr, und das war ein Phänomen, für das er sofort eine Erklärung finden mußte.

«He, bleiben Sie noch eine Sekunde, Tromp!» rief Strydom hinter ihm her. «Ich hatte gerade eine Idee, und van Rensburg braucht keine zwei Minuten, um –»

Aber Kramer war schon weg.

In der Ballistikabteilung herrschte ganz eindeutig Katerstimmung, als Mitchell, der selber nie unter Katzenjammer litt, kurz vor zwölf mal eben vorbeischaute. Wie in den anderen Abteilungen, die er auf seiner Danksagungsrunde besucht hatte, sah auch hier jeder so aus, als würde er schon beim leisesten Geräusch, und sei es nur ein herunterfallender Bleistift, hochfahren, als fiele ein Pistolenschuß. Bei genauerem Hinsehen wirkte dieser kränklich blasse Haufen allerdings noch nervöser und verkrampfter. Ein Pistolenschuß knallte in der Ecke des Schießstandes.

«Das Leben kann sehr ungerecht sein», knurrte Johan Botha mit Schaudern. Dann beugte er sich wieder über das Vergleichsmikroskop. «Was können wir für dich tun, Mitch?»

«Ich wollte mich nur noch einmal für das schöne Fest bedanken!»

«Ach ja? Du weißt wahrscheinlich auch nicht, wer dieses Ding genommen und in der Dunkelkammer versteckt hat, was?»

«Ehrlich gesagt, habe ich –»

«Was?» sagte Botha, schaute auf und kniff die Augen zusammen.

«Nein, nein, ich war es nicht, Mann! Ich wollte gerade nachfragen, ob ihr schon mit Japie von der Verkehrsüberwachung darüber gesprochen habt.»

«Hast du gesehen, wie er es von hier mitgenommen hat?»

«Das nicht direkt, aber ich habe ihn mit der neuen Stenotypistin vom CID in der Dunkelkammer verschwinden sehen, und sie ist so flachbrüstig, daß man meines Erachtens durchaus so ein Mikroskop gebrauchen könnte, um –»

«Raus», sagte Botha.

«Ja, raus hier», stimmten nun auch die anderen ein, als wüßten sie Mitchells rasiermesserscharfen Humor plötzlich nicht mehr zu würdigen. «Raus, und bleib draußen!»

Mitchell zuckte die Achseln und wandte seine Aufmerksamkeit den zwei .32er Kugeln zu, die Botha nebeneinander unter den Zwillingsobjektiven seines Geräts liegen hatte. «Was ist das denn?» fragte er. «Erzähl mir bloß nicht, der schlaue Kramer hat eine Übereinstimmung mit dem Fall Bradshaw gefunden!»

«Wirf doch selber einen Expertenblick darauf, wenn du möchtest», sagte Botha einladend. «Obwohl die Sache klar ist.»

«Tatsächlich?» sagte Mitchell beeindruckt.

Kramer schob sich tief in den Beifahrersitz im Chevrolet und verhakte die Fersen bequem unter dem Armaturenbrett. Mit Zondi am Steuer, und das noch in einem gewissen Überschwang, war es oft angenehmer, keinen klaren Blick auf die Straße zu haben. Sie fuhren mit mindestens Hundert auf der vollen Autobahn ins Zentrum der Stadt zurück.

«Ja, es paßt alles zusammen», sagte er. Seine Stimmung hatte sich dank Zondis Alleingang erheblich verbessert. «Frag mich nicht, was zusammenpaßt, aber es besteht eindeutig ein Zusammenhang zwischen den beiden Fällen. Wenn die Ballistiker uns eine positive Bestätigung bezüglich der Kugel geben, die wir herausgeholt haben, wissen wir es genau.»

Zondi scheuchte einen Fünftonner zur Seite und machte einen Fünfzig-Meter-Spurt an ihm vorbei. «Und wenn dieser Mann wirklich groß ist, Boß, erleichtert uns das die Arbeit sehr.»

«Stimmt. Nichts von dem Er-war-eigentlich-durchschnittlich-groß-Quatsch. Wie oft sind wir beide schon auf der Suche nach Mr. Durchschnittsgröße gewesen!»

«Weg da!» knurrte Zondi einen lahmen Mini an, um dann auf der falschen Seite an ihm vorbeizufegen. «Was hatten Sie gesagt, Boß?»

Aber Kramer ging in Gedanken gerade noch einmal die bisher bekannten Fakten durch. «Du sagst also, alle Fahrzeuge der Digby-Smiths sind auf der Straße geparkt worden?»

«*Yebo*, die Männer haben eine ganze Woche an der Einfahrt gearbeitet, sagen sie, deshalb mußten die Autos draußen bleiben.»

«Wie viele haben sie denn?»

«Drei, Boß. Da ist der Rover, dann ein großer Ford, den Boß Digby-Smith zur Arbeit fährt, und schließlich noch ein alter Wagen, den sie nehmen, wenn die anderen zur Inspektion in der Werkstatt sind. Ein Morris.»

«Aha, es war also keineswegs merkwürdig, daß das Auto vergangene Nacht draußen auf der Straße gelassen wurde. Aber was ist mit dem Zündschlüssel?»

Zondi schnippte mit den Fingern, ärgerlich über sich selbst. «Das habe ich vergessen zu erzählen! Die Köchin hat gesagt, ihre Herrin hätte sich heute morgen darüber beklagt, daß die Schlüssel nicht auf das Silbertablett in der Eingangshalle zurückgelegt worden seien. Aber ihr Mann hat nur erwidert, sie solle keinen Unsinn reden und einfach den Ersatzschlüssel nehmen.»

«Hmmm. Hast du noch mit anderen Hausangestellten gesprochen?»

«Mit dem Hauptgärtner. Er wohnt in Peacevale, wußte also nichts von den Geschehnissen der letzten Nacht. Das einzige, was ihm auffiel, als er zur Arbeit kam, war, daß die Hunde aus der ganzen Nachbarschaft am Heck des Wagens schnupperten und dann das Bein daran hoben.»

«Kam ihm das nicht seltsam vor?»

«Er mußte lachen», sagte Zondi grinsend. «Er sagte, die gleichen Gefühle hätte er selbst schon viele Male seinem Arbeitgeber gegenüber gehabt.»

Kramer schmunzelte. «Hast du auch daran gedacht, ihn zu fragen, ob er jemanden auf dem Grundstück herumschnüffeln sah? Der Mörder muß gewußt haben, daß die Autos draußen blieben.»

«Warum ‹muß›?»

«Weil – ach, das können wir uns später vorknöpfen. Erzähl erst mal genau, was das Hausmädchen nach eigenen Angaben um ein Uhr gesehen hat.»

Zondi nahm das Gas zurück, als sie sich den ersten Verkehrsampeln näherten. «Sie sah ein Auto ankommen, und es hatte nur Standlicht an. Sie sah, wie es draußen vor der Hecke anhielt und ein großer Mann ausstieg – er wurde von der Straßenlaterne auf der anderen Seite beschienen. Ihre Sicht wurde durch eine Menge Laub behindert – ich habe von der gleichen Stelle aus geguckt, es stimmt –, und da dachte sie, es müßte wohl ein anderer Boß in einem anderen Auto sein.»

«Mitten in der Nacht? Kam ihr das nicht verdächtig vor?»

«Boß, Boß, Boß», sagte Zondi und schüttelte traurig den Kopf, «werden Sie denn nie begreifen, daß ein Schwarzer schon mit sieben Jahren aufhört, sich über die Weißen zu wundern? Sie tun so viele seltsame Dinge und glauben so viele seltsame Dinge, daß das Leben einfach zu kurz dafür ist.» Die Ampel sprang auf Grün, und Zondi fuhr mit Vollgas über die Kreuzung und Richtung Boomplaas Street.

«Ich *weiß* aber, daß ich irgendwo einen habe», sagte der Kreisarzt gerade zu van Rensburg, als sie aus dem Autopsieraum kamen. «Und ich will keine Entschuldigung mehr hören – treiben Sie ihn gefälligst auf!»

Nxumalo fuhr mit dem Staubwedel über einen Mahagonisarg auf Böcken, der vor den Kühlschranktüren stand. Normalerweise tauchten in der Leichenhalle nur die abgesplitterten Fichtenholzkisten auf, die Schwarze für ihre Angehörigen mitbrachten, während die sterblichen Überreste der Weißen von Bestattungsunternehmen abgeholt und in deren Räumlichkeiten eingesargt wurden. Bisweilen jedoch, wenn die sterblichen Überreste eines Weißen in scheußlicher Verfassung waren und nicht dazu taugten, noch einmal von der Familie betrachtet zu werden, legte man sie direkt in den ausgewählten Sarg und schraubte den Deckel fest. Dieses Schicksal hatte Mr. Horace Austin getroffen, der in seinem brennenden Auto – mit van Rensburgs Worten – zu einem «Sandwich mit Sauce» reduziert worden war. Er war gleich eingesargt worden und wartete nun auf seinen Abtransport durch Abbott & Son.

«Äh, Nxumalo», sagte van Rensburg und kam zu ihm herüber, «ich möchte dich etwas fragen.» Er warf einen Blick auf die Liste am Klemmbrett. «Wo ist die Leiche von Philemon Bapuna?»

«Weg, Sergeant.»

«Ja, ich dachte es mir. Und Daisy Majola?»

«Weg, Sergeant.»

«Laß mal sehen... Der hier ist Mr. Austin – ah ja, was ist denn mit Roger Dhlamini? Haben wir den noch irgendwo hinten?»

«Weg, Sergeant.»

Van Rensburgs Gesicht wurde lang. «Bist du ganz –»

«Nun hören Sie mal, van Rensburg!» bellte Strydom, der die ganze Zeit daneben stand. «Sie brauchen doch bloß einen Arm für mich zu finden, was soll das also?»

«Äh, ich wollte nur erst ein paar Routinesachen klären, Doc!» Und van Rensburg sah Nxumalo flehentlich in die Augen. «Erzähl mir bloß nicht, du hast heute morgen wirklich was getan, was ich dir befohlen habe!»

«Doch, doch, wirklich, Sergeant!» erwiderte Nxumalo mit einem gewissen Stolz auf seinen Gehorsam. «Ich habe mich rangehalten!»

Van Rensburg schenkte ihm ein schwaches Lächeln, dann wandte er sich an Strydom, der ungeduldig mit dem Fuß scharrte. «Tut mir leid, Doc, aber ich glaube nicht, daß sich der Arm noch in der Leichenhalle befindet», sagte er. «Ich weiß nicht mehr, warum ich mir da so sicher war, aber vielleicht könnten Sie Ihr Experiment an –»

«Sergeant van Rensburg, *kommen Sie mit*», zischte Strydom und ging zum Autopsieraum zurück.

Wieder allein, gluckste Nxumalo vor Vergnügen und wedelte weiter Staub, wobei er ab und zu innehielt und einen belustigten Blick auf das untere Ende des Sargdeckels warf.

Kramer hatte Meerkat Marais völlig vergessen. Der hockte auf der Kante des Aktenschrankes wie Rodins ‹Denker›, die Stirn gegen seine Faust gepreßt.

«So, so, alter Freund», sagte er, als er mit Zondi im Gefolge sein Büro betrat. «Könnte es sein, daß du jetzt, nachdem du ausgiebig Gelegenheit hattest, über deine sündige Vergangenheit nachzudenken, bereit bist, ein anderes Lied zu singen?»

«Um Himmels willen...», flüsterte Meerkat.

«Gut, dann will ich dir sagen, was du für mich tun wirst. Ich habe meine Meinung geändert, was deine Aussage betrifft, die wir ja protokollieren wollten. Dafür sollst du für mich herausfinden, wie viele andere .32er Kanonen in letzter Zeit auf dem Markt waren – okay?»

«Was Sie wollen!» erwiderte Meerkat im gleichen angestrengten Flüsterton. «Könnte Ihr Bantu mal kurz rausgehen? Ich muß Ihnen etwas sagen!»

«Schön, und dann möchte ich noch, daß du nach einem sehr großen Kerl Ausschau hältst wie der, den Archie Bradshaw in der Zeitung beschrieben hat.»

«Hören Sie, Lieutenant, kann ich unter vier Augen mit Ihnen sprechen? *Bitte*, Mann, es handelt sich um einen Notfall!»

«Ich habe jetzt keine Zeit», sagte Kramer und schloß ihm die Handschellen auf. «So, du kannst runterspringen und dich auf den Weg machen.»

«Kann ich nicht.»

Kramer wandte sich an Zondi. «Wähl mal die Ballistikabteilung für mich, Mickey.» Dann drehte er sich drohend wieder zu Meerkat um. «Los, jetzt! Spring runter und hau ab! Ich melde mich später wieder bei dir.»

«Ich kann nicht», flüsterte Meerkat. «Ich kann mich nicht *bewegen*.»

«Was?»

«Ich trau mich nicht, Lieutenant!»

«Du gehst mir ein bißchen auf die Nerven, Meerkat – weißt du das? Was zum Teufel ist los mit dir?»

«Es ist meine B-l-a-s-e», buchstabierte ihm Meerkat mit einem beunruhigten Blick in Zondis Richtung.

«Deine was?» Kramer begann zu grinsen.

«Schsch! Nicht so laut!» beschwor Meerkat ihn, als stünde die Würde seiner Rasse auf dem Spiel. «Sagen Sie endlich Ihrem –»

«Mein Gott, Meerkat, du sitzt also regelrecht auf einer Zeitbombe, was? Überleg bloß mal, was die bei all den Akten unter dir anrichten würde!»

«Ist mir klar! Warum hel –?»

«Sachbeschädigung, Meerkat! Mutwillige Zerstörung von Staatseigentum!»

«Es ist kein Witz! Seit Stunden bin ich –»

«Die Ballistik, Boß», unterbrach ihn Zondi mit versteinerter Miene und reichte Kramer den Hörer.

«Hallo, Botha? Habt ihr was für mich?»

Der Mann aus dem Labor bemühte sich vergeblich, seine Erregung zu verbergen. «Gratuliere, Sir – es sind Zwillinge.»

«Noch mal!»

«Die beiden Kugeln sind identisch – oder, anders ausgedrückt: Wir können meines Erachtens hundert Prozent sicher sein, daß sie beide mit derselben Waffe abgefeuert wurden.»

Kramer hatte zwar auf dieses Ergebnis gehofft, aber es dauerte doch eine Zeitlang, bis er es richtig kapierte. «Das ist die beste Nachricht der ganzen Woche, Mann. Das nächste Mal, wenn wir uns in der Kantine sehen, gehen die doppelten Brandys auf meine Rechnung.»

«Noch etwas, Sir.»

«Schießen Sie los.»

«Ich habe gerade auf meine Anfrage ein Telex von unserem Topexperten in Pretoria erhalten. Ich hatte ihm letzten Samstag die genauen Angaben über die erste Kugel geschickt, und er sagt, die Produktion dieser Art von Teilmantelgeschossen des Kalibers .32 sei in den fünfziger Jahren eingestellt worden. Er bestätigt uns ferner, daß die fünf Rillen auf der rechten Seite die Annahme rechtfertigen, daß es sich bei der Waffe um eine Smith & Wesson handelt. Ich habe eine Kopie dieses Berichts an die Schußwaffenabteilung geschickt, außerdem geben wir ein neues Fahndungsschreiben aus.»

«Wunderbar», sagte Kramer. «War's das?»

«Ja, bis Sie die Schußwaffe finden und wissen wollen, ob die auch dazu paßt», scherzte Botha und legte auf.

Kramer zwinkerte Zondi unauffällig mit einem Auge zu. «Die Kugeln stimmen perfekt überein, jetzt geht's endlich los! Aber ich will erst mal runtergehen und dem Boß berichten, wie es steht.» Mit diesen Worten wandte er sich zur Tür.

«Nicht noch einmal», wimmerte Meerkat. «Sie können doch nicht einfach gehen und –»

«Sergeant», sagte Kramer, ohne stehenzubleiben, «könntest du wohl für diesen Herrn hier eine M-i-l-c-h-f-l-a-s-c-h-e auftreiben?»

«*Yessir!*» sagte Zondi.

6

Colonel Hans Muller, Divisionskommandant des CID, stützte die Ellbogen auf seinen gewaltigen Schreibtisch und legte die Fingerspitzen zusammen. Eine Zeitlang starrte er die dunkle Stelle auf der cremefarbenen Wand an, wo jahrelang ein Amtsporträt von Balthazar John Vorster gehangen hatte, dann musterte er die Zimmerdecke, ob vielleicht eine Spur von seiner kleinen Freundin zu entdecken war, einer Eidechse, die anscheinend gleichfalls in den Ruhestand getreten war. Langsam entspannte sich sein zerfurchtes Gesicht wieder, er nahm die Hände auseinander und legte sie mit dem geschäftsmäßigen Abstand von 30 Zentimetern auf die Schreibunterlage.

«Wir haben es also mit einem Irren zu tun, der frei herumläuft», sagte er.

«Mit einem Mörder, der frei herumläuft, ja», pflichtete Kramer bei.

«Sie müssen doch zugeben, daß es pervers war, den Digby-Smiths die Leiche auf diese Art zurückzuerstatten.»

«Nicht unbedingt, Colonel. Sein Wahnsinn könnte Methode haben.»

«Wieso?»

«Das weiß ich doch nicht, aber ich möchte mir lieber alle Möglichkeiten offenhalten, was seinen Geisteszustand betrifft. Mit dem Zurückbringen der Leiche hat er immerhin eins erreicht: Wir haben nicht die mindeste Ahnung, wo Hookham ermordet wurde.»

«Stimmt.» Colonel Muller schlug den Ordner auf seinem Schreibtisch auf. «Während Sie heute morgen unterwegs waren, habe ich mir die Aussage dieses Bradshaw noch einmal angesehen. Die Beschreibung, die er von seinem Angreifer liefert, ist reichlich schwammig und sehr subjektiv, Lieutenant. Er sagt eigentlich nur: ‹Da sah ich einen Riesenkerl, gebaut wie ein massives steinernes Scheißhaus.›

Gehe ich recht in der Annahme, daß Sie ihn zu dem Zeitpunkt nicht ganz ernst genommen haben? Ich erwarte im allgemeinen von meinen Beamten mehr Einsatz. Ich bin auch dankbar, wenn die Wortwahl einer solchen Beschreibung für den Steckbrief übernommen werden kann, ohne daß die breite Öffentlichkeit vor den Kopf gestoßen wird.»

Kramer zuckte die Achseln. «Na schön, ich habe mich nicht allzutief in die Sache gekniet, Sir, aber wir waren ja beide der Meinung –»

«Sie haben sich überhaupt nicht hineingekniet, Tromp! Reden wir nicht drum herum. Wir brauchen Genauigkeit. Was wir brauchen, ist eine bestmögliche Beschreibung des Verdächtigen! Denken Sie bloß mal daran, daß er in dieser Minute womöglich irgendwo da draußen ist und seinem nächsten Opfer nachstellt!»

«Es käme ganz darauf an, ob –», hob Kramer an.

«Bitte, Tromp, keine halbgaren Theorien zu diesem Zeitpunkt. Wenn Sie etwas finden, was auf eine Verbindung von Bradshaw und Hookham schließen läßt, gut und schön, aber bis dahin müssen wir diesen Mörder gewissermaßen als Wahnsinnigen betrachten, der wahllos zuschlägt. Meines Erachtens ist jeder in Trekkersburg in Gefahr.»

«Genausogut könnten Sie sagen –»

«Und unsere einzige Möglichkeit, diese Gefahr zu verringern, ist die, uns ein klares Bild vom Feind zu machen. *Das* hat Priorität für Sie.»

Kramer gab es auf, seine Sätze zu beenden, und griff nach dem Telefon. «Sie wollen, daß ich mir Bradshaw noch einmal vorknöpfe, Sir?»

«Wen sonst? Der einzige andere Augenzeuge bislang ist das Hausmädchen, aber sie war zu weit entfernt.»

«Richtig, dann will ich ihn schleunigst aufsuchen, bevor er an den Fluß verschwindet.»

«An welchen Fluß?» Colonel Muller zog spöttisch die Augenbrauen hoch.

Kramer hielt kurz im Wählen inne und tippte mit dem Finger auf den obersten Zeitungsausschnitt im Ordner, den Colonel Muller daraufhin las, während sie darauf warteten, daß der Hörer am anderen Ende der Leitung abgenommen wurde.

«Nach seiner gestrigen Entlassung aus dem Krankenhaus ließ Mr. Bradshaw verlauten, daß er sich ein paar Tage in sein Wochenendhaus zum Angeln zurückziehen wolle», schrieb der Gerichtsreporter der

Gazette. «‹Das alles war ein ganz schöner Schock›, sagte er, ‹aber nicht so schlimm, daß es nicht durch ein, zwei Tage Forellenangeln wieder ins Lot käme!› Es wird vermutet, daß sein Sohn, Mr. Darren Bradshaw, das Familienunternehmen weiterführen wird, bis der Vater vollkommen wiederhergestellt ist. Mr. Bradshaw junior ist in Trekkersburg zur High-School gegangen und studiert jetzt am Kritzinger-Wirtschaftscollege in Johannesburg.»

Wie an diesem Vormittag nicht anders zu erwarten, klingelte das Telefon in dem Ferienhaus umsonst. «Ich muß ihn verpaßt haben», sagte Kramer. «Vielleicht hat er sich auch ein paar Butterbrote mitgenommen.»

«Was? Er meldet sich nicht? Ich weiß nicht, ob mir das gefällt, Tromp!»

«Ach, ich glaube nicht, daß es besorgniserregend ist, Colonel. Wenn Sie wüßten, was –»

«Warum, zum Teufel, veröffentlicht die *Gazette* überhaupt so etwas! Das ist es ja, was ich an unseren Zeitungen nicht mag. Sie sind im Grunde die Hauptverbrechensursache in diesem Land! Wenn unser Freund ihn haben wollte, brauchte er nur noch –»

«Es werden doch gar keine Ortsangaben über das Ferienhaus gemacht, Colonel», stellte Kramer klar.

«Wäre es etwa schwer, das herauszubekommen? Kommen Sie mir nicht so verdammt blöd, Mann! Gott, wenn ich das nur vorher gesehen hätte, dann –»

Kramer schlug auf die Gabel, dann wählte er eine andere Nummer.

«Wen rufen Sie denn jetzt an?» fragte Colonel Muller.

«Die Bradshaws. Es kann ja sein, daß er schon wieder zu Hause ist.»

Besetzt.

«Warum haben Sie ihn nicht bewachen lassen, Lieutenant?»

«Ich sah keine Notwendigkeit dafür, Colonel. Erst dann, als –»

«Aber das ist doch lachhaft, Mann! Hebt niemand ab?»

«Es wird noch gesprochen.»

«So?» Colonel Muller schnappte sich das andere Telefon. «Wie ist die Nummer der Bradshaws?»

Kramer sagte sie ihm und lauschte dem kurzen Wortwechsel, der sich mit der zuständigen Vermittlung im Telefonamt entspann.

«Lieutenant», sagte der Colonel eine Minute später, «es gibt Neuigkeiten für Sie: *Niemand* spricht. Entweder ist der Hörer nicht aufgelegt oder...» Und er ballte mit dramatischer Geste die Hände zur Faust.

«Ich bin sicher, daß es nichts Besorgniserregendes ist», sagte Kramer und erhob sich von der Schreibtischkante, auf der er gesessen hatte, «aber wenn Sie wollen, mache ich mich auf den Weg und schaue mal nach.»

Zondi manövrierte den Chevrolet in eine stille Straße im ältesten Viertel der Stadt, und Kramer deutete auf ein halb von einer wuchernden Hecke überwachsenes Straßenschild. «Kitchener Row», sagte er, erleichtert, daß sie es gefunden hatten. «Wir müssen zu Nummer 42. Komisch, daß er in einer so schäbigen Gegend wohnen wollte – er hat bestimmt genug Geld, um sich etwas Feineres zu leisten.» Seine früheren Begegnungen mit Bradshaw hatten entweder in dessen Geschäft in Ballard's Arcade oder im Krankenhaus stattgefunden.

«42 muß da drüben sein», sagte Zondi.

Kramer musterte die trübseligen orangeroten Backsteingebäude, die so eng nebeneinander standen, daß sie sich fast berührten. Er hatte schon immer eine starke Abneigung gegen die unsolide Architektur der Jahrhundertwende mit ihrem vorspringenden Gesimse, den protzigen dorischen Säulen rings um die Veranden und den tiefgezogenen geschwungenen Blechdächern gehabt und betrachtete sie als den Stoff, aus dem die Alpträume sind. Eine hexenhafte Tante von ihm hatte in einem solchen Haus gewohnt, versunken in ihre Erinnerungen und allgemeine Inkontinenz, und sie hatte alle jungen Gäste stets erst einmal in die rosigen Wangen gekniffen, bevor sie ihnen etwas Gebäck anbot.

Das Auto hielt.

«Es dürfte nicht lange dauern, Mickey», sagte Kramer und klopfte seine Taschen ab, ob er sein Notizbuch eingesteckt hatte; dabei merkte er, daß er das Stück Schnur noch bei sich trug. «Hier, damit kannst du spielen, während ich da drinnen bin, vielleicht findest du heraus, wovon es ist. Doc Strydom hält diese beschädigte Stelle für bedeutsam.»

«Warum sind die Enden abgeschnitten, Boß?»

«Um sie zu verkürzen natürlich! Teufel auch, manchmal glaube ich, es muß doch etwas Wahres dran sein an dem, was man über euch Kaffern so sagt...»

Zondi lachte und lehnte sich mit der Schnur hinter dem Steuer zurück. «Von einem Flaschenzug?» murmelte er und war auf einmal ganz bei der Sache.

Kitchener Row Nr. 42 war ein sehr kleines, unscheinbares Haus, an das niemand einen zweiten Blick verschwenden würde, es sei denn, er suchte nach dem Eingang. Kramer fand ihn hinter einem verblichenen Segeltuchrollo und klopfte zweimal. Als daraufhin nichts geschah, suchte er nach einer Klingel, fand keine und klopfte erneut. Kein Laut war von drinnen zu hören.

Er verließ die Eingangsveranda und folgte einem schmalen Trampelpfad zwischen der linken Hausseite und einer hohen Backsteinmauer, die das Grundstück von den Nachbarn abtrennte. Am hinteren Ende des Pfades war ein Holztürchen mit einem Schnappriegel. Kramer zog ihn auf und trat in einen Garten, der ihn völlig überraschte. Er war nicht nur erheblich größer, als er gedacht hatte, sondern auch gut gepflegt und mit allen tropischen Blühgewächsen gefüllt, die er je gesehen hatte. Ein solcher Garten entstand keinesfalls in ein oder zwei Jahrzehnten, er mußte schon von den Vorbesitzern des langweiligen kleinen Hauses angelegt worden sein – bis auf den Swimmingpool hinter den Maulbeerbäumen. Er ging auf das Bassin zu, weil er dort eine Bewegung wahrgenommen hatte, und bemerkte dabei, daß die hohe Mauer ringsherum für eine Abgeschiedenheit sorgte, die er sehr verheißungsvoll fand.

Noch verheißungsvoller fand er die kleine, aber feine Frauengestalt im Bikini, die mit dem Rücken zu ihm am vorderen Ende des Beckens stand und ihre gelbe Bademütze zurechtrückte. Ihre Beine waren lang und schlank, die Hüften fest gerundet, die Taille schmal, die Schultern breit, und das, was er von ihrer linken Brust sah, war es in seiner kessen Verheißung wert, dafür zu kämpfen und zu sterben. Doch er durfte nichts weiter tun als weitergehen, statt auf der Stelle lüstern über sie herzufallen. Was für eine wilde, wahrhaft wunderbare Begegnung könnte es werden, dort, inmitten der Vögel, Bienen und Blumen, zwei Fremde, in natürlicher Wollust vereinigt, keuchend und...

«Miß?»

Sie drehte sich um und sagte: «Oh, hallo, Lieutenant Kramer! Wie nett, Sie wiederzusehen!»

Angesichts dieser zweiten Überraschung blieb er abrupt stehen. Er erkannte das flache, ziemlich fleckige Gesicht mit den schwachen

Augen unter der gelben Badekappe sofort wieder, konnte jedoch alles übrige von Mrs. Archie Bradshaw nicht mit der uneleganten, gedrungenen kleinen Person in Einklang bringen, die er zuletzt im Krankenhaus am Bett ihres Gatten gesehen hatte.

«Wie nett von Ihnen!» fiel nun Archie Bradshaw ein. «Sie sind uns stets willkommen, Lieutenant! Darf ich Ihnen etwas Kaltes zu trinken anbieten?»

Kramer wirbelte herum. Bradshaw saß, den Arm in der Schlinge, unter einem Maulbeerbaum. Auch die bequeme Freizeitkleidung vermochte seine arrogante Art kaum zu verdecken. Obwohl von durchschnittlicher Größe, wirkte der Mann doch massig und aggressiv. Er hatte ein klobiges Kinn, eine stark zurückweichende Stirn und einen grauen Schnurrbart mit kurzen Borsten unter seiner Knubbelnase, der ebenso rauh war wie sein Benehmen. Aber Kramer sah den Antiquitätenhändler jetzt, wo er ihn nicht nur geschäftlich, sondern auch privat und häuslich erlebte, mit neuen Augen als einzigartig erfolgreichen Entdecker unbekannter Schätze.

«Ach, ich hatte vor nicht allzu langer Zeit ein paar Bierchen, danke», sagte er. «Es ist ja nur, daß wir Sie mehrmals telefonisch zu erreichen versucht –»

«Kennen Sie Darren schon?» fragte Mrs. Bradshaw stolz.

Kramer nickte dem Kopf zu, der gerade im Pool auftauchte, während der dazugehörige, optisch verkürzte Körper sich im Wasser bewegte. «Hallo, Darren – wie geht's?»

«Das ist der Lieutenant, der für den Fall deines Vaters zuständig ist», erklärte Mrs. Bradshaw.

Bradshaw junior, ein blasiert aussehender junger Mann um die Zwanzig mit schlechten Augen sagte: «Tatsächlich?» und schwamm unter Wasser davon.

«Hm, ja, vielleicht sollten Sie mit meinem Mann ins Haus gehen», schlug Mrs. Bradshaw in einem Ton vor, der ganz die peinlich berührte Mutter verriet. «Das wäre sicher bequemer dort für Sie beide!»

Kramer bemerkte, daß der Antiquitätenhändler bei jedem zweiten Schritt zusammenzuckte, als sie die Rasenfläche zur hinteren Veranda überquerten. «Tut wohl immer noch weh, was, Mr. Bradshaw?»

«Verdammt richtig! Ist aber zum Teil meine eigene Schuld, zu glauben, ich könnte in dieser Verfassung Forellen fischen! Habe einen

Dreipfünder am Haken gehabt, mußte das Netz benutzen und wäre beinahe umgefallen – durch den Blutandrang zum Kopf wurde mir schwarz vor Augen, wissen Sie. Richtig schlimm wurde es dann gestern, und gegen Abend war es schließlich die Hölle, so daß ich Darren bitten mußte, mich abzuholen.» Er blieb stehen und drehte sich um. «Darren? Vergiß nicht, daß wir Punkt zwei öffnen!»

«Hab ich nicht vergessen», tönte es gelangweilt vom Pool.

Die Hintertür führte in einen Wintergarten, an den sich die Küche und ein Zimmer anschlossen, das Bradshaw als sein «Studierzimmer» bezeichnete. Es war allerdings nichts zum Studieren da, es sei denn, er meinte damit die herumliegenden Stapel von Rechnungen und Auktionskatalogen. Es gab auch keine Antiquitäten, was den Eindruck hervorrief, daß der Händler wirklich nur ein solcher war und an den ästhetischen Seiten seines Gewerbes keinerlei Interesse hatte. Der Telefonhörer lag neben der Gabel.

«Geier», sagte Bradshaw bei Kramers Blick. «Diese Idioten belagern uns seit Tagen – sie sind sogar bis zur Eingangstür vorgedrungen, deshalb haben wir die Glocke entfernt. Das Beste dabei war noch ein witziger Typ, der sagte, er hätte es in der Zeitung gelesen und gleich seinen Scotchterrier namens ‹Jock der Riesenkiller› mitgebracht!»

«Hmmm, die sind immer gleich da. Sie sind also gestern nacht zurückgekehrt?»

«In den frühen Morgenstunden, um genau zu sein. Darren ist gegen zehn, halb elf gekommen, und wir haben ein paar Bier zusammen getrunken und ein bißchen gequatscht. Wollen Sie wirklich nichts zu trinken?»

«Wirklich nicht», sagte Kramer.

«Dann nehmen Sie doch irgendwo Platz», sagte Bradshaw einladend und ließ sich behutsam in einen Ledersessel sinken. «Gibt es etwas Neues?»

«Ja, kann man wohl sagen. Die Leiche eines Mannes, auf den geschossen wurde, ist heute morgen in der Stadt gefunden worden.»

«Erschossen, sagen Sie?»

«Mausetot. Drei Schüsse, eine Schädelfraktur, und die Handgelenke mit solcher Gewalt zusammengebunden, daß sie gebrochen sind. Er wurde mit der gleichen Waffe erschossen, aus der man auch die Schüsse auf Sie abgefeuert hat.»

Das energische Kinn verrutschte einen Moment lang, und der Antiquitätenhändler schluckte. «Mit der gleichen Waffe? Wo? Haben Sie ihn gefaßt?»

«Wir haben keine Ahnung, wo. Die Leiche befand sich im Kofferraum eines Wagens.»

«Aber – aber es war die gleiche Waffe? Sind Sie da sicher?»

«Hmmm.»

«Und die Handgelenke waren *gebrochen*?»

Kramer nickte. «Richtig. Wie Sie sagten, muß es ein riesenhafter Kerl sein, nach dem wir suchen. Das Opfer war aus Übersee und zu Besuch bei –»

Bradshaw fing an zu lachen, er versuchte, sich zu beherrschen, konnte aber das häßliche Grinsen nicht von seinem Gesicht vertreiben.

«Sir?»

«Ach, ich weiß, es ist hart, daß es dieses arme Schwein erwischt hat, Lieutenant, verstehen Sie mich bitte nicht falsch! Aber Sie wissen ja gar nicht, wie erleichtert ich bin –»

«*Erleichtert?* Inwiefern?»

«Na ja, wie soll ich sagen – endlich habe ich den Beweis dafür, daß ich doch nicht verrückt geworden bin! Himmel, wie lange geht das schon so? Sechs Tage? Sechs verfluchte Tage lang habe ich das Bild von diesem Mistkerl innerlich vor Augen gehabt, wie er sich gegen den Horizont vor mir auftürmt, und ich habe verdammt gut gemerkt, daß mir niemand geglaubt hat, Sie eingeschlossen. Und jetzt sagen Sie –»

«Halt – ich bin nie so weit gegangen, zu –»

«Machen Sie mir doch nichts vor, Lieutenant! Es stand Ihnen ja ins Gesicht geschrieben im Krankenhaus! Ich wußte von Anfang an, wie es kommen würde. Ich sagte mir: Archie, wer soll dir das, verflucht noch mal, glauben? Behalte diese Geschichte lieber für dich, Mann! Warum, glauben Sie, habe ich der Frau nichts davon erzählt, als ich nach Hause kam? Warum habe ich dem Arzt, der mich behandelt hat, nichts davon gesagt? Oder den Schlaumeiern im Krankenhaus? Und als ich es schließlich doch mit der Wahrheit versucht habe, heiliger Himmel! Ich sage Ihnen, ich habe es bitter bereut in Anbetracht der Reaktion von seiten der Polizei, der Presse und all der Geier, die angerufen haben. Das Schlimmste aber war, daß ich mir selbst nicht mehr geglaubt habe, daß ich selbst zu zweifeln begann. Hatte ich wirklich einen Kerl dieser Größe gesehen? Wie hatte er denn eigentlich ausgesehen? Welche Kleidung trug er? Wie groß war er? Wie schwer? Sehen Sie nicht, daß ich wie besessen davon bin?»

Bradshaw deutete erregt zu seinem Schreibtisch hinüber. Kramer ging hin und fand dort einen Haufen Kohlezeichnungen; sie waren sich sehr ähnlich und stellten alle eine riesenhafte Gestalt dar, die einen Revolver in beiden Händen hielt.

«Haben Sie die gezeichnet, Mr. Bradshaw?»

«Die Frau – nach meinen Angaben natürlich. Ich kann meine Hand noch nicht richtig gebrauchen, und außerdem war ich in Kunst nie besonders gut.» Er streckte einen schlaffen Zeigefinger aus der Armschlinge. «Das oberste ist bisher das beste, aber es ist immer noch nicht ganz stimmig.»

«Warum ist es ringsum grau?»

«Weil», erwiderte Bradshaw mit einem Seufzer, der deutlich machen sollte, daß seine Geduld auf eine harte Probe gestellt wurde, «wie ich bereits zigmal sagte, er im Gegenlicht stand, als Silhouette vor der Sonne, und ich nur den Bruchteil einer Sekunde hatte, ehe ich das Mündungsfeuer seiner Waffe sah.»

«Er hielt sie mit beiden Händen, ja? Das haben Sie bisher nie gesagt.»

«Wie bitte? Ah ja, das kam heraus, als wir den Umriß schließlich richtig hatten, obwohl ich nicht wüßte, was es für eine Be–»

«Es ist aber von Bedeutung», schnitt ihm Kramer das Wort ab. «Diese Art, eine Waffe zu halten, ist ziemlich neu, so daß wir also vermuten können, daß dieser Mann entweder ziemlich jung oder darin ausgebildet war. Würden Sie etwa einen Revolver so halten?»

Bradshaw schüttelte den Kopf und polterte los: «Na ja, Sie wissen ja, was manche Leute für Gewohnheitstiere sind! Mir war einfach nicht klar, was –»

«Sie sagen, Sie hätten sich über Größe und Gewicht Gedanken gemacht. Haben Sie diesbezüglich irgend etwas für mich?»

«Hm, ich würde sagen, mindestens zwei Meter. Ich selbst bin 1,70 groß und –»

«Das Gewicht?»

«Sehen Sie das Bild an, Sie können doch genauso gut schätzen wie ich.»

«130 Kilo?»

«Ich würde eher sagen 120. Sollen wir uns auf die Mitte einigen? Was die Kleidung betrifft, bin ich nur sicher, daß er keine Jacke trug.

Wahrscheinlich ein kurzärmeliges Sporthemd, dunkle Hosen, dunkle Schuhe. Es besteht die *Chance*, daß sein Haar braun war, aber das kann am Gegenlicht gelegen haben.»

Kramer sah zu, wie Bradshaw unbeholfen seine Pfeife aus einem Tabaksbeutel aus Straußenleder stopfte, und ihm fiel auf, wie aufgeregt der Mann unter der Oberfläche war. Einem hartgesottenen Typen wie ihm fiel es sicherlich nicht leicht, mit so einer Behinderung fertig zu werden. Dann warf Kramer nochmals einen Blick auf die oberste Skizze.

«Das Haar von diesem Kerl ist sehr kurz», sagte er zu Bradshaw. «Und die Ohren liegen sehr eng an.»

«Die Frau meint, daß er einen Nylonstrumpf über dem Kopf gehabt haben könnte, was es erklären würde.»

«Oder es war ein Schwarzer. Wie Sie schon sagten, wir dürfen nicht vergessen, daß Sie nur die Silhouette gesehen haben, und –»

«*Nein*», sagte Bradshaw, «ein Schwarzer war es *nicht*.»

«Wie können Sie da so sicher sein, Sir? Nichts an diesem Umriß widerspricht der –»

«Ich bin sicher, verdammt noch mal! Und jetzt erzählen Sie mal von dem armen Schwein, das erschossen worden ist.»

Vielleicht ist es typisch für Bradshaw, dachte Kramer, daß er diese Frage so lange hinausgeschoben hat – oder daß er endlich einmal einen Augenblick an jemand anders denken konnte als sich selbst. «Der Mann, der erschossen wurde, war aus Übersee auf Besuch hier, wie ich schon erwähnte, bei den Digby-Smiths. Kennen Sie die?»

«Nur als gelegentliche Kunden – sie haben einen scheußlichen Geschmack. Augenblick mal, Sie meinen doch nicht etwa...» Bradshaw nahm die Pfeife aus dem Mund. «Sie meinen doch nicht etwa Bonzo Hookham?»

Kramer verspürte plötzlich ein mulmiges Gefühl in der Magengrube, aber eigentlich hatte er nichts anderes erwartet, und so verpuffte der Schlag. «Edward Bonzo Hookham, Flieger mit Orden und Ehrenzeichen», sagte er und zitierte damit Jonty.

«Das glaube ich nicht!»

«Warum nicht, Sir?»

«Warum nicht? Nun... Herrgott noch mal, wie soll *ich* wissen, warum nicht! Und Sie irren sich wirklich nicht? Er ist genaugenommen kein Besucher aus Übersee, wissen Sie, denn er ist hier geboren und aufgewachsen, in –»

«Kein Irrtum», sagte Kramer. «Sie und Mr. Hookham waren also –»

Bradshaw stand auf und ging unter Schmerzen zur Tür. «Myra!» brüllte er über den Rasen. «Myra! Komm mal her, Frau. Du glaubst nicht, was passiert ist!» Dann wandte er sich zu Kramer um und sagte: «Er war noch letzte Woche bei unserem Fliegertreffen, als Ehrengast unseres Clubs. Natürlich haben wir, da wir beide bei der R.A.F. waren, zusammen –»

«Im gleichen Geschwader?»

«O nein, nichts dergleichen. Ich habe Spits und Hurricane geflogen, während Bonzo – wie Sie sicher schon aus seiner Größe geschlossen haben – Bomberpilot war. Ist nicht viel Raum in einer verfluchten Lancaster! Sie haben sich dafür immer die Kleinen geschnappt, und –» Mrs. Bradshaw im nassen Bikini erschien in der Verandatür. «Hör dir das an, Myra. Der verrückte Mistkerl hat jetzt jemanden erschossen – Bonzo Hookham!»

«Wen, Archie?»

«Herrgott noch mal, den Bomberpiloten, den wir letztens im Fliegerclub kennengelernt haben. Klein, hat Brandy getrunken –»

«Nein!» Sie schnappte nach Luft. «Doch nicht *den* netten Mann! Er war furchtbar charmant, warum sollte ihn denn jemand –»

«Lassen Sie uns erst mal einen Punkt klären», unterbrach Kramer und zog sein Notizbuch hervor. «Sie sagen also, daß Sie zwar beide in der britischen Luftwaffe gedient haben, ihm aber nie begegnet sind? Oder habe ich mich vielleicht –?»

«Nie», sagte Archie Bradshaw, «ein Jammer. Aber wir waren ein verteufelt riesiger Haufen, müssen Sie wissen.»

7

Zondi spielte noch immer mit der Schnur herum, als Kramer etwa eine halbe Stunde später zum Auto zurückkam. Er hatte das Ding über das Lenkrad geschlungen und zog es daran rauf und runter, als wollte er so eine Gedankenverbindung herstellen.

«Fortschritte gemacht, Mickey?»

«Kleine Fortschritte, Boß. Mit allem schuldigen Respekt, aber ich glaube, der Lieutenant sagt manchmal großen Unsinn.»

«Ach ja?»

Zondi hielt die abgeschnittenen Schnurenden zusammen. «Sie behaupten, diese Schnur wäre abgeschnitten worden, um sie zu verkürzen.»

«Hmmm.»

«Aber diese Schnur *ist* nicht kurz, Boß! Sie ist sehr lang, wenn man einem Mann nur die Hände zusammenbinden will.»

Kramer dachte einen Augenblick darüber nach. «Woher weißt du, daß er nicht vorhatte, die Hände mit den Füßen zusammenzubinden oder so was?»

«Sie meinen, während Boß Hookham stand?»

«Ich meine –»

«Noch etwas», fuhr Zondi fort. «Ist es nicht seltsam, daß die Schnur zu beiden Seiten der abgescheuerten Stelle fast genau gleich lang ist?»

«Ist sie das? Vielleicht –»

«Ich sage Ihnen, Lieutenant, die Antwort ist ganz einfach, und irgendwann klingelt es bei mir.»

«Dingdong», sagte Kramer ungeduldig. «Und jetzt konzentrier dich lieber darauf, mich zum Amt zurückzufahren, ja? Auf dem Weg dorthin werde ich dir mal was von wirklichen Fortschritten erzählen!»

Zondi legte sich die Schnur um den Hals wie ein Schneider sein Metermaß und fuhr los. Nach weniger als einer Meile hatte Kramer ihm in groben Zügen mitgeteilt, was er gerade in Bradshaws «Studierzimmer» erfahren hatte.

«Also, Mickey, was hältst du davon, he?»

«Hmmm.»

«Was soll dieses ‹Hmmm›? Es gibt einen Zusammenhang! Ein Muster beginnt sich abzuzeichnen.»

«Weil beide in der R.A.F. waren?»

«Hmmm, zum Beispiel.»

Zondi sah ihn von der Seite an. «Wie viele Leute waren denn auf der Party, Boß?»

«Bradshaw schätzt, daß es ungefähr zweihundert waren», erwiderte Kramer und setzte seine Sonnenbrille auf. «Ehefrauen und Freundinnen mitgezählt. Diese Treffen sind keine förmliche Angelegenheit, weißt du. Der Fliegerclub kündigt sein Vorhaben in Schaufenstern und kleinen Anzeigenblättern an, und jeder, der Lust hat, geht hin. Im allgemeinen sind es immer die gleichen, die kommen: Sonntagsflieger, die Jungs vom Fallschirmspringerclub, ein paar versprengte Ehemalige von der südamerikanischen Luftwaffe und der Royal Air Force sowie –»

«Es waren also mehr Leute von der R. A. F. anwesend?»

«Er hat mir sechs namentlich genannt und will mit dem Clubsekretär sprechen, ob eventuell noch mehr da waren.»

«Das ergibt aber noch nicht viel Zusammenhang, oder, Boß?» sagte Zondi und nahm mit leichtem Stirnrunzeln etwas Gas weg. «Und was heißt ‹Ehrengast›?»

«Ach, das muß man nicht so ernst nehmen – sie hatten es nicht geplant. Hookham ist einfach aufgekreuzt, und da er von Übersee kam, wollten sie ihm zu diesem Anlaß etwas Besonderes bieten. Ich nehme an, daß es im Grunde nichts anderes bedeutete, als herumgeführt, allen vorgestellt zu werden und sich eine stumpfsinnige Rede anhören zu müssen.»

Der Chevrolet nahm wieder Fahrt auf. «Boß Hookham und Boß Bradshaw waren also beide früher bei der R. A. F. und beide auf der Party. Nach dem, was Sie gesagt haben, ist die Verbindung zwischen Boß Hookham und den anderen sechs Männern auch nicht anders.»

«Ja, aber von denen ist keiner angeschossen worden! Ich sage dir, Mickey, es ist immerhin ein Anfang! Man kann schließlich nicht erwarten, daß einem alles gleich in den Schoß fällt.»

Zondi saugte schnalzend an seinen Zähnen. «Und was haben sie in anderer Hinsicht noch gemeinsam? Ist Boß Bradshaw auch hier geboren?»

«In Trekkersburg? Nein, er stammt aus Johannesburg. Seine Frau hat erzählt, daß sie nach dem Krieg hergekommen sind, als sie nach einem Ort suchten, wo es keine allzu starke Konkurrenz gab. Da in dieser Gegend überwiegend Engländer wohnen, kann man hier bei Haushaltsauflösungen und Verkäufen alte Möbelstücke und dergleichen ergattern, und damit beliefert Bradshaw landesweit Antiquitätenläden.»

«Konnte Ihnen denn seine Frau keinen Tip über eine engere Verbindung geben?»

Kramer zuckte die Achseln. «Sie hat sich wirklich angestrengt, nachdem ich ihr was über sich abzeichnende Muster erklärt habe, aber nein, es kam eigentlich nichts. Sie hat gesagt, die beiden hätten sich über das Angeln unterhalten, und so sei sie bald darauf gegangen und hätte sie allein gelassen. Ich sage dir eins, mein Junge, sie ist viel zu schade für den Kerl.»

«Inwiefern, Lieutenant?»

«In*so*fern natürlich», seufzte Kramer und zwinkerte anzüglich, und dann lachten sie beide. «Jedenfalls steht fest, daß ich die ganze Sache jetzt in einem anderen Licht sehe. Als nur Bradshaw betroffen war und wir keine Ahnung von einem möglichen Motiv hatten, bestand immerhin noch die minimale Chance, daß irgendeine kriminelle Verkettung für die Schüsse verantwortlich war. Wie du ja selbst gesagt hast, könnte Bradshaw zwielichtige Sachen gemacht haben, von denen er uns nichts erzählt hat. Aber kaum kommt Hookham mit ins Spiel, kann man das alles abhaken.»

«Sie meinen Meerkat Marais und –»

«Natürlich! Das ist nicht ihr Metier! Warum sollte ein Mann wie Hookham – aus guter Familie und praktisch fremd in der Stadt – sich mit ihnen eingelassen haben? Gut, ich muß ihn selbstverständlich noch gründlich überprüfen, aber ich kann dir jetzt schon sagen, daß –»

«Was mir zu denken gibt, Boß, sind der Killer und die Waffe», sagte Zondi und verwandelte eine Schlange von Schulmädchen auf einem Fußgängerüberweg in eine Herde Känguruhs. «Diese Art von Geschossen ist sehr alt.»

«Na und?»

«Wie der Lieutenant selbst weiß, sind die meisten Schußwaffen in den Händen von Leuten wie Meerkat gestohlen, und zwar von –»

«Ja, ja, ja», pflichtete ihm Kramer bei, «ich weiß, was du sagen willst: von irgendwelchen Schränken herunter, wo sie jahrelang gelegen und Staub angesammelt haben. Richtig?»

Zondi nickte.

«Darüber habe ich auch schon nachgedacht, und ich muß zugeben, daß – wenn wir eine mögliche Beteiligung krimineller Elemente immer noch nicht ausschließen – Leute von Meerkats Schlag die wahrscheinlichste Quelle einer solchen Waffe sind. Aber seit ich weiß, *wie* alt diese Geschosse sind, erscheint mir der Gedanke vollkommen unsinnig. Erstens müßten wir uns einen Mörder vorstellen, der bereit ist, alte Munition zu benutzen und damit die Möglichkeit von Fehlzündungen und so weiter zu riskieren, und das, obwohl frische Munition stets leicht zu beschaffen ist. Zweitens müßten wir uns vorstellen, daß zum Beispiel Meerkat eine Schußwaffe billig abgibt, weil die Munition nichts mehr taugt. Würde er das tun? Nie! Er würde lieber ein paar neue Patronen laden. Und drittens müßten wir, wenn du so willst, von einer kriminellen Verkettung mit Hookham ausgehen, und das ist schlicht Unsinn.»

«Leuchtet alles ein, Boß, aber –», setzte Zondi an.

«Wie nun, wenn dieser Mann überhaupt keine Verbindung zur Unterwelt hat? Er braucht eine Waffe: Die einzige, an die er herankommt, liegt oben auf dem Schrank im Hause seines Onkels beispielsweise, und die nimmt er sich. Er versteht nicht viel von Schußwaffen, und beim ersten Mal gibt er nur einen Schuß ab und meint, das reicht. Aber nein, Bradshaw bleibt am Leben und erzählt, was passiert ist, und so legt er das nächste Mal zwei Salven zu, um sicherzugehen.»

Zondi machte einen Schmollmund und bewunderte im stillen die Logik von alledem. Er bremste und bog mit Schwung auf den Parkplatz der Polizei ein.

«Glücklich?» fragte Kramer, als sie standen. «Du siehst nämlich verflucht wenig danach aus, he?»

«Mein Problem, Boß», sagte Zondi, «ist womöglich, daß ich nicht selbst mit Boß Bradshaw reden konnte. Ich weiß nicht, warum Sie so sicher sein können, daß eine Verbindung zwischen den beiden Männern besteht – ich meine eine stärkere Verbindung als die, von der Sie mir bereits erzählt haben.»

«Ich spüre es in meinen Knochen, Mann!»

«Aha», murmelte Zondi, der, obwohl nach offizieller Einschätzung der Primitivere von beiden, wenig Vertrauen in solche Dinge hatte. «Hmmmmm.»

Kramer, etwas verärgert, schätzte beim Aussteigen schnell die Länge der rätselhaften Schnur im Verhältnis zu Zondis mäßig großer Statur. «Du kannst mir nicht weismachen, die wäre nicht lang genug, um dir auch die Füße zusammenzubinden», knurrte er. «Na los, probier's mal.»

Zondi zog die Schnur von seiner Schulter und ließ sie von beiden Händen bis knapp auf den geteerten Schotterbelag herunterbaumeln.

«Verflucht, du hintergehst mich, Kaffer! Laß gefälligst auch die Arme runterhängen, wie es sich gehört!»

Grinsend gehorchte Zondi, und nun lag die Schnur in einer lockeren Schlaufe auf dem Schotter. «Sie haben gewonnen, Lieutenant.»

«Wie immer», sagte Kramer und wandte sich ab, um ein Lächeln zu verbergen. «Und jetzt bring das verdammte Ding sofort zum Labor – es ist genug daran herumgefummelt worden.»

Kramer war schon ein paar Meter gegangen, als ihm bewußt wurde, daß Zondi ihm nicht, wie sonst in der Öffentlichkeit, mit einem Schritt Abstand folgte. Er sah sich um und sah, daß er noch immer am Wagen stand, die Enden der Schnur in den Händen, und die aufgescheuerte Stelle anstarrte, die auf dem geteerten Schotter des Parkplatzes lag.

«Zondi?»

«*Hau*, so einfach... Wir hatten sie verkehrt herum.»

«Was ist so einfach?» wollte Kramer wissen.

«Das hier, Boß!»

Und Zondi schwang die Schnur über den Kopf und kam seilspringend zu ihm herüber.

Die Beamten vom Gerichtslabor wollten sich nicht die Schau stehlen lassen. Innerhalb erstaunlich kurzer Zeit hatten sie nicht nur bestätigt, daß es sich bei dem Stück Schnur um ein Springseil ohne die dazugehörigen Holzgriffe handelte, sondern auch noch anhand der ungewöhnlichen Materialzusammensetzung die Marke identifiziert. Es war ein *Master-Skip*-Seil, Größe L, und besonders leichtgängig dank zweier Kugellager in den Griffen, und sein Preis war so astronomisch hoch, daß sich nur sehr schicke Fitneßcenter, energiegeladene Reiche oder totale Idioten eins leisten konnten.

«Ja gut, aber wir müssen schon noch Genaueres wissen», sagte Colonel Muller und wandte sich Galt vom Labor zu, der neben Kramer stand. «Sie haben hoffentlich das örtliche Sportgeschäft gebeten, die Rechnungen durchzugehen.»

Galt blinzelte hinter seinen verschmierten Brillengläsern. «O ja, ich habe sogar sehr ausdrücklich darum gebeten, Colonel», erwiderte er, um dann mit noch gedämpfterer Stimme hinzuzufügen: «Ist der einzige Fachhändler in Trekkersburg...»

Bei ihm klang es immer ein bißchen so, als würde er dunkle Geheimnisse ausplaudern, und seine Notizen schrieb er in ganz feiner Schrift. Kramer ließ seinen Blick belustigt über den Rasierschnitt an seinem Hals, den Schlamm an seinen Schuhen und die angetrockneten Blutspritzer auf seinem verschmutzten Hemd gleiten und beobachtete, wie er zum wiederholten Mal ein kaum sichtbares Fusselchen von seinem Laborkittel zupfte.

«Und?» drängte Colonel Muller und klopfte mit seinem Stift auf den Tisch.

«Sie haben in sechs Monaten nur drei davon verkauft, Sir, und überlegen gerade, ob sie den Rest beim nächsten Ausverkauf zum halben Preis abgeben sollen. Eins der *Master-Skip*-Seile ging an das Aquarius-Fitneßcenter in der Stanley Street und die anderen beiden gegen bar an Laufkundschaft. Eine junge Frau hat eins für ihren Freund erstanden.»

«Kein Name? Oder wenigstens eine Personenbeschreibung?»

«Sie hatte Sommersprossen – auf mehr konnten sie sich nicht einigen.»

«Und das dritte Seil?»

«Nichts, Sir, aber sie bemühen sich nach Kräften, es noch herauszufinden.»

Colonel Muller machte sich eine Notiz auf seiner Schreibunterlage. «Und was können Sie uns über die Dinge sagen, die sich im Wagen befanden, Galt?»

«Einschließlich der persönlichen Habe von Hookham», fügte Kramer hinzu.

Galt hörte auf, im Aschenbecher herumzustochern, und zog ein winziges Zettelchen aus der Tasche. «Das ist noch nicht das Endergebnis», betonte er, «sondern nur eine grobe Aufzählung dessen, was wir vorliegen haben. Der Tote trug kaum etwas bei sich: zehn Rand in Banknoten, 30 Cents lose in der Tasche, einen Kugelschreiber, eine Kugelschreiberlampe, seinen britischen Paß, einen britischen Führerschein und einen Brief, der von seinem Enkelkind in England stammen könnte. Ferner sind wir dabei, eine Reihe von Erdproben zu untersuchen, ein paar Pflanzenreste, eine faszinierende Vielzahl von Maden und –»

«Haben Sie die Dokumente dabei?» unterbrach ihn Kramer.

«Sie sind noch bei der Spurensicherung», erklärte Galt und drehte sein Zettelchen um. «Mal sehen ... ja, der Paß ist brandneu, der Führerschein trägt keine Vermerke, und der Brief ist von einem gewissen ‹Timmy› unterschrieben, der von seinem siebten Geburtstag berichtet. Nicht viel für Sie dabei, fürchte ich.»

«Ah! An wen war er denn adressiert?» fragte Colonel Muller.

«An ‹Opa›, Colonel.»

«Quatsch, Mann! Ich meine: War er noch im Umschlag?»

«Äh, ja, natürlich ... Er war an Mr. E. J. Hookham, c/o Armstrong Avenue, Morninghill, Trekkersburg, Natal, adressiert.»

«Dacht ich's doch!» rief Colonel Muller selbstgefällig. «Jetzt ist klar, woher der Mörder wußte, wohin er das Auto bringen mußte!»

Galt blickte überrascht drein. «Er konnte die Adresse auch dem Umschlag des Rover-Inspektionsheftes im Handschuhfach entnehmen», sagte er. «Das war also überhaupt keine Schwierigkeit. Rätselhaft ist eigentlich nur, *warum* er den Wagen zurückgebracht hat. Brauchte er die zehn, zwölf Stunden, die verstreichen würden, bis jemandem klar wurde, daß etwas nicht stimmte, als Vorsprung? Hat er ein Streichholz in das Kofferraumschloß gesteckt, um damit noch mehr Zeit herauszuschinden?»

«Um seine Spuren zu verwischen?» meinte Colonel Muller.

«Und weil er den Wagen an seinen Standort zurückgebracht hat, haben wir, wie gesagt, keinerlei Anhaltspunkt, wo der Mord begangen wurde», bemerkte Kramer.

«Toll», murmelte Galt anerkennend und befeuchtete seine dünnen Lippen, «da hat sich jemand Gedanken gemacht.»

«Könnten uns die Erdproben weiterhelfen?» fragte Colonel Muller.

«Kann sein, Sir. Ohne mikroskopische Untersuchung läßt sich allerdings –»

«Dann will ich Sie nicht länger von Ihrer unschätzbaren Arbeit abhalten, Galt!» schnitt ihm der Colonel mit seiner süßesten Stimme das Wort ab. «Und keine Sorge, ich werde Ihrem Boß erzählen, was für gute Arbeit Sie bisher geleistet haben!»

«Es war ja das nächstgelegene Sportgeschäft von hier aus», flüsterte Galt bescheiden. «Hätte gar nicht leichter sein können.»

Kramer spürte eine leichte Berührung an der Schulter und sah, wie Galt den Raum mit einem langen blonden Haar verließ, das er gedankenvoll betrachtete.

«Wir haben also wieder eine nette kleine Spur, Tromp!»

«Sir?»

«Das *Master-Skip*-Seil, Mann!»

«Sofern man die Möglichkeit außer acht läßt, daß es auch andernorts gekauft worden sein kann – in Kapstadt, Durban, Johannesburg oder Magaliesbergfonteinpoort-West – ja, dann haben Sie wohl recht.»

«Nein, nein!» rief Colonel Muller und ließ die Kugelschreibermine schnappen. «Lassen Sie das mal weg! Für mich ist das Springseil der Beweis für schnelles Improvisieren. Niemand würde vorsätzlich ein schönes, teures Springseil wie dieses zerschneiden, außer in einer Notlage, wenn keine andere Schnur zur Hand ist. Mit anderen Worten: So etwas ist nicht geplant, oder? Ich sehe ihn vor mir, wie er sich das Seil schnappt, die Griffe abschneidet, weil sie ihn verraten könnten – vielleicht hat er das auch später gemacht –, und dann Hookham schnell damit zusammenschnürt. Wo aber sind diese Griffe, he? Hat er sie weggeworfen? Hat er sie versteckt? Kann sich irgend jemand daran erinnern, sie in den Fingern gehabt zu haben? Oder liegen sie noch irgendwo herum?»

«Eine gute Frage», sagte Kramer.

«Suchen Sie die Griffe, und wir haben den Mann!» fuhr Colonel Muller etwas pathetisch fort. «Ist es zu spät, um das noch in die Abendzeitung zu bekommen?»

«Die letzte Ausgabe ist bereits in der Auslieferung, Colonel.»

«Na schön, es kann ja auch mit allem übrigen morgen früh in der *Gazette* erscheinen. Am besten bringen wir eine neue Beschreibung des Verdächtigen, wiederholen unseren Aufruf, die Augen nach der Schußwaffe offenzuhalten, und – äh, was gab's noch? Ich muß es mir aufschreiben.»

«Wir sollten auch fragen, ob jemand vergangene Nacht drei Schüsse gehört hat», erinnerte ihn Kramer. «Bei keiner Polizeiwache im gesamten Distrikt ist eine Meldung von einem Schußwechsel in der Öffentlichkeit eingegangen, wie ich hörte. Das Problem ist, daß die Leute nicht auf das Knallen achten, wenn sie den Grund zu wissen glauben: Es sind die Bullen, sagen sie den Kindern, oder Fehlzündungen, und draußen auf dem Land heißt es, daß sicher wieder Wilddiebe das Grundstück des Nachbarn unsicher machen. Oder jemand eine Schlange tötet.»

«Drei Schüsse hintereinander könnten aber doch irgendeine Reaktion auslösen, Tromp. Apropos Schüsse: Was ist mit der Liste der .32er-Waffenscheinbesitzer? Die Sie am Montag vom Melderegister erhalten haben?»

«Sie hat sich als nutzlos erwiesen, Sir – darum hatte ich Meerkat Marais gestern hier.»

«Nutzlos?»

«Die Streifenbeamten und ich sind alle durchgegangen. Wir sind lediglich auf fünf Leute gestoßen, die nicht einmal gemerkt hatten, daß ihre Waffen verschwunden waren, bis wir an sie herangetreten sind. Was nicht in der Liste steht, ist unerlaubter Waffenbesitz, Kriegssouvenirs und –»

«Schon gut, Mann, schon gut, ich weiß Bescheid. Bin ich froh, daß

Sie mal Arbeit delegieren! Dies ist nämlich kein Fall für einen Einzelkämpfer, und Sie wissen ja, daß ich Ihre Alleingänge nicht schätze.»

Kramer lag schon eine Erwiderung auf der Zunge, aber er verkniff sie sich.

«Also, Lieutenant, was ist als nächstes dran?» fragte Colonel Muller und erhob sich hinter seinem Schreibtisch. «Wenn Sie mit den Digby-Smiths weitermachen wollen, bin ich gerne bereit, Ihnen Arbeit abzunehmen. Ich werde ein paar Männer in die Gegend an der Armstrong Avenue schicken und die Aussagen der Anwohner aufnehmen lassen, für den Fall, daß jemand um ein Uhr auf war und gesehen hat, wie der Mörder von dort geflüchtet ist.»

«Danke, Sir.»

«Und wie steht's mit bewaffnetem Polizeischutz für Bradshaw?»

Kramer zögerte.

«Ach, nun erzählen Sie mir bloß nicht, Sie hätten nicht auch schon daran gedacht! Wenn sich da ein Muster abzeichnet, wie Sie so fest glauben, und Bradshaw dazugehört, läuft er doch sicher Gefahr, erneut angegriffen zu werden!»

«Um ehrlich zu sein, hat Mrs. Bradshaw bereits um Polizeischutz gebeten», sagte Kramer, «aber ich...»

Colonel Muller drohte ihm mit ausgestrecktem Zeigefinger. «Wieder Ihre alten Tricks, was? Sie haben die unbestimmte Hoffnung, daß der Mistkerl noch einmal zuschlägt, dann aber mehr Spuren hinterläßt, stimmt's?»

«Wenn es ein unauffälliger Schutz sein könnte, Sir, auf der anderen Straßenseite vielleicht, dann –»

«Nein, Tromp, wer A sagt, muß auch B sagen! Nachdem Sie mich nun endlich so weit haben, zu glauben, daß Sie einen Verdacht in dieser Sache hegen und zumindest andeutungsweise ein Muster sehen, obschon noch verschwommen, müssen Sie auch die Konsequenzen tragen.»

«Na schön, Sir.»

«Und dann will ich Ihnen noch eine Warnung mit auf den Weg geben.»

«Sir?»

«Ich will, daß Sie nichts anderes tun, als diesem Muster nachzuspüren, klar? Wir haben das Seil und die Kugeln, und hinzu kommt das, was uns das Labor berichten wird, also –»

«Das braucht alles Zeit, Colonel», machte Kramer ihn aufmerksam. «Wenn ich die Nuß auf andere Art schneller knacken kann, bewahre ich unter Umständen einen weiteren Menschen vor einem gewaltsamen Tod – dieses Muster könnte schließlich mehr als zwei Leute umfassen.»

Colonel Muller seufzte. «Ja», sagte er, «ich weiß.»

Nachdem er Zondi über alles informiert hatte, was im Büro des Divisionskommandanten gesagt worden war, brannte Kramer darauf, die Ermittlungen mit frischem Schwung wiederaufzunehmen. Er rief beim Ortskrankenhaus von Trekkersburg an und wurde davon in Kenntnis gesetzt, daß Mrs. Digby-Smith längst auskuriert und entlassen sei. Froh darüber, daß er sich eine vergebliche Fahrt und einen entsprechenden Zeitverlust erspart hatte, wählte er die Privatnummer der Digby-Smiths, um ihnen seinen bevorstehenden Besuch mitzuteilen. Sein Gesicht wurde lang, als die Köchin ans Telefon kam und ihm erklärte, ihre Herrin liege oben bei zugezogenen Vorhängen im Bett und der Herr sei mit dem Wagen und den beiden Hunden unterwegs, ohne ihr gesagt zu haben, wohin. Sie habe jedoch keine Anweisung bekommen, das Abendessen zu verschieben, so daß sie ihn um spätestens halb sieben zurückerwarte.

«Sechs Uhr dreißig? Dann sag deinem Herrn, daß ich dann zur Stelle bin», sagte Kramer und drehte sich zu Zondi um, während er den Hörer auflegte. «Komischer Typ! Verkrümelt sich einfach und läßt seine alte Dame in diesem Zustand allein zu Hause. Wieviel Uhr ist es?»

«Kurz nach fünf, Boß.»

«*Fünf?* Heiliger Himmel, was mache ich denn bis dahin? Ich dachte, es wäre schon viel später.»

Zondi zog die Schultern hoch. «Vielleicht sollte sich der Lieutenant einmal das Aquarius-Fitneßcenter ansehen.»

«Um festzustellen, ob sie ihr Springseil noch haben? Teufel auch, du bist schon genauso wie der Colonel, Mann.»

«Und wenn es gestohlen ist?» fragte Zondi.

«Bestimmt!»

«Oder wenn sie dort wüßten, wer noch so ein Ding besitzt?»

«Das reicht, ich gehe schon», sagte Kramer und ergriff seine Jacke. «Und du? Kommst du mit?»

Zondi wedelte mit dem Sägeblatt, das bei dem Mord in Mama

Bhengus Bordell verwendet worden war. «Ich glaube, ich muß ein paar Erkundigungen in Peacevale einziehen, Boß.»

«Ach ja? Na schön, wenn du willst, kann ich dich ja wie immer zur gewohnten Zeit am gewohnten Ort aufgabeln, sofern ich nicht aufgehalten werde.»

«Danke, Lieutenant.»

Allein gelassen auf seinem Hocker an dem kleinen, einfachen Tisch in einer Ecke, starrte Zondi eine Weile die Wand an, von finsteren Zweifeln geplagt. Es machte ihm Sorgen, daß der Lieutenant auf einmal so feste Ansichten über den Fall hatte, statt sich alle Möglichkeiten offenzuhalten. Und er mußte an die Gelegenheiten denken, als diese Halsstarrigkeit eine Katastrophe heraufbeschworen hatte. Dann stand er auf, prüfte seine Waffe und ging ebenfalls seiner Wege.

8

Noch immer bebend vor Wut und Empörung trotz einer ausgedehnten Sauferei mit einem hilfsbereiten Kumpan, machte sich Meerkat Marais auf den Heimweg zu seiner Wohnung über der Annahmestelle einer chemischen Reinigung auf der verkehrten Seite der Stadt. Es war nichts Tolles, und er verbrachte im allgemeinen nicht viel Zeit dort – die letzten acht Tage, bis er von diesem Bastard Kramer rüde geweckt worden war, hatte er bei einer Nymphomanin vom Fernsprechamt geschlafen –, aber es war irgendwie doch ein Zuhause. Einen Wohnraum, ein Schlafzimmer, Bad und Küche nannte er sein eigen, und irgendwo in dem allgemeinen Chaos mußte eine saubere Hose liegen. Er beschloß, nicht durch den Laden hinaufzugehen, sondern nahm statt dessen die Feuertreppe, die von einem leeren Müllplatz auf der Hinterseite des Gebäudes aus nach oben führte.

Nach acht Tagen, in denen er sich allein durchgeschlagen hatte, war Dynamit, sein rötlichbrauner Kater mit weißem Schwanz, erfreut, ihn wiederzusehen. «Maaau!» sagte er und sprang vom Küchenfenstersims herab.

Meerkat stieß Dynamit mit dem Fuß beiseite und steckte seinen Patentschlüssel ins Schloß. Er hatte keine Gelegenheit mehr, ihn umzudrehen, denn die Tür schwang einfach nach innen auf, und Dynamit schoß vor ihm hinein.

«Paß doch auf!» zischte Meerkat und kam sich im selben Moment ziemlich blöd vor.

Dann tat er es Dynamit gleich, ging auf ebenso leisen Sohlen und schnappte sich in der Küche ein Brotmesser vom Tisch, ehe er die Nase in die anderen Zimmer steckte. Er war ziemlich sicher, die Tür nicht unverschlossen gelassen zu haben.

Ohne einen Laut schlich er von der Küche ins Badezimmer, dann in den Wohnraum und zuletzt ins Schlafzimmer, fand jedoch keinen Eindringling. Er schleuderte das Brotmesser gegen die Schlafzimmertür und schaute sich um, um festzustellen, ob irgend etwas verändert war. Seine Kleidung war überall verstreut, Schubläden waren aufgezogen, ein Glas lag zerbrochen auf dem Toilettentisch, und jemand hatte mit Lippenstift auf die Wand geschmiert: *Du kannst mich mal, Marais!* Es war im Grunde alles so, wie er es verlassen hatte.

«Maaaaau!» sagte Dynamit, drehte sich um und machte einen Satz auf den Kühlschrank zu.

Meerkat sah sich die zerknitterten grauen Laken auf seiner Bettcouch genauer an und entdeckte ein paar Flecken, die seines Wissens nicht von ihm stammten. Natürlich, dachte er, das war es: Sicher hatte sein Vermieter Fat Solly Wynberg, König der *Ejaculatio praecox,* wieder junge Mädchen aus dem Laden mit nach oben gebracht, was Teil ihrer Mietvereinbarung war. Vielleicht war es die dünne Brünette mit Titten wie Eiscreme-Tütchen gewesen, die ihn so fertiggemacht hatte, daß er nur noch hinausstolpern konnte und vergessen hatte, die Tür hinter sich abzuschließen. Gleichwohl beschloß Meerkat, seine Ware zu überprüfen und sie sich dann verdammt schnell vom Hals zu schaffen.

Dynamit stand erwartungsvoll vor dem Kühlschrank. «Mrrraaau!» maunzte er jetzt und strich ihm aufgeregt um die Füße. «Miau?»

«Hier, verflucht noch mal!» sagte Meerkat gereizt und gab ihm ein vertrocknetes Stück altes Frühstücksfleisch. Dann öffnete er ganz beiläufig das Eisfach. «Heiliger Himmel!» Der zweite Eiswürfelbehälter, in dem eigentlich eine fünfschüssige Smith & Wesson, Kaliber .32, liegen sollte, war leer. «Weg und aus, Dynamit! Verdammte Einbrecher!»

Dynamit hielt im Fressen inne, warf Meerkat einen argwöhnischen Blick zu, weil er mit so leiser Stimme sprach, und zerrte das Stück Frühstücksfleisch wohlweislich außer Reichweite unter die Spüle.

«Verdammte Einbrecher...», murmelte Meerkat, vollkommen außer sich und kaum fähig, zu begreifen, was das hieß, obwohl der Sachverhalt *ihm* seit seinem neunten Lebensjahr zur zweiten Natur geworden war. «Aber wer würde mir so etwas antun, Dyna? Wie viele mögen es gewesen sein? Und woher sind sie gekommen?»

Die unbewegten grauen Augen verrieten nichts.

«Kinder? Die Kids von gegenüber?» Es war eigentlich undenkbar, daß jemand, der Meerkats gewalttätigen Ruf kannte, etwas derart Ungeheuerliches tat. «Ja, sie waren es, hab ich recht? Hast du Appetit auf ein bißchen frisches Fleisch? Denn wenn ich sie zwischen die Finger kriege, diese kleinen...»

Kein Schnurrhaar zuckte.

«Aber Kinder hätten dich gefüttert, nicht wahr? Und gucken Kinder jemals in den Kühlschrank? Es können keine Kinder gewesen sein – niemals! Das war ein echter Profi, was, Dynamit?»

Ein kaum wahrnehmbares Blinzeln.

«Ob er weiß, was ich mit ihm machen werde?»

Wieder ein kaum wahrnehmbares Blinzeln.

«Kramer!» sagte Meerkat und griff nach einem Brathähnchen in Alufolie. «Das ist es also, was dieses psychopathische Stück Hundescheiße die ganze Zeit gemacht hat, als ich da oben war –» Doch schon während ihm diese gewagte Vermutung durch den Kopf schoß, wußte er, daß sie keine innere Logik besaß.

Tatsache war nicht nur, daß er zu Hause und ein freier Mann war, statt im Gefängnis Boomplaas Street zu sitzen und die Rippen eingetreten zu bekommen. Tatsache war auch, daß seine persönliche Schußwaffe, eine 9-mm-Walther-PPK-Halbautomatik, die gleiche, die auch dieser großspurige schwarze Scheißer Zondi bei sich trug, schon beim ersten Schütteln aus dem Brathähnchen fiel.

Heftig zitternd vor kaum noch zu zähmender Wut und in vollkommener Verwirrung, schwankte Meerkat jetzt zu seiner kleinen, goldfarben gestrichenen Bar im Wohnzimmer, denn er brauchte dringend einen hochprozentigen Schluck. Warum jemand die .32er mit ihrem maroden Lauf und der dubiosen Munition haben wollte, wenn er ebensoleicht die bestens funktionierende PPK hätte nehmen können – oder beide! –, war ihm schleierhaft. Dann fiel ihm noch etwas auf.

Die Johnny-Walker-Flasche war offen und der Inhalt um fast eine Handbreit abgesunken, und gleich daneben standen zwei Gläser mit Whiskyresten am Boden. Noch schlimmer aber war, daß er ohne weiteres fettige Fingerabdrücke auf den Gläsern erkennen konnte, die golden glänzten im letzten schwachen Abendsonnenlicht, das von einem Lieferwagen der Reinigung, der hinter dem Haus geparkt war, gespiegelt wurde. Fingerabdrücke, die ihren Spott mit ihm trieben und ihn hämisch verhöhnten, ihn dazu anstachelten, die Bullen zu rufen wie jeder andere aufgebrachte Bürger in einer ähnlichen Notlage auch.

Mit einem wütenden Knurren schmiß Meerkat Marais die Gläser auf den Boden, packte die Flasche Scotch am Hals und nahm sie mit in die Küche, um sich zu beruhigen und einen finsteren Racheplan zu schmieden.

9

Ein durchtriebener schwarzer Bettler mit verkrüppelten Gliedmaßen, den Kopf unnatürlich nach hinten gedreht, lag ausgestreckt an der Einfahrt, die zum Aquarius-Gesundheits- und -Fitneßcenter führte. Wie er gemerkt hatte, gab es nichts Besseres für ihn als das gesteigerte körperliche Wohlbehagen der Weißen, weil diese sich bemüßigt fühlten, Kupfermünzen auf ihn herabregnen zu lassen, wenn sie an ihm vorbeimußten.

«Gott dich segnen, mein Baas, Gott dich segnen», erhob er die Stimme, als Kramer näher kam, aber er legte nicht allzuviel Gefühl hinein, denn sie waren im allgemeinen freigebiger, wenn sie wieder herauskamen. «Gott dich glücklich machen, mein Baas...»

«Wie geht's, Backchat?» knurrte Kramer und blieb stehen.

«*Hau!* Ach, Sie sind's, Lieutenant!»

«Du bist doch nicht etwa diese Woche auch noch blind, oder?»

Das brachte Backchat zu einem fröhlichen Gackern. «Und was führt den Lieutenant heute hierher?» fragte er.

«Hast du in letzter Zeit irgendwelche Riesen gesehen?»

«Vier», erwiderte Backchat prompt und grinste ihn an.

«Weißt du denn, was ein Riese ist?»

«*Ungasi*, Lieutenant, aber ich erinnere mich, daß Sie mir erzählt haben, wie gut die Polizei für eine Information zahlt!»

Kramer lachte und stieß den alten Gauner mit dem Fuß an. «Nur für *zuverlässige* Informationen, Mann! Ein Riese ist in diesem Fall ein ungeheuer großer Kerl mit Armen wie Baumstämme. Erzähl mir bloß nicht, du hättest den ganzen Tag hier auf deinem Arsch gesessen und nichts für mich!»

«Vielleicht doch.»

«Und was?»

«Es ist ein guter Preis ausgesetzt für denjenigen, der einen Volovolo Größe 32 findet.»

«Ach ja? Wann hast du das gehört?»

«Am Montag, Lieutenant.»

«Von wem?»

«Es wurde überall davon geredet.»

«Und wer hat das Angebot gemacht?»

«*Ungasi*, Lieutenant, aber vielleicht kann ich es herausfinden.»

Kramer blieb ein Weilchen unentschlossen stehen. Das konnte etwas sein oder auch nicht, schwer zu sagen. Backchat hatte vielleicht einfach nur allerlei Gerüchte aufgeschnappt, die auf Zondis und seine eigenen Anstrengungen zur Auffindung der im Fall Bradshaw benutzten Schußwaffe zurückzuführen waren. Ja, so mußte es sein, denn sah man einmal von der möglichen Beteiligung krimineller Elemente ab, stimmte der Zeitfaktor nicht.

«Welchen Montag meinst du denn, Backchat», fragte er, um sich doppelt zu vergewissern, «Montag vor zwei Tagen oder den Montag davor?»

«Hau, *diesen* Montag in *dieser* Woche, Lieutenant – und die Nachricht war ganz neu.»

«Ja, schon gut, ich weiß Bescheid», sagte Kramer und ließ Silber in die Sammelbüchse fallen. «Aber halt die Augen nach einem Riesen offen, hörst du?»

«Gott Sie segnen, Lieutenant!» gluckste Backchat vergnügt und leerte schnell die Büchse in seiner Brusttasche.

Kramer schlenderte die Einfahrt entlang. Das Aquarius-Gesundheits- und -Fitneßcenter hatte von außen nichts Besonderes an sich und entsprach damit keineswegs den Erwartungen, die er nach allem, was er gehört hatte, daran knüpfte: Es war einfach nur eine langgestreckte weißgetünchte Backsteinmauer, durchsetzt von kleinen bullaugenartigen Fenstern und den Rückseiten dreier großer Klimaanlagen, die sich abmühten, den Schweißgeruch reicher Leute hinauszubefördern. Er stieß die dicke schwarze Holztür auf, an die jemand ohne ersichtlichen Grund eine beachtliche Menge riesiger Nägel verschwendet hatte, und fand den Empfangsraum ebenfalls enttäuschend. Auf den ersten Blick war es ein großer Raum mit sehr wenig darin, und was da war, wirkte sehr behelfsmäßig und billig. Die Wände waren mit rohen Brettern verkleidet, der Fußboden mit Korkplatten ausgelegt wie ein altmodisches Badezimmer, und das Mobiliar setzte sich aus verchromten Rohren zusammen, die verdächtig nach Auspufftöpfen aus zweiter Hand aussahen und deren Design sehr unbequem wirkte. Die Decke des Raums war ausgerechnet mit Sackleinen bespannt, und die Bilder an den Wänden spotteten jeder Beschreibung und waren ganz ohne Zweifel Klecksereien von einem Zweijährigen. Er, Kramer, hätte jedenfalls sein Geld zurückverlangt.

Beim zweiten Blick nahm er an der Rezeption ein kleines Glasbekken mit tropischen Fischen wahr und dahinter eine dralle junge Frau mit einem dicken blonden Zopf, flachem Gesicht und großen burenblauen Augen, die gerade einen roten Telefonhörer auflegte. Froh, in diesem Raum endlich etwas zu finden, was ihm nicht vollkommen fremd war, war er sofort für sie eingenommen und stellte sich, zum erstenmal an diesem Tag, in seiner Muttersprache Afrikaans vor.

«Entschuldigen Sie bitte», sagte sie zaghaft, «aber ich bin noch nicht lange aus Schweden hier. Sprechen Sie Englisch?»

«Wenn's sein muß, ja, Miß», seufzte er. «Ich bin vom CID, Kriminalpolizei – ich würde gern Ihren Chef sprechen.»

«Einen Augenblick bitte», lispelte sie und drückte auf eine unsichtbare Klingel.

Eine peinliche Stille trat ein. Kramer beugte sich über das Glasbekken und tat, als bewunderte er dessen Bewohner. «Schön, Ihr Aquarium», sagte er höflich.

«Bitte?»

Es war hoffnungslos.

Dann kam der Chef, volle 225 Pfund schwer, mit weißen Freizeithosen, Trägerhemd, weißen Tennisschuhen und einem federnden Gang, der sehr ermüdend wirkte. Sein dicker runder Kopf war absolut bemerkenswert, denn er glänzte vor Schweiß, war hochrot und übersät mit den schrecklichsten Mitessern, die Kramer je in einem Gesicht dieser Größe gesehen hatte; es war, als finge man ein Gespräch mit einer Scheibe Wassermelone an.

«Freue mich, Sie kennenzulernen, Lieutenant Kramer!» sagte der Besitzer des Fitneßcenters. «Jimmy Winters – willst du fit und munter sein, kehr bei Jimmy Winters ein! Hier finden Sie alles, um sich tipptopp in Form zu bringen, auf Draht zu bleiben, zu allen Schandtaten bereit!» Und die ganze Zeit über schüttelte er Kramer die Hand und zermalmte sie beinahe dabei, als wolle er seine Kraft beweisen.

«Kann man hier auch seilspringen, Mr. Winters?» fragte Kramer.

«Seilspringen! Gewichtheben! Isometrisches Muskeltraining!»

«Mich würde interessieren, ob Sie so etwas wie ein *Master-Skip*-Seil haben», sagte Kramer, durchaus gewillt, nicht mehr mit dem Händeschütteln aufzuhören, wenn es den Mann denn glücklich machte. «Ich bearbeite einen Mordfall, in den eins verwickelt ist, wissen Sie.»

«Ein Master-was? Ich weiß nicht recht, um ehrlich zu sein, aber wollen Sie sich vielleicht umsehen?»

«Gern.»

«Sollen wir gleich...?» Winters hatte sich auf die Zehenspitzen gestellt und schien seine Hand zurückhaben zu wollen. «Ich meine...»

«Nach Ihnen, Mr. Winters.»

Ein mädchenhaftes Kichern, befand Kramer, als er dem großen Einfaltspinsel über einen engen Flur hinunter folgte, klingt auch auf Schwedisch gut, und er fragte sich, wie sie wohl heißen mochte. Dann mündete der Gang in blendende Helle voll glänzender Geräte.

«Nicht schlecht, was?» sagte Winters stolzgeschwellt. «Was Sie beim Reinkommen gesehen haben, hat mich schon ein hübsches Sümmchen gekostet, aber nichts gegen das hier! Alles letzter Schrei, das Feinste vom Feinen.»

«Hmmm.»

«Und schauen Sie sich die Kundschaft an...», flüsterte Winters hinter vorgehaltener Hand. «Alles erste Klasse, die Crème de la crème. Hier finden Sie keine Ganoven beim Hanteltraining!»

Es war wirklich ein aufschlußreicher und erhebender Anblick, so viele der angesehenen Bürger Trekkersburgs halbnackt und schweißüberströmt zu erleben. Den größten Gefallen fand Kramer an dem aufgeblasenen, selbstgerechten Richter des Obersten Gerichts. Er war dick wie eine Schwangere und hing in einem Gerät mit vibrierendem Massagegürtel mit einem Gesichtsausdruck, der unmißverständlich seine Entschlossenheit zu einer gesetzeswidrigen Abtreibung verriet.

«Die Springseile sind dort drüben», sagte Winters und ging voraus zu fünf Haken an der Wand. «Wahrscheinlich sind Sie auf dieses neuere Modell aus – richtig?»

Beide Griffe trugen den Aufdruck *Master-Skip*, es war das richtige. Kramer zog sich das Seil um sein linkes Handgelenk, erklärte Winters die Sache mit den Brüchen und fragte ihn als Profi nach seiner Meinung dazu, ohne viel zu erwarten.

«Nun ja, alles ist möglich, stimmt's nicht, Lieutenant?»

«Kommt irgend jemand hierher zu Ihnen, der so viel Kraft hat?»

«Sicher bin ich nicht, aber ich bezweifle es.»

Bradshaws Beschreibung seines Angreifers fiel auf ebenso unfruchtbaren Boden. Zum Schluß fragte Kramer noch, ob nicht irgend jemand von denen, die regelmäßig kamen, Interesse an dem Springseil geäußert und sich vielleicht sogar selbst eins gekauft hatte.

«Warum sollte er sich denn so etwas kaufen?» sagte Winters erstaunt und fand ein Fleckchen Haar an seinem kahlen Hinterkopf, das er sich kratzen konnte. «Darum kommen sie doch her, Lieutenant.» Er dachte eine Weile nach und fügte schließlich hinzu: «Stimmt's nicht?»

Kramer warf das Springseil wieder über seinen Haken und wandte sich zum Gehen.

«Hallo, Sie da!» ertönte eine Stimme unter einer Art Presse. «Ich fragte mich eben, wann Sie jemanden wie mich wohl bemerken würden.»

Kramer bückte sich und konnte dann Jonty, den Modefriseur, erkennen, der flach auf dem Rücken in dem Gerät lag und sich mit schwellenden Armmuskeln dagegen stemmte. «Ich hatte Sie tatsächlich nicht gesehen, aber sagen Sie, haben Sie irgend etwas zu berichten?»

«Eine scharfe Frau bei mir im Salon hat den ganzen Nachmittag Fragen über einen gewissen Jemand gestellt.»

«So? Über wen denn?»

«Über Sie, alter Knabe. Wissen Sie, wer? Die Rothaarige!»

«Ach, mich interessiert mehr, ob –»

Jonty lachte. «Ich muß mich doch wundern, Lieutenant! Wie können Sie bloß so über die Einladung hinweggehen, die ich gerade aussprechen will! Kommen Sie gegen zehn zu meinem Haus, und sie wird dort sein. Wir sind eine ganze Gesellschaft und treffen uns nach dem Drive-in.»

«Hmmm, aber nichts darüber, wo Hookham vergangene Nacht gewesen sein könnte?»

«Und diese neue Mieze da vorne, sie kommt auch. Die knackige kleine Schwedin, wissen Sie – ich habe eine Menge für Smørgasbord übrig!»

«Ich begreife nicht, daß in Ihrem Salon heute nachmittag nicht gequatscht worden ist», sagte Kramer wieder, diesmal mit einer gewissen Schärfe. «Oder wollen Sie mich verscheißern?»

Jonty setzte sich verletzt auf. «Du liebe Güte, Sie brauchen sich nicht gleich ins Hemd zu machen, Chef! Wenn ich irgend etwas erfahren hätte, das sich weiterzugeben lohnt, meinen Sie nicht, daß ich Sie dann längst benachrichtigt hätte? Meines Wissens hat es aber nur eine allgemeine Telefoniererei gegeben und eine Menge Aufregung, aber bei niemandem war Hookham letzte Nacht zu Besuch – zumindest spuckt es keiner aus.»

«Danke», sagte Kramer und erhob sich wieder.

«Und was sage ich jetzt Tish? Daß Sie um zehn da sind?»

Kramer ließ diese Frage offen. Er verließ das Aquarius-Gesundheits- und -Fitneßcenter mit dem deutlichen Gefühl, daß sein Besuch dort, wie er vorher schon vermutet hatte, reine Zeitverschwendung und ein Fehlschlag auf der ganzen Linie war.

Mama Bhengu stand mit verschränkten Armen in der Eingangstür ihres Bordells und leistete die Arbeit von vier ausgewachsenen Männern, indem sie durch ihre Präsenz den Weg versperrte. Ihr enorm großes Kleid hing ihr halb aufgeknöpft von den hängenden Schultern herab wie ein gepunktetes Rundzelt, und durch den Schlitz unten lugte ein Ziegenbock mit bösem Blick. Zondi vergewisserte sich erst, ob er auch fest zwischen Mama Bhengus fetten Knien klemmte, ehe er einen Schritt näher trat.

«Sei gegrüßt, Mama Bhengu», sagte er und lüftete äußerst höflich seinen Hut. «Läuft alles gut bei dir?»

Sie spie nach rechts aus.

«Es läuft nicht so gut?»

Sie zuckte die Achseln.

«War der Mord hier schlecht fürs Geschäft?»

Sie starrte ihn eine Weile an, und der Ziegenbock wurde unruhig.

Zondi beschloß, ohne Umschweife zur Sache zu kommen. «Siehst du dies, Mama? Ich habe die Waffe in der Hand, mit der Donnerstagnacht in diesem Haus Willie Jackson erstochen wurde. Hast du jemals jemanden damit gesehen?»

«Nein.»

«Du antwortest sehr schnell.»

«Warum auch nicht? Ich antworte schnell, du gehst schnell wieder – *du* bist nämlich schlecht fürs Geschäft, Michael Zondi.»

«Mir blutet das Herz, Mama Bhengu», erwiderte Zondi und zog seine Walther PPK. «Wenn du natürlich *wirklich* etwas Schnelles erleben willst, brauche ich nur einen Schuß in die Luft zu feuern, und schon werden von allen Fenstern deine Kunden auf uns herabsehen.»

Sie warf den Kopf in den Nacken und lachte so herzlich, daß der Kopf des Ziegenbocks auf und ab wackelte. «Komm rein, Michael», sagte sie und schlurfte in den Eingangsflur. «Komm rein, wir trinken einen Gin zusammen, du Sohn meines Herzens! Was willst du denn sonst noch?»

«Ich möchte die gleiche Frage deinen Nichten stellen», sagte Zondi, «wenn du nichts dagegen hast.»

«Außer meiner neuen Nichte sind alle bei der Arbeit.»

«Die Arbeit dauert ja nie lange, ich werde also warten – ich habe keine Eile.»

«Komm, gehen wir ins Hinterzimmer.»

Mama Bhengu packte den Bock bei den Hörnern, zerrte ihn unter sich heraus und ging voran, das Tier fest im Griff, bis sie es im Hinterzimmer an ein Tischbein binden konnte. Ein halbes Dutzend betrunkene Kunden saßen dort auf Schemeln aus Büchsenmilchkisten und besprachen ihre lüsternen Erwartungen, während sie darauf warteten, an die Reihe zu kommen. Bei Zondis Erscheinen erstarrten sie alle, aber keiner versuchte davonzurennen. Zondi steckte seine PPK wieder weg und betrachtete die neue Nichte, die auf der Lehne eines durchhängenden Sofas hockte. Mama Bhengu unterhielt eins der besten Bordelle in der Township, deshalb hatte er fest mit einer ihrer berühmten Zuluschönheiten gerechnet: einer kräftigen jungen Kuh mit goldbrauner Haut, vollen Brüsten, breiten Hüften und großen, dicken Schenkeln mit viel Schwung. Die neue Nichte hatte zwar eine goldbraune Haut, aber ansonsten war sie dürr, flachbrüstig und schmal gebaut um die Hüften wie eine Weiße und trug obendrein noch eine absurde gelbe Perücke. Er war nicht im mindesten überrascht, daß sie arbeitslos war.

«Was meinst du dazu?» flüsterte Mama Bhengu und nickte zu dem Mädchen hinüber. «Ich sage dir, die wird mir viel, viel Geld einbringen.»

«Sieht aber nicht so aus, Mama!»

«Ha! Was erwartest du denn von einem Mittwochabend! Die Männer hier, was sind sie denn schon? Fabrikarbeiter, Tagelöhner und Müßiggänger von der Straße. Aber Samstagnacht und Sonntagnacht, da kommen all jene, die Arbeit in feinen Häusern gefunden haben, Köche, Gärtner und sogar Chauffeure, und wollen Missy Madam ausprobieren! Hier, gieß dir ein, während ich eine neue Flasche hole.»

Zondi schüttete sich die letzten Tropfen aus der Flasche ins Glas und lehnte sich zurück, wobei er achtgab, daß seine Schnürriemen außer Reichweite des Ziegenbocks blieben. Das Hinterzimmer, wie Mama Bhengu es zu nennen pflegte, war eigentlich ein großer, schiefer Schuppen mit Dach und Wänden aus Wellblech und einem Fußboden aus krümeligem Zement. Die Wartezone war ein schmaler Streifen direkt am Haus, und der übrige Raum war durch Vorhänge in acht Kabinen unterteilt, die sich quer vor seinem Sitzplatz aneinanderreihten. Jemand mit sehr guten Ohren konnte wahrscheinlich die verschiedensten Geräusche hinter den Vorhängen ausmachen, aber der Plattenspieler auf dem Tisch übertönte das meiste davon mit unablässigem lautem Gedudel, wofür man nur dankbar sein konnte. Zondi bemerkte, daß die letzte Kabine links, in der Willie Jackson gestorben war, mit aufgezogenen Vorhängen leer stand.

«Haben die Leute Angst vor der Kabine?» fragte er Mama Bhengu, als sie mit einer vollen Flasche Gordon's zurückkehrte.

«Natürlich. Die Beerdigung ist erst morgen, und sein Geist ist noch sehr stark hier. So ist es immer, wenn ein Mensch ermordet wird.»

Zondi spürte, wie ihm jemand auf die Schulter klopfte, und als er sich umdrehte, traf ihn eine Zuckerrohrschnapsfahne. «Was willst du, Bruder?» fragte er.

«N-ne kleine Information, Mr. Sergeant, Sir», nuschelte der Betrunkene, ein degenerierter Inder mit roten Augen und roten Zähnen. «E-eine f-freundliche kleine Auskunft... würden Sie mir die gewähren?»

«Bitte», forderte ihn Zondi auf.

«Diese gräßliche W-waffe, die Sie bei Ihrer Ankunft in unserer bescheidenen Mitte in der Hand hatten, könnte das ein Revolver Größe 32 sein?»

«Eine 9-mm-Automatik; die Größe ist allerdings gleich.»

«Ach!»

Dann hielt Zondi den Mann mit einer Hand im Gleichgewicht und fragte: «Warum solches Interesse, mein Freund?»

«In-tressche?» Der Betrunkene runzelte die Stirn und dachte nach. «W-weil ich s-sicheren Auf-f-schluß brauche, den ich glaube, von Mr. Det –»

«Ja, aber warum? Weshalb?» bellte Zondi jetzt.

«D-damit ich weiß, was ich sehe, wenn ich es sehe, meine Güte, jawoll! Aber der taugt n-nicht, Automatik wird n-nicht gewünscht – ein R-revolver.»

«Gewünscht von wem?»

«Oh!» sagte der Inder und schaute blöde drein.

«Mama, kann ich die Kabine dort haben?»

«Nur zum Reden?»

«Nur zum Reden, Mama.»

Sie erklärte sich widerstrebend einverstanden, spendierte hastig den wartenden Freiern, die allmählich in Panik gerieten, eine Runde Schnaps und drehte vorsichtshalber die Musik noch lauter.

Kramer bog langsam in eine weitere Allee in Morninghill ein, denn er mußte noch etwa neun Minuten totschlagen, ehe er in der Armstrong Avenue Nr. 52 erwartet wurde.

Seine Stimmung war auf dem Nullpunkt, viel düsterer, als angemessen war, einmal abgesehen von dem Springseilfiasko, und er fragte sich, warum eigentlich.

Noch acht Minuten.

Schließlich mußte er sich eingestehen, daß sie gesunken war, als Zondi beschlossen hatte, sich wieder dem Fall Willie Jackson zu widmen. Nicht, daß er die Richtigkeit dieser Entscheidung in Frage stellte: Zondi sprach fließend Afrikaans, Englisch, Zulu, Xhosa und Sesuto, und doch blieben ihm aus naheliegenden kulturellen Gründen bestimmte Ermittlungsbereiche versagt. Ebensowenig konnte er Willie Jackson das posthume Recht absprechen, daß sein Mörder ohne Aufschub vor den Kadi gebracht wurde, und wenn überhaupt jemand den Fall lösen konnte, dann Zondi. Was ihm Sorgen bereitete, war vielmehr die Vermutung, daß Zondi mit seiner konkreten Weigerung, mit ihm zusammenzuarbeiten, auch einen stillen Protest geltend machte.

Noch sieben Minuten.

Und das führte unweigerlich wieder zu dem Gefühl zurück, das

Kramer in Schwung gebracht hatte – einen Schwung, dem der Antrieb von außen fehlte, so daß er schon nachzulassen begann. Kramer kam ans Ende einer Sackgasse und fuhr im Schneckentempo zurück.

Noch sechs Minuten.

Doch das Gefühl war immer noch da. Vielleicht nicht mehr so stark, wie es ihn zu Anfang überkommen hatte, als er in Mr. Bradshaws Studierzimmer gesessen hatte und Mrs. Bradshaw tropfnaß hereingekommen war, aber es war trotz allem so etwas wie eine unerklärliche, dumpfe Gewißheit.

Noch fünf Minuten.

Es war immerhin möglich, daß Zondi trotz all seines Geredes, die polizeiliche Knochenarbeit habe für ihn Vorrang vor plötzlichen Eingebungen, selbst ein unbestimmtes Gefühl hatte und deshalb so verflucht halsstarrig reagierte. Kramer lächelte in sich hinein. Ja, das war tatsächlich eine Möglichkeit, und damit waren sie punktgleich: Ahnung stand gegen Ahnung, mochte also der Bessere gewinnen! Er sah erneut auf die Uhr.

Noch dreieinhalb Minuten.

«Jetzt hört der Spaß aber auf!» sagte Kramer, gab Vollgas und traf Sekunden später in der Armstrong Avenue 52 ein.

Er parkte auf der Straße und ging am Rand der neu gepflasterten Einfahrt entlang, wobei ihm die dekorativen Statuen rings um den Seerosenteich einen Schauer über den Rücken jagten. Jemand, der seine Freude daran hatte, vom Fenster aus ständig auf kleine Knaben herabzublicken, die im Garten herumstanden und Dinge hochhielten, die ganz offensichtlich zu schwer für sie waren, war seiner Meinung nach krank. Erst als er die Stufen zur vorderen Veranda des Hauses emporgestiegen war, wurde Kramer bewußt, daß er nur einen Wagen gesehen hatte, und zwar einen Mini-Morris, der draußen an der Straße stand.

«Herr nicht zu Hause», teilte ihm ein kicherndes Hausmädchen mit, das ihn nur durch einen Türspalt betrachtete. «Herrin schläft fest – fest.»

«CID. Ich habe mit der Köchin telefoniert.»

Sie nickte heftig.

«Hat Mr. Digby-Smith angerufen und gesagt, wann er zurück sein wird?»

«Nein, der Herr nicht anrufen.»

«Na schön, dann zeig mir mal, wo ich auf ihn warten kann.»

Der starke Geruch nach Bohnerwachs, Lavendel und gekochten Kartoffeln – und nach langhaarigen Hunden – rief bei Kramer etliche Rassenvorurteile auf einmal wach.

«Hier gut?» fragte das Hausmädchen und entfloh.

Kramer sah sich in einem Raum allein gelassen, der das Studierzimmer der Digby-Smiths sein mußte. Diesmal ein echtes Studierzimmer mit reihenweise Büchern, einem aufgeräumten Schreibtisch, viel Leder, viel sanftem Licht und einem riesengroßen Ölgemälde von einem englischen Schiffskapitän in Kniebundhosen, der sich unter seiner schicken blauen Tunika kratzte. Den Ehrenplatz im Zimmer nahm jedoch eine gewaltige Kollektion von Flaschen ein, die auf der Seite lagen und in die kleine Schiffe eingesetzt worden waren. Gemeinsam war diesen Schiffen nur, daß sie sich alle durch stürmische See kämpften. Ansonsten waren sie so verschieden voneinander, wie sie nur sein konnten, und es war ihm ein momentanes Rätsel, wie die Masten wohl durch den Flaschenhals gepaßt hatten.

Dann sah er bei einem zufälligen Blick aus dem großen Gartenfenster etwas, das ihm ein noch größeres Rätsel war. Denn wenn er sich nicht sehr täuschte, hob der Gärtner der Digby-Smiths gerade zwei Gräber aus.

10

Mama Bhengus fünf Kunden hatten ihren Spaß gehabt und waren bereits weg, als Zondi mit dem Inder wieder aus der letzten Kabine in der Reihe zum Vorschein kam. An ihre Stelle waren jetzt noch unansehnlichere Kerle getreten, darunter ein lepröser Albino. Sie waren allesamt so sternhagelvoll, daß sie loswieherten, als sie zwei Männer zusammen aus einer Kabine kommen sahen. Der Inder lächelte etwas benommen zurück und reihte sich bescheiden wieder am Ende der Warteschlange ein.

Mama Bhengu zog erstaunt die Augenbrauen hoch. «Wie kommt's, daß du mir den Verlust von einem miserablen Rand erspart hast?» fragte sie. «Ich hatte, offen gestanden, nicht damit gerechnet, daß er so lange bleiben und mir sein häßliches Gesicht noch einmal vor Augen führen würde!»

«Nicht der Rede wert», knurrte Zondi, setzte sich und griff nach der Flasche und seinem Glas.

«*Nicht?* Aber wieso denn? Nun erzähl mal!»

«Bin ich vielleicht jemand, der dein Geschäft ruiniert? Ich habe Mr. Govender klargemacht, daß ich meine Meinung morgen vielleicht schon ändern könnte und daß die Chance, die er jetzt hätte, womöglich seine letzte Chance wäre.»

Missy Madam, die sich zu ihnen an den Tisch gesetzt hatte, stimmte in Mama Bhengus entzücktes Gelächter ein. Dann beugte sie sich vor und fing an, mit Zondis Schlips herumzuspielen.

«War eure kleine Unterhaltung gut?»

«Sie war – nein, gut kann man sie eigentlich nicht nennen.»

«Du hast sehr sanft gesprochen», sagte sie.

«Der hier?» gluckste Mama Bhengu vergnügt und versetzte Zondi mit ihrem Ellbogen, der so dick war wie ein Knie, einen Stoß. «Weißt du, wieso er so sanft spricht? Er redet mit den Händen!»

«Oioioi», brummte Missy Madam, knöpfte vor seinen Augen die Bluse auf und schüttelte ihre kleinen Brüste heraus. «Willst du mir noch etwas sagen?»

«Hmmm. Ich rede auch mit den Füßen», sagte Zondi mit einem Kratzen in der Stimme.

Dann schloß er die Augen vor den wenig versprechenden Reizen des Freudenmädchens, schob sich den Hut ins Gesicht und konzentrierte sich darauf, ein halbes Glas anständigen Gin runterzukippen. Das Zeug brannte ihm in der Kehle und steckte seinen leeren Magen in Brand, und während es geradewegs ins Gehirn stieg, ging er in Gedanken noch einmal durch, was er aus diesem Jiji Govender herausgeholt hatte. Viel war es nicht: Jemand hatte am Montag irgendwo in der Stadt das Gerücht ausgestreut, es würde ein guter Preis für einen .32er Smith-&-Wesson-Revolver gezahlt. Govender war eine Niete, ein ganz kleiner Fisch, der nur kleine Häppchen an Bartheken, Straßenecken und in billigen Pensionen aufschnappte, so daß es unmöglich war, seine Information bis zur Quelle zurückzuverfolgen. Und lohnte sich das überhaupt? Govender war beharrlich dabei geblieben, daß er vor Montag nichts gehört hatte – *jenem* Montag vor neun Tagen –, zu spät für den Überfall auf Bradshaw und sinnlos in bezug auf den Zeitfaktor. Vielleicht konnte man noch anderswo ein paar Erkundigungen einziehen, aber wahrscheinlich hatte Govender bloß von der am Samstag begonnenen Suche nach der Waffe gehört und das falsch ausgelegt. Nein, sie waren erst am Montag so weit gewesen. Wie angenehm ihm der Gin allmählich die herbe Enttäuschung versüßte!

Er spürte, wie Mama Bhengu ihm das Glas in seiner Hand neu füllte, und nickte ihr seinen Dank zu. Und doch hatte er wie der Lieutenant dieses unbestimmte Gefühl im tiefsten Innern, ein Gefühl, als könnte eine Beteiligung der Unterwelt an diesem Fall nicht ausgeschlossen werden, selbst wenn das mit der Person Hookhams unvereinbar schien. Oder wußte er einfach nur zu wenig von dieser Art Weißer? Ließ er sich ebenfalls von seiner Phantasie fortreißen? Das beste war vielleicht, darüber zu schlafen und erst einmal das zu Ende zu führen, was er sich vorgenommen hatte.

Zondi öffnete die Augen und lächelte Mama Bhengu an. «Ich muß dir etwas zeigen», sagte er. «Nicht wieder das Sägeblatt, sondern etwas Neues. Ich hab's gerade gefunden.»

«*Hau!*»

«Aber vorweg eine ernste Frage, Mama. Ist es wahr, daß niemand mehr in der Kabine war, seit Willie Jackson darin erstochen wurde?»

«So wahr, wie ich hier sitze, Michael Zondi.»

«Dann habe ich womöglich doch keine Zeit verschwendet.»

«Wieso?»

«Während des Gespräches dort drinnen habe ich in einer Ecke das hier gefunden. Es mußt dorthin gerollt sein, und ich kann nicht behaupten, daß ich Donnerstagnacht alles durchsucht hätte. Ich mußte deine Nichte unter der Leiche hervorziehen und wurde von anderen Dingen abgelenkt.»

«Es war wirklich schrecklich! Ich dachte schon, sie wäre ebenfalls tot, nicht nur ohnmächtig!»

«Zeig doch das Ding mal», bettelte Missy Madam.

Zondi öffnete die Faust, und ein Aluminiumobjekt, etwas größer und runder als ein Fingerhut, in der Form jedoch eher wie ein Eichelhütchen, fiel heraus, beschrieb einen Halbkreis und blieb dann still liegen. Beide Frauen atmeten lautstark aus.

Rupert Digby-Smith war ein Mann von glattem, ja spiegelglattem Äußeren, hatte sturmgraue Augen und ein spitzes Kinn, das vorsprang und ihm den Weg bahnte. Er war mit einem Seidentuch, einem weißen Hemd, rehbraunen Hosen, Safaristiefeln, einem zweireihigen Blazer mit Messingknöpfen und einem Bowls-Club-Abzeichen bekleidet. Seine Stimme kam tief unten aus der Kehle und rundete die Vokale zu plumpuddingartigen, übervollen Lauten, und sein Händedruck war wie das Abwägen einer Robbenflosse: kalt, feucht und ziemlich unpersönlich.

«Ich habe Sie am Fenster stehen sehen, Officer», sagte er und öffnete die kleine Hausbar. «Eine scheußliche Angelegenheit, aber nicht zu umgehen. Meiner Frau ist der Gedanke an die morgendlichen Aufmerksamkeiten, die sie ihrem Bruder heute zuteil werden ließen, unerträglich, und sie bestand darauf, daß die Tiere unverzüglich eingeschläfert werden müßten. Der Tierarzt hat seine Sache sehr gut gemacht.»

«Hatten Sie die Hunde schon lange, Sir?»

«Von klein auf. Feine Tiere, die beiden, und ich wage zu behaupten, daß ich selbst bald alles vergeben und vergessen hätte, aber ...» Und er seufzte verhalten. «Darf ich Ihnen Brandy, Whisky, Gin oder Rum anbieten – oder hätten Sie vielleicht lieber ein Bier?»

«Einen Brandy mit Orangensaft.»

«Ihre Leute nennen das einen ‹Kapkurzen›, glaube ich?»

Kramer versuchte, seine aufsteigende Wut zu unterdrücken. «Und Ihre ein ‹schauerliches Gebräu›, glaube ich», erwiderte er.

Digby-Smith starrte ihn an. «Ah! Sehr gut!» sagte er dann in Anerkennung des Humors, aber ohne Begeisterung.

Unter dem Apfelbaum schaufelte der schwarze Gärtner die Hundegräber wieder zu, ziemlich langsam und offensichtlich mit Genuß. Nach Digby-Smiths langsamem, steifem Gang zu urteilen war es wahrscheinlich Aufgabe der Bediensteten gewesen, die großen Irischen Setter jeden Morgen auszuführen.

«Ihr Drink, Officer.»

«Zum Wohl, Sir», sagte Kramer und wandte sich um. «Ob wir jetzt wohl –»

«Eis?»

Kramer nahm zwei Eiswürfel und beobachtete, wie sich die Muskeln an Digby-Smiths schmalen Kiefergelenken anspannten und hervortraten. Sekundenlang blieben sie so, dann entspannten sie sich, um nach einem Augenblick der Ruhe wieder in Aktion zu treten.

«Nun, Sir, wie ich gerade sagen wollte, habe ich eine Menge Fragen, die ich –»

«Mir graut davor», sagte Digby-Smith und nahm einen Schluck von seinem Brandy mit Wasser, «es den Dienern zu sagen. Sie mochten meinen Schwager gern, er hat sie verwöhnt und völlig falsch behandelt. Er ist zu lange weg gewesen, wissen Sie, Gott, was für eine Szene.»

«Wie lange genau war er fort, Sir?»

«Oh, viele lange Jahre», sagte Digby-Smith und nahm auf dem hochlehnigen Sessel am Schreibtisch Platz. «Setzen Sie sich doch, Officer, seien Sie so nett.»

Kramer zog sich einen Stuhl heran, setzte sich Digby-Smith gegenüber auf die andere Seite des Schreibtisches und holte sein Notizbuch heraus. «Er war während des Krieges bei der R.A.F.? Warum denn das?»

«Wollte sein Teil beitragen, wie ich vermute – Edward, der kleine Heißsporn. Konnte nicht warten, bis wir hier alles geordnet hatten, und war auf und davon. Ging zur R.A.F. in Rhodesien, wurde Pilot, und das war das letzte, was die Familie von ihm sah. Fand ich ziemlich egoistisch. Aber von Ihren Leuten haben auch einige solche Flausen im Kopf gehabt, nicht wahr?»

«Sir?»

«Sie haben bestimmt schon von Seemann Malan gehört, oder? War Kapholländer wie Sie; wurde im Krieg zum besten Kampfflieger der R.A.F., Freund von Bader, ist hierher zurückgekehrt und ruinierte seinen Ruf, indem er das Torch-Kommando ins Leben rief.»

«Das muß vor meiner –»

«Kriegsveteranen, wissen Sie. Es war ihnen alles ein bißchen zu Kopf gestiegen, dieses Wüstenleben da draußen mit Schwarzen zusammen, die das Kochen besorgten, die Ambulanz fuhren und dergleichen. Sie haben versucht, die Apartheidspläne der Nationalen im Keim zu ersticken, sind jedoch, wen wundert es, damit gescheitert.»

«Hmmm. Wenn wir jetzt –»

Digby-Smith kniff mißtrauisch die Augen zusammen. «Sie waren damals noch zu jung, sagen Sie, aber haben Sie etwa nichts über Malans Tod gelesen? An der Parkinsonschen Krankheit? Es hat Schlagzeilen in allen Zeitungen gegeben, weil die Regierung ihm ein militärisches Begräbnis mit der Begründung verweigerte, er hätte schließlich im Dienst einer – inzwischen – fremden Macht gestanden.»

«In der kapholländischen Presse hat das keine Schlagzeilen gemacht, nicht, daß ich wüßte», sagte Kramer, der kaum noch seine Ungeduld zügeln konnte. «Ich bin eigentlich mehr an Mr. Hookhams Person interessiert, Sir, und an dem, was Sie mir von ihm erzählen können. Mir ist aufgefallen, daß Sie ihn nicht ‹Bonzo› nennen, wie Ihre Frau es tut.»

«Ach nein? Na ja, vielleicht deshalb, weil ich so etwas ziemlich kindisch finde. Hat den Namen angehängt bekommen, nachdem der Foxterrier seines Geschwaders von einem betrunkenen Oberstleutnant überfahren worden war, wissen Sie. Sie sollten in jener Nacht noch einen Kampfeinsatz fliegen, und da sie keine Zeit hatten, einen Ersatz zu suchen, beschlossen sie – wegen seiner Größe, nehme ich mal an, und seiner bissigen, terrierhaften Art –, ihn zu ihrem Maskottchen zu ernennen. Etwas voreilig, wie sich herausstellen sollte: Er hat nur noch drei Angriffsflüge überstanden, und dann hatten sie wieder das gleiche Problem. Haben sich für einen Windhund entschieden, der zehnmal schneller war als der Austin des Oberstleutnants.»

Kramer hatte den einen Satz in seinen Notizen unterstrichen. «Verstehe ich recht, daß Sie sagen, ‹er hat nur noch drei Angriffsflüge überstanden›? Meinten Sie damit, daß er abgeschossen wurde, oder so was?»

«Über Frankreich», bestätigte Digby-Smith mit der Andeutung eines Lächelns. «Was, rückschauend betrachtet, ein Glück war. Ja, unser junger Freund steckte plötzlich bis zum Hals in einem Misthaufen in der Normandie, umgeben von grinsenden Bauern, und marsch, ging es ordnungsgemäß ab in ein Kriegsgefangenenlager. Wäre es ein Misthaufen in Sachsen gewesen, wage ich zu behaupten, daß die dortigen Bauern weiter Mist auf ihn gehäuft hätten, bis er erstickt wäre oder so. Wenn er nicht vorher schon von einer Mistgabel durchbohrt worden wäre. Wissen Sie, wie sie von den Deutschen genannt wurden? ‹Terrorflieger› – gehaßt, verabscheut und gefürchtet wie sonst nichts auf Erden. Die hätten ihn beim ersten Anblick abgeschlachtet.»

«Ach ja?»

«O ja», sagte Digby-Smith. «Und wenn Sie je gelesen haben, was mit Städten wie Dresden passiert ist, wer hätte es ihnen verdenken können!» Die Andeutung von Lächeln brachte seine Mundwinkel zum Zucken. «Pikanterweise – ach was, egal. Er war nur sechs Monate im Gefangenenlager, dann flüchtete er mit zwei anderen zusammen und schaffte es mit Hilfe französischer Untergrundkämpfer, wieder nach England zurückzukehren. Und das Mädchen, das er später heiratete, stammte aus einer der französischen Familien, die ihm eine Zeitlang auf ihren Speichern Unterschlupf gewährten.»

Kramer blickte von seinen Notizen auf. «Sie war Französin? Ich bin sicher, von irgend jemandem heute gehört zu haben, sie sei Engländerin gewesen.»

«Das nehmen die Leute im allgemeinen an», erwiderte Digby-Smith achselzuckend. «Sie hören nur, daß er nach dem Krieg in England geheiratet und sich niedergelassen hat, und – na ja, Schwamm drüber. Das können Sie nicht von jemandem haben, der uns näher kennt.»

«Ist Ihr Schwager deshalb in England geblieben?» sagte Kramer, ohne auf die unausgesprochene Frage in Digby-Smiths letzter Bemerkung einzugehen. «Weil er seine Frau nicht zu weit von ihrer Familie entfernen wollte?»

«Nicht direkt, alter Freund», murmelte Digby-Smith gönnerhaft. «Alice – so hat er sie immer genannt, obwohl ihr richtiger Name Alloise war – war in der Zeit bis zu seiner Rückkehr nach Frankreich Waise geworden. Irgendwelcher Ärger mit der Gestapo.»

«Ach ja? Was war dann der Grund für ihn, dort zu bleiben, Sir?»

«Eher die Dorfkneipe, wenn man seinen Worten glauben darf. Kricket auf dem Rasen, die *Times*, sein Freundeskreis und irgend etwas Nebulöses, das er ‹Kultur› nannte, während er die Gewerkschaften als ‹neue Barbarei› verdammte. Die Wahrheit wird allerdings näher bei der Tatsache liegen, daß sein in Hampshire geborener und aufgewachsener Ex-Kopilot, der auch niemals von dort weggegangen wäre, eine brillante Idee für irgendeine elektronische Spielerei hatte und ihn fragte, ob er sein Partner werden wollte. Auf seine Art war Edward ein ganz guter Geschäftsmann.»

«Auf seine Art?» wiederholte Kramer und mußte an das denken, was Bradshaw ihm gesagt hatte. «Wollen Sie damit sagen, daß Mr. Hookham ein rigider Bast – äh – Geschäftsmann war?»

Digby-Smith überlegte sich seine Antwort gründlich und spülte dabei einen großen Schluck Brandy im Mund herum. Als er ihn endlich hinuntergeschluckt hatte, sagte er: «Wenn von mir verlangt würde, die Hauptcharakterzüge meines Schwagers kurz zu umreißen, würde ich vielleicht sagen, daß er eine resolute, impulsive, unversöhnliche und aggressive kleine Nervensäge war. Aber ich wäre Ihnen sehr verbunden, wenn Sie das meiner Frau zuliebe nicht in Ihren Bericht aufnehmen würden.»

Großer Gott, dachte Kramer, warum braucht der Kerl noch Eis für seine Drinks? Er ist so eisig, daß er das Zeug nur mit seinem Finger umrühren müßte.

«Nun, Officer, sind wir mit den biographischen Daten durch? Mir ist übrigens eben noch etwas eingefallen: Vielleicht hat derjenige, der seine Frau für eine Engländerin hielt, sich deswegen geirrt, weil er sie immer Alice nannte.»

«Hmmm», brummte Kramer und war ziemlich sicher, daß der Mann ihm etwas aus der Nase ziehen wollte. «Sie ist an Krebs gestorben, habe ich gehört.»

«Wie seine Mutter.»

«Bitte?»

«Hat sie bei uns gelassen, müssen Sie wissen. Ich mußte sie aufnehmen, nähren, kleiden und so weiter, ihr Gejammer ertragen und mir die ewigen Geschichten von ihrem goldblonden Jungchen anhören. Eine absolut widerwärtige Person.»

«Aha, und –»

«Sie glauben doch wohl nicht, daß er uns mit seinem Besuch beehrt hätte, solange sie noch am Leben war!» lachte Digby-Smith jetzt, aber sein Lachen war unhörbar. «Bruder Edward hat immer seinen eigenen Vorteil im Auge.»

«*Gehabt*», korrigierte ihn Kramer.

Über eine Minute lang blickte Digby-Smith ihn starr über seinen Schreibtisch hinweg an, ohne auch nur mit der Wimper zu zucken. Kramer hielt dem Blick stand und versuchte, hinter das kühle, unbewegte Gesicht vor ihm zu schauen. Noch nie zuvor hatte er ein solches Gespräch geführt.

«Sie müssen das seltsam finden...», hob Digby-Smith an.

«Was, Sir?»

«Daß ich Ihnen gegenüber so offen bin. Sie wissen vielleicht nicht, daß meine Meinung über Edward Hookham nie ein Geheimnis war. Ich habe sie ihm selbst bei vielen Gelegenheiten ins Gesicht gesagt, ebenso wie er kein Hehl daraus gemacht hat, daß er mich für einen stumpfsinnigen, spießigen Blödmann ohne jedes Rückgrat hielt. Natürlich ist es nicht ganz ausgeschlossen, daß ich meine Ansichten jetzt etwas revidiere, daß ich eine gewisse Reue empfinde und unter Umständen sogar seine unbestrittenen Tugenden als Selfmademan anerkenne – wer weiß? Aber erst, wenn ich wirklich überzeugt bin.»

«Überzeugt wovon, Mr. Digby-Smith?»

«Na, daß er gewiß und wahrhaftig tot ist natürlich!»

Das war nicht gerade leicht zu verdauen. Kramer stand auf, nahm das Glas des Mannes zum Auffüllen mit zur Bar und reichte es ihm zurück, ohne ein Wort zu sagen. Dann versetzte er den großen Weltglobus in Bewegung und versuchte, die Gegend in England zu erkennen, die Hampshire hieß.

Digby-Smith erhob sich und stellte sich neben ihn. «Ah, ich sehe, was Sie suchen! In gerader Linie von dort nach Osten – ja, ungefähr da. Eine feine Sache, so eine Erdkugel.»

«Stimmt», sagte Kramer. «Und Tatsache ist, daß Ihr Schwager sie für immer verlassen hat. Ich würde jetzt gern etwas über die letzten drei Wochen seit seiner Ankunft hören.»

«Er kam, sah und ... hatte nicht viel dafür übrig.»

«Bitte?»

«Entweder hatte sich hier alles zu sehr verändert, oder es hatte sich nicht genügend verändert», sagte Digby-Smith und verfiel wieder in seine eisige, nonchalante Art. «Aber wollen wir die Politik nicht lieber beiseite lassen? Lillian – meine Frau – hat sich redlich bemüht, ihm die Zeit zu vertreiben. Der Trip zum Hluhluwe-Wildreservat war insofern ein Erfolg, als er eine Rhinozerospaarung auf Film bannen konnte, was äußerst selten gelingt. Aber ansonsten schien ihm unsere Vorstellung von Unterhaltung nicht besonders zuzusagen. Andererseits: Wie unterhält man einen Mann, dessen Frau gerade gestorben ist? Wohl kaum mit obszönen Liedchen und Stripteasetänzerinnen.»

«Ja, gar nicht so einfach», sagte Kramer und fragte sich, wie bald wohl aus der Vergangenheit wieder die Gegenwart würde. «Er war also Ihrer Meinung nach ziemlich angeschlagen?»

«Ging viel allein aus, blies oft Trübsal, konnte einem wegen einer Bagatelle die Hölle heiß machen. Wir hatten ihn natürlich ewig lange nicht gesehen, aber man muß wohl fairerweise annehmen, daß sein Benehmen – zumindest teilweise – dem kürzlichen Verlust zuzuschreiben ist.»

«Und gestern abend? Wissen Sie, wo er war?»

Digby-Smith nahm wieder seinen Platz ein. «Habe nicht die mindeste Ahnung – Lillian auch nicht. Es ist eigentlich so etwas wie Routine geworden in diesem Haus: Er verschwindet urplötzlich, kommt zu einer unchristlichen Zeit wieder, und die Diener haben Anweisung, ihn am Morgen ausschlafen zu lassen. Wenn ich es mir recht überlege, wußte ich nur ein einziges Mal, nämlich Anfang letzter Woche, etwas über seinen abendlichen Verbleib, weil ich ihm vorgeschlagen hatte, doch als Überraschungsgast beim monatlichen Fliegertreffen im Club zu erscheinen.»

«Heißt das, es war Ihre Idee, Sir?»

«Ganz und gar», sagte Digby-Smith und zündete sich eine Zigarette an, ohne daß es ihm einfiel, auch Kramer eine anzubieten. «Schien ihn ein wenig aufzumuntern. Ich hatte mir so etwas gedacht – alles Leute vom gleichen Schlag, wissen Sie, Flieger. Das hat ihn beflügelt.»

«Sehr witzig», erwiderte Kramer mit halbem Lächeln. «Inwiefern hat es ihn beflügelt?»

«Er ist lebhafter geworden, hat mehr an unserem lockeren Geschwätz teilgenommen. Tja, bis letzten Samstag, als die Zeitung mit der Story über dieses Schwein Bradshaw auf dem Tisch lag. Hat zweifellos wieder einen seiner üblen Tricks angewandt, und jemand, der genug Anstand und Mumm besaß, versuchte, dem ein Ende zu machen. Verdammt schade, daß er nicht besser getroffen hat.»

«Sie hatten geschäftliche Beziehungen zu Mr. Bradshaw?»

«Eine einzige geschäftliche Beziehung», sagte Digby-Smith bitter. «Ich hatte es ganz amüsant gefunden, eine meiner kleinen Schöpfungen auf den Markt zu bringen, nur um zu sehen, welchen Preis sie wohl erzielen würde. Er hat mich vollkommen übers Ohr gehauen.»

Kramer sah zu den Schiffchen hinüber. «Die haben Sie also selbst gebastelt, was? Ich bin beeindruckt. Wo haben Sie das gelernt, Sir? Waren Sie in der Marine?»

«Ich bedaure, sagen zu müssen, daß ich niemals Dienst mit der Waffe geleistet habe, alter Freund. Weder bei den Königlich-Republikanischen noch anderswo.»

«Wirklich? Wollen Sie damit sagen –»

«Blackouts, wissen Sie. Kann mich an verflucht gar nichts erinnern.»

«Eine Schande, was? Und der Zeitungsartikel... Hat Mr. Hookham irgendwie darauf reagiert?»

«Schiß», sagte Digby-Smith mit einem schrägen dünnen Lächeln.

«Er sah verängstigt aus, meinen Sie?»

«Zitterte wie Espenlaub, und wir mußten ihn fragen, was los ist. Erzählte uns, er hätte den Mann gerade erst kennengelernt, einen Ehemaligen aus der R.A.F. und so fort. Wohlgemerkt: Lillian ist anderer Meinung als ich. Sie behauptet, unser kleiner Held wäre in helle Wut geraten bei dem Gedanken, ein alter Waffenbruder sei auf so feige Art angegriffen worden. Wenn ich fair sein will, muß ich allerdings sagen, daß die Wahrheit wahrscheinlich zwischen den beiden

Extremen liegt – vielleicht sollten wir festhalten, daß er einfach nur bestürzt war.»

Kramer nickte. «Ja, ist wohl besser, Sir – es sei denn, Sie wüßten einen Grund dafür, warum er Angst bekommen hat. Wenn keine engere Verbindung zwischen ihm und Bradshaw bestand, warum sollte er dann?» Dabei sah er Rupert Digby-Smith durchdringend an, der äußerlich wieder aalglatt und verbindlich wirkte, während es in seinem Innern offenbar brodelte.

«Das war vielleicht ein großer Fehler», gestand Mama Bhengu und beobachtete mißtrauisch, wie Missy Madam einen großspurigen jungen Mann mit nur einem Auge in die mittlere Kabine führte. «Vielleicht hätte ich ihm sagen sollen: ‹Nein! Such dir ein anderes Mädchen aus!› Man sieht gleich, daß er kein Hausdiener ist, und wenn er – na ja, er ist womöglich nicht ganz richtig im Kopf. Könnte sein, daß er merkwürdige Praktiken bevorzugt...»

«Er hat vielleicht einfach nur Lust auf junge Mädchen, die noch keine richtigen Frauen sind», sagte eine ihrer Nichten, deren Reize unübersehbar waren, naserümpfend. «*Die* ist doch keine Frau! Wo sind ihre Brüste?»

«Diese Eifersucht...», murmelte Zondi.

Mama Bhengu legte ihm eine Hand auf den Arm. «Bleibst du noch fünf Minuten hier, Michael Zondi?»

«Warum klingst du so besorgt, Mama? Du verstehst doch mit diesen Typen umzugehen, wenn sie grob werden.»

«Du hast ja noch nicht alle befragt. Sieh mal, Gertrude kommt gerade heraus.» Sie winkte die Schlampe zu sich. «Komm her, Gertrude, der Sergeant will dich etwas fragen.»

Gertrude, eine Vogelscheuche mit stumpfer Haut und sauertöpfischem Gesicht, deren einziger Vorzug war, daß sie nichts dagegen hatte, daß alte Hurenböcke und miese Typen vom Schlag Jiji Govenders auf ihr lagen, schlurfte näher und knöpfte sich dabei die Bluse zu.

«Was gibt's denn?» winselte sie. «Ich habe nichts –»

«Sieh dir das hier mal an, und sag mir, ob du irgend etwas damit anfangen kannst», sagte Zondi und deutete vor sich auf den Tisch.

Die Eichelkappe lag noch immer da. Sie war einmal das einzige gewesen, was ein Zulu tragen mußte, um als vollständig bekleidet zu gelten. Obwohl die moderne Gesellschaft inzwischen mehr von ihm verlangte, hatte sich die Sitte, die Eichel solchermaßen einzukapseln, hartnäckig gehalten und war selbst unter modischen Herrenhosen noch anzutreffen. Niemand machte sich allerdings mehr die Mühe, sie aus Palmfasern eigens weben zu lassen, da in den meisten Handelsniederlassungen verschiedene Größen von der Stange und dazu preiswert erhältlich waren.

«*Um-ncedo*», sagte Gertrude wie ein Schulmädchen.

«So heißt das Ding», pflichtete ihr Zondi bei. «Und jetzt der Name des Besitzers?»

«Banjo Nyembezi.»

«Und wieso?»

«Weil es die einzige ist, die ich je aus solchem Metall gesehen habe.»

Zondi grinste und steckte die Kappe in die Tasche. Alle Nichten in Mama Bhengus Haus hatten ohne Ausnahme das gleiche gesagt, und so sah es ganz danach aus, als stünde Banjo Nyembezi demnächst ein Rendezvous mit dem Strick im Zentralgefängnis von Pretoria bevor.

«Mama, ich bin um zehn mit meinem weißen Boß verabredet», sagte Zondi entschuldigend, «ich muß also leider –»

Ein gräßliches Gewimmer tönte aus der mittleren Kabine.

«Ich bin bereit, Mama!» flüsterte Zondi und machte einen Satz auf die Vorhänge zu. «Los jetzt, Mama, los!»

Mama Bhengu bewegte sich mit erstaunlicher Schnelligkeit. Sie ließ den Ziegenbock frei, schwang ihn in die richtige Richtung und gab ihm einen kräftigen Schlag auf das Hinterteil. Der Bock stürmte geradewegs durch den Spalt zwischen den Vorhängen, die Zondi genau im rechten Moment aufhielt, und seine gesenkten Hörner erwischten ein Paar sadistische Hinterbacken sozusagen in flagranti.

11

Kramer sah auf die Uhr. Es war fast schon zwanzig vor zehn, er mußte sich also bald entscheiden: Zondi wartete auf ihn, ebenso Jonty, und sein Besuch in der Armstrong Avenue 52 würde auch noch ein paar Minuten dauern. Er unterdrückte mit zusammengebissenen Zähnen einen neuerlichen Kohlrülpser und warf einen letzten Blick in das Tagebuch, das er im Nachtschränkchen neben Bonzo Hookhams Bett gefunden hatte.

Es handelte sich eigentlich nur um flüchtige Notizen, keine literarischen Ergüsse, aber sie waren dem Zweck dieses Büchleins von der Art eines geschäftlichen Terminkalenders durchaus angemessen. Einen privaten Anstrich erhielt es im Grunde nur durch kurze Kommentare, die Hookham in Klammern zugefügt hatte, offenbar, wenn er sich darüber Gedanken machte, was ihm der nächste Tag bringen mochte.

6. November: *Komme um 11.00 h am Louis-Botha-Flughafen in Durban an – Diggers und Lil holen mich ab, verfrachten mich nach Trekkersburg.*
(Ich glaube, er hätte mich mit Wonne gleich wieder zurückgebracht.)
7. November: *Mittagessen mit D & L und einem ihrer besten Freunde im Albert-Club, um 12.30 h.*
(Würde lieber die Hunde ausführen.)
8. November: *Mittagessen mit einem weiteren ihrer b. F. im Golfclub um 13.00 h.*
(Wieder wären mir die Hunde lieber.)
9. November: *Nachmittags-Cocktail mit den Postlethwaites aus Kenya um 17.00 h.*
(Britischer als ich – oder irgendein Engländer – je sein werde! Was machen die Leute bloß hier? Ihre Bigotterie würde selbst die Hunde in Erstaunen versetzen – tut mir leid, Jungs, morgen werde ich meine Zeit besser nutzen.)
10. November: *Dinner bei Basil Strongpiece um 19.30 h.*
(A. K.! Höchst interessant.)

Kramer grübelte über diese Bemerkung in Klammern nach, überschlug die Seiten über Hookhams Aufenthalt im Wildreservat und hielt bei einer Eintragung an, die er kurz nach seiner Rückkehr gemacht hatte.

18. November: *Fliegerclub-Fete um 20.00 h, legere Kleidung – Diggers.*
(Unglaublich, habe das Schwein getroffen! – habe Diggers in Rage gebracht, ihm gesagt, was für ein feiner Kerl er zu sein scheine – Diggers hat getobt – alles Teil eines größeren Plans? – armer Diggers, und ausgerechnet ihm habe ich im Grunde diesen phantastischen Abend zu verdanken – jetzt kommt wieder Leben in mich!)

Weitere Eintragungen folgten mit den Angaben zu allerlei Terminen, die Hookham fortan nie mehr einhielt, aber es kamen keine Kommentare mehr. Es war, als hätte ein Mann, der bisher vollkommen in sich gekehrt war, Selbstgespräche führte und Trost suchte, sich plötzlich wieder der Welt zugewandt. Um seine Theorie zu überprüfen, blätterte Kramer noch einmal durch die Seiten von April bis Mai und stellte fest, daß Hookham nur höchst selten etwas in Klammern geschrieben hatte. Dabei fiel ihm eine Eintragung besonders ins Auge.

> 27. MAI: *Mr. Tullerby, Krebsforschungsinstitut, So'ton-K., 14.00 h. (Sagt, es wäre hoffnungslos. Aber wir werden kämpfen! Lieber Gott, hat meine arme Alice nicht genug gelitten im Leben? Albert – ihre Familie, und jetzt noch dies!*

Hookham war offenbar so erschüttert gewesen, daß er die zweite Klammer vergaß, und wie bei der Eintragung vom 18. November ließ seine Handschrift erkennen, daß er getrunken hatte. Kramer klappte das Tagebuch mit einem Knall zu.

«Was haben Sie denn da?» fragte Digby-Smith, der gerade ins Gäste-Schlafzimmer kam. «Erzählen Sie mir bloß nicht, Edward hätte Tagebuch geführt!»

«Und wenn?» sagte Kramer und wußte plötzlich, warum Digby-Smith vorher einmal den günstigen Einfluß des Fliegertreffens erwähnt hatte. «Geschäftsleute wie Mr. Hookham haben doch durchweg die Angewohnheit, alle Essenseinladungen etc. zu notieren.»

«Ach so, mehr steht nicht drin?»

«Sehen Sie selbst, Sir.»

Digby-Smith blätterte betont desinteressiert in dem Tagebuch. «Hm, nicht gerade mitreißend, muß ich sagen. Aber was viel wichtiger ist: Haben Sie irgend etwas daraus entnehmen können? Außer der Tatsache, daß er am späten Nachmittag einen Hang zu den niederen Ausdrucksformen des Hundelebens entwickelte?»

«Man könnte sagen, daß ich mir jetzt ein besseres Bild von dem Verstorbenen machen kann, Sir – seinen Ansichten und dergleichen.»

Digby-Smith verfärbte sich leicht. «Aber keine weiterführenden Hinweise?»

«Nur einen», sagte Kramer, nahm das Tagebuch und blätterte zurück zum 10. November. «Wissen Sie, wer diese oder dieser A. K. ist?»

Digby-Smith warf einen Blick auf die Initialen und verglich sie dann mit einer Namenliste, die er mit seiner Frau zusammen im Schlafzimmer erstellt hatte. «Wir haben alle Freunde und Bekannten aufgenommen, die uns eingefallen sind, aber ich fürchte, mit einem A. K. haben Sie kein Glück. Vielleicht kommt uns über Nacht noch eine Idee, aber für heute hat meine Frau Gemahlin wohl genug gehabt, und ich selbst bin auch schon ein bißchen hinüber.» Er reichte Kramer die Liste und warf einen unmißverständlichen Blick zur Tür. «Wenn Sie allerdings meinen, dieses extrem lange Gespräch zu Ihrem Nutz und Frommen noch ausdehnen zu müssen, stehe ich selbstverständlich –»

«Ich wollte mich gerade verabschieden, Sir», sagte Kramer, steckte die Liste ein und ergriff einen kleinen Koffer. «Ich nehme einige Papiere, seine Schuhe und ein paar Kleinigkeiten für unser Labor mit – die Quittung liegt auf der Kommode. Ach ja, und dieses Tagebuch.»

«Ausgezeichnet. Darf ich Sie hinunterbegleiten?»

Kramer wartete, bis sie an der Haustür angekommen waren, ehe er seine letzte Frage stellte. «Um noch einmal auf den Anruf für Mr. Hookham zurückzukommen von dem Burschen mit dem komischen Akzent...»

«Ja, den habe ich nicht gestern, sondern vorgestern abend entgegengenommen, was ich jetzt zum drittenmal erwähne.»

«Bitte noch einmal den genauen Wortlaut, Sir.»

Digby-Smith funkelte ihn an. «Großer Gott, Sie wollen mir doch nicht etwa ein Bein stellen, Officer, oder? Na egal, jedes schwachsinnige Kind könnte es wie am Schnürchen hersagen! Er sagte: ‹Kann ich bitte Mr. Hookham sprechen?› Daraufhin ich: ‹Nein, tut mir leid, er ist nicht da, und ich weiß nicht, wo er ist.› Dann sagte er: ‹Ist er vielleicht morgen vormittag da?› Worauf ich antwortete: ‹Dann werden Sie ihn sicher erreichen, aber rufen Sie nicht vor elf an, da wir ihn im allgemeinen lange schlafen lassen.› Er sagte: ‹Entschuldigen Sie, daß ich Ihnen Ungelegenheiten bereite, aber sagen Sie ihm einfach, ein alter Schulfreund wollte ihn überraschen – nein, sagen Sie besser nichts, sonst ist es keine Überraschung mehr.› Ich sagte: ‹Auch gut, dann sage ich eben nichts, gute Nacht.› Und er: ‹Gute Nacht.›»

«Ja, ich wollte Ihnen ein Bein stellen», sagte Kramer ungerührt. «Ich hatte die Hoffnung, Sie würden diesmal versuchen, seinen Akzent zu imitieren – das passiert manchmal, wissen Sie. Dieser komische Akzent interessiert mich nämlich brennend.»

«Nicht komisch – *seltsam*», sagte Digby-Smith gereizt und hob die Hand, um die Tür hinter ihm zuzumachen. «Nichts Ausländisches, nichts Einheimisches – bestenfalls eine Mischung aus beidem.»

«Also jemand, der einen fremdländischen Akzent mimte?» fragte Kramer.

«Ja, oder umgekehrt.»

«Wie bitte?»

«Cäsar würde an Ihnen verzweifeln, Officer! Das heißt, der Bursche könnte ebensogut ein Ausländer sein, der wie ein Einheimischer klingen wollte.»

«Hmmm, jetzt kann ich Ihnen folgen», nickte Kramer.

«Aber machen wir nicht zuviel Aufhebens um diesen Anruf – zumindest nicht mehr heute abend, wenn's geht! Ich muß Sie jetzt wirklich entlassen, denn ich muß die Nachricht von seinem Tod noch seiner Familie in England mitteilen, und diese endlosen Vorwahlnummern –»

«Sie haben sie noch nicht benachrichtigt?» sagte Kramer erstaunt. «Ich dachte, es wäre schon mittags mit Ihnen vereinbart worden – aber natürlich ist es besser, wenn es durch Sie geschieht als durch uns und die britische Polizei!»

«Wohl wahr», erwiderte Digby-Smith und schloß die Tür. «Aber Sie waren ja den ganzen Abend hier, und wie Sie wissen, ist es nach sechs billiger.»

Anneline Strydom schaltete den Fernsehapparat im Wohnzimmer aus und schaute nach ihrem Mann in der Küche. «Spielst du immer noch mit diesen schrecklichen Schnecken herum? Igitt!»

Die Schnecken waren überall auf der Emaillefläche ihres kleinen Arbeitstisches verteilt, und Strydom kratzte mit einem Glasschaber Schleimspuren zusammen. Sobald er etwas Schleim gesammelt hatte, füllte er ihn in ein kleines Reagenzglas, das aufrecht in einer Kaffeetasse stand, um gleich darauf von neuem zu schaben. Selbst wenn er nur einen Fingerhut voll zusammentragen wollte, würde er dazu bestimmt die ganze Nacht brauchen.

«Du willst doch wohl nicht etwa –»

«Fang nicht schon wieder an zu nörgeln!» knurrte er.

«Chris, hast du nicht gesehen, wie spät es ist? Es ist nach zehn!»

«Na und? Bin ich nun Wissenschaftler oder nicht? Hat Einstein sich vielleicht von seiner Frau sagen lassen, wann er ins Bett gehen sollte?»

«Das hing vielleicht davon ab», sagte Anneline kokett, «in welcher Stimmung Frau Einstein war. Komm doch, Chrissy, pack deine Schnecken weg und –»

«Ach, ich hab den ganzen Tag satt! Nichts ist so geworden, wie ich wollte! Erst bin ich von meinen Schnecken weggeholt worden, dann konnte ich nirgendwo einen Arm finden! Man sollte doch meinen, ein einziger Arm wäre aufzutreiben! Aber nein, nicht ein Leichenschauhaus im weiten Umkreis hat einen Arm für meine Experimente. Wochenlang sind meine Kühlschränke vollgestopft mit Obdachlosen, Unbekannten, Körperteilen, und dann plötzlich – pffft! Was ist bloß los? Wir sollen doch in einer Wirtschaftsflaute sein!»

Anneline stellte sich hinter ihn und massierte ihm die Schultern, und der Duft ihrer Badesalze stieg ihm in seine feine Nase. «Na, na, mein kleiner Löwe, du wirst doch nicht brüllen und deinem Annetje die Zähne zeigen, wie?» Und sie hauchte ein zartes Küßchen in seine schüttere graue Mähne. «Wie lange ist es schon her, seit du das letzte Mal gesagt hast: ‹Komm, meine Liebste, meine kleine Buschkönigin, komm mit mir ins hohe Gras!›» Seine Schultermuskeln entkrampften sich etwas. «Sag mal», murmelte Anneline, «hat Frau Einstein auch so langes schwarzes Haar wie ich? So lang, daß sie darauf sitzen kann? Willst du meinen Knoten aufmachen?»

«Woher soll ich wissen, was für Haar sie hat!» brummte Strydom und verfolgte aufmerksam eine wahrhaft schleimige Schnecke. «Teufel auch, ich weiß nicht einmal, wie *er* aussieht!»

«Was? Aber du hast doch gesagt, du hättest den neuen jüdischen Arzt im Ärztehaus kennengelernt.»

«Bernstein! Bernstein! Hörst du denn nie zu?»

«Das hab ich gern!» Anneline trat zurück, stemmte die Fäuste in die Seite und durchbohrte ihn mit ihrem Blick. «Den ganzen Abend habe ich mir deine Klagerei über den blöden Arm anhören müssen! Weißt du, was du bist? Du bist leichenbesessen!» Sie schluchzte auf. «Ach, Chrissy, warum müssen es immerfort nur Leichen sein!»

«Anneline!» rief Strydom und erhob sich langsam mit einem strahlenden Lächeln von seinem Stuhl. «Komm, laß dich dafür drükken! Natürlich muß es keine Leiche sein – nur der Arm muß tot sein, mehr will ich ja gar nicht!» Und er eilte in Pantoffeln zum Telefon.

Kramer beugte den Kopf, sah, daß über Jontys Salon Licht war, konnte den Mann selbst kurz am Fenster ausmachen und ließ den

Chevrolet wieder auf Tempo kommen. Zwei Häuserblocks weiter bremste er vor einem kleinen Park und schaute nach, ob der breite mütterliche Schoß der steinernen Königin Victoria wohl schwer an des weißen Mannes Bürde trug. Aber Zondi war längst von seinem gewohnten Ruheplatz heruntergesprungen und schon am Bordstein, noch bevor der Wagen stand.

«Hallo, Lieutenant!»

«Hallo, Mickey, mein Junge!»

Da ihre Begrüßung seltsam überschwenglich ausgefallen war, vielleicht sogar eine Spur peinlich, blieben sie beide still, bis sie aus der Stadt heraus waren. Zondi brach als erster das Schweigen und zeigte Kramer die Eichelkappe, und dann entstand ein grober Plan, wie sie sich Banjo Nyembezi am nächsten Morgen holen wollten.

«Und Sie, Boß?» fragte Zondi. «War Ihre Jagd auch gut?»

«So lala, Mickey. Ich war den ganzen Abend bei den Digby-Smiths – Himmel, ihre Köchin taugt nicht die Bohne – und habe eine Menge in Erfahrung gebracht. Außerdem glaube ich, daß mich Mr. Digby-Smith zeitweise an der Nase herumführen wollte.»

«*Hau!* An dem Tag, wo ein Verwandter von ihm ermordet aufgefunden wurde?»

«Wart's ab, du hast ja noch nichts gehört...»

Kramer fing noch einmal von vorne an und wiederholte die wichtigsten Punkte des Gesprächs vor, während und nach der Bewirtung. Als er zu Ende war, fuhren sie gerade durch den hohen Sicherheitszaun, der die Kwela-Village-Township einschloß und mußten den Schlaglöchern der unbefestigten Straßen ausweichen, die Tausende von völlig identischen Häusern voneinander trennten.

«Ein merkwürdiger, merkwürdiger Mann», murmelte Zondi und schüttelte den Kopf. «Aber erzählen Sie mir noch einmal den Teil, wo er sagt, Boß Hookham hätte Angst bekommen beim Zeitunglesen.»

«Ja, da habe ich gleich nachgehakt», sagte Kramer. «Ich habe ihn gefragt, warum denn sein Schwager, wenn es doch angeblich keine besondere Beziehung zwischen ihm und Bradshaw gab, Angst bekommen haben sollte, weil der Kerl angeschossen wurde. Daraufhin hat er bloß die Achseln gezuckt. Also habe ich ihn direkt gefragt: ‹Sehen Sie irgendeinen Zusammenhang zwischen diesen beiden Anschlägen?› Was ich in dem Moment nicht bedacht hatte, war, daß Digby-Smith nicht wissen konnte, daß es sich beide Male um ein und dieselbe Waffe handelte. Nein, er sähe keinen Zusammenhang, sagte er – schließlich habe Hookham Bradshaw nur von dem Fest her gekannt, und er, Digby-Smith, habe ihn dorthin geschickt.»

«Und was geschah, als Sie ihn darüber aufgeklärt haben, daß die Kugeln aus derselben Waffe stammten?»

«Er wurde eine Zeitlang geradezu menschlich.»

«Er war überrascht?»

«Sehr.»

Zondi berührte Kramer am Arm, und sie hielten vor einem Haus an, das sich in nichts von den anderen Häusern in der Straße unterschied. Früher einmal hatte es einen mit Blechdosen eingefaßten Weg gegeben, aber die Dosen waren weggerostet. In Kwela Village gab es keinen Strom – außer dem für ein paar Straßenlaternen sowie Haus und Büroräume des weißen Direktors –, und so brannte eine kleine, freundliche Kerze im Küchenfenster. Kramer stellte den Motor aus.

«Inwiefern menschlich?» fragte Zondi, während sie sich zum letztenmal an diesem Tag eine Zigarette anzündeten.

«Zuerst hat er gesagt, daß es Hookham wohl doch einen ordentlichen Schrecken eingejagt haben muß, als er von dem Schuß auf Bradshaw las – schließlich wäre der Kerl beinahe umgebracht worden. Und Hookham sei in einer Verfassung gewesen, die ihn überempfindlich gegenüber Todesfällen in seinem Bekanntenkreis gemacht hätte.»

«Ziemlich schwach, Lieutenant.»

«Ja, aber ich glaube, da ist trotzdem was dran. Erinnerst du dich noch, wie Gawie Willems letztes Jahr bei dem Drogenaufstand oben in der Nähe von Bergville eine Kugel in den Kopf bekam? Teufel auch, ich kannte Sergeant Gawie kaum, aber der Besuch in der Leichenhalle am nächsten Vormittag hat mir schwer zu schaffen gemacht, und dabei kannte ich außer ihm keine einzige Leiche dort.»

Zondi gab sich durch ein Nicken mit dieser Erklärung zufrieden und schnippte die Asche seiner Zigarette aus dem Fenster. «Ich möchte aber doch gern wissen, warum er so etwas über Boß Hookham gesagt hat. Es klingt irgendwie boshaft.»

«Eindeutig! Ich glaube, er hat sein Leben lang die Heldenhaftigkeit seines Schwagers vorgehalten bekommen und jetzt sein Vergnügen daran, zu sagen, wie verängstigt der ausgesehen hätte. Es ist eine Art Genugtuung für ihn.»

Wieder nickte Zondi, zufrieden mit dieser Antwort, um gleich darauf eine weitere Frage zu stellen. «Gut, das hat er alles erklärt. Aber was hatte er über die Zeit von der Zeitungsmeldung ab bis gestern abend zu berichten?»

«Habe ich dir das nicht erzählt?»

«Nein, nicht in allen Einzelheiten, Boß.»

Kramer seufzte, sträubte sich aber nicht lange, alles detailliert noch einmal zu schildern. Zondi war zur Missionsschule gegangen, wo sich zweihundert Schüler zehn Schulbücher teilen mußten, und deshalb hatte er ein fotografisches Gedächtnis entwickelt, eine Fähigkeit, die er auch bei Gesprächen anwenden konnte. Zondi etwas zu erzählen war genauso gut, als würde man einen Computer damit füttern. Man behielt den Kopf frei für wichtigere Dinge, während gleichzeitig jeder Gesprächsfetzen zuverlässig gespeichert wurde, um im richtigen Augenblick aufgerufen zu werden oder – was kein Computer konnte –, auf eine plötzliche Eingebung hin im scheinbar falschen Moment, was der Lösung eines Verbrechens oft genauso dienlich war.

«Also, nachdem Hookham den Zeitungsbericht gelesen hatte, nahm er die Hunde auf einen Spaziergang mit. Er speiste mit den D-Smiths und einem Freund zu Mittag, verbrachte den Nachmittag lesend in seinem Zimmer, schrieb an seine Enkelkinder und ging nach einem leichten Abendessen noch einmal aus. Sonntag las er wieder die Zeitung und lachte mit D-Smith zusammen über Bradshaws ‹Riesen›-Story, die Colonel Muller inzwischen an die Presse weitergegeben hatte. Er schien insgesamt viel fröhlicher gestimmt zu sein. Dann hatte er Krach mit seiner Schwester wegen verschiedener Absprachen, die sie für die folgende Woche – also diese Woche – getroffen hatten. Seine Schwester sagte schließlich, er solle doch machen, wozu er Lust hätte, was er auch tat, woraufhin sie einen Bridgeabend und alles übrige absagte.

Am Montag kamen ihn zwei der ehemaligen Luftwaffenkameraden besuchen, und zum Schluß lagen sie alle sturzbetrunken auf dem Rasen. Am Dienstag – gestern also – klagte er über einen Kater und blieb fast den ganzen Tag in seinem Zimmer. Digby-Smith sagt, bei Tisch gestern abend sei er etwas nervös und sonderbar gewesen und hätte dauernd auf die Uhr geschaut. Er hätte sich auch bei ihnen dafür entschuldigt, ein ‹so verdrehter Gast› zu sein, und zugegeben, daß es wahrscheinlich ein Fehler gewesen sei, so bald nach dem Tod seiner Frau die vertraute Umgebung zu verlassen. Die Wahrheit sei, habe er ihnen noch gesagt, daß er Heimweh habe, desorientiert sei und sich miserabel fühle. Schließlich kam heraus, daß er seinen Besuch abkürzen und am kommenden Samstag – oder eher, falls er sein Ticket entsprechend ändern lassen könnte – nach England zurückfliegen wollte.

Mrs. Digby-Smith regte sich sehr darüber auf und sagte, es sei alles ihre Schuld, und was sollten bloß ihre Freunde von ihr denken, wenn er einfach so auf und davon ginge. Digby-Smith – ach, irgendwie muß man ihn mögen, weil er so ehrlich wirkt – hat Hookham gesagt, daß er diesen Plan für hervorragend halte. Mach dir weiter keine Sorgen, sagte er, jeder riskiert etwas, wenn er seine Vergangenheit wiederaufleben läßt. Und so verblieben sie, obwohl Mrs. Digby-Smith entschlossen war, ihn zum Bleiben zu bewegen. Noch heute morgen hat sie der ganzen Familie geschrieben, wie sehr er seinen Aufenthalt genösse. Ende der Geschichte.»

«Haben Sie noch einmal mit ihr gesprochen?»

«Nein, sie war zu verstört, was ich gut verstehen kann.»

Zondi lachte leise. «Sie sind ein gemeiner Hund, Boß! Sie müssen dieser Frau heute morgen einen schrecklichen Schock verpaßt haben!»

«Zu dem Zeitpunkt genau richtig, Kaffer! Wir Weißen sitzen nicht den ganzen Tag faul auf unserem Hintern herum wie *ihr*, stimmt's?»

Sie lachten beide, und dann fiel Kramer die Unterhaltung vor dem Aquarius mit Backchat ein. Daraufhin erzählte Zondi Jiji Govenders Version, und nachdem sie das Gehörte hin und her gedreht und gewendet hatten, einigten sie sich darauf, daß es ein Gerücht sein mußte, das ihre eigenen Aktivitäten in jener Woche ausgelöst hatten.

«Von alledem einmal abgesehen», sagte Kramer, «was bleibt uns dann, Mickey?»

«Unzweifelhaft gewisse Fortschritte, Lieutenant.»

«Ach ja?»

«Wir haben viel von Boß Hookham erfahren, von seinem Charakter und seinem schweren Herzen.»

«Ist das alles, was dir dazu einfällt? Meine Güte, soll ich es dir einmal aufzählen?» Und Kramer fing an, es ihm an den Fingern seiner linken Hand abzuzählen. «Erstens: Wir haben ein paar Initialen, die uns ein Rätsel sind. Sie könnten zum gleichen Rätsel gehören wie Hookhams Verbleib in der vergangenen Nacht.»

«Damit ist noch kein Zusammenhang zwischen den beiden Fällen hergestellt.»

«Zweitens: Wenn der Anrufer unser Mann ist», fuhr Kramer fort und knirschte mit den Zähnen, «dann ist klar, daß es vorsätzlicher Mord war und woher der Mörder wußte, daß niemand Hookham vor dem späten Vormittag wiederzusehen erwartete. Hinzu kommt, daß der ‹seltsame Akzent›, was immer man auch davon halten mag, vorgetäuscht worden sein muß.»

«Damit ist immer noch kein Zusammenhang zwischen den beiden Fällen hergestellt.»

«Drittens, du unverschämter Mistkerl: Hookham hat sich nach dem Fest mit den Fliegern sehr verändert – das schreibt er selbst in seinem Tagebuch. Außerdem scheint auch die Begegnung und Unterhaltung mit den R.A.F.-Leuten, die ihn besucht haben, etwas bei ihm bewirkt zu haben.»

«Hm.»

«Erkennst du nicht, daß die Royal Air Force das Bindeglied ist?»

«Mit Verlaub, Boß, ich kann nichts an Boß Hookhams Benehmen entdecken, das anders gewesen wäre, wenn *Boß Bradshaw nicht* bei der Luftwaffe gewesen wäre, sondern nur jemand, den er an jenem Abend neu kennengelernt hat.»

Kramer schnippte seine Zigarette auf die Straße und suchte in dem Durcheinander, das in seinem Kopf herrschte, nach der richtigen Antwort. «Es ist das, was sie miteinander ins Gespräch gebracht hat, Mann!»

«Und worüber haben sie sich unterhalten? Übers Angeln? Waren sie nicht beide Angler?»

Kramer sackte in sich zusammen. Die Ratten der reinen Vernunft hatten heute schon ihren großen Tag gehabt in seinem unbestimmten Gefühl und es so angenagt, zerknabbert und zerfetzt, daß nur wenig davon übrig war. Und jetzt kam Zondi mit noch einem Sack voll Ratten dazu – das war zuviel.

«Du kannst doch, verflucht noch mal, nicht behaupten, die Kugeln würden Bradshaw und Hookham nicht in Zusammenhang bringen!» sagte er wütend.

«Die Kugeln stellen einen Zusammenhang zwischen dem Mann mit der Waffe und den Leuten her, auf die er geschossen hat», sagte Zondi. «Sonst beweisen sie überhaupt nichts. Gott hat uns beide mit rotem Blut in den Adern geschaffen, aber deshalb sind wir noch längst keine Brüder.»

Eine so scharfe Logik war unwiderlegbar. «Du hast gewonnen», seufzte Kramer mit müder Stimme.

«Nein, Lieutenant, vielleicht haben Sie doch recht», sagte Zondi, während er aus dem Wagen schlüpfte und leise die Tür schloß. «Morgen müssen wir diese Initialen überprüfen», fügte er an Kramers Fenster hinzu. «Ich kann es auch nicht erklären, denn es gibt noch so vieles, was uns in den Kopf muß, aber allmählich habe ich auch dieses unbestimmte Gefühl, von dem Sie reden.»

Auch Strydoms Aussichten auf den Donnerstag schienen sich von dem Augenblick an verheißungsvoll aufzuhellen, als er den Hörer des Telefons im Hausflur beim ersten Klingeln hochriß. «Hallo? Dr. Meyer? Sagen Sie nichts! Sie haben so schnell zurückgerufen, weil sie keinen – *Sie haben einen*? Gasbrand? Und wann amputieren Sie? Teufel auch, das ist ja wunderbar! Nein, nein, Sie brauchen ihn nicht bringen zu lassen, ich komme selbst vorbei. Ja, es kann ausschlaggebend sein für den Fall. Man soll nichts unversucht lassen, heißt es ja! Nein, im Grunde will ich nur eine Expertenmeinung bestätigen. Meine. Ja, ja, absolut! Man kann gar nicht vorsichtig genug sein – Laien wissen das gar nicht zu würdigen. Und vielen, vielen Dank noch mal, hören Sie? Gute Nacht!»

In euphorischer Stimmung löste er den Gürtel seines Bademantels, ging auf Zehenspitzen den Flur zum Schlafzimmer entlang und blieb in der Tür stehen, um ein lautes, recht königliches Grollen von sich zu geben. Und aus dem hohen Gras drang zaghaft die Antwort einer entzückten Löwin zu ihm.

12

Bis Mitternacht hatte Meerkat Marais drei Typen zusammengeschlagen, die er für beschränkt genug hielt, in seine Wohnung eingedrungen zu sein, während er abwesend war und die Nymphomanin vernascht hatte. Leute von solcher Blödheit waren entschieden in der Minderheit, und sosehr er sich auch den Kopf zerbrach, wollte ihm einfach kein vierter einfallen. Das war äußerst unangenehm, denn nach dem Gebrabbel derer zu urteilen, denen er zur richtigen Geistesverfassung für ein Geständnis verholfen hatte, war er der Auffindung des Schuldigen und der Ausführung seines Racheplans keinen Schritt näher gekommen.

Außer daß er ein paar komplette Idioten von seiner Liste hatte streichen können.

«Ja, das ist immerhin ein Anfang», tröstete er sich, als er die Leeman Street überquerte und sich der Reinigung näherte. «Ich frage mich, ich frage mich nur...»

Genau vor dem Perückenladen überkam ihn eine plötzliche Eingebung. Was würde Kramer in dieser Situation tun? Wie würde er ein Rätsel wie dieses zu lösen versuchen? Durch lauter langweilige Routinefragen natürlich. Aber es war schon spät, und mögliche unbeteiligte Zuschauer waren offenbar nicht mehr unterwegs.

Dynamit schlich im hohen Unkraut am Rand des freien Geländes entlang, zu dem die Feuertreppe hinunterführte. Für einen Kater, der sich mit einem ganzen Brathähnchen davongemacht hatte, wirkte Dynamit immer noch mager und hungrig, was sowohl mangelnde Dankbarkeit als auch Hinterlist war. Meerkat trat zu, während er vorüberging, und Dynamit protestierte. Auf der gegenüberliegenden Seite des Geländes brummte jemand im Schlaf.

«Hoho!» sagte Meerkat und blieb abrupt stehen.

Die Epileptiker: Die hatte er vollkommen vergessen. Fünf Frauen und zwei Männer, alt bis mittelalt und alle schwarz, die aus dem Krankenhaus entlassen worden waren und sich nun irgendwie durchschlagen mußten. Sie hatten sich vor fünf Monaten auf dem Grundstück eingerichtet und hausten seitdem ungestört dort, bei Regen und Sonne. Eine verkrüppelte Frau unterhielt das Feuer, während die anderen die Mülltonnen nach Eßbarem durchwühlten. Sie würden mit ziemlicher Gewißheit jeden im Auge behalten, der ihnen zu nahe kam, weil sie immer ihre Vertreibung oder noch Schlimmeres befürchteten.

Meerkat stolperte über den unebenen Boden dorthin, wo sie zusammengekauert um das verlöschende Feuer lagen, in Säcke und Lumpen gekleidet. Der Beinlose umklammerte ein Eisenrohr – vielleicht konnte er gut werfen –, und eine der Frauen, nicht die Verkrüppelte, sondern die Schwachsinnige, wiegte eine verrückte Art von Puppe aus einem mit schwarzem Roßhaar ausgestopften Nylonstrumpf im Arm. Meerkats erster Gedanke war der, gegen die Blechdosen, aus denen sie aßen, zu treten und sie dadurch aufzuwecken. Gerade noch rechtzeitig hielt er inne.

Nicht, daß er die geringste Angst vor ihnen gehabt hätte, aber er hatte einen Horror vor unerwünschter Publicity, und in den letzten drei Tagen waren diese schauerlichen Gestalten zum Gegenstand des öffentlichen Interesses geworden. Irgendein schwarzer Christ oder so jemand hatte sie aufgespürt und seinem Pfarrer von ihrem Leben erzählt, und seitdem erfand die *Gazette* dauernd neue Ausreden, um die Sache breitzutreten. Obgleich die Stadtverwaltung und das Amt für Bantufragen sich für nicht zuständig erklärt hatten, waren ein paar Leute immer noch unzufrieden. Gestern hatte ihnen ein Geschäftsmann ein Obdach in Peacevale angeboten, vorausgesetzt, er könne sicher sein, daß es sich um «echte Sozialfälle» handle. Inzwischen kam jeden Tag eine feine Dame aus Morninghill und brachte ihnen einen Korb mit Essen. Und das war der Haken: Sie war zweifellos ganz der Typ, der ein Riesengeschrei anstimmte, wenn sie sie morgen früh etwas lädiert vorfände, er mußte also sachte vorgehen, wie schwierig es auch sein mochte, um sie dazu zu bewegen, in ihrer Erinnerung zu kramen.

«Wacht auf, wacht auf, meine Freunde! Wacht auf, wacht auf!» sagte Meerkat betont freundlich und leise. «Wollt ihr ein paar Zigaretten?»

Dynamit, der sich eben anschickte, einen Hühnerknochen aus zerknitterter Alufolie zu befreien, und der das Recht dazu auf seiner Seite glaubte, legte bei diesem Gesäusel die Ohren an und floh.

13

Der Donnerstag begann hell und klar und brachte in zwei von drei Häusern neuen Schwung in den Morgen.

Zondi wachte um sechs auf, schüttelte den Kopf, um festzustellen, ob Mama Bhengus Gin irgendwelchen Schaden angerichtet hatte, fühlte nichts und schlüpfte aus dem Doppelbett, das er mit seiner Frau Miriam und ihren drei Jüngsten teilte. Er setzte die Füße vorsichtig, denn die nächstgrößeren Kinder hatten es mittlerweile zu eigenen Matratzen gebracht, die auf dem Fußboden aus gestampftem Lehm ausgebreitet waren, und ging zur Tür, die in den zweiten Raum des Hauses führte, die Küche. Dort lagen die Zwillinge, die schon groß und stark waren, der eine unter dem Tisch und der andere auf dem kleinen Sofa, das ihnen die Witwe Fourie geschenkt hatte. Sie hatte ihnen auch einen alten Elektrokessel und ein altes Elektrobügeleisen gegeben. Zwar war nur das Bügeleisen von Nutzen – es hielt die Hitze nicht besonders gut, konnte aber auf dem Feuer erhitzt werden –, aber trotzdem hatten sie nichts zurückgegeben aus Angst, sie zu verletzen. Es war fast so, sinnierte Zondi, in Gedanken bei Bradshaw, als würde man verkehrt herum gedrehte Antiquitäten ausstellen. Dann besserte sich seine Laune, er begann vor sich hin zu summen, betrachtete voller Stolz die schönen Gesichter seiner schlafenden Kinder, pumpte ein paarmal am Primus-Kocher und zündete ihn an. Miriam, die jahrelang als Hausmädchen gearbeitet hatte, konnte sich nichts Schöneres vorstellen, als eine Tasse Tee im Bett serviert zu bekommen.

Was für ein Morgen! dachte Kramer. Hereinflutende Sonne; der Duft von gebratenem Speck; die Witwe Fourie, wie sie sich, nur mit BH und Höschen bekleidet, über ihn beugte. Herrlich.

«Trompie», sagte sie und schüttelte ihn am Knie. «Trompie, es ist nach acht, selbst die Kinder sind schon aus dem Haus – ich habe sie heute morgen mit dem Hausmädchen zur Schule geschickt, damit ich aufpassen kann, ob du zur Abwechslung auch mal frühstückst. Trompie?»

Ein leises Schnarchen.

«Ach, hör auf, mich an der Nase herumzuführen, he! Du warst es, du hast mich geweckt und gesagt, du hättest heute viel zu tun!» Sie bückte sich, um ihm ins Ohr zu pusten, und dabei kitzelte ihr langes blondes Haar ihn fürchterlich auf der nackten Brust. «Tromp! Hör doch mal, es ist Zeit! Erhebe dich!»

«Ich soll mich erheben?»

«Ja, wir – Trompie Kramer!»

«Befehl ist Befehl!» sagte er, zog die Zappelnde auf sich nieder und rollte sich herum, um in einem kurvenreichen Himmel zu versinken. «Ganz der deine.»

«Du brauchst mich», kicherte sie, «nicht so wörtlich zu nehmen!»

«Lady», erwiderte Kramer, «ich werde Sie jetzt sofort nehmen, ganz nach meiner Fasson, also halten Sie sich lieber an den Bettpfosten fest!»

Aber es war dann doch nicht so. Es war sanft und langsam und vor allem vertraut.

«Chrissy?» sagte Anneline Strydom und zog ihrem ungewohnt nackten Gatten die Decke weg. *«Hoch mit dir, Chrissy!»*

Seine Augen klappten auf, blinzelten in der hellen Sonne und weiteten sich dann ungläubig. «Nicht schon wieder», murmelte er. «Nicht im Beisein der Diener –»

«Diener! Und was, glaubst du, machen diese Diener? Willst du es wissen? Dann zieh deinen Morgenrock an, und ich werde es dir zeigen!»

Strydom merkte plötzlich, daß seine Frau furchtbar aufgebracht war. Er bedeckte seine Blöße mit einer Hand, hüpfte schnell aus dem Bett, zog zuerst die Pantoffeln verkehrt an und dann den Morgenrock auf links, so daß er den Gürtel nicht finden konnte. Da sah er aus dem Augenwinkel, daß die Uhr auf dem Toilettentisch acht Uhr zwanzig anzeigte.

«Sieh nur, wieviel Uhr es ist!» keuchte er. «Warum bin ich nicht eher geweckt worden? Dr. Meyer operiert um –»

«Christian Strydom, noch *ein* Wort, und das Maß ist voll», zischte Anneline zwischen zusammengebissenen Zähnen und packte ihn fest am Ellbogen. «Du und ich werfen jetzt erst mal einen Blick in die Küche.»

Strydom stand in der Küchentür und sah hinein. Er sah nach links, er sah nach rechts, er sah zu Boden und zur Decke hoch. Wohin er auch blickte, waren Schnecken, und hinter allen Schnecken waren lange silbrige Schleimspuren, die den Raum, wenn man nicht gerade eine gewissenhafte Hausfrau war, erstaunlich hübsch und ungewöhnlich gestalteten. Koch und Gärtner waren mit nassen Lappen und einem Eimer bei der Arbeit.

«Nie, nie wieder!» sagte Anneline Strydom.

Und er war in dem Augenblick ein bißchen zu verschreckt, um sie zu fragen, welche von zwei gräßlichen Möglichkeiten sie damit meinte.

Kramers zweiter Tagesbeginn war in jeder Hinsicht ebenso befriedigend wie der erste und wieder dank der Witwe Fourie.

«Kann ich die Liste mit den Namen seiner Freunde einmal sehen?» fragte sie und stellte einen Riesenteller mit Spiegeleiern, Würstchen und Tomaten vor ihn hin. «Du sagst, es steht niemand namens A. K. darauf?»

«Sie ist in meiner Jackentasche, da drüben», sagte Kramer und fiel über das Essen her.

Die Witwe Fourie sah die Liste durch und legte sie beiseite, um Butter auf ein damenhaft kleines Stück Zwieback zu schmieren. «Ich weiß, was du zuerst machen solltest», sagte sie dann. «Du solltest die Digby-Smiths anrufen und sie fragen, ob ihnen noch irgend –»

«Hab ich schon, während du im Bad warst.»

«Und?»

«Digby-Smith behauptet, die Liste beinhalte alle Bekannten, Freunde, Kameraden und so weiter, die Hookham je hatte. Seine Frau konnte letzte Nacht nicht schlafen, also hat sie all seine alten Schulfotos vorgesucht, die Glückwunschbriefe, die seine Mutter erhielt, als er seinen Orden verliehen bekam, alles. Das Endergebnis waren die neun Namen da unten.»

«Ah, ich hatte mich schon gewundert, warum sie in deiner Schrift sind.» Knirschend biß sie in den Zwieback. «Die Lösung könnte ganz einfach sein, Tromp. Die Buchstaben A. K. könnten den Namen eines Ortes oder Gegenstandes bezeichnen.»

«Hmmm, nicht schlecht.»

«Hast du dir denn noch gar keine Gedanken darüber gemacht?» sagte sie scherzend und goß ihm Kaffee ein.

«Keine. Ich fange heute morgen ganz neu an und nehme mir eins nach dem anderen vor.» Er verschlang sein zweites Würstchen. «Das A und das K könnten auch die Anfangsbuchstaben von zwei Worten sein, die niemanden etwas angingen, oder sogar von Worten *und* Namen.»

«Wie ‹Anruf Kramer›?»

Kramer lachte. Die Witwe Fourie überraschte ihn immer wieder mit ihrer Schlagfertigkeit und, wie diesmal, mit ihrem sprachlichen Talent. «Aber ich neige doch eher zu der Auffassung, daß es sich um einen Namen handelt», sagte er. «Ein unbestimmtes Gefühl sagt mir, daß ich recht habe. Außerdem kürzt Hookham in seinem Tagebuch auch anderswo Namen so ab.»

Ein Schatten verdüsterte flüchtig das Gesicht der Witwe Fourie. «Du gehst also diesmal nach Gefühl vor? Sei bloß vorsichtig, Tromp – das hat dich schon mal in Schwierigkeiten gebracht.»

«Zondi hat das gleiche Gefühl.»

«Na ja, typisch Eingeborener. Sie stecken voll mit solchem Zeug.»

Der unwillkürliche Ausdruck auf Kramers Gesicht war nicht so flüchtig.

«Also gut», gab die Witwe Fourie nach, irritiert, aber darum bemüht, wieder vergnügt zu klingen, «gehen wir einmal davon aus, daß dich dein Gefühl nicht trügt und es wirklich ein Name ist. Wessen Name? Der Name der Person, die er in der Nacht, in der er getötet wurde, aufgesucht hat?»

«*Eine* Vermutung unter vielen, mein Mädchen.»

«Hast du denn nicht den kleinsten Hinweis, wer es gewesen sein könnte? Oder was für ein Mensch?»

«Von Jonty, dem Friseur, hörte ich, daß Mrs. Digby-Smith meint, es sei eine ‹alte Flamme› von ihm gewesen, aber mir gegenüber will sie das nicht wiederholen.»

«Nein, jetzt, wo sie weiß, daß er ermordet wurde, sicher nicht mehr», sagte die Witwe Fourie. «Damen von ihrem Schlag kommen manchmal in den Laden, sie können keinerlei Skandal vertragen. Eine ‹alte Flamme› heißt auf Kapholländisch eine alte Freundin, stimmt's?»

«Richtig.»

«Und Hookham ist von hier fortgegangen, als er noch ein Teenager war?»

«Richtig.»

Die Witwe Fourie nahm sich die Liste noch einmal vor und bemühte sich, keine Fettflecken zu hinterlassen. «Eins, zwei, drei, vier – hmm, neun Namen fangen mit A an; lassen wir mal die Männer weg, bleiben wieder vier übrig. Weißt du, es könnte eine davon sein.»

«Was?»

«Na ja, wäre es nicht logisch anzunehmen, daß er sie nur bei ihrem Mädchennamen kennt, wenn er so lange keinen Kontakt zu ihr hatte? Damals haben die Leute noch nicht als Teenager geheiratet, oder?»

«Telefon», sagte Kramer und goß seinen Kaffee mit einem Schluck hinunter.

Die Witwe Fourie folgte ihm ins Wohnzimmer und förderte das Telefonbuch von Trekkersburg und Umgebung zutage.

«Äh, hallo, gnä Frau», sagte Kramer gleich nach Wählen der ersten Nummer zu jemandem. «Rufe an wegen Ihren Einkommensteuererklärung. Habe einige Fragen an Ihnen.»

Hinter ihm erklang leises Lachen. Die Witwe Fourie, die seinen Auftritt als kapholländischer Beamter, der mit schrecklichem Akzent Englisch spricht, noch nicht kannte, biß sich auf den Daumen.

«Ja, Finanzamt, richtig. Hier sind einige Fragen an Ihnen, ja? Sie haben vergessen, Ihr Mädchenname in Blockbuchstäben in den Formular einzutragen. Dammich noch mal, ich werde doch wissen, was da aufsteht? Wiederholen Sie bitte.»

Kramer klickte seinen Kugelschreiber gebrauchsfertig und kritzelte schnell etwas auf einen Notizblock. Dann stieß er die Witwe Fourie an, und sie las flüsternd und voller Aufregung: «Angela Elizabeth Kendall!»

«Okee, gnä Frau! Danke sehr vielmals! Auf Wiederhören!»

«Geschafft!» rief die Witwe Fourie ausgelassen. «Und ein Volltreffer!»

«Na ja, die Chancen standen vier zu eins», sagte Kramer und ging wieder ins Frühstückszimmer zurück, um seine Jacke zu holen. «Und wer weiß? Vielleicht liegen wir ja immer noch falsch.»

Zondi stand an den Chevrolet gelehnt und wartete ab, ob die Neugier Mrs. Westfords Gärtner dazu bringen würde, unter irgendeinem Vorwand eine Unterhaltung mit ihm anzufangen.

Es war ein merkwürdiger Garten, wenn man es recht bedachte. Aus der Ferne, als er mit dem Lieutenant durch das trockene, gelbe Buschland südlich der Stadt gerollt war, hatte er wie eine grüne Matte ausgesehen, die auf dem versengten Hang vergessen worden war. Da lag er nun, eine regelmäßige Form mit markanter Begrenzung, ein scharfer Kontrast zwischen zartem Grün und hartem Überlebenskampf, der nur auf den Unterschied zwischen künstlicher Bewässerung und dürftigem jährlichem Regen zurückzuführen war. Doch wenn man an dem konventionellen kleinen Bungalow mit seinem roten Ziegelwerk, dem gewellten Asbestdach und den einbruchsicheren Fenstern ankam, hatte der Garten etwas, das ihn noch schärfer hervorhob. Zondi betrachtete aufmerksam den Verlauf der gewundenen gepflasterten Wege, die verschiedenen Baumarten und die Vielfalt der gepflegten Grünpflanzen, Blumen und Büsche. Es war etwas seltsam, eine Weide so weit weg von einem fließenden Gewässer zu sehen, und es standen auch ein paar Büschel Binsen herum, aber viele Weiße schienen auf solche Dinge Wert zu legen, ohne je etwas Nützliches daraus zu flechten. Ihm fiel auch auf, daß es sehr, sehr wenig Unkraut gab. Irgendwelche Schlüsse wollte er jedoch aus mangelnder Sachkenntnis, da er selbst nie Gärtner gewesen war, nicht ziehen. Bis er den Blick noch einmal über den Steingarten ein paar Meter vor seinen Füßen schweifen ließ und bemerkte, daß darin im Gegensatz zu anderen Steingärten, die er kannte, keine kleinen Kakteen wuchsen. Es waren auch keine gezähnten Aloes mit ihren zarten gelbroten Blüten in diesem Garten – obgleich sie ringsumher überall wild wuchsen – und keine Rosenbüsche. Bei näherer Überlegung hatte er eigentlich noch nie einen Garten dieser Art ohne Rosenbüsche gesehen. Und dann dämmerte es ihm: Was diesen Garten so fein vom umgebenden dornigen Buschland unterschied, war, soweit er feststellen konnte, daß absolut nichts Stacheliges darin wuchs.

Nun selber neugierig geworden, schnippte Zondi seine Zigarette weg und ging ein paar Schritte in einen vertieft angelegten Bereich hinunter, wo der mit einem blauen Overall und einem riesigen Schlapphut aus Stroh bekleidete Gärtner immer noch mit dem Rücken zu ihm arbeitete. Er hockte auf seinen Fersen und rupfte offensichtlich Unkraut, und er summte selbst dann noch weiter vor sich hin, als Zondis Schatten auf ihn fiel.

«Sei gegrüßt, Bruder», sagte Zondi.

Der Gärtner drehte sich um und schaute zu ihm auf. «Hallo, schwarzer Mann», sagte er völlig gelassen auf Englisch.

Jetzt war es Zondi, der staunte. Der Gärtner war ein Weißer und hatte ein Gesicht wie ein schlitzäugiges Kind mit schmalem Mündchen, und seine Freundlichkeit war wie ein heißer Luftstrom aus dem Backofen.

«*Hau*, entschuldigen Sie, mein Boß! Ich wollte Sie nicht stören!»

«Suchst du Arbeit?»

«Nein, Boß. Hören Sie, ich –»

«Ich kann Mammy bitten, dir Arbeit zu geben, wenn du Hunger hast.»

Zondi lächelte und hockte sich in einem Schritt Abstand neben ihn, denn er wußte jetzt, welche Art von schlichtem, einfältigem Gemüt er vor sich hatte. «Vielen Dank, Sir, aber ich habe keinen Hunger, denn ich habe bereits Arbeit.»

«Ist das dein Auto, schwarzer Mann?» Der dicke Arbeitshandschuh zeigte über Zondis Schulter hinweg. «Mammys Auto ist ganz anders.»

«Wie ist denn Mammys Auto?»

«Kleiner, und es ist azaleenfarbig, nicht geranienrot.»

Zondi zog eine Augenbraue hoch. «Ich habe aber gehört, daß das Auto von Ihrer Mammy ein großes grünes namens Rover ist.»

«Dann bist du aber dumm.»

«Warum denn das, mein Boß?»

«Weil das große grüne von Onkel Bonzo ist.»

Mrs. Angela Elizabeth Westford, geborene Kendall, stand am Fenster und blickte in ihren Garten vor dem Haus. Vor diesem Hintergrund, eingerahmt von den Vorhängen und der plissierten Schabracke, erinnerte sie Kramer an ein Ölgemälde, das er vor kurzem bei Ermittlungen im Nationalmuseum in der Oak Street gesehen hatte. Das Bild zeigte den Blick aus dem Inneren eines Planwagens und stellte eine Pionierfrau dar, die unter einer zerschlissenen Plane hindurch auf neues Weidegrün hinausschaute – ein Grün, das mehr der Phantasie des Künstlers entsprang als sonst etwas, und jeder wußte ja, wie furchtbar diese blühen konnte. Mrs. Westford schien trotz ihrer eindeutig englischen Herkunft vom selben Schlag zu sein wie diese Voortrekker-Frau: Sie war kräftig gebaut, hatte schlichte Gesichtszüge, eine stolze Haltung und erweckte den unmittelbaren Eindruck von Standhaftigkeit, Treue und Beherztheit. Dennoch konnte sie im Grunde nicht in Öl gemalt werden, denn für ihre durchscheinende Haut, das verwaschene Blau ihrer Augen und die auslaufenden Flekken in Rot auf Hals, Brustansatz und Oberarmen boten sich eher Wasserfarben an, ebenso wie für die gerade Kopfform, die unter dem dünnen Wirbel vorzeitig weiß gewordener Haare sichtbar wurde. Sie trug solide Ledersandalen, einen senffarbenen Kittel und eine Herrenuhr mit breitem Armband am linken Handgelenk.

«Ich bin gleich soweit», sagte sie.

Sieht mir wieder ähnlich, dachte Kramer, in ein Haus einzudringen, wo sie keine Zeitung und kein Radio haben, und sofort mit einer Frage herauszuplatzen, die Mrs. Westford beinahe umgeworfen hätte. «Gut, gut, ich kann warten – ich habe keine Eile.»

«Wie ich sehe, gewinnt Timmy gerade einen neuen Freund», sagte sie lächelnd. «Er mag Schwarze gern. Ich glaube, es liegt an ihrer Offenheit und Lebensfreude – und sie haben auch manche Vorurteile nicht, die wir hüten, was ihm die Sache sehr erleichtert.» Sie wandte sich um und lud Kramer mit einer Handbewegung ein, Platz zu nehmen. «Wissen Sie, mein Sohn ist mongoloid, Lieutenant Kramer, und Bluter. Wäre es nicht bequemer auf dem Sofa?»

«Ehrlich, dieser Stuhl ist ideal, Mrs. Westford», sagte Kramer und blieb auf dem hochlehnigen Holzstuhl am Tisch sitzen. «Wie gesagt, Sie müssen uns verzeihen, daß wir dachten, Sie wüßten schon alles über Mr. Hookham.»

«Vergeben und vergessen. Woher sollten Sie wissen, wie abgeschieden Timmy und ich hier draußen miteinander leben! Mit das Schlimmste – und das konnten Sie erst recht nicht wissen – ist, daß ich halb und halb erwartet hatte, daß etwas Furchtbares passieren würde. Allerdings nicht – na ja, etwas so...»

Kramer wartete, bis sie aufgehört hatte, sich auf die Lippen zu beißen, und ihn wieder ansah. «War es nur so ein unbestimmtes Gefühl, das Sie hatten, Mrs. Westford? Oder etwas Konkreteres?» Bei intelligenten Zeugen konnte man sich oft auf deren eigene analytische Fähigkeiten verlassen.

«Timmy hat mich auf den Gedanken gebracht. Irgendwann letzte Woche kam er zu mir und sagte, Onkel Bonzo wäre jetzt nicht mehr so traurig. Ich glaube, es war Mittwoch, aber ich bin nicht sicher.»

«Nicht an dem Tag nach dem Treffen im Fliegerclub?»

«Ja, jetzt fällt es mir –, aber woher wissen Sie denn davon?»

«Dienstag», sagte Kramer und notierte es sich.

Mrs. Westford ging zum Sofa und setzte sich auf die Kante. «Nachdem ich nun etwas Zeit zum Nachdenken hatte, Lieutenant Kramer, muß ich doch mal fragen, wie Sie herausgefunden haben, daß Ted uns besucht hat?»

«War das solch ein Geheimnis?» fragte Kramer leichthin.

«Nein, eigentlich nicht, aber um meinetwillen wollte er wahrscheinlich nicht, daß die Digby-Smiths es erfahren, und Sie scheinen ja mit keinem anderen gemeinsamen Bekannten gesprochen zu haben.»

«Um Ihretwillen, Mrs. Westford? Was genau –?»

Ihr Lächeln hatte einen Knick. «Eine alberne Privatsache, die weitschweifig erklärt werden müßte, und selbst dann wäre ich noch nicht sicher, ob Sie es verstehen würden. Zweierlei hasse ich auf dieser Welt, Lieutenant: zum einen, gönnerhaft behandelt zu werden, und zum anderen, bemitleidet zu werden. Rupert und Lillian Digby-Smith können beides sehr gut.»

«Das will ich gerne glauben», murmelte Kramer, und sein Lächeln hatte ebenfalls einen Knick.

«Tatsächlich? Aber sicher, Sie sind ja Kapholländer! Wie dumm von mir!»

Sie lächelten sich an, und schon hatte sich erstaunlich schnell das beste Einvernehmen zwischen ihnen eingestellt.

«Also, wo sollen wir anfangen, Lieutenant? Ich möchte Sie nicht mit anrüchigen Details langweilen! Ganz einfach: Ted und ich waren miteinander befreundet, als der Krieg ausbrach – ich bin allerdings nicht ganz sicher, ob wir wirklich verliebt ineinander waren, aber das ist in dem Alter ja schwer zu sagen. Als Teenager empfindet man doch alles total *leidenschaftlich*, nicht wahr?»

«Sie haben ihn immer Ted genannt?»

«Ich nenne ihn noch –» Sie schluckte. «Ja, das stimmt. Timmy nennt ihn Onkel Bonzo, denn Bonzo ist – war – was denn nun? – ein Name, auf den er furchtbar stolz ist. Der König hat nämlich zu ihm gesagt: ‹Gut gemacht, Bonzo Hookham!› oder so ähnlich, als er zur Ordensverleihung in den Buckingham-Palast mußte. Aber wo war ich...»

«Sie sprachen gerade von Leidenschaftlichkeit, Mrs. Westford.»

«Mein Ruin, wie ich rückschauend sagen muß. Der Krieg kam natürlich dazwischen, und ich konnte das alles nicht ausstehen. Meines Erachtens war es überhaupt nicht zu entschuldigen, daß sich die Leute gegenseitig umbrachten, auch alles übrige nicht. Ted war völlig anderer Meinung, er erzählte mir alles mögliche vom Faschismus, was ich damals gar nicht verstand, und am Ende hatten wir schrecklichen Streit. Ich traf mich nicht mehr mit ihm und bin, eigentlich aus reiner Gehässigkeit, mit Rupert Digby-Smith ausgegangen, der Pazifist war. Oder zumindest einer zu sein behauptete, bis der soziale Druck ihn dazu trieb, sich mustern zu lassen, und dann hat er diese Geschichte von den Blackouts erfunden, die ich ihm nie recht abgenommen habe. Das Ende vom Lied war jedenfalls dies, daß Ted so verletzt war, daß er über Nacht verschwand, und als ich wieder etwas von ihm hörte, war er in die R.A.F. eingetreten. Unser Land war zu dem Zeitpunkt noch nicht an den Kriegshandlungen beteiligt, und mit einem solchen Schritt hatte ich nicht gerechnet.»

«Das Schicksal war gegen Sie, was?»

«Ich bin selbst daran schuld», sagte Mrs. Westford und zog ihre Uhr auf. «Ich war immer selbst schuld, so oder so. Ich habe mir sofort Rupert vom Hals geschafft, obwohl er ein Riesentheater machte, und mich gleich als Freiwillige gemeldet. Als Krankenschwester habe ich getan, was in meiner Macht stand, um die Auswirkungen des Krieges hier bei uns zu lindern, denn nach England folgen konnte ich Ted nicht, weil ich meine betagten Eltern nicht zurücklassen mochte. Rupert hat mir unentwegt weiter nachgestellt, und als die Nachricht eintraf, Ted hätte irgendeine Alice geheiratet, war er wie der Blitz zur Stelle und hat mir zum letzten Mal einen Heiratsantrag gemacht. Wieder habe ich aus reiner Halsstarrigkeit den Antrag eines schottischen Arztes angenommen, eines Mannes, der viel älter war als ich, was wahrscheinlich auch zur Katastrophe führte, als Timmy als sein einziger Erbe geboren wurde. Rupert hatte gesagt, ich würde es eines

Tages noch bereuen – damit hatte er ausnahmsweise mal recht. Lillian Hookham, eine gräßliche kleine Aufsteigerin, lauerte schon sprungbereit auf ihn und hat gleich ihre Klauen in ihn geschlagen. Sie haben noch in der gleichen Woche geheiratet.»

«Absicht, was?» meinte Kramer.

«O ja, das kann man wohl annehmen. Natürlich gab es, als ich dann schwanger wurde, wie mir eine gemeinsame Freundin berichtete, ein großes Hickhack, sie hat ihm Vorwürfe gemacht und –»

«Er ihr», ergänzte Kramer.

«Genau – und Sie lächeln zu Recht, denn dieser Teil der Geschichte war, gelinde gesagt, eher lustig. Sie können sich aber bestimmt die Ich-hab's-ja-immer-gesagt-Selbstgefälligkeit vorstellen, die ich aushalten mußte, als sich herausstellte, daß mein Kind so – nun ja, wie beschrieben – war. Ein neuer Höhepunkt war erreicht, als Hugh – Dr. Westford – meinte, Timmy nicht länger in seiner Nähe ertragen zu können, und beschloß, mich zu verlassen.»

«Er ist einfach abgehauen?»

«Nicht direkt. Er hat mir erst noch dieses Haus samt Garten gekauft – das Landhaus eines Gutsverwalters und ziemlich preiswert, aber ich habe es vom ersten Augenblick an geliebt – und für alles gesorgt wie zum Beispiel angemessene Sicherheitsvorkehrungen für eine Frau, die allein auf dem Land lebt.»

«Ja, mir ist gleich aufgefallen, wie gut Sie gegen Einbruch gesichert sind», sagte Kramer mit einem Blick auf die Fenster. «Und dann?»

«Dann verschwand er, ging nach Schottland zurück. Wir sind vor sechzehn Jahren geschieden worden, aber eins muß ich sagen: Er hat stets pünktlich gezahlt. Timmy und ich sind hier sehr glücklich und wünschen uns nur, daß unsere Welt so bleibt, wie sie ist. Hätte Ted den Smiths erzählt, daß er uns besucht hat, wäre das für sie ein wunderbarer Vorwand gewesen, uns unbedingt zum Essen zu sich zu bitten. Nur um zu sehen, ob Timmy mit den Fingern ißt, oder um unerwartet hier mit irgendwelchen Neuigkeiten von Ted zu erscheinen, sobald er nach England zurückgekehrt wäre. So, das war eine ziemlich lange Antwort auf eine kurze Frage, fürchte ich, aber wie ich gemerkt habe, macht es einen entsetzlich geschwätzig, wenn man so allein lebt!»

Kramer wünschte, aus ihrem Lachen hätte nicht herausgeklungen, daß es ihr peinlich war. «Ach was, Mrs. Westford, offen gestanden bin ich vollkommen Ihrer und Mr. Hookhams Meinung, daß es besser ist, nichts davon verlauten zu lassen. Und außerdem haben Sie ganz recht, denn Sie sind keineswegs vergessen worden. Ihr Name steht auf einer Liste von Freunden und Bekannten, die mir die Digby-Smiths gegeben haben, fast an oberster Stelle, allerdings muß ich gleich hinzufügen, daß sie völlig ahnungslos waren. Schließlich haben Sie und Mr. Hookham sich nicht gerade im besten Einvernehmen getrennt, oder?»

«Wie sind *Sie* denn dann darauf gekommen, Lieutenant?»

«Durch Initialen in seinem Tagebuch», erwiderte Kramer. «Was meinen Sie, können wir uns jetzt der Zeit zuwenden, als Sie und Hookham sich wieder begegnet sind, und alles durchgehen, was Ihnen in Zusammenhang mit Mr. Hookham nach dem Fest im Fliegerclub in Erinnerung ist?»

«Darf ich Ihnen zuvor selbst noch eine kurze Frage stellen?» sagte Mrs. Westford und sah ihn wissend augenzwinkernd an.

«Aber bitte! Schießen Sie los.»

«Seit wann, Lieutenant, bin ich verpflichtet, meinen Mädchennamen in Blockbuchstaben in meine Einkommenssteuererklärung einzutragen? Wissen Sie, darüber habe ich den ganzen Morgen nachgegrübelt, bis Sie mit Ihrer Bombe hier aufgekreuzt sind.»

14

Die dunstige Hitze überzog den Garten mit einem wabernden Glanz, in dem Zondi und Timmy Westford, die sich prächtig miteinander unterhielten und dabei Unkraut rupften, aussahen wie verwackelte Projektionen auf einen wellig grünen Hintergrund. Kramer konnte sich gut denken, warum der schlaue Mistkerl so zufrieden wirkte: Er bekam ausnahmsweise einmal seine nächste Folge der Bonzo-Hookham-Saga schon vor ihm selbst. Es war sicher interessant, später Vergleiche anzustellen.

«Ich gäbe etwas darum, wenn ich wüßte, worüber Sie gerade nachdenken, Lieutenant.»

Er drehte sich um und sah, daß sich Mrs. Westford eine Stickerei vorgenommen hatte. «Ach, nichts Besonderes – vielleicht über dieses dunkle Gefühl der Angst, das Sie spürten. Wir sind ja inzwischen alle Hauptpunkte schon einmal durchgegangen, und doch fehlt dafür die Erklärung.»

«Haben Sie nicht manchmal so ein *instinktives* Gefühl?»

«Ja, aber dafür gibt es meistens einen Grund, irgendeine Kleinigkeit, die es auslöst», erwiderte er und zitierte damit das, was die Witwe Fourie am Morgen beim Abschied gesagt hatte. «Könnten wir nicht alles noch einmal durchgehen, bitte? Was Sie mir erzählen, kann sehr wichtig sein.»

«Ich wüßte zwar nicht, inwiefern, aber meinetwegen», sagte Mrs. Westford achselzuckend. «Unter der Bedingung, daß ich um halb eins das Mittagessen für Timmy zubereiten darf. Keine Hausangestellten zu haben ist ein Segen, wenn man seine Ruhe haben will, aber es hat auch seine Nachteile, wie jetzt zum Beispiel.» Tränen traten ihr in die Augen. Hookhams Tod hatte den Schutzwall, mit dem sie sich umgeben hatte, rissig gemacht, und sie beugte sich rasch über ihre Näharbeit.

«Gut, wir brauchen den ersten Teil auch gar nicht zu wiederholen – den Teil vor dem Treffen im Fliegerclub. Laut Tagebuch hörte er bei den Strongpieces Ihren Namen fallen und –»

«Bitte nicht, wenn es nicht unbedingt sein muß!»

Kramer setzte sich an den Tisch und schlug sein Notizbuch auf. «Fangen wir also mit dem Tag nach dem Fest an, als Timmy sagte, er wäre anscheinend nicht mehr so traurig. Was sollte Sie daran beunruhigen? War das keine gute Nachricht?»

«Es kam – na ja – ziemlich überraschend. Gewiß gab es vernünftige Gründe für die Veränderung, das war mir klar. Er war endlich einmal von sich selbst abgelenkt und mit Leuten zusammengebracht worden, die die gleiche Sprache sprachen wie er – natürlich Fliegerjargon. Und er fand es höchst ergötzlich, Rupert damit aufzuziehen, daß er offenbar auf Archie Bradshaw hereingefallen sei.»

«Glauben Sie, daß da was Wahres dran war?»

«Himmel, nein! Ted hat ihn gleich durchschaut.»

«Ach ja? Das ist neu.»

«In bestimmten Kreisen sicher nicht!» sagte Mrs. Westford und brachte fast ein Lachen zustande. «Jeder weiß, wie dieser Geier aus Johannesburg ankam und sich auf die altenglischen Beutestücke gestürzt hat, die er bei den naiven alten Leutchen in Trekkersburg abstauben konnte. Er hat sich sogar an uns herangemacht, als unsere Ehe zerbrach, und mir einzureden versucht, daß der ungemein wertvolle Stuhl, auf dem Sie sitzen, keinen roten Heller wert sei. Nur gierige Dummköpfe wie Rupert – oder die erwähnten Tattergreise –

fallen auf solche Gauner herein, und Ted meinte, daß er ihm nicht weiter über den Weg trauen würde, als er spucken könnte. Wir amüsierten uns über Rupert, und das war's auch.»

«Hmmm. Die Veränderung kam zu plötzlich.»

«Oder anders ausgedrückt», sagte Mrs. Westford, «war mir sein Hoch vermutlich nicht so ganz geheuer, denn darauf würde bald genug wieder ein Tief folgen. Trauer stürzt einen immer wieder in solche – wie soll ich sagen? – tiefen Löcher.»

«Ja, ich weiß. Könnte es sein, daß Ihre Gefühle auf die Tatsache zurückzuführen waren, daß dieses Tief nie eintrat?»

«Woher wollen Sie –?»

«Das höre ich jedenfalls heraus bei allem, was Sie hinterher darüber gesagt haben.» Und er warf einen prüfenden Blick auf seine Notizen. «Sie benutzen Worte wie ‹lebhaft›, ‹aufgekratzt›, ‹angeregt› und so weiter.»

«Komisch!»

«Machen wir weiter», schlug Kramer vor. «Mr. Hookham kam erst Samstag abend wieder hier vorbei, nachdem in den Zeitungen der erste Bericht von dem Anschlag, der beinahe einen tödlichen Ausgang genommen hätte, erschienen war.»

Mrs. Westford nickte. «Timmy und ich waren natürlich enttäuscht, aber ich freute mich für ihn, daß er nicht länger nur auf unsere Gesellschaft angewiesen war. Er sagte, er hätte sich mit zwei von den ehemaligen Fliegern, die er kennengelernt hatte, getroffen – Leute, von denen ich nie etwas gehört habe, denn sie wohnen ziemlich weit auswärts.»

«Ein Jammer, daß bei den fünf Namen, die ich habe, keine Adressen stehen», knurrte Kramer und ärgerte sich, daß er diese Arbeit nicht delegiert hatte.

«Aber ich bin sicher, daß er keine Namen erwähnt hat.»

«Ich meinte, daß die Adressen uns helfen würden, den Kreis enger zu fassen», erklärte Kramer. «Gab es irgendeinen Widerspruch in Mr. Hookhams Benehmen, der ebenfalls Ihre Besorgnis erregte?»

«Inwiefern?» fragte sie erstaunt.

«Vorhin haben Sie gesagt, Mr. Hookham hätte nichts als Geringschätzung für Bradshaw gehabt, Mrs. Westford, richtig?»

«Sie legen mir die Worte in den Mund, Lieutenant!»

«Ach, nein, ich will nur –»

«Sie wählen bloß zu starke Worte, das ist es. Ted hielt einfach nicht viel von Mr. Bradshaw, und dessen kleine Frau tat ihm leid, die recht nett zu sein schien. Wenn Ted jemanden verachtet, sorgt er gründlich dafür, daß es nicht nur der Betreffende selbst, sondern alle Welt erfährt!»

«Na gut, er hielt also nicht viel von ihm. Und doch hat er, wenn ich Mr. Digby-Smiths Worten Glauben schenken darf, sehr betroffen auf die Meldung reagiert, daß Mr. Bradshaw angeschossen wurde. Hat Sie das nicht befremdet?»

Mrs. Westford runzelte die Stirn. «Nein, und ich wüßte auch nicht, warum. Ich fand es sogar *typisch* für ihn. So erstaunlich es auf uns wirken mag, Lieutenant, ich glaube, daß Ted Hookham wirklich so etwas wie einen Kulturschock erlitt, wie es wohl genannt wird, als er nach Südafrika zurückkam. Er hat wiederholt gesagt, mit der vorherrschenden Gewalttätigkeit hier käme er nicht zurecht, und wenn an einem, den er kannte, eine Gewalttat verübt wurde, und sei es auch nur an einem Zufallsbekannten wie Bradshaw, sah er sich überdeutlich in seinem Unbehagen bestätigt. Nicht daß es Bradshaw getroffen hatte, ging ihm so zu Herzen, sondern der bloße *Gedanke*.»

«Und das alles hat er Ihnen Samstag abend gesagt?»

«Das brauchte er gar nicht, Lieutenant», sagte sie ruhig. «Wir standen uns sehr nahe.»

Kramer hatte inzwischen schon ein paar Kostproben von ihrem Einfühlungsvermögen bekommen, aber immer noch nicht die Antworten, auf die er aus war. «Bleiben wir mal bei dem, *was* gesagt wurde», hakte er behutsam nach. «Können Sie sich an irgend etwas erinnern, das mit der R.A.F. zusammenhing?»

«Nein, nichts außer seinem üblichen Geplauder mit Timmy, der seit Jahren ein paar Kriegscomics besitzt, in die er vernarrt ist. Sie haben immer ein Spiel – warten Sie mal! Gerade ist es mir wieder eingefallen, Wort für Wort. Kennen Sie den ersten Zeitungsbericht?»

«Ja, da heißt es nur, daß auf Bradshaw ein Schuß abgegeben wurde, es war, bevor er den Riesen erwähnte.»

«Stimmt. Also, nachdem wir drei darüber diskutiert hatten, sagte Ted schließlich: ‹Eine verrückte Sache, daß man den Krieg überlebt hat, um dann hier eine verfluchte Kugel verpaßt zu bekommen, die beinahe tödlich gewesen wäre! Der Gegner muß bei seinem Angriff direkt aus der Sonne gekommen sein, Timmy!› Ich habe ihm dann den Spaß verdorben, indem ich sagte, er sei wohl eher von der Nemesis eingeholt worden, und das verstand Timmy nicht.»

«Großer Gott», sagte Kramer mit angehaltenem Atem. «Warten Sie einen Moment, bis ich das alles aufgeschrieben habe.»

«Was ist denn so bedeutsam –?»

«Die Worte, die er gewählt hat!»

«Aber das hat er doch für Timmy getan, Lieutenant. Ted hatte Timmy erklärt, daß der Schwachpunkt bei einem Kampfflieger die –»

«Ja, bewußt mag es so gewesen sein, aber unbewußt – hören Sie, hat Mr. Hookham noch andere Witze gemacht?»

Mrs. Westford lächelte süßsauer. «Er konnte nie ernst sein! Obwohl es sicher nicht verwunderlich ist, daß Rupert Ihnen das nicht erzählt hat.»

«Haben Sie ihn am nächsten Abend wiedergesehen?»

«Timmy. Ich lag mit einer gräßlichen Migräne in meinem Zimmer nebenan, und die beiden waren zusammen hier und gaben Flugzeugmotorengeräusche von sich.» Sie lachte leise. «Dann fand Timmy die Sonntagszeitung, die Ted mir mitgebracht hatte, mit der lächerlichen ‹Riesen›-Story – klar, ein Mann wie Bradshaw konnte nur von jemandem angegriffen werden, der größer war als er! Timmy geriet völlig aus dem Häuschen, sprang herum und tat so, als sei er der Riese, so daß ich aus meinem Zimmer kommen und Ted bitten mußte zu gehen. Er hat sich tausendmal entschuldigt, als er am Dienstagabend wieder zu uns kam.»

«Können Sie sich an irgendwelche fröhlichen Scherze an dem Abend erinnern?»

«Nein. Wie gesagt, es war kein sehr fröhlicher Anlaß. Ich dachte, ich würde ihn nie wiedersehen, und...» Sie biß sich fest auf die Lippen.

«Bitte erzählen Sie es trotzdem noch mal in allen Einzelheiten, vielleicht –»

«Ich weiß wirklich nicht, was das soll, Lieutenant.»

«Ach *bitte*, Mrs. Westford», sagte Kramer, obwohl es ihm schwerfiel, dieser Frau derartigen Kummer zu bereiten.

Sie hielt den Kopf über ihre Stickerei gesenkt, während sie sprach. «Ted brachte uns schonend bei, daß er beschlossen hatte, seinen Aufenthalt hier abzubrechen und so bald wie möglich nach England zurückzukehren. Er sagte, bei seiner derzeitigen Geistesverfassung hätte er gar nicht kommen sollen, und dann wollte er sich urplötzlich verabschieden. Timmy war untröstlich. Er weiß, daß die Leute ihn im allgemeinen nicht mögen, und meinte, er sei schuld an Teds Aufbruch. Ich bat Ted, sich einen Augenblick in meinem Zimmer auf mein Bett zu setzen, und nahm Timmy hier auf dem Sofa auf den Schoß. Ich erzählte ihm von Onkel Bonzos Garten, der unbedingt gegossen werden müßte, und wir schimpften zusammen ein bißchen, daß er ihn so lange in der Sonne hatte braten lassen, und zum Schluß war Timmy wieder aufgeheitert. Dann gesellte sich Ted wieder zu uns, wir brachten ihn zur Tür, und da – mein Gott, Sie haben es wahrhaftig wieder geschafft! Ich habe ja von Ihren Methoden gehört, aber ich dachte immer, Sie benutzen Wasserschläuche, grelles Licht und so was.»

«Wieder ein Witz?» drängte Kramer. «Hat er –?»

«Ted sah mich an, und seine letzten Worte waren: ‹Also, altes Mädchen, vielleicht riskiere ich noch einen letzten Einsatz. Kann sein, daß ich Donnerstag wieder hier bin.›»

«Wie? Was meinte er denn mit Einsatz, Mrs. Westford?»

«Das müßten Sie eigentlich Timmy fragen, es hat wohl mit der Fliegerei zu tun, aber ich habe es so aufgefaßt, als wollte er uns noch ein letztes Mal sehen, und wie Sie sich vergewissern können, habe ich extra Wein eingekauft. Gemeint ist wohl ein Einsatz über feindlichem Gebiet oder sogar... O mein Gott, jetzt sehe ich, worauf Sie hinauswollen!» Sie stand auf, und ihre Stickerei fiel zu Boden. «Hören Sie, Sie haben mir nur gesagt, daß Ted erschossen worden ist, aber jetzt will ich wissen, wo und wie!»

«Es ist zwölf Uhr dreißig, Mrs. Westford», sagte Kramer.

Zulu-Wachtmeister N2134 Nxumalo hatte eine beachtliche Statur unter seiner Khaki-Uniform. Er hatte nie Sport getrieben und nie Bodybuilding gemacht. Aber er hatte über ein Jahrzehnt lang totes Gewicht im eigentlichen Sinne des Wortes gehoben und geschleppt und dabei beträchtliche Muskelpakete entwickelt, besonders im Schulter- und Oberarmbereich.

«Äh, Nxumalo», brummte Strydom, der ohne Vorwarnung im Kühlraum erschienen war.

«Braucht der Doktor-Boß mich?»

Nxumalo erschrak, als er beim Umdrehen einen Blick auffing, als sei er so etwas wie ein Teil auf dem Seziertisch, denn der Kreisarzt sah förmlich durch seine Uniform hindurch. Dann bemerkte er eine Spur von Bewunderung, die ihn für den Schrecken entschädigte, und dazu ein gelindes Erstaunen.

«Du bist noch besser, als ich dachte, Nxumalo. Erstaunlich, was man direkt vor seiner Nase alles findet.»

«Boß?»

«Ach, leg das Mädchen ab und komm her.»

Nxumalo fand einen freien Rollwagen, auf den er sie fallen ließ, und ging hinter ihm in den Autopsieraum, wo sein Herr und Meister Sergeant van Rensburg verschwitzt und mit rotem Gesicht neben einem eigenartigen Aufbau stand, der mit einem abgetrennten Arm verbunden war.

«*Hau!*» rief Nxumalo, und jetzt brach auch ihm der Schweiß aus, bis ihm zu seiner großen Erleichterung klar wurde, daß es sich nicht um den Arm handelte, dessentwegen er ein schlechtes Gewissen hatte.

«Bisher habe ich», erklärte Strydom, «immerhin schon die Möglichkeit ausschließen können, daß Gewicht allein ausreicht, um Brüche in Elle und Speiche an diesem Punkt des menschlichen Arms zu bewirken.»

«Was heißt ‹Gewicht allein›?» protestierte van Rensburg. «Wie kann ich mit vollem Gewicht ziehen, wenn ich nicht mit voller Kraft zupacken kann?»

«Von dir möchte ich», sagte Strydom zu Nxumalo, der sich bisher bemüht hatte, die Worte auf Afrikaans herauszuhören, die er kannte, «daß du äußerste Kraft aufwendest und –»

«Es geht nicht», sagte van Rensburg naserümpfend. «Ich sage Ihnen, Doc, mit allem schuldigen Respekt: Es ist schlicht unmöglich.»

«Ruhe bitte, Sergeant – Sie hatten Ihre Chance. Siehst du diese Seile, Nxumalo? Weißt du, wozu sie da sind?»

Nxumalo sah, daß ein Stück Seil knapp oberhalb des Handgelenks um den Arm geknotet war und daß ein Ende des Seils lose herunterhing. Das andere Ende war am unteren Haken einer Federwaage befestigt, und ein zweites loses Stück Seil, das zum Ziehen diente, war am Aufhängungsring der Waage festgemacht. Wenn man die beiden losen Seilenden packte und daran zog, konnte die aufgewendete Kraft auf der Skala der Waage abgelesen werden.

«Nicht verstehen, Boß», sagte Nxumalo.

«Auch egal. Tu einfach, was ich dir sage. Nimm das Seilende dort und das Ende dort, und zieh wie der Teufel!»

«*Hau*, aber dann breche ich diese Knochen, Boß!» warnte Nxumalo beunruhigt und vollkommen verwirrt.

«Nun mach schon, und für jeden Knochen, den du brichst, gebe ich dir einen Rand! Fertig?»

«Das Seil ist falsch», wandte van Rensburg ein. «Ich habe gehört, daß es ein spezielles Springseil mit hübschen Griffen war.»

«Dieses Seil *ist* ein solches Springseil», sagte Strydom. «Ich bin heute früh höchstpersönlich in dem Laden gewesen und habe eins gekauft.»

«Dann sind Sie angeschmiert worden, Doc. Dieses hat ja keine Griffe!»

«Ich habe sie *abgeschnitten*», knurrte Strydom in einem Ton, der nichts Gutes verhieß. «Nun mal feste, Nxumalo.»

Nxumalo, der sich inzwischen von allen Skrupeln befreit und mit Wonne ausgemalt hatte, wie viele billige Zigaretten er für zwei Rand erstehen konnte, spannte die Brustmuskeln an und zog das Seil straff.

«Der Arm ist falsch», wandte van Rensburg jetzt ein. «Das ist ein junger Arm, höchstens zwanzig, und er muß ja zu Bruch gehen, nachdem ich ihn eine Stunde lang geschwächt habe!»

«Stopp!» befahl Strydom Nxumalo, dann holte er tief Luft. «Meine Geduld, Sergeant, ist jetzt am Ende. Ein junger Arm ist erheblich schwerer zu brechen als der eines Fünfzigjährigen, und Sie, Sie Komiker, haben mit der blöden Bemerkung nur *eins* geschwächt, nämlich Ihre windigen Argumente.»

Van Rensburg lief, wie vorauszusehen war, puterrot an, hielt aber, was nicht unbedingt vorauszusehen war, die Stellung. «Ach ja? Dann wollen wir mal sehen . . .»

«Auf die Plätze, Nxumalo!» bellte Strydom. «Fertig! Los!»

Nxumalo packte die Seilenden mit seinen Eisenfäusten und zog mit einem gewaltigen Ruck. Was dann geschah, war in Sekundenschnelle vorüber: Der Arm sprang auf dem Seziertisch hoch, der Haken der Federwaage bog sich auf, und die Waage selbst sauste über Strydoms Kopf hinweg ins Regal, wo sie ein Gefäß mit Mageninhalt zertrümmerte.

«*Das* war natürlich clever!» gluckste van Rensburg. «Teufel auch, war das ein guter Trick, Doc! Sollen wir es noch einmal machen?»

«Nicht nötig», erwiderte Strydom süffisant. «Die Meßwerte spielen keine Rolle – der Beweis genügt.»

«Wie bitte?»

«Sehen Sie doch selbst – beide Knochen sind gebrochen, und zwar genau so wie bei Hookham!»

Nxumalo rieb sich die rechte Hand, die die zwei Randnoten in Empfang nehmen sollte. Vielleicht behielt er nur eine davon und schenkte die andere seiner Frau.

«Das Experiment ist falsch», wandte van Rensburg erneut ein. «In Hookhams Fall war das Seil um zwei Handgelenke geknotet und nicht nur um eins. Darum war ich nur halbherzig bei der Sache.»

Jetzt lief Strydom dunkelrot an. *«Falsch?»*

«Mit ein bißchen Glück hat Nxumalo diese beiden Knochen brechen können», räumte Van Rensburg ein. «Ich würde sogar um der Beweisführung willen sagen, daß er die Menge x an Kraft brauchte. Aber hat er auch zweimal die Kraft x in den Armen, Doc? Wenn ich mich nicht sehr irre, hat er im Grunde, wie immer, nur halbe Arbeit geleistet.»

«Man braucht nicht zweimal soviel –»

«Aber es wäre doch ein Unterschied, Doc! Das können Sie als Wissenschaftler nicht ableugnen.»

Vielleicht, dachte Nxumalo, der kein Wort von dieser endlosen Streiterei verstand, behalte ich fünfzig Cents für mich, gebe vierzig meiner Frau und den Rest meinen vielen Kindern.

«Nxumalo?» sagte Strydom düster.

«Zwei Knochen gebrochen, Boß!»

«Ach, vergiß das jetzt, und geh wieder an die Arbeit, ja? Sieht so aus, als müßte ich mit dieser ganzen frustrierenden Geschichte noch einmal von vorn anfangen.»

Die Reifen des Chevrolets quietschten, als Kramer vom unbefestigten Weg auf die Schnellstraße einbog, die von Süden in die Stadt zurückführte. In weniger als einer Minute überholte er alles, was vor ihm gewesen war, und machte so den Zeitverlust wett, der durch den kurzen Lagebericht entstanden war, den er Zondi gegeben hatte. Nachdem er sich am Tor von Mrs. Westford und Timmy verabschiedet hatte, hatten Mutter und Sohn Hand in Hand nebeneinander gestanden, ohne zu winken, und die Erinnerung daran verursachte ihm ein flaues Gefühl im Magen.

«Es ist aber jetzt erst zwölf Uhr dreißig, Boß», sagte Zondi mit einem Blick auf seine Uhr, «warum haben Sie die Frau denn angelogen?»

«Ich wollte mich darum drücken, ihr irgendwelche Details erzählen zu müssen, Mickey. Sie war nicht leicht hinters Licht zu führen, aber ich habe das Seil und den Kofferraum und das alles gar nicht erwähnt. Ich habe nur gesagt, er wäre in der Gillespie Street aufgefunden worden.»

«Sie wird bald *wissen*, daß Sie ein Lügner sind!»

«Sie bekommt keine Zeitung, also woher?»

Zondi benutzte eins der beiden Messer, die er immer im Hosenumschlag bei sich trug, um seine Fingernägel vom Sand zu reinigen. «Diese Frau scheint Ihnen zu gefallen, Boß.»

«Sehr.»

«Wie kam es eigentlich, daß Boß Hookham zu ihr gegangen ist?»

«Erinnerst du dich an diesen Basil-Strongpiece-Eintrag in seinem Tagebuch? Er hat sie ohne die Digby-Smiths besucht, und sie haben ihm natürlich brühwarm alles erzählt, was seit seiner Abwesenheit, also seit dem Krieg, passiert ist. Offenbar hatten Leute, die mit den Digby-Smiths nicht gerade auf freundschaftlichem Fuß stehen, ihren Spaß daran, ihm von Ruperts Liebesleben zu erzählen, und da wollte Hookham wohl plötzlich seine alte Jugendfreundin wiedersehen. Die Digby-Smiths hatten in ihren Briefen an ihn nie erwähnt, daß es ihr so schlecht ergangen war – ich nehme mal an, sie wollten nicht, daß er ihr half oder so was. Jedenfalls hat er Verbindung zu ihr aufgenommen und sich dann anscheinend des öfteren zu ihr geflüchtet. Zumindest hatte er dort endlich mal jemanden, dem er von seiner Frau erzählen konnte – sonst wollte ihm ja keiner zuhören, sie haben gesagt, er solle sich nicht so hineinknien, das wäre krankhaft –, und die leidgeprüfte Mrs. Westford war genau die richtige dafür. Sie meint, er hätte auch seine Enkelkinder sehr vermißt, und da wäre Timmy ein bißchen ein Ersatz gewesen. Ich persönlich glaube, daß die Sache tiefer ging, als sie sich anmerken läßt, womit ich nicht sagen will, daß sie mit ihm geschlafen hätte oder so was.»

«Nein, hat sie nicht», sagte Zondi und grinste. «Das ist eine von vielen, vielen Sachen, die ich seit heute morgen weiß. *Hau*, ich könnte gut Gärtner werden! Lieutenant, ich kenne jetzt die Namen von jeder einzelnen Blume! Und ich weiß, was das Wort ‹Flak› bedeutet und was es heißt, ‹aus der Sonne zu kommen›.»

Kramer nickte. «Der Schweinehund kam tatsächlich aus der Sonne, Mickey! Macht der Gewohnheit wahrscheinlich! Aber Hookham kann das eigentlich nur vermutet haben – schon gut, schon gut, natürlich unbewußt –, wenn im Hinterkopf der Groschen schon fast gefallen war.»

«Hm.»

«Mann, dieses neue Hm-Gebrumme geht mir allmählich auf den Geist, hörst du?»

«Ich überlegte nur gerade, ob Boß Hookham so etwas nicht ganz automatisch sagt, denn wie Timmy mir erklärt hat, ist das die *einzige* einfache Möglichkeit, einen Kampfflieger anzugreifen.»

«Okay, das lasse ich gelten», sagte Kramer und reichte Zondi eine der beiden Zigaretten, die er angezündet hatte. «Aber machen wir weiter. Er hat auch davon gesprochen, einen ‹letzten Einsatz› zu riskieren, und wie klingt das denn angesichts der verschiedenen Beschreibungen, die uns von seinem Verhalten geliefert worden sind? Glaubst du, dieses Fliegerclubtreffen hätte ihn einfach nur ‹aufgemuntert›?»

Zondi war in Gedanken verloren.

«Und vergiß nicht, Mickey, daß seine Trauer wie weggeblasen zu sein schien. Gebrauch deinen Kopf! Also: Wie hat er sich verhalten von da an bis zu dem Zeitpunkt, als er plötzlich weit weg wollte von hier? Wann kommt denn Leben in *dich*, he?»

«Bei Gefahr, Boß», sagte Zondi, ohne zu zögern.

«Genau, was? Hookham hat auf dem Treffen Gefahr gewittert! Mit den anderen beiden Männern hat er vielleicht Kontakt aufgenommen, weil er sich vergewissern wollte, ob sie auch so ein Gefühl hatten, und dann gab ihm der Schuß auf Bradshaw recht. Das hat ihn einigermaßen erschüttert! Wahrscheinlich waren es dieselben Männer, die er Montag abend wiedergesehen hat, und Dienstag wollte er fort. Dann merkte er, wie betroffen Mrs. Westford und Timmy von dieser Nachricht waren, und erwog, doch noch etwas länger zu bleiben. Was sagt er also: Daß er einen letzten Einsatz *riskieren* will! Er will noch einmal prüfen, ob ihn seine Ahnung tatsächlich nicht trügt.»

«Und wenn sie sich als gegenstandslos erweist, braucht er auch nicht vor einer Gefahr, die keine ist, zu fliehen», setzte Zondi mit einem Kopfnicken hinzu. «Aber eins finde ich doch merkwürdig.»

«Und was?»

«Warum hat Boß Hookham Sie nicht aufgesucht, Lieutenant? In der Samstagszeitung, die er nach dort draußen mitgenommen hat, wurden die Bürger doch um Mithilfe gebeten, und Colonel Muller hat deutlich gesagt, daß uns kein Motiv bekannt wäre.»

«Versetz dich mal in seine Lage, Mann. Wenn er irgendein normales Motiv vermutet hätte, gut! Aber was für ein Motiv verbindet zwei

Männer miteinander, deren einzige Gemeinsamkeit die Zugehörigkeit zur R.A.F. ist? Ein ganz schön verrücktes, wenn du mich fragst!»

«Aber Boß Hookham war nicht mehr am Leben, um –»

«Ach, Zondi, ärgere mich nicht, ja? Ich sage nur, daß Hookham ein Motiv ahnte, als er Gefahr witterte, aber es erschien ihm so absurd, daß er nicht sicher war, ob er recht hatte, selbst als Bradshaw angeschossen wurde. Er war im Grunde *nie* ganz sicher, deshalb auch der letzte Einsatz, der ihn beruhigt und seine Befürchtungen zerstreut hätte, so daß er noch hätte bleiben können.»

«Würde ein tapferer Mann davonlaufen, Lieutenant?»

Kramer knurrte gereizt. «Er ist ja nicht gelaufen, oder? Er ist das verfluchte Risiko eingegangen, mein Freund, und es ging daneben! Jetzt wird er nirgendwo mehr laufen. Aber eins solltest du dir noch merken im Zusammenhang mit Tapferkeit: Es ist leicht, gegen einen Feind zu kämpfen, der klar erkennbar ist. Aber wenn wir nicht ganz sicher sind, wer er ist und ob er überhaupt real ist, dann flüchten wir unter Umständen vor unserer eigenen Einbildung und schämen uns hinterher. Warst du als Kind nie nachts in einem dunklen Zimmer?»

«Nicht so poetisch, Boß!» gluckste Zondi. «Was ist der nächste Schritt? Die beiden Männer, die Boß Hookham aufgesucht hat?»

«Verdammt richtig», sagte Kramer und überholte einen Verkehrspolizisten.

Zondi zuckte zusammen und schob sich tief in seinen Sitz, die Füße gegen das Armaturenbrett gestemmt. «Jetzt kommt ganz schön Leben in mich, Lieutenant», murmelte er. «In Sie auch?»

15

Colonel Muller war an dem Punkt angekommen, wo er jeden Quadratzentimeter auf seinem riesigen Schreibtisch brauchte, nur um seine Arbeit tun zu können. Eine wahre Informationsflut war über ihn hereingebrochen, ausgelöst durch seinen brillant formulierten Aufruf in der *Trekkersburg Gazette* an diesem Morgen, und er hatte jetzt genügend Stoff über Schüsse, Pistolen und Riesen, um damit eine Woche voll beschäftigt zu sein. Das war natürlich auch der große Haken an der Sache. Keine der Informationen ließ so konkrete Schlüsse zu, daß sein Beamtenteam sie rot angekreuzt hätte. Ein typisches Beispiel dafür war der Bericht eines Farmers aus dem Landesinneren, der in der fraglichen Nacht vier Pistolenschüsse gehört hatte, allerdings mit einem Abstand von zehn Minuten zwischen dem ersten und den folgenden drei Schüssen, und außerdem hatte der erste mehr wie ein Gewehrschuß geklungen. Seine Frau war sicher, daß es überhaupt nur drei Schüsse gewesen waren, in unregelmäßigen Abständen abgefeuert, und sein Sohn, der die Nachbarfarm besaß, hatte behauptet, Perlhuhnfedern auf seinem Grundstück gefunden zu haben. Wenn man dergleichen mit fünfzig multipliziert – und dauernd gingen neue Meldungen ein –, war gar nicht auszudenken, wie lange es dauern würde, um all diesen Geschichten nachzugehen. Und was die Riesen-Märchen betraf, mit denen er eingedeckt wurde, schauderte es ihn. Manche Leute hatten gar nicht bemerkt, daß die Beschreibung keineswegs abwegig war, denn schließlich gab es eine ganze Menge stattlicher Südafrikaner der angegebenen Größe. Und doch klingelten unentwegt die Telefone, und ständig gingen anonyme Hinweise ein auf gigantische Psychopathen oder Rugbyspieler, die einem Ochsen den Kopf abreißen konnten, und eine Politesse in Durban war das Opfer mehrerer offensichtlich böswilliger Anrufe geworden. Blieben noch die gewaltigen Mengen Material über .32er Smith-&-Wesson-Revolver, das meiste eindeutig von Leuten, die einen Revolver nicht von einer Wasserpistole unterscheiden konnten, und viele hatten anscheinend sehr zweifelhafte Gründe für ihren Hinweis, einmal unter dem Bett einer oder eines gewissen Soundso nachzusehen. Colonel Muller war mittlerweile an dem Punkt angekommen, wo er nur noch nach einem Ausweg aus alledem suchte – und nach einem Platz für sein Tablett, um seinen Mittagsimbiß halten zu können.

Galt erschien genau im richtigen Moment. «Erlauben Sie, Sir», flüsterte er und schob einen Stapel Papier beiseite. «Reis mit Curry, Sir? Sie können sich nicht vorstellen, wie *das* Zeug die Magenwände angreift.»

«Gott sei Dank», sagte Colonel Muller, nahm Platz und steckte sich die Papierserviette in den Kragen. «Und ich wäre auch froh, wenn ich mein Essen in Ruhe genießen könnte, ehe Sie sich weiter auslassen. Es sei denn, es ist von größter Wichtigkeit.»

«Nun ja, es *könnte* von größter Wichtigkeit sein, Sir, vorausgesetzt, unsere Vermutung läßt sich durch genügend andere Faktoren stützen.»

«Worum handelt es sich?»

«Um pflanzliches Material, Sir.»

«Ach, das ist in Ordnung, schießen Sie los.»

Galt präsentierte eine Reihe von kleinen, mit Etiketten versehenen Päckchen. «Das sind lauter kleine Krümel von dem, was ich an Hookhams Kleidung gefunden habe», erklärte er. «Von besonderem Interesse sind die Proben, die ich an verschiedenen Stellen der Unterseite der Sandalenriemen entnommen habe, da, wo sie an der Sohle befestigt sind. Ich habe Erde, trockenen Pferdemist, Grassamen und winzige Teilchen von Rindenschrot identifizieren können, wie es oft auf dem äußeren Parcours einer Pferderennbahn verwendet wird. Für sich genommen ist natürlich nichts schlüssig, aber in der Zusammenschau ergibt sich doch etwas recht Interessantes. Erinnern Sie sich noch daran, daß dort, wo Bradshaw angeschossen wurde, ein kleiner Wasserlauf war? Mein bestes Beweisstück, Colonel Muller, ist das hier.» Mit diesen Worten reichte er dem Colonel ein winziges Päckchen mit einem noch winzigeren grünen Pünktchen darin.

«Salat?» mutmaßte Colonel Muller jovial.

«Eine Wasserpflanze, Sir – ein Stück von einem Blatt. Außerdem können wir, ausgehend vom Zustand dieses Musters, sicher sein, daß sie innerhalb der letzten achtundvierzig Stunden noch quicklebendig war. Wäre der Zeitraum länger gewesen, dann... Na ja, war er aber nicht.»

«Und Sie sind sich dessen sicher?»

«Vollkommen sicher.»

Colonel Muller biß ein Stück Käse ab, betrachtete die ebenmäßigen Kerben, die seine Zähne hinterlassen hatten, und zwang sich zu großer Zurückhaltung. «Rindenschrot gibt es auch unten auf der Festwiese», sagte er. «Pferdemist wird in vielen Gärten verwendet, und Erde – na ja, Erde liegt überall herum. Kommt diese Wasserpflanze speziell in dem Bach an der Rennbahn vor?»

«Sie ist sehr verbreitet, Colonel – kommt in Bächen, Kanälen und Flüssen überall in unserem Distrikt vor. Aber in der Betrachtung läßt sich aus all diesen Dingen der Schluß ziehen...»

«Daß Hookham Dienstag abend – an dem Abend also, an dem er ermordet wurde – an der Rennbahn war?»

Galt schloß die Augen und öffnete sie wieder.

«Immerhin gibt es ein oder zwei Berichte von Schüssen in der Rennbahngegend», sagte Colonel Muller und wühlte in einem Stapel Papier. «Nein, stimmt nicht: drei. Jedesmal ist nur ein einziger Schuß gehört und zu dem Zeitpunkt einem Jugendlichen zugeschrieben worden, der mit einem Kleinkalibergewehr auf Ringeltauben geschossen hat.»

«Das Gelände dort ist sehr uneben, Colonel. Es könnten akustische Schwierigkeiten auftreten.»

«Ja, aber...» Colonel Muller starrte mit gerunzelter Stirn auf seinen Teller. «Ich verstehe nicht, was Hookham veranlaßt haben sollte, um diese Uhrzeit dorthin zu gehen. Niemand hat gemeldet, seinen Wagen gesehen zu haben.»

«Und noch dazu nach Anbruch der Dunkelheit», sagte Galt. «Hat Lieutenant Kramer vielleicht etwas herausgefunden, was uns in diesem Punkt weiterhelfen könnte?»

«Hat er vermutlich», erwiderte Colonel Muller und erhob sich ungeduldig. «Mal sehen, ob sein Auto schon auf dem Parkplatz steht.» Er spähte aus dem Fenster. «Nein, verdammt noch mal! Immer noch nicht zurück. Aber ich werde ihn mir vorknöpfen, sobald er kommt.»

«Danke, Sir. Ich wüßte gern, ob mich mein Gefühl trügt oder nicht.»

Colonel Muller wartete noch ein Weilchen am Fenster, als Galt gegangen war. Dann zügelte er seine Ungeduld und setzte sich wieder, um sein Mittagessen zu beenden. Reis und Curry waren ausgezeichnet, die Schale mit frischem Obstsalat war auch nicht schlecht, nur sein Stück Käse konnte er nicht mehr wiederfinden, sosehr er auch danach suchte.

Der ehrenamtliche Sekretär des Trekkersburger Fliegerclubs war ein sehr geschäftsmäßiger junger Mann. Er hieß Robert du Plooi, und wenn er nicht gerade ein Sportflugzeug flog, was er am Wochenende tat, leitete er eine Firma, die «Piepser» an Leute vermietete, die noch immer auf der langen Warteliste der Post für einen eigenen Telefonanschluß standen.

«Praktisch vermieten wir ihnen unsere Telefonnummer», erklärte er, während er Kramer voraus in sein vollklimatisiertes Büro ging. «Anrufe werden im Büro entgegengenommen, das 24 Stunden am Tag besetzt ist, und dann ‹piepsen› wir den verlangten Kunden an. Wir geben die Nummer des Anrufers durch, und der Kunde ruft von einem öffentlichen Fernsprecher oder vom Telefon des Nachbarn dort an. Könntet ihr Jungs nicht auch so was gebrauchen?»

«Eigentlich nicht, Mr. du Plooi.»

«Aber bestimmt wäre es an der Zeit, die Angehörigen der südafrikanischen Polizei mit Funk auszurüsten, nicht wahr?»

«Ja, es ist ein Pilotprojekt angelaufen in Johannesburg, aber ich persönlich behalte lieber meine Freiheit.»

Du Plooi lachte laut und meckernd. «Bin ganz Ihrer Meinung, Lieutenant! Ende des Verkaufsgesprächs. Sie wollen die Adressen zu den Namen auf Ihrer Liste?»

«Wenn es möglich ist.»

«Dann nehmen Sie mal Platz, und ich gehe sie eben durch.»

Kramer setzte sich und sah zu, wie du Plooi mit einem goldenen Parker-Kugelschreiber zu schreiben begann. Er war ein gutaussehender Kapholländer mit rotblondem Haar, flaschengrünen Augen, Kinn mit Grübchen, neuem Anzug und einem Knacken im linken Fußgelenk. Das chromgerahmte Foto auf seinem Schreibtisch zeigte ein sehr hübsches Mädchen mit einem Säugling auf dem Arm.

«Hier, Lieutenant», sagte du Plooi lebhaft und gab ihm die Liste zurück. «Es sind alles unsere Ehemaligen von der R.A.F., wie ich sehe. Gibt es da irgendeinen Zusammenhang mit dem armen alten Bonzo Hookham?»

«Wie kommen Sie darauf, Mr. du Plooi?» fragte Kramer, überflog die Liste und sah, daß drei Männer außerhalb wohnten.

«Wieso denn nicht? Alles Burschen, die etwas gemeinsam haben, bis zu einem gewissen Punkt jedenfalls.»

Kramer blickte auf. «Bis zu welchem Punkt?»

«Nun ja, Hookham war einer der ruhmreichen Jungs, von denen immer die Rede ist. Sie kennen das sicher: Start in England von einem Flugplatz irgendwo auf dem Land, morgens wieder zurück zum Stützpunkt, mittags ein Bier im Pub, vor dem Abendessen mit einer Soldatenbraut in den Heuschober, gemütliche Quartiere, alle Bequemlichkeiten wie zu Hause. Vier von den Fünfen auf Ihrer Liste – den alten Ernie Wilson ausgenommen – gehörten zur 104. und 142. Staffel des 205. Geschwaders. Aber nicht mit Lancaster-Maschinen, sondern mit Wellingtons.»

«Ach ja?»

«Pardon, ich muß das wohl erklären. Sie haben die Angriffe von Afrika aus gestartet, in Zelten gelebt und ziemlich schlimme Zeiten mitgemacht, während sie über Italien, Griechenland, Ländern wie Ungarn und Jugoslawien ihre Einsätze flogen, ohne Nordeuropa zu berühren. Ich glaube, mit Recht sagen zu können, daß sie überhaupt nicht in die Nähe von Deutschland kamen. Sie haben phantastische Arbeit geleistet, obwohl, wie Sie selbst beweisen, kaum jemand von ihnen gehört zu haben scheint.»

«Hmmm, so ist es oft», murmelte Kramer und wurde etwas steif. Eben hatte sich ein Gedanke bei ihm eingenistet, und er brauchte einen Augenblick, um ihn abzuwägen. «Haben Sie auch gedient?»

«Kurz. Ich habe eine Zeitlang in Rhodesien einen Kampfhubschrauber geflogen, habe der guten Sache einen Fuß geopfert und bin hier gelandet. Falls Sie sich wundern, warum wir die Burschen von der 104. und 142. Staffel alle hier vor unserer Haustür versammelt haben, will ich Ihnen kurz die dazugehörige Geschichte erzählen. Sie haben anscheinend samt und sonders eine Vorliebe für Afrika, wie so viele, und –»

«Dieser Ernie Wilson», unterbrach ihn Kramer, «wo war der denn stationiert?»

«In Schottland, glaube ich.»

«Hat aber Deutschland bombardiert? Als ‹Terrorflieger›?»

Du Plooi lachte. «Großer Gott, wo haben Sie das denn aufgeschnappt? Haben Sie den Roman von Deighton gelesen?»

«Ich habe es von einem Mann», erwiderte Kramer, «der mir gesagt hat, die Deutschen hätten einen ‹Terrorflieger› beim ersten Anblick sofort abgeschlachtet.»

Der junge Mann war kein Dummkopf; er rutschte nach vorn auf die Stuhlkante, und seine Ohrläppchen wurden weiß. «Na schön», sagte er, «Ernie ist über Deutschland geflogen, ebenso wie Hookham und Bradshaw. Aber erzählen Sie mir bloß nicht, es gäbe einen Zusammenhang zwischen dieser Tatsache und dem, was geschehen ist –»

«Seit dem Treffen hier im Club?»

Eine nachdenkliche Stille trat ein, während du Plooi sich zu sammeln versuchte. Die Morgenausgabe der *Gazette* lag auf seinem Schreibtisch, und er drehte sich um, damit er die Titelschlagzeile lesen konnte:

KRIEGSHELD VON «WAHNSINNIGEM RIESEN» ERSCHOSSEN
– Polizeichef warnt: Mörder schlägt blindlings zu.

Dann sank er in seinen schwarzledernen Chefdrehstuhl zurück und zuckte die Achseln.

«Sie wissen offenbar viel mehr über all dies als ich», sagte er entschuldigend. «Ich dachte nur, was für ein Zufall, sonst nichts. Vielleicht stellen Sie mir einfach Ihre Fragen – sofern Sie noch weitere Fragen haben.»

«Können wir mit dem Treffen beginnen, Mr. du Plooi?» sagte Kramer, überzeugter denn je, daß es sich nicht um reinen Zufall handelte.

«Davon habe ich nicht viel mitbekommen. Als Sekretär bin ich für die Organisation verantwortlich – dafür, daß die Getränke nicht ausgehen und so weiter.»

«Ja, das sehe ich ein. Aber was ist mit Mr. Hookham? Haben Sie irgend –?»

«Ich habe kaum ein Wort mit ihm gewechselt, was mir leid tat – und noch mehr leid tut, seit ich das hier gelesen habe. Sie können einem ein bißchen auf die Nerven gehen, diese Typen, aber er kam mir recht nett vor, und ich höre mir im allgemeinen wenigstens einmal ihre Geschichte an. Die erste Gelegenheit dazu ergab sich, als er gerade von Bradshaw in Beschlag genommen wurde. Sie unterhielten sich darüber, wo man Hunde am besten ausführt, und gaben sich gegenseitig Tips, und da bin ich dazwischengeplatzt. Aber es dauerte nicht lange, und Bradshaw erging sich wieder in einer seiner abenteuerlichen Geschichten davon, wie er ganz allein die halbe deutsche Luftwaffe erledigte, und das war mir zuviel.»

«Sie sprachen also von ihren Kampfeinsätzen?»

«Natürlich! Mit Klangeffekten und allem Pipapo.»

«Konnten Leute, die danebenstanden, alles mithören?»

«Sofern die Band nicht gespielt hat, ja. Die beiden sprachen zu dem Zeitpunkt natürlich schon mit etwas schwerer Zunge.»

«Wie lange hatten sie denn schon getrunken? Ging es auf das Ende des Abends zu?»

«O nein», sagte du Plooi, «es war noch mittendrin. Auf dem Rückweg vom Podium, wo ich ein paar Ansagen zu machen hatte, habe ich erneut mein Glück versucht, und da tauschten sie gerade Kabinettstückchen aus ihrer Kriegsgefangenschaft aus. Das war sicher ganz interessant, denn ich hatte gehört, daß Hookham aus seinem Gefangenenlager geflohen war und es nach England zurück geschafft hatte, mit Verkleidung und allem Drum und Dran. Aber Bradshaw ließ sich des langen und breiten über *seine* Flucht aus, und –»

«Das haben sie also auch gemeinsam?»

«Ja und nein», sagte du Plooi grinsend. «Archie hat Ihnen also nichts von seiner Kriegsgefangenschaft erzählt? Das wundert mich nicht, denn es ist kein sehr ruhmreiches Kapitel in seiner Geschichte!

Bei den Leuten, die in den Club kommen, kann er das Thema nicht so leicht unter den Tisch fallen lassen, deshalb versucht er immer, es ins Witzige zu ziehen. Sein Haufen ist binnen zwei Minuten in Frankreich geschnappt worden, angeblich, weil einer von ihnen, der als Nonne verkleidet war, im Eisenbahnabteil einen Furz fahren ließ. Man braucht kein Genie zu sein, um zu ahnen, wer das war, oder?»

«Ja, einen Orden hat er nicht dafür gekriegt», sagte Kramer lachend.

«Und ich bin ziemlich sicher, daß Hookham das auch kapiert hat! Doch nachdem das Gelächter abgeebt war, konnte ich sehen, daß unser Ehrengast nur noch mühsam über Bradshaws unablässiges Blabla lächelte, und habe ihn unter einem Vorwand herübergeholt zu Ernie und den anderen. Bei der Gelegenheit habe ich Hookham den Vorschlag gemacht, uns doch einmal zu besuchen und meine Familie kennenzulernen, worüber er sich offenbar sehr freute. Wir verblieben so, daß er mich anrufen würde, sobald er einen freien Sonntag hatte. Dann übernahmen Ernie und die anderen. Sie trugen Bonzo regelrecht zur Bar hinüber und haben sich anscheinend köstlich amüsiert, wie ich den Klagen von einigen ihrer Damen entnehmen konnte, mit denen ich mich befassen mußte. Ich glaube, wenn ich etwas Gutes an der Sache finden soll, dann war das Hookhams seliger Gesichtsausdruck, als er von Ernie und seinen Kameraden hinausgetragen und nach Hause gebracht wurde.»

Kramer runzelte die Stirn. «Er war nicht aufgeregt? Nervös?»

«Wer könnte da noch nervös sein, nach allem, was er an dem Abend geschluckt hatte?» sagte du Plooi mit leisem Lachen. «Er lallte wie mein kleiner Sohn dort drüben!»

«*Schwer betrunken*», notierte sich Kramer. «*Klare Streßreaktion.*»

«Wenn Sie mit Macht ‹Gemeinsamkeiten› finden wollen, Lieutenant», sagte du Plooi, «haben Sie bei Ernie Wilson kein Glück. Er hat buchstäblich nie ausländischen Boden betreten.»

«Nein, wo er Dienst getan hat, ist irrelevant. Was mich noch interessieren würde: Haben Sie Hookham irgendwann an jenem Abend außer mit seinen R.A.F.-Kollegen noch mit jemand anderem sprechen sehen?»

«Hm, nein, könnte ich nicht sicher sagen. Aber wie ich schon erklärt habe, bin ich ziemlich viel unterwegs gewesen, und –»

«Gut. Und die Gäste? Bunt gemischt?»

«Bis zu einem gewissen Grad – Clubmitglieder, regelmäßig bei unseren Treffen Anwesende, junge Leute vom Fallschirmspringerclub, die sich ein paar freie Sprünge sichern wollten, ein, zwei fremde Gesichter – aber alle hatten irgendwas mit der Fliegerei zu tun, würde ich sagen.»

«Verschiedene Rassen?»

«Wie bitte?» fragte du Plooi irritiert.

«Ach, ich meinte natürlich Nationalitäten, verschiedene Nationalitäten», sagte Kramer und beschloß dann, ohne Umschweife zur Sache zu kommen. «Waren irgendwelche Deutschen oder Menschen deutscher Abstammung da?»

Du Plooi wurde rot. «Wie man's nimmt – die Familie meiner Mutter stammt aus der lutherischen Gemeinde Leeukop.»

«Ich drücke mich wohl nicht klar aus, was?» sagte Kramer. «Dann will ich mal das Kind beim Namen nennen: Sind Ehemalige der deutschen Luftwaffe Clubmitglieder oder bei dem Treffen dabeigewesen?»

«Nicht daß ich wüßte», sagte du Plooi, und sein Ärger wich einem Lächeln. «Jetzt weiß ich, worauf Sie hinauswollen, aber ich glaube, daß Sie auch damit kein Glück haben. Die deutsche Wehrmacht hat selbst ein paar Bomben abgeworfen – zum Beispiel bei den Luftangriffen auf Liverpool, Coventry und so weiter –, und es könnte da einige, äh, Sympathisanten geben. Die Flieger sind in gewisser Weise eine eigene Bruderschaft.»

«Ja gut, aber Sie stimmen mir doch zu, daß diese Unterhaltung durchaus jemanden dazu bewogen haben könnte, die Ohren zu spitzen, oder?» beharrte Kramer.

«Könnte sein, Lieutenant. Ich habe erlebt, wie ähnliche Gespräche eine Schlägerei heraufbeschworen haben, aber hier geht es meines Erachtens doch mehr um die Rivalität verschiedener Luftstreitkräfte, etwas in der Art. Mir ist es jedenfalls noch nie begegnet, daß jemand sich dazu hinreißen ließ, einen –»

«Ein schlimmes Kriegserlebnis kann einen dauerhaften geistigen Defekt hinterlassen», erklärte Kramer. «Es schlummert, wer weiß wie lange, im tiefsten Innern, bis auf einmal etwas hervorbricht.»

Du Plooi griff nach seinem Memoblock. «Sie möchten also vom Komitee eine Liste all derer, die bei dem Treffen anwesend waren – stimmt's?» Seine rasche Auffassungsgabe war herzerfrischend.

«Ja bitte, Mann, und so bald wie möglich.»

«Vor morgen geht es nicht, fürchte ich!»

«So?»

«Unser Vorsitzender John Hill sprüht gerade seine Äcker in Zululand, und Dawie van Niekerk, unser Schatzmeister, ist geschäftlich über Nacht in Port Elizabeth. Wir haben selbstverständlich ein Club-Gästebuch, wegen der Spirituosenlizenz, aber – und das ist nur für Ihre Ohren bestimmt, nicht etwa für das Aufsichtsamt – es geht bei solchen Anlässen ein bißchen drunter und drüber. Wir drei müssen zusammen nachdenken, und selbst dann fehlen womöglich ein, zwei Namen.»

Kramer stand auf. «Ich bin für alles dankbar. Wie wär's denn mit einer Kurzfassung vorab? Unter Auslassung der Leute, für die Sie Ihre Hand ins Feuer legen würden?»

«Wäre das klug, Lieutenant?»

Das war ein vernünftiger Einwand, und so einigte sich Kramer, obwohl zutiefst frustriert, mit du Plooi auf eine möglichst vollständige Liste anderntags bis zwei Uhr mittags. In der Zwischenzeit konnte er natürlich eine Menge anderes tun, zum Beispiel den Mörder um sein nächstes Opfer bringen.

«Nicht so schnell», beschwerte sich Colonel Muller.

Das war so ziemlich das Albernste, was man nach fast zwei Stunden, die man verplempert hatte, um die alte Trantüte auf den neuesten Stand zu bringen, erwartet hätte.

«Sir», sagte Kramer, der gerade Ernie Wilsons Telefonnummer nachgeschlagen hatte, «mir scheint, daß hier Schnelligkeit geboten ist! Wilson kann um fünf schon Feierabend haben, und dann wird es unter Umständen schwierig, Kontakt mit ihm aufzunehmen wegen unserer Warnung.»

«Wegen *Ihrer* Warnung, Lieutenant.»

«Sir?»

«Zwei volle Stunden habe ich mir jetzt ihre Theorie angehört und die Beweise darlegen lassen, durch die sie angeblich gestützt wird. Eine Marathonsitzung, in die ich, um das ganz deutlich zu machen, ohne bestimmte Mutmaßungen in der einen oder anderen Richtung hineingegangen bin. Ich hatte sogar eher eine positive Grundhaltung in bezug auf Ihr unbestimmtes Gefühl, weil ein Kripobeamter immer gern ein Grundmuster findet.»

«Dann müssen Sie doch auch –»

«Augenblick bitte! Ich bin dran. Alles, was Sie über Mr. Digby-Smith in Erfahrung gebracht haben, kann im großen und ganzen als unerhebliches Hintergrundwissen abgehakt werden.»

Kramer schnaubte erzürnt. «Wirklich? Sie wollen Hookhams Verhalten einfach so abtun? Oder seine Tagebucheintragung, in der es heißt, es käme wieder Leben in ihn? Den Anrufer mit dem seltsamen Akzent?»

«Hookhams Verhalten erscheint völlig normal im Lichte dessen, was zwei Menschen, die ihn gut kannten, nämlich sein Schwager und seine Jugendfreundin, unumwunden oder mitfühlend von ihm berichteten», sagte der Colonel bestimmt. «Erst wenn Sie das Ganze durch das Sieb Ihrer Theorie passiert haben, scheint es eine besondere Bedeutung anzunehmen.»

«Welches Sieb?» fragte Kramer in wachsendem Zorn.

«Ihre Idee mit all den Löchern darin, Tromp. Der Mann geht aus, macht im Fliegerclub furchtbar einen drauf, kommt so sternhagelvoll nach Hause, daß ihm bei dem Tagebuch-‹Kommentar›, wie Sie es nennen, die Hand nicht mehr gehorcht, und trotzdem wollen Sie nicht wahrhaben, daß einfach wieder Leben in ihn gekommen ist, weil er glücklich war. Sehen Sie es denn nicht? Ihre Theorie ist einfach unlogisch. Und das nächste Loch kommt hinein, wenn Sie von dem ‹seltsamen Akzent› sprechen. Was ist wahrscheinlicher? Digby-Smiths Überzeugung, daß es sich um einen alten Schulkameraden handelte, der Hookham überraschen wollte? Oder Ihre zurechtgestutzte Version, nach der wir tatsächlich glauben sollen, daß ein Mörder angerufen hat, um sein Opfer zu sprechen?»

«Vielleicht wollte er nur herausfinden, wo Hookham an dem betreffenden Abend steckte, Colonel.»

«Ach! Geht das schon wieder los!»

«Und was ist mit Mrs. Westford und ihrer Aussage?» fragte Kramer und stellte sich stur. «Was mit Hookhams Witzen? Die Wahrheit ist oft –»

«Tromp, Tromp, Tromp», seufzte Colonel Muller. «Das haben wir doch alles schon abgehandelt. Mrs. Westford glaubte beide Bemerkungen verstanden zu haben – was wahrscheinlich auch stimmt! –, bis Sie mit Ihrer R.A.F.-Besessenheit alles verdreht haben. Sagen Sie mir mal, ob Sie nach diesem Gesprächspunkt noch irgend etwas angeführt hat, was von Bedeutung gewesen wäre?»

«Äh, soweit ich mich erinnere, nicht, Colonel.»

«Das beweist, wie recht ich habe. Verstehen Sie mich bloß nicht falsch, he? Ich habe mir das alles angehört in der hohen Erwartung, etwas zu unseren Gunsten darin zu entdecken – ich war auf Ihrer

Seite! Aber inzwischen bin ich tief enttäuscht. Es gab jedesmal eine logische Erklärung für alles.»

«Was beweist, wie recht *ich* habe», entgegnete Kramer. «Ich kann nicht einsehen, was an meinen Folgerungen unlogisch sein soll angesichts solcher Tatsachen, und –»

«Lieutenant!» bellte Colonel Muller verärgert. «Drehen Sie jetzt nicht auch noch *mir* das Wort im Mund herum! Ihre Erklärungen sind auch nicht annähernd logisch zu nennen – sie entspringen einer blühenden Phantasie!»

«Ach ja? Was ist denn so phantastisch an –»

«– Deutschen, die Rache an sogenannten ‹Terrorfliegern› nehmen? Ist in Trekkersburg der Zweite Weltkrieg noch im Gange? Fragen Sie mich das im Ernst?»

Kramer zuckte die Achseln. «Es war ursprünglich Ihre Idee, Colonel. Das erste, was Sie zu diesem Fall gesagt haben, war, daß der Mörder wahnsinnig sein müßte, und was ist es denn für eine Welt, in der Wahnsinnige leben, wenn nicht das Reich blühender Phantasie?»

Das warf Colonel Muller förmlich um, aber er hob gleich wieder den Kopf. «Einverstanden», sagte er. «Aber ich möchte wetten, daß *sein* phantastischer Grund für die Schüsse auf die beiden Männer keineswegs so phantastisch ist wie das, was Sie sich ausgedacht haben! Ehrlich gesagt, ich finde es peinlich...»

«Peinlich?» wiederholte Kramer ungläubig. «Und deshalb darf ich Ernie Wilson nicht davor warnen, daß er womöglich als nächster dran ist?»

«Wollen Sie denn, daß ganz Pretoria über mich lacht? Zuerst verfluchte Riesen, dann Deutsche auf dem Kriegspfad, und was kommt dann? Mordlustige Gorillas vom Mars?»

In dieser Zusammenfassung fand selbst Kramer alles absurd, so daß ihm vorübergehend aller Wind aus den Segeln genommen war. Sein unbestimmtes Gefühl – das, wie die meisten unbestimmten Gefühle, eher schwach ausgeprägt war – trieb in gefährlicher Nähe des spitzen Riffs der Selbstzweifel.

Colonel Muller schlug nochmals zu. «Wenn Sie mir wenigstens ein beweiskräftiges Argument *außerhalb* ihrer höchst persönlichen Interpretation der Dinge geliefert hätten, könnten Sie jetzt machen, was Sie wollen, Lieutenant. Doch bevor wir noch mehr Zeit vergeuden, müssen wir das vorliegende Beweismaterial untersuchen, überprüfen, gegenchecken, annehmen oder verwerfen. Sie haben es immer noch nicht für nötig gehalten, mir zu sagen, was Sie von Galts ausgesprochen aufschlußreichen Folgerungen halten.»

«Paßt alles in meine Theorie, Colonel», sagte Kramer und nahm seine letzten Kräfte zusammen. «Erinnern Sie sich an die Stelle, wo Hookham einen ‹letzten Einsatz› riskieren will, um den Kerl zu finden? Es wäre durchaus möglich, daß er ihn genau da gefunden hat, wo Bradshaw – nein, höchstwahrscheinlich ist er zusammengeschnürt und zu seiner Exekution dorthin gebracht worden. Das würde auf eine verrückte Art gut passen.»

«Schluß, ich will mir diesen Qua–»

«Haben Sie eine Idee, wie er dorthin gekommen ist, Sir?»

Colonel Muller zauderte nur einen kurzen Augenblick.

«Ja», sagte er dann, «er ist dorthin gebracht worden, wie Sie vermutet haben. Was ich in Zweifel ziehe, ist das *Motiv.*»

Da kam Kramer plötzlich ein ziemlich guter Einfall.

16

Kramer hatte folgende Idee. Wenn Bradshaw und Hookham mit ihrem ausgelassenen Schwelgen in Erinnerungen an Tod und Zerstörung jemanden provoziert hatten und Hookham bemerkt hatte, daß dieser Jemand alles andere als angetan war von ihrer Unterhaltung, war anzunehmen, daß auch Bradshaw von ihm Notiz genommen hatte.

«Ich nenne das keinen guten Einfall», knurrte Colonel Muller. «Ich nenne es weitere Zeitverschwendung.»

«Ich habe nur ‹ziemlich guter Einfall› gesagt, Sir – nicht ‹sehr gut›. Und gewissermaßen selbstverständlich in diesem Stadium der Ermittlungen.»

«Nur, wenn Sie von der idiotischen Verbindung ausgehen, die Sie zwischen den beiden konstruiert haben. Warum ist zum Beispiel Bradshaw nicht selbst mit dieser Information herausgerückt?»

Kramer lächelte. «Na ja, zunächst einmal ist er ein Mensch mit einem sehr dicken Fell. Ich bin überzeugt, daß verärgerte Blicke völlig unbemerkt an ihm abprallen.»

«Was hätte es dann für einen Sinn, ihn aufzusuchen?»

«Um seinem Erinnerungsvermögen ein bißchen nachzuhelfen, Sir.»

«O nein», sagte Colonel Muller und hob warnend seinen haarigen Zeigefinger. «Ich finde, Sie haben den Leuten genug Worte in den Mund gelegt, Lieutenant Kramer. Kennt er Ihre R.A.F.-Theorie?»

«Nein, er weiß nichts davon. Bei unserer gestrigen Begegnung habe ich ihn und seine Frau lediglich gebeten, noch einmal genau zu überlegen, was die beiden Opfer gemeinsam haben könnten. Ich verspreche Ihnen –»

Colonel Muller stand auf. «Versprechen Sie nichts, Lieutenant. Meinen Sie immer noch, es lohnt sich, hierfür andere Dinge beiseite zu schieben? Daß dieser Mr. Wilson in Gefahr sein könnte?»

«Ja, Colonel.»

«Gut, ich will Ihnen was sagen: Wir werden den alten Fuchs noch einmal kräftig am Schwanz ziehen. Aber wenn Sie Ihre Theorie durch nichts erhärten können, ist diese Richtung der Ermittlungen ein für allemal vom Tisch.»

«Abgemacht», stimmte Kramer zu. «Ich sollte wohl besser –»

«Nicht so schnell», tadelte ihn Colonel Muller erneut. «Ich habe *wir* gesagt – wir machen es zusammen! Ich übernehme das Reden, und Sie werden einfach dabeisitzen und den Mund halten, und ich warne Sie: Machen Sie keinen Hypnotisierungsversuch!»

Genau das war's, dachte Kramer, als sie die Treppe hinuntergingen, und es hat funktioniert.

Zondi, der als Chauffeur eingesetzt worden war, um dem Abstieg des Divisionskommandanten in abgelegene Seitenstraßen eine gewisse Würde zu verleihen, kauerte neben dem großen, blitzenden Ford auf der Kitchener Row und beobachtete einen Hirschkäfer, der versuchte, wieder auf die Beine zu kommen.

«Puh, schon besser! Herrje, ich bin beinahe verrückt geworden da drin.»

Der Kriminalbeamte «Stürmer» Schoeman, der so schmächtig war, daß es aussah, als ginge er immer auf Zehenspitzen, war auf den Bürgersteig vor Bradshaws Haus getreten und trat auf der Stelle, schwang die Arme und schnitt freundliche Grimassen. Er war ein anständiger Kerl, der junge Schoeman; nie anbiedernd, nie ungehobelt, und dabei hatte er, wenn es mal hart auf hart kam, Fäuste wie Vorschlaghämmer.

«Hallo Boß», sagte Zondi und erhob sich. «Wie lange haben Sie denn noch Schicht?»

«Ach, wie immer, Zondi. Ich mache von zwei bis zehn, und der Neue übernimmt die von zehn bis sechs. Dann ist dieser blöde Alte wenigstens im Bett, so daß man lesen oder Radio hören kann. Sein Sohn und er hatten gestern abend nicht einmal Streit, sondern bestimmt zwanzigmal. Ich will jetzt mal dem Sohn die Idee schmackhaft machen, ins Kino zu gehen. Zum Teufel, ich würde ihm sogar eine Puppe besorgen!»

Zondi lachte. «Viel Glück, Boß Schoeman! *Hau*, ich hatte auch einmal so einen Job – sie hatten mich zum Hausdiener eines wichtigen Mannes gemacht –, und ich hätte fast von meiner Waffe gegen ihn Gebrauch gemacht, kann ich Ihnen sagen! Das ist keine Arbeit für einen Polizeibeamten.»

«Wie lange bleibt Lieutenant Kramer wohl? Ob wohl Zeit ist, ein paar Zigaretten im Laden zu holen?»

«Fahren wir doch schnell zusammen hin», schlug Zondi vor, der keine Lust hatte, sich zum Zigarettenholen abkommandieren zu lassen. «Ja?»

«Ja, machen wir es stilvoll! Warum eigentlich nicht!»

Leise entführten sie den Wagen von seinem Parkplatz vor Bradshaws Haus, um gleich darauf um die Ecke zu schießen.

«Kommt der Lieut gut weiter in diesem Fall?» fragte Schoeman.

«Sehr gut, Boß», sagte Zondi. «Geht schnell voran, sehr schnell.»

Aber was er da letztens zufällig mitbekommen hatte von irgendwelchen rachsüchtigen Deutschen, weckten in ihm ernste Zweifel über die eingeschlagene Richtung des Lieutenants.

Mrs. Bradshaw trug Shorts und eine tief ausgeschnittene Bluse, und Colonel Muller war so gerührt, daß er den Blick kaum von ihr abwenden konnte. Das war das einzige Erfreuliche an dem Gespräch, das bisher nichts ergeben hatte, was Kramers tiefinnersten, drückenden Verdacht auch nur im mindesten hätte erhärten können.

«Sie begreifen doch, warum ich immer wieder auf dieses Treffen zurückkommen muß?» sagte der Colonel zu ihr gewandt. «Wir vom CID haben unsere eigenen Methoden, wissen Sie, und Klarheit über das Grundmuster eines Verbrechens zu gewinnen ist äußerst wichtig. Es hilft uns nicht nur, Stück für Stück zu rekonstruieren, was vorher geschehen ist, sondern gibt uns auch Einblick in die Zukunft.»

«Du meine Güte!» rief Mrs. Bradshaw und war offensichtlich geschmeichelt von seiner freundlichen Aufmerksamkeit. «Ist das nicht wundervoll, Archie?»

«Ich kann nichts Wundervolles daran finden, wenn ich mich vierzigmal wiederholen muß», murmelte Bradshaw. «Was soll das denn sein, was ich gesagt habe und was jemanden veranlaßt haben könnte, mich drohend anzuschauen?»

«Bevor ich darauf antworte, Mr. Bradshaw, möchte ich, daß Sie einen Moment still sind – schließen Sie ruhig die Augen dabei! – und sich ein letztes Mal die Szene ins Gedächtnis zurückrufen. Sie stehen neben Mr. Hookham und unterhalten sich mit ihm, Sie lachen beide, und plötzlich spüren Sie diesen Blick auf sich ruhen! Sie merken, daß jemand Sie von irgendwoher anstarrt! Oder es schneidet Sie jemand später, als Sie sich unters Volk gemischt haben.»

Kramer verzog das Gesicht.

«Mach die Augen zu, Archie!» kommandierte Mrs. Bradshaw.

Bradshaw warf einen verzweifelten Blick auf Kramer, ließ sich in seinen Schreibtischsessel zurückfallen und schloß, wie verlangt, die Augen. Colonel Mullers und Mrs. Bradshaws Augen trafen sich, sahen einander an und wandten sich widerstrebend wieder dem Zeugen im Verhör zu. Bradshaw war offenkundig eingenickt.

«Äh-hm, Mr. Bradshaw? Sir!» sagte Colonel Muller.

«Mmmm...»

«Was sehen Sie jetzt? Vor Ihrem geistigen Auge?»

«Gesichter. Glückliche, lächelnde Gesichter. Leute, die über meine Witze lachen. Das Gesicht meiner Frau, wenn ich ihr vom Angeln erzähle.»

«Gut, gut! Denken Sie jetzt mal an ein anderes Thema, über das Sie sich mit Mr. Hookham unterhalten haben.»

«Nicht in Gegenwart einer Dame, Colonel.»

«Aber Archie!» kicherte Mrs. Bradshaw, wirkte jedoch traurig dabei.

Colonel Muller wechselte die Farbe. «Nein, das ist letztlich unerheblich», versicherte er allen Anwesenden eilends. «Vielleicht darf ich Ihnen an diesem Punkt ein wenig auf die Sprünge helfen.» Er fing einen bösen Blick von seiten Kramers auf. «Und ich will Ihnen auch sagen, wie: Ich erzähle Ihnen jetzt, worüber Sie in dem Zeitraum, der uns interessiert, *nicht* geredet haben.»

«O Gott», seufzte Bradshaw sehr leise.

«Sie haben Mr. Hookham zum Beispiel nichts über Ihre Zeit als Kriegsgefangener und Ihre Flucht, als Nonne verkleidet, erzählt.»

Bradshaw riß die Augen auf und blickte direkt in Kramers amüsierte Augen.

«Komisch, daß Sie vergessen haben, das zu erwähnen, was?» sagte Kramer. «Es gibt, wohlgemerkt, mehrere Versionen.»

«Lieutenant!» bellte der Colonel.

«Tut mir leid, Sir. Hoffentlich habe ich jetzt die Trance nicht gestört.»

«Augen wieder zumachen, Archie!» befahl Mrs. Bradshaw, die vor verhaltener Schadenfreude strahlte. «Ich nehme Colonel Muller das Versprechen ab, daß es *wirklich* das letzte Mal ist.»

«Schon versprochen», sagte der unaufgefordert. «Und erinnern Sie sich, daß Sie darüber gefachsimpelt haben, wo man Hunde am besten ausführt? Haben Sie Mr. Hookham von dem Weg an der Rennbahn erzählt? Also das Gespräch war es auch nicht.»

Bradshaw warf Kramer einen giftigen Blick zu, dann sank er zurück und verschränkte die Finger. «Wenn es das nicht war, dann muß es...» Er lächelte zynisch in sich hinein, als finde er sich schließlich und endlich mit diesem albernen Spiel ab. «Bonzo hat mir von seiner Fabrik erzählt, seinem Flug mit den South African Airways, seiner Zeit in der R.A.F....» Das Lächeln wich von seinem Gesicht und machte einem ratlosen, etwas säuerlichen Ausdruck Platz.

Kramer beugte sich vor.

«Schscht!» warnte Colonel Muller.

«Denk mal richtig nach!» drängte Mrs. Bradshaw, deren natürliche Instinkte gut funktionierten. «Streng dich an, Archie!»

Es wurde so still, daß auf einmal das gedämpfte Brummen der Filterpumpe im Swimmingpool deutlich zu hören war.

«Es nützt nichts», sagte Bradshaw, öffnete die Augen und setzte sich auf. «Es hat mir verdammt großen Spaß gemacht auf dem Clubtreffen. Bonzo und ich haben uns alles mögliche erzählt, ein paar Luftkämpfe, von dem harten Job, bei dem ich als Scout fungierte, und das war's. Ich kann mich nicht erinnern, irgend jemanden verärgert zu haben, und wenn ich gesehen hätte, daß mich jemand aggressiv anschaut, hätte ich dem Kerl eins auf die Fresse gegeben!»

«Hätte er», bestätigte Mrs. Bradshaw wieder mit einem Kichern, das einen traurigen Beiklang hatte. «Selbst ist der Mann, lautet seine Devise.»

Colonel Muller wandte den Blick von Bradshaws selbstzufriedenem Grinsen ab und sah Kramer an, der zwischen Ekel und Trotz hin und her schwankte. Er hatte etwas anderes vor.

«Kann ich jetzt etwas sagen, Colonel?»

«Oh, darf ich zuerst, Lieutenant? – Bitte entschuldigen Sie meine Einmischung», sagte Mrs. Bradshaw und legte ihre Hand auf Colonel Mullers Hand, die auf der Armlehne lag. «Ich würde nur gern von diesem Gentleman hier hören, wie das mit dem ‹Grundmuster› funktioniert.»

«Es funktioniert nicht immer», erwiderte Colonel Muller mit einem Achselzucken. «In diesem Fall hatte Lieutenant Kramer die Theorie – die technischen Details will ich übergehen –, daß der Mörder Rache nimmt an früheren Angehörigen der R.A.F., die im letzten Krieg Deutschland bombardiert haben.»

«Aber Archie hat nie jemanden bombardiert!» sagte Mrs. Bradshaw indigniert. «Wie ungerecht!»

Bradshaw schnaubte verächtlich. «Das ist verflucht weit hergeholt, nicht wahr? Ich meine – um Himmels willen!» Beim Lachen schmerzte ihn seine Schußwunde, und er sog zischend die Luft ein.

«Tut's weh?» fragte Kramer, erfreut darüber. «Sie können doch nicht ableugnen, Mr. Bradshaw, daß Sie die Bomber bei den Kampfeinsätzen unterstützt haben und infolgedessen nach jemandes Ansicht, der darunter gelitten hat, Mitschuld tragen. Man könnte sogar sagen, daß die Gegenseite es als Kriegsverbrechen betrachten könnte.»

«Quatsch!»

«Sie können sagen, was Sie wollen, Mr. Bradshaw, aber die Bombenabwürfe durch die R.A.F. stellen eine Verbindung zwischen Ihnen und Bonzo Hookham her. Der Beweis dafür sind die Schüsse von ein und demselben Mann.»

«Alles Quatsch, Lieutenant! Es ist reiner Zufall, so, wie unsere Begegnung reiner Zufall war! Haben Sie nichts Besseres, worauf Sie Ihr ‹Grundmuster› gründen können?»

«Doch, das haben wir», schaltete sich Colonel Muller ein. «Laboruntersuchungen haben ergeben, daß Mr. Hookham womöglich dort ermordet wurde, wo auch die Schüsse auf Sie gefallen sind. Ein Stückchen Wasserpflanze, das vermutlich von dem dortigen Bach stammt, ist die Bestätigung dafür – es stimmt auch mit der Todeszeit überein.»

Mrs. Bradshaw blickte verständnislos drein. «Ich kann darin kein

Muster erkennen», gestand sie und sah forschend in Colonel Mullers tiefgraue Augen. «Gibt es eins?»

«Aber sicher, meine Liebe! Der Mörder bevorzugt die Gegend!» Und Colonel Muller erging sich voller Überzeugung in einer Flut von interessanten Vermutungen, und sei es nur, um ihren Blick auf sich gerichtet zu halten. «Er bevorzugt sie, weil es dort einsam ist und dennoch nicht weit zum Vorort Six Valleys, der auf den Hügeln östlich davon liegt. Er weiß, daß des öfteren Schüsse aus den Kleinkalibergewehren von Jugendlichen zu hören sind, und vielleicht sucht er sich seine Opfer unter den Leuten, die ihre Hunde dort ausführen. Wer weiß? Mr. Hookham hat den Weg womöglich in der vergangenen Woche einmal ausprobiert, und während er mit den Hunden vom Auto weg war, könnte der Mörder durchs Autofenster die Adresse auf dem Inspektionsbuch gelesen und aufgeschrieben haben, um dann seinen Plan zu schmieden. Wir dürfen nicht vergessen, daß wir es mit einem verteufelt gerissenen Kerl zu tun haben!»

«Stimmt», bemerkte Kramer leise, schon wieder ins Wanken gebracht. Das hatte alles sehr vernünftig geklungen. «Es gibt noch einen anderen –»

«O weh!» rief Mrs. Bradshaw aus. «Jetzt machen Sie mir aber angst, Colonel!»

«Ach was», tröstete er sie, «machen Sie sich bloß keine Sorgen, Madam!»

«Myra.»

«Also, Myra, wir werden –»

«Um noch einmal auf das Muster zurückzukommen», räusperte sich Bradshaw und warf seiner Frau einen vernichtenden Blick zu, «und ich meine in diesem Fall ein *überzeugendes* Muster, wie lauten denn Ihre Voraussagen, Colonel Muller, wenn ich fragen darf?»

«Ah.»

«Daß der nächste Überfall – sofern es einen weiteren Überfall gibt – in oder nahe der betreffenden Gegend stattfinden wird?»

«Genau», sagte Colonel Muller und erhob sich zu seiner ganzen imposanten Größe. «Wenn es sich hierbei nur um den Anfang von einer Reihe mehrerer Überfälle handelt, wie es für diesen Verbrechenstyp charakteristisch ist, stimme ich Ihrer sehr klugen Vermutung zu.» Dabei blickte er Bradshaw scharf an, um die beruhigende Wirkung seiner Worte zu prüfen.

Beruhigt, wie er nun war, erhob sich auch Bradshaw, aber der Verband hinderte ihn daran, sich in voller Größe aufzurichten. «Gehe ich recht in der Annahme, daß unsere kleine Unterhaltung beendet ist? Darf ich Ihnen vielleicht etwas zu trinken anbieten, meine Herren? Einen Schluck zum Feierabend?»

«Nun...» Colonel Muller warf einen verstohlenen Blick auf Mrs. Bradshaws Brustansatz, während er so tat, als prüfe er den Glanz seiner Schuhe. «Ach, warum nicht! Wir haben ja keine Eile mehr, oder, Lieutenant?»

«Wieviel Überfälle wird es denn noch geben?» jammerte Mrs. Bradshaw. «Was Sie gesagt haben, jagt mir einen Schauder nach dem –»

«Wahrscheinlich noch einen», sagte Kramer, «und ich –»

«Ja, möglicherweise noch einen», pflichtete Colonel Muller bei und sah wieder sehr überzeugt von sich aus. «Und soll ich Ihnen sagen, was ich in diesem Fall zu tun gedenke?»

«Ist ja spannend, nur zu», ermunterte ihn Bradshaw und zog seine Frau auf die Beine. «Hol doch bitte das Getränketablett, Liebste – und vielleicht einen Pullover?»

«Laß mich bitte erst zuhören, Archie!»

«Meine Annahme gründet sich auf eine andere Annahme, wie ich zugeben muß», erklärte der Colonel mit einem scharfen Blick auf Kramer, «aber hier ist sie. Punkt eins: Alles deutet darauf hin, daß diese fünfschüssige Smith & Wesson gestohlen worden ist. Punkt zwei: Die verwendete Munition ist sehr alt. Punkt drei: Es steht fest, daß der Mörder nur die Munition hat, die in der von ihm gestohlenen Waffe war, und –»

«Punkt vier», sagte Mrs. Bradshaw aufgeregt, «ist, daß er schon vier Schüsse abgegeben hat, also nur noch einen übrig haben kann!»

Als Colonel Muller sie diesmal ansah, war jedem im Zimmer klar, daß sie ganz eindeutig eine Frau nach seinem Herzen war. «Haben Sie das gehört?» fragte er Kramer. «Können Sie diese scharfsinnigen Folgerungen, diese perfekte Logik noch widerlegen?»

«Ich glaube schon», sagte Kramer, mußte jedoch selbst scharf nachdenken, ehe ihm eine Antwort einfiel. «Für jemanden, dem die Munition ausgeht, war er nicht gerade kleinlich, sondern hat zwei Kugeln mehr an Bonzo Hookham verschwendet, als eigentlich nötig gewesen wäre, Sir.»

«Im Eifer des Gefechts, Lieutenant! Er hat gar nicht darüber nachgedacht!»

«Wie ist denn Ihre Theorie, wenn Sie anscheinend immer anderer Ansicht sind, he?» fragte Bradshaw und stieß Kramer in die Rippen. «Haben Sie andere Vorstellungen bezüglich des nächsten Opfers?»

Einen Augenblick lang widerstand Kramer dem Bedürfnis, den Mistkerl zu umarmen. «Erstens glaube ich nicht, daß er diesen Rachefeldzug ohne genügend Munition begonnen hätte, und sei sie auch alt. Und –»

«Zum letztenmal, verdammt –», setzte Colonel Muller an.

«Nein, lassen Sie ihn doch ausreden», beharrte Bradshaw. «Die Art und Weise, wie der Verstand Ihres Starbeamten arbeitet, ist für einen Laien absolut faszinierend.» Worin diese Faszination auf ihn bestand, war deutlich an seinen boshaften kleinen Augen abzulesen, die funkelten und sprühten.

Du Hundesohn, dachte Kramer, fühlte sich aber dennoch in seiner Schuld. «Mr. Digby-Smith hat ausgesagt, einen Anruf bekommen zu haben», sagte er, «dem Eindruck nach von einem alten Schulfreund Bonzo Hookhams. Ich wüßte gern, ob möglicherweise auch da eine Verbindung besteht.»

«Bei mir haben in jüngster Zeit keine alten Schulfreunde angerufen, falls Sie darauf hinauswollen!» lachte Bradshaw und bereute es vor Schmerzen gleich wieder.

Kramer wandte sich an Mrs. Bradshaw. «Wie steht's denn mit solchen komischen Anrufen bei Ihnen? Ist Ihnen jemand mit einem seltsamen, ausländisch klingenden Akzent aufgefallen?»

Mrs. Bradshaw fuhr hoch. Dann starrte sie mit aufgerissenen Augen ihren Mann an.

«Nein, nein, keine derartigen Anrufe», sagte er brüsk. «Was ist nun mit den Drinks, die ich Ihnen angeboten habe?»

«Aber Archie», sagte sie vorwurfsvoll.

«Myra, hatte ich dich nicht gebeten, das Tablett zu holen?»

«Ich finde, du solltest es ihnen erzählen, Archie. Ich habe es dir immer gesagt.»

«Dann werde *ich* jetzt das verfluchte Tablett holen!»

Kramer sah zu, wie Bradshaw aus dem Zimmer ging, dann wandte er sich um und sah, daß Colonel Muller diese Wendung im Gang der Ereignisse genoß. «Eine Verbindung besonderer Art, Sir?»

Mrs. Bradshaw konnte die Stille, die in diesem Augenblick plötzlich eintrat, nicht ertragen.

Sie trommelte mit den Fingern auf der Schreibtischplatte.

Sie zerknüllte eine ihrer Zeichnungen.

Sie holte tief Luft.

«Es war mit das erste, was Archie mir am Morgen danach im Krankenhaus erzählt hat», begann sie hastig. «Wissen Sie, wann ich meine? Als er über das zu reden anfing, was geschehen war. Er sagte, er hätte schwören können, daß ein Mann ihn gerufen hat, um seine Aufmerksamkeit zu erregen, und als er sich umdrehte, sah er den Revolver. Er meinte, der Mann hätte gesagt: ‹Du bist mein erster› – aber das klang irgendwie albern. Was alles noch schwerer verständlich machte, war der komische Akzent dieses Mannes. Nicht direkt ausländisch, eher eine Mischung. Dann hat er mir erzählt, er hätte die ganze Nacht davon geträumt, hätte all die schrecklichen Alpträume gehabt, die man im Krankenhaus nach einer Operation durch die Betäubungsmittel bekommt, und er hätte sich diesen Teil vielleicht nur eingebildet. Ich habe ihn gedrängt, er solle doch versuchen, sich zu erinnern, was es nun war, doch je mehr er sich bemühte, um so unklarer wurde es, bis er schließlich sicher war, daß es nur ein Traum gewesen ist. Ich wollte Ihnen trotzdem davon erzählen, aber ich mußte ihm Stillschweigen versprechen – er mache sich sowieso schon vollkommen zum Narren, sagte er. Und er wollte auch kein Wort darüber verlieren, wie groß der Mann gewesen war. In diesem Punkt habe ich ihn immerhin überreden können, aber das andere hatte ich – bis Sie vorhin von Digby-Smith anfingen – völlig verdrängt.»

In diesem Moment kam Bradshaw wieder herein; er trug das Tablett so unbeholfen, daß Mrs. Bradshaw ihm zu Hilfe eilte.

«Danke», sagte er. «Und auch danke für das, was du mir gerade angetan hast. Sie halten mich jetzt für einen kompletten Idioten.»

«Ist Ihnen eigentlich klar», brauste Kramer auf, «daß wir gewisse Leute hätten warnen können, wenn wir gewußt hätten, daß der Saukerl gesagt hat: ‹Du bist mein erster› – und Bonzo Hookham jetzt noch am Leben sein könnte?»

«Immer sachte», sagte Colonel Muller und packte ihn beim Ellbogen. «Diese Bemerkung paßt doch auch zu einem Wahnsinnigen, der es nur ein einziges Mal tut! Er hat schließlich nicht gesagt: ‹Du bist *der* erste›!»

«Er *hat* es zweimal getan, soviel ich weiß!»

«Aber wie könnten wir –?» fragte Colonel Muller.

«Hinweise auf mein Muster gab es seit dem Veteranentreffen», erwiderte Kramer. «Aber ohne Hookhams Tod, der darauf erst aufmerksam gemacht hat –» Wahrhaftig, da hätte er nichts machen können.

Bradshaw ließ seine unverletzte Hand laut auf den Schreibtisch klatschen. «Ich hab genug davon!» sagte er. «Können Sie nicht endlich mit diesem Muster aufhören? Selbst wenn ich einen fremden Akzent gehört hätte – und das würde ich nicht einmal jetzt beschwören: Wer sagt denn, daß der Anruf nicht echt war?»

Kramer ging zur Tür. Immerhin konnte er noch etwas für Ernie Wilson tun, vorausgesetzt, er hatte nicht schon zuviel Zeit vergeudet.

«He, warten Sie auf mich, Lieutenant!» befahl Colonel Muller. «Keine Sorge», sagte er dann noch schnell zu den Bradshaws und tätschelte Mrs. Bradshaws nackten Unterarm. «Sie sind in Sicherheit mit dem jungen Schoeman, der auf Sie aufpaßt, und ich persönlich finde, daß dieses ganze Geschrei unnötig war. Wenn Sie nie der R.A.F. angehört hätten, Mr. Bradshaw, wäre die einzige Verbindung ohnehin nur die durch die Kugeln bestehende gewesen – nämlich die Linie, in der der Mörder seine Waffe auf Sie richtete. Okay?»

«O danke schön», sagte Mrs. Bradshaw mit feuchten Augen. «Wenn ich denken müßte, daß ich es hätte verhindern –»

«Nein, nein, ich bin sicher, daß es meine Theorie ist, die sich am Ende als richtig erweist», fügte Colonel Muller noch hinzu und wagte ein beruhigendes Zwinkern. «Warten Sie ein paar Tage ab, und Sie werden sehen.»

Zondi wartete besorgt im Flur am Fuß der Treppe, die zu Colonel Mullers Büro hochführte. Die Stille im Auto auf dem Rückweg von Kitchener Row war ohrenbetäubend gewesen; sie hatte auf seinen Trommelfellen gelastet, bis sein Gehirn kurz davor stand, in wilde Spekulationen auszubrechen. Eins konnte jedenfalls ein Blinder sehen, nämlich daß der Lieutenant und Colonel Muller sich spinnefeind waren, seit sie aus dem Bradshaw-Haus herausgekommen waren. Angesichts der gegenwärtigen Stimmung des Lieutenants, die so unberechenbar war wie ein von der falschen Frau betörter Freund, konnte er nur hoffen, daß es nicht zu schwer war, mit dem zu leben, was dabei herauskam. Ein- oder zweimal hatte der Lieutenant davon gesprochen, seinen Abschied zu nehmen, meist in ähnlichen Situationen wie dieser, und seine halsstarrige Ader brachte ihn diesmal womöglich wirklich soweit. Und wenn der Lieutenant seinen Dienst quittierte, würde das Leben – Zondi dachte lieber nicht weiter, zündete sich eine Zigarette an und begann, unruhig auf und ab zu gehen.

17

«Kommst du mit?» fragte Kramer, als er am Fuß der Treppe angelangt war, «oder hast du was Besseres vor?»

Zondi fiel in Gleichschritt mit ihm. Sie durchquerten gemeinsam die Eingangshalle des CID-Gebäudes, gingen die Stufen zur Boomplaas Street hinunter und wandten sich in Richtung Parkplatz.

«Er hat mir noch eine letzte Chance gegeben, Mickey.»

«Um zu beweisen, daß Ihre Theorie stimmt, Boß?»

«So genau hat er sich nicht geäußert», sagte Kramer und warf ihm die Autoschlüssel zu. «Aber ich sage dir, meine Theorie *ist* richtig, und mit ein bißchen Glück kann ich es ihm heute noch beweisen!»

«Wie können Sie da so sicher sein?»

«Kann ich nicht – und da kommt das Glück ins Spiel. Aber wie ich es sehe, wird's jetzt heiß, und der verrückte Hund könnte sich beeilen, den Job zu beenden und sich davonzumachen, bevor uns – wie er glaubt – das Muster klar wird.»

«Das Muster, Boß?»

«Die Verbindung zwischen den Kampffliegern. Bradshaw und Hookham hat er sich schon vorgeknöpft, bleibt noch der Schlag gegen Ex-Fliegermajor Ernest Wilson.»

«Und wir sollen diesen Boß Wilson jetzt warnen?»

«Ihn schützen, Mickey», sagte Kramer und wartete, bis seine Wagentür aufgeschlossen war. «Und natürlich diesen Bastard schnappen, wenn er aufkreuzt.»

«Nur Sie und ich?» fragte Zondi überrascht.

«Falls du dich wunderst, wo die Kollegen bleiben: Sie stecken bis zum Hals in Springseilen, Fusseln und Pferdescheiße. Fahr auf der Ladysmith Road zur Stadt raus.»

Nach fünfzehn Minuten schneller Fahrt bemerkte Kramer, daß Zondi den Rückspiegel heimlich umgestellt hatte, so daß er sein Gesicht studieren konnte. «Was geht dir im Kopf herum, Kaffer? Außer all den netten Nichten, die du jetzt verpaßt?»

«Sind Sie David, Lieutenant, daß Sie ganz allein in den Kampf gegen einen Riesen geschickt werden?»

Kramer grinste. «Bist doch nicht so dumm, wie du aussiehst», sagte er.

«Ich bin der Auffassung, daß Lieutenant Kramer ein wenig Hilfe braucht», sagte Colonel Muller zu Lieutenant Frans de Klerk vom Einbruchsdezernat, den er zu sich gerufen hatte. «Er übertreibt es in letzter Zeit in allem. Es geht nicht nur um die vielen Stunden, die er dem Fall widmet, sondern auch um die Auswirkungen, die dieser Druck auf seine Beziehungen zur Öffentlichkeit in gewissen heiklen Situationen hat. Erst vor kurzem ist er einer reizenden Dame gegenüber ausfallend geworden, und ich glaube, es besteht durchaus die Chance, daß ihr Gatte eine Dienstaufsichtsbeschwerde erhebt.»

«Ach ja?» sagte de Klerk, dessen einziges Laster eine kaum zu zügelnde Lüsternheit war. «Irgend etwas, das ich tun könnte, um das Verhältnis zwischen uns und der reizenden Dame wieder in Ordnung zu bringen?» Und er zwinkerte.

«Nein, ich habe das schon selbst erledigt, danke», sagte Colonel Muller, dem das Zwinkern die beruhigende Zusicherung war, daß de Klerk diskret sein würde. «Es geht um folgendes: Ich übertrage dem Vollziehungsbeamten Oppenheimer für eine Weile die Leitung der Einbruchsabteilung und versetze Sie vorübergehend zum Morddezernat. Sie sollen nur einen einzigen Job übernehmen, wohlgemerkt! Ihre Rolle wird innerhalb gewisser Grenzen genau festgelegt sein.»

«O weh!» sagte de Klerk, schlug die Beine übereinander und wand sich. «Meinen Sie nicht, daß Solly Oppenheimer besser für den Einsatz geeignet wäre, Sir?»

Solche Bescheidenheit gefiel Colonel Muller. «Lassen Sie getrost mich entscheiden, wer der beste Mann ist, um bei diesen Ermittlungen mitzuwirken», sagte er. «Ich habe Sie einige Zeit genauer beobachtet, de Klerk, und habe Sie nicht ein einziges Mal bei einer Nachlässigkeit erwischt.»

«Muß an meiner Schnelligkeit liegen, Colonel.»

«Es liegt nicht nur an Ihrer Schnelligkeit, de Klerk – es liegt an Ihrer Einsatzbereitschaft. Und lächeln Sie nicht so, als wüßte ich nicht, wovon ich rede, denn die Statistik kann alle Welt einsehen: eine um volle drei Prozent höhere Aufklärungsrate bei Diebstahlsdelikten, seit Sie da sind. Jetzt möchte ich, daß Sie den gleichen Blick fürs Detail, die gleiche Vorliebe für harte Tatsachen im Fall Bradshaw und Hookham beweisen.»

«Teufel auch, ich soll an einer wichtigen Ermittlung mitwirken? Nicht bloß irgendeine untergeordnete –»

«Dann ist Ihnen ja jetzt klar, warum ich Sie zu dieser Stunde noch vom Schoß Ihrer Familie fernhalte!»

De Klerk war so verdattert, daß er den versteckten Hinweis übersah und aufgeregt fragte: «Wann fange ich an, Colonel?»

«Sofort», antwortete der Colonel und wies mit einem Kopfnicken auf die Stapel von Berichten, die vor ihm lagen. «Ich werde Ihnen in groben Zügen die Situation schildern, und Tromp kann Sie dann morgen vollends instruieren, sobald er Zeit gehabt hat, zur Abwechslung einmal ordentlich auszuschlafen und eine dumme Idee, von der er besessen ist, loszuwerden.»

«Wollen Sie damit –»

«Ich will damit sagen, daß ich Tromp in die Pension zurückgeschickt habe, in der er wohnt, mit der strikten Anweisung, Fliegermajor, Bomber, Blutrache und dergleichen zu vergessen. Er soll sich zwei heiße Grogs und ein heißes Bad gönnen und –»

«Aber ich habe ihn doch mit diesem Zondi zusammen –»

«Ganz recht», sagte Colonel Muller. «Ich habe Tromp gesagt, er solle Zondi auch von hier fortschaffen und irgendwo absetzen, wo er versuchen kann, Banjo Nyembezi dingfest zu machen. Sollen wir jetzt anfangen?»

Es war eine jener Tankstellen mit 24-Stunden-Service, wo aufgrund der Energiesparpolitik der Regierung nach fünf kein Treibstoff mehr verkauft werden durfte, aber das dazugehörige Restaurant war noch geöffnet. Kramer dirigierte Zondi auf den Parkplatz vor dem Restaurant, von wo aus sie vorsichtig erkunden konnten, wer sich dort aufhielt.

Eine große und gut als solche kenntliche Farmersfamilie aus dem Freistaat Oranje verteilte sich auf vier Tische des Restaurants und wartete auf ihr Essen. Auf der anderen Seite lümmelte vor der Jukebox ein Tramper mit israelischer Flagge auf seinem Rucksack, der schlecht gelaunt Papierstrohhalme zerknickte und aussah, als wünschte er, nie auf Wanderschaft gegangen zu sein. Der einzige andere Gast war ein stämmiger, hellhaariger Mann mit Buschhemd, der mit dem Rücken zur Straße saß und seine Aufmerksamkeit zwischen seiner Zeitung, seiner Tasse Kaffee, der Uhr an der gegenüberliegenden Wand und den beiden Telefonkabinen auf halbem Wege zwischen dem Restauranteingang und den Zapfsäulen teilte. Wenn Kramer sich recht erinnerte, wurde das Restaurant von einer dickbrüstigen, schwarzhaarigen, heißblütigen Chefin geführt, so daß sich zu den anderen vier wahrscheinlich jeden Augenblick noch ein fünfter Bezugspunkt gesellen würde.

«Alles ruhig», wiederholte Zondi.

«Wenn du abspringen willst, Mickey, nur zu, ich trage es dir nicht nach, hörst du? Ich könnte dich ganz schön in die Klemme bringen, wenn ich mit alledem hier falschliege und der Colonel herausbekommt, wo wir heute abend gewesen sind. Ich kann nicht dafür garantieren, daß der Kerl auftaucht, obwohl es logisch wäre.»

«Sie können mich ganz schön unter die Erde bringen, wenn Sie mit alledem hier *nicht* falschliegen, Boß!» sagte Zondi. «Jetzt wissen Sie endlich, warum es heißt: Schwarze haben keine Wahl, wie das Sprichwort bei uns –»

«Quatsch!» sagte Kramer, und dann lachten sie beide. «Nun gut, du willst also nicht hören. Dann werde ich dir mal einen kurzen Überblick geben. Siehst du den Weg, der hier abzweigt?»

«Klar.»

«Knapp vierhundert Meter weiter liegt Ernie Wilsons kleines Anwesen. Ich habe es schon oft von weitem gesehen, denn es liegt immer im Blick, wenn man um die Kurve dort oben Richtung Trekkersburg fährt, und –»

«Ein Schuppen», sagte Zondi selbstsicher. «Eine Garage, zwei Rundhäuser mit Reetdach, eins davon mit einem Küchenanbau – er muß also in dem anderen schlafen. Und ein Hühnergehege.»

«Stimmt», bestätigte Kramer. «Was ist also strategisch für uns günstig?»

«Keine Bäume, Hecken oder Büsche, Boß. Das Anwesen liegt vollkommen frei da.»

«Gar nicht einfach für einen ‹Riesen›, sich unbemerkt anzuschleichen, meinst du nicht auch?»

Zondi lächelte. «Für niemanden einfach, Lieutenant – außer vielleicht für einen kleinen schwarzen Mann.» Er war schon voll dabei.

«Gut, du bist im Bilde, Mickey. Die einzige Möglichkeit, mich zu verstecken, ist in der Haupthütte bei Wilson. Das ist prima, denn so steigen unsere Gewinnchancen auf zwei zu eins, aber das wichtigste ist, daß wir rechtzeitig gewarnt werden. Wann hast du das letzte Mal –?»

«Neben einem Huhn auf der Stange gehockt, Boß?»

«Ach was! Es muß doch einen Bewässerungsgraben oder so was geben, in dem du verschwinden kannst. Ich gehe jetzt, und du folgst mir in fünf Minuten.»

Zondi strich sich das Kinn. «Woher wissen Sie, daß diese Person noch nicht dort ist, Boß?»

«Weil ich alle Autos hier geprüft habe, und sie können nur den Leuten gehören, die wir hier sitzen sehen. Ich möchte wetten, daß er seinen Wagen ebenfalls hier parkt, denn ein fremdes Auto oder Lieferfahrzeug, das bei Wilsons Anwesen stehenbleibt, erregt unweigerlich Aufmerksamkeit. Weitere Einwände?»

«Noch eine Frage, Lieutenant. Wie lange sollen wir hier auf der Lauer liegen und warten? Wenn es so zweifelhaft ist, ob –»

«Nicht allzulange, hoffe ich! Bis bald, mein Söhnchen, und vergiß nicht, die Daumen zu drücken!»

Damit war Kramer weg und schritt im Schatten eines Lastwagens davon, der unter dem KWIK-SNAX-Schild abgestellt worden war, und niemand im Restaurant bemerkte auch nur das geringste.

Die beiden Zulu-Kellner erschienen, schwer beladen mit Spiegeleiern, Salat und Rumpsteaks. Sie bedienten die Familie aus dem Freistaat und blieben in höflicher Verwunderung ein wenig abseits stehen, während ein weißbärtiger Patriarch das Tischgebet sprach. Der Tramper entfaltete eine zerfledderte Straßenkarte, gähnte und sah auf die Uhr. Der hellhaarige Mann mit den breiten Schultern wandte den Blick von der Uhr zu seiner Zeitung und dann zu den beiden Telefonkabinen, die nicht sehr stabil waren und Seite an Seite lehnten. Er bestellte noch einen Kaffee.

Zondi schaute auf die Uhr. Noch sechzig Sekunden.

Wenn er nur das unbestimmte Gefühl des Lieutenants teilen könnte, nach dem die R.A.F. den Kern des Geheimnisses bildete. Aber es war durch das Gewicht zu vieler Annahmen und Vermutungen erdrückt worden, und er war mit jeder Faser seines Wesens davon überzeugt, daß weder an diesem noch an einem anderen Abend ein Killer in Ernie Wilsons Anwesen auftauchen würde. Trotzdem öffnete Zondi, als seine Zeit gekommen war, die Wagentür, stieg aus und schloß die Tür leise wieder.

Colonel Muller wusch sich Gesicht und Hände, trocknete sich gründlich ab und kehrte erfrischt in sein Büro zurück, wo De Klerk inzwischen mit dem Sortieren der Akten auf seinem Schreibtisch beschäftigt war. Sie waren bereits in mehrere kleinere Stapel aufgeteilt und deutlich nach einem klugen System geordnet.

«Wie ich sehe, haben Sie sich gut amüsiert!» sagte er herzlich. «Das nenne ich Eifer, Frans – machen Sie nur weiter und beachten Sie mich gar nicht.»

«Bitte?» sagte de Klerk und hielt die Hand wie eine Muschel ans Ohr.

Colonel Muller lächelte nachsichtig. «Nicht mitbekommen, was ich gesagt habe? Das ist Konzentration! Ich muß schon sagen, Sie haben die Hauptpunkte des Falles erstaunlich schnell erfaßt, und sobald –»

«Sir?» sagte Sergeant Bateman von der Tür her.

«Ja, was ist denn, Mann? Lieutenant de Klerk und ich sind –»

«Wir haben einen sehr merkwürdigen Anruf bekommen, Colonel. Er erreichte vor einer Minute den diensthabenden Beamten, und ich dachte –»

«Raus damit, Bateman!»

Der Sergeant trat einen Schritt weiter ins Büro hinein. «Äh, es war ein Typ mit einem komischen Akzent, Colonel. Er fragte, ob er hier richtig mit dem CID verbunden sei, und dann sagte er nur: ‹Keine Sorge, ich kriege meinen dritten und letzten schon noch heute nacht, und dann bin ich zufrieden.›»

Colonel Muller sah de Klerk an, der sich Block und Stift geschnappt hatte.

«Haben Sie eine Ahnung, von wo diese Person angerufen hat?» fragte de Klerk und schrieb die Worte schnell auf. «Privatanschluß oder Telefonzelle?»

«Telefonzelle, Sir, aber es war zu kurz, als daß ich hätte –»

«Schon gut, Bateman», schnitt ihm Colonel Muller das Wort ab. «Die wichtigste Aussage ist, daß er ‹kriege noch› gesagt hat statt ‹habe schon gekriegt›. Wir setzen wohl besser schleunigst ein paar Leute ein, Frans – wo, glauben Sie, haben wir die beste Chance, vorbeugend einzugreifen?»

De Klerk zögerte nur einen Augenblick, bevor er den Finger auf die Wandkarte legte und einen engen Kreis um die Gegend beschrieb, wo Archibald Meredith Bradshaw angeschossen worden war.

«Ganz Ihrer Meinung», sagte Colonel Muller. «Ich werde erst einmal die Six-Valleys-Streife anweisen, dorthin zu sausen, und dann lassen wir das ganze Rennbahngelände von Uniformierten mit Hunden abriegeln. Hoffen wir, daß unsere Vermutung richtig ist und wir rechtzeitig da sind, was?»

Ex-Fliegermajor Ernest John Wilson war nicht leicht davon zu überzeugen, daß sein Leben in Todesgefahr sein könnte. Er saß mit Sandalen in einem Liegestuhl, saugte mehr an seiner Bruyèrepfeife, als daß er rauchte, und zwirbelte von Zeit zu Zeit seinen grauen Schnurrbart von einer Seite zur anderen wie ein erstauntes Kaninchen.

Er hatte ziemlich viel von einem Kaninchen, hatte Kramer festgestellt. Sein Rundhaus war so angefüllt mit Büchern, unbenutzten Möbelstücken, Zeitschriften, Düngersäcken, Pappschachteln und Eierkartons, daß er, um sich bewegen zu können, schmale Durchlässe hatte bahnen müssen, durch die ein Mensch gerade hindurchpaßte, sofern er seitwärts ging. Sein Liegestuhl stand hinter alledem auf einem kleinen freien Fußbodenhalbrund. Die Wand über ihm war mit Fotos geschmückt, deren mittleres eine Gruppe unter dem Flügel eines Lancaster-Bombers darstellte, während ringsherum mindestens ein Dutzend Schnappschüsse von lächelnden Frauen hing, einige mit moderner Frisur, andere mit der typischen Haartracht der vierziger Jahre. Das Ganze war wie ein äußerer Rahmen für die paradoxe Kaninchenhaftigkeit, die in ihm zu schlummern schien: Obgleich sein Gesicht gütig war, sein Benehmen auf charmante Art undefinierbar und sein Blick so unschuldig fest, konnten seine Hinterbeine sicherlich kräftige Tritte austeilen, und was die Karnickeldamen betraf, nun, sie kamen dabei bestimmt erstaunlich gut auf ihre Kosten. Dieser Vergleich durfte allerdings nicht übertrieben werden, denn wie Kramer bald merkte, war es überhaupt nicht Ernie Wilsons Stil, wie ein verschrecktes Kaninchen auszusehen – und würde es auch nie sein.

«Sehr anständig von Ihnen, alter Knabe», sagte der Fliegerveteran zu ihm, «den langen Weg hier herauszukommen und mir den Tip zu geben. Würde Ihnen gern einen Schluck anbieten – oder müssen Sie gleich wieder weg?»

«Im Augenblick nichts, danke», sagte Kramer. «Ich frage mich, Sir, ob wir wohl diesen Schrank vor das Fenster schieben können?»

«Interessant», murmelte Wilson und zündete seine Pfeife erneut an.

«Was, Sir?»

«Dies alles. Was war der Anlaß dafür?»

«Meinen Sie die Idee? Die Hypothese, von der ich ausgehe? Ich dachte, das hätte ich hinreichend erklärt.»

«Habe mir eigene Gedanken gemacht, wissen Sie. Ihnen zugehört und alles hin und her gewendet in der alten Birne. Irgendwo hapert's.»

Kramer verschob den Schrank und fing an, die Lawine von Zeug aufzuheben, die dabei heruntergefallen war. «Mir ist aufgefallen, daß Sie keinen Wachhund haben, Mr. Wilson.»

«Ist mir davongerannt, alter Junge. Ist ohnehin nicht viel zu bewachen, würde ich sagen – er ist mit einer streunenden Familie durchgebrannt, die er an der Tankstelle kennengelernt hat.»

«Und wo haben Sie Ihr Gewehr?»

«Großer Gott, habe nicht die leiseste Ahnung. Irgendwo unter all den Klamotten, aber ich bezweifle, daß es je einer finden wird. Kann nicht einsehen, daß der gute alte Bonzo irgendeiner Menschenseele auf die Nerven gegangen sein sollte, verstehen Sie? Da hapert's.»

«Aber Bradshaw paßt doch ins Bild, oder?» fragte Kramer.

«Der arme alte Bradders... Sie wollen alles auf die Antipathien zurückführen, die der Bursche bei Fremden hervorruft. Ein bißchen voreingenommen.»

«Nicht nur ich», sagte Kramer, gab seine Suche nach der Waffe auf und lehnte sich gegen einen Waschtisch, der von der Tür aus nicht gleich zu sehen war. «Das einzige, was die Leute an dem Mann mögen, scheint der Witz mit dem Nonnenfurz zu sein.»

Wilson zwirbelte seinen Schnurrbart. «Sehen Sie, genau so ist das! Kein Versuch, ein bißchen tiefer zu schauen. Ein guter Freund von mir war im selben Verein – grauenhafte Sache. Wurden alle abgeschossen bis auf Trigger Stevens und den guten alten Archie, der immer ein Schweineglück hat. Denken Sie nur an letzte Woche: Wenn das ein paar anderen Burschen, die ich kenne, passiert wäre – ssssst! – eine Kugel quer durch den Kopf. Gar nicht so leicht, immer solches Glück zu haben, wissen Sie. Da kommt man ins Rätseln, wie hoch der Preis dafür sein wird.»

«Ja, muß die Hölle sein», murmelte Kramer, der angestrengt in die Nacht hinaus lauschte. «Aber wenn es so grauenhaft war, warum werden dann Witze darüber gemacht?»

«Na, na», tadelte Wilson, «tun Sie nie so was? Ich bekenne mich gerne dazu! Ist immer am besten, wenn man an den entsetzlichen

Sachen, die einem zugestoßen sind, noch etwas komisch finden kann. Ich habe in jeder Klemme sofort gelacht, alter Junge. Nervöse Reaktion.»

Auch Kramer hatte gelacht beim Anblick seiner ersten Leiche, eines Hausmeisters, vom Stiel eines Besens aufgespießt, den gedankenlos jemand an eine Treppe ohne Geländer gelehnt hatte. «Hmmm», pflichtete er bei. «So schlecht war der Witz gar nicht.»

«Der alte Bradders erzählt aber auch nie den Rest, wissen Sie. Erklärt nicht, daß der arme Kerl in der Nonnentracht die Ruhr hatte. Gott ja, die Scheißerei, daß es nur so sprudelte, mit Blut und allem Pipapo. Hat einen französischen Priester, der ‹sie› unter seine Fittiche genommen hatte, zu Tode erschreckt, er flitzte davon, um die Deutschen einen Arzt im Zug auftreiben zu lassen, und – na ja, nach einem Blick wußte der Alte, was los war. Sie wurden alle abgeführt, unsagbar schlecht behandelt und dann einer nach dem anderen erschossen, Exekutionskommando, wissen Sie. Jeden Morgen Punkt acht Uhr. Bradshaw mag ja ein ungehobelter Klotz sein und ein verfluchter Prolet, aber gerade das hat ihn am Leben erhalten. Diese Schweine haben alles mit ihm probiert, ihn sich bis zuletzt aufgehoben, aber Trigger Stevens ist unter der Folter weich geworden und hat ihren ganzen Fluchtplan ausgeplaudert, und dann ist er zusammengebrochen, alles im letzten Augenblick. Die Kameraden sagen, Bradders sei in einem schrecklichen Zustand ins Lager zurück- und gleich für einen Monat in Einzelhaft gekommen, wo er seine Wunden lecken konnte. Konnte sich kaum noch auf den Beinen halten, aber –»

«Schscht!»

Die Nacht war totenstill.

«Tut mir leid, reden Sie weiter, Sir. Wovon sprachen Sie gerade?»

«Von Ihrer Voreingenommenheit. Man muß da verdammt vorsichtig sein, wissen Sie. Sichergehen, daß man die ganze Geschichte kennt. Ist ‹Kramer› nicht deutsch?»

«Bitte?»

«Verflucht deutsch sogar!» kicherte Wilson und wies anklagend mit dem Mundstück seiner Pfeife auf ihn. «Ein Name, der in manchen Gegenden berüchtigt ist! Und nun haben Sie den Salat – sehen Sie, da hapert's!»

Kramer vergaß die Tür einen Augenblick. «Ich kann Ihnen nicht ganz folgen, Mr. Wilson», sagte er. «Meinen Sie eine Unstimmigkeit in meiner Hypothese?»

«Sehen Sie, alter Knabe, Ihre ganze phantasiereiche Theorie hängt vollkommen davon ab, was das Gequatsche von ein paar harmlosen Burschen darüber, wie sie deutsche Soldaten in die Luft gejagt haben, bei einem zufälligen Zuhörer anrichten könnte. Etwas, das ich selbst *Dutzende* von Malen getan habe! Soll ich weiterreden?»

«Nur zu», seufzte Kramer, «aber versuchen Sie bitte, ein bißchen leiser zu sprechen!»

Wilson lachte. «Da draußen ist niemand! Großer Gott, das will ich Ihnen doch gerade beweisen!»

«Trotzdem, bitte.»

Aus einiger Entfernung war ein dumpfes metallenes Geräusch zu hören.

«Hatten wohl kein Motiv für den feigen Überfall auf den armen alten Bradshaw, was? Keine Ahnung, was zu Bonzos elendem Tod geführt hat? Und was haben Sie da gemacht? Sie haben sich selbst in die Rolle dieses Mörderschweins versetzt.»

«Ja, ja, sicher.»

«Ein junger Mann entfernt deutscher Abstammung forscht nach Motiven. Der junge Mann fragt sich: Welches mögliche Motiv könnte ich haben, um diese Männer umzubringen? Wodurch würde mir dieses Tun gerechtfertigt erscheinen? Und bei all dem deutschen Blut in Ihren Adern ist Ihnen natürlich gleich die Antwort eingefallen! Rache, alter Junge, schlicht und einfach Rache.»

«Ach, wer hat denn jetzt Vorurteile, he? Hören Sie, ich –»

«Vorurteile! Genau das ist es! Sie haben ganz offensichtlich etwas gegen Bradshaw, trotz der Tatsache, daß er Opfer und nicht Täter war! Entspricht das nicht diesem ‹Gefühl›, von dem Sie das Recht herleiten, in fremde Privatsphären einzudringen? Wann hat Sie dieses Gefühl zum erstenmal beschlichen? Als Sie zum erstenmal vor einem ehemaligen R.A.F. –?»

«Als ich Bradshaw befragt habe und –»

«Habe ich es nicht gesagt?» Wilson gluckste förmlich vor Vergnügen, so zufrieden war er mit sich selbst. «Inzwischen muß Ihnen doch sonnenklar sein, warum ich als ehemaliger Angehöriger der Royal Air Force mich nicht so leicht von Ihrem Blödsinn beeindrucken lasse!»

Kramer wäre beinahe hinaus und nach Hause gegangen. Aber seine unbestimmte Ahnung war nie stärker gewesen als jetzt, und so wischte er Ernie Wilsons Liegestuhl-Psychologie mit dem Gedanken vom Tisch, daß er, wenn Möhren eine weniger ansprechende Form hätten, dem alten Mistkerl empfohlen hätte, sich eine in den Plüscharsch zu schieben.

18

Zondi entspannte die Muskeln ganz allmählich wieder, ziemlich sicher, daß niemand in der Nähe gehört hatte, wie er mit dem Revolverlauf an ein Wasserrohr gestoßen war, mit dem er nicht gerechnet hatte. Dann kroch er in einem flachen Graben voller Unkraut näher an den Hühnerstall heran und hielt erst inne, als die Tür des Haupthauses in Sicht kam.

Wie schwer die Walther PPK in solchen Augenblicken immer war und wie schlüpfrig seine Hand!

Kieselsteine rasselten hinter ihm die Grabenböschung hinab.

Eine Kröte höchstwahrscheinlich.

«Das Piepsen ist die Rettung!» sagte Ernie Wilson und faßte mit der Hand in einen Wasserkrug mit Sprung. «Gucken Sie nicht so verblüfft, alter Knabe!»

Piep-piep-piep.

Kramer steckte seine Ruger Magnum wieder ins Halfter. «Robert du Plooi?» sagte er, als er den Piepser erkannte.

«Sie kennen sich also? Sie haben nicht zufällig einen Stift dabei? Super! Ich schreibe die Nummer mal eben auf...»

Die Stimme des Mädchens aus dem Büro klang schauerlich körperlos, und Kramer warf verstohlen einen Blick aus dem Fenster. Immer noch nichts.

«Ah, wo waren wir stehengeblieben?» fragte Wilson und riß die Ecke einer alten Ausgabe von *Wings* ab, die er zum Aufschreiben benutzt hatte. «Richtig, wir sprachen von diesem Dingsbums. Weil ich mich mit dem jungen du Plooi gut verstehe, bin ich billig drangekommen – ein echtes Geschenk des Himmels, wie Sie sich vorstellen können. Haben Sie zufällig Kleingeld dabei? Hier ist Ihr Stift zurück.»

«He, Sekunde mal, Mr. Wilson! Sie denken doch nicht im Ernst daran, dieses Haus zu –»

«Ich will nur schnell zur Straße, alter Knabe.»

Kramer versperrte die Lücke, die zur Tür führte. «Tut mir leid, aber unter diesen Umständen kann ich Ihnen nicht gestatten, das Haus zu verlassen, Sir.»

«Guter Gott, glauben Sie doch nicht, daß Sie hier hereinplatzen und mir sagen können, was ich zu tun und zu lassen habe! Wenn ich gehen will, dann gibt es nichts, womit Sie mich zurückhalten könnten!»

«Es gibt so einiges», sagte Kramer warnend, «und Sie können sicher sein, daß ich darauf zurückgreife, wenn Sie nicht hören wollen! Wessen Telefonnummer ist das überhaupt? Warum so eilig?»

«Keine Ahnung, um ehrlich zu sein. Wenn Sie jetzt die Güte hätten, mir aus dem Weg zu gehen –»

Kramer entriß ihm das Stück Papier. «Sie wissen nicht einmal, wessen Nummer das ist?»

«Das macht es ja so spannend», erwiderte Wilson und versuchte ohne Erfolg, das Papier zurückzuerobern. «Es könnte sich gut um die unglückliche junge Frau handeln, die ich erst letzte Woche kennengelernt habe.»

«Wohnt sie in dieser Gegend? Denn an der ersten Ziffer ist zu erkennen, daß es eine Nummer aus dem westlichen Teil von Trekkersburg sein muß.»

Wilson sah auf einmal nicht mehr ganz so selbstsicher aus. «Six Valleys und alles, was dazugehört, meinen Sie?»

«Oder noch viel näher.»

«Hören Sie, es würde nur ein, zwei Minuten dauern, es herauszufinden», sagte Wilson und wühlte in seiner Hüfttasche herum.

Vor Kramers Augen stand auf einmal wie eins jener Spezialdias, die im Polizeicollege für den Bruchteil einer Sekunde über die Leinwand blitzten, ein flüchtiges Bild: ein Farmer mit Familie aus dem Freistaat, ein israelischer Tramper, ein stämmiger, hellhaariger Mann mit dem Rücken zu ihm, der die Augen vom Kaffee zur Zeitung, zur Uhr und zu den Telefonzellen auf dem Parkplatz wandern ließ.

«Warten Sie hier, Mr. Wilson!» sagte er und zwängte sich zur Tür. «Und daß Sie sich keinen Zentimeter aus diesem Haus rühren, denn genau darauf wartet derjenige.»

«Was für ein ausgemachter Blödsinn», giftete Wilson und zog eine Fünf-Cent-Münze aus der Tasche. «Ich lasse mir einfach nicht vorschreiben –»

Kramer stieß einen Stapel Eierkartons an, um den Eingang zu versperren, und hatte schon die Klinke in der Hand.

Zondi spürte die schweren Schritte durch den Erdboden, bevor er sie hörte. Er hob den Kopf, blickte schnell hinter sich, sah nichts und wandte sich überrascht den Rundhütten zu. Ein Riese kam geradewegs auf ihn zu, so gewaltig, daß er bedrohlich wirkte im Licht des Mondes, vor dem Wolkenfetzen trieben. Er tastete nach seiner Pistole und krümmte den Finger um den Abzug. Sein Mund war so trocken, daß es einen Moment dauerte, bis ihm die Stimme gehorchte.

«Stehenbleiben! Polizei!»

«Sei kein verfluchter Idiot!» zischte der Lieutenant. «Der Mörder ist der blonde Mistkerl drüben im Restaurant! Aber bleib hier und paß auf, daß der alte Narr nicht hinter mir herkommt – du darfst Handschellen benutzen, jedes Mittel ist recht!»

«Aber Boß, Sie können doch nicht ganz allein –»

«Das ist ein Befehl, Kaffer!»

Es wäre ein Jammer, dachte Zondi, während er zusah, wie der Lieutenant zu der Tankstelle sprintete, wenn das seine letzten Worte waren. Dann wurde er von einem sehr erregten Weißen abgelenkt, der taumelnd zum Stehen kam und sich in die Hosen machte.

Adrenalin sorgte dafür, daß Kramer in einen rauschhaften Zustand der Sicherheit und Abgehobenheit kam. Zwar zeichnete sich jetzt alles an der Tankstelle viel klarer, schärfer und heller als vorher ab, aber es erschien ihm gleichzeitig so unwirklich, daß er sich mit der Selbstsicherheit eines Träumers durch eine Traumwelt bewegte, in der nichts ihn verletzen konnte. Die letzten fünfzig Meter brachte er so schnell hinter sich, daß er gar nicht merkte, wie seine Füße den unebenen Boden berührten, dann drosselte er sein Tempo, wurde jäh langsamer und kam hinter dem Toilettenhäuschen zum Stehen, wo nur ein knapper Schritt das ausgeleuchtete Gelände von der Dunkelheit trennte.

Bei einem Einmanneinsatz hing alles von der Tarnung ab. Zuerst legte er sein Schulterhalfter ab, denn er wußte, daß nur Polizeibeamte an drückendheißen Abenden mit Jacken herumlaufen, und versteckte es hinter einer Mülltonne. Als nächstes stopfte er sich das Hemd fest in die Hose, um den Eindruck zu erwecken, daß er sich gerade von einer längeren Sitzung auf der Herrentoilette erhoben hatte. Dann streifte er seine Uhr vom linken Handgelenk und legte sie rechts an, ein kleiner Trick, der ihm schon mehr als einmal einen winzigen Vorteil eingebracht hatte, wenn nämlich sein Gegner ihn irrtümlich für einen Linkshänder hielt. Er kämmte sich das Haar, wie er es wahrscheinlich auch nach dem Händewaschen getan hätte, und schob sich zum guten Schluß die Ruger Magnum in einen Ärmel seiner Jacke, die er so faltete, daß er sie lässig über dem Arm tragen konnte, ohne daß verräterische Ausbuchtungen oder Beulen zu sehen waren.

Action. Kramer schlüpfte an der Seite des Toilettenhäuschens entlang, trat mit einem schnellen Schritt auf den Weg von der Herrentoilette zum Eingang des Restaurants und verfiel in ein gemächliches Schlendern, wobei er schwer gegen die Versuchung ankämpfen mußte, die Beine in die Hand zu nehmen und zu rennen. Starker Verkehr sauste dröhnend und aufleuchtend im Hintergrund vorbei und war doch vollkommen getrennt von dem, was vor ihm lag.

Der israelische Tramper hatte sich auf den Zementstreifen vor den Zapfsäulen begeben, den Rucksack zu seinen Füßen und den Daumen ausgestreckt. Es war gut, daß er dort stand: ein unschuldiges Opfer weniger, falls etwas schiefging. Noch besser war, daß die Freistaatfamilie gerade, als er sich dem Restaurant näherte, feierlich zum Seiteneingang herausmarschiert kam, sich lobend über die Qualität des Trinkwassers von Natal äußerte und sich zu den diversen Autos hin zerstreute. Kramer wich ihnen mit einem freundlichen Lächeln aus und tat so, als ginge er zu seinem Wagen, um zu prüfen, ob er auch sicher abgeschlossen war – was Zondi vergessen hatte, wie sich herausstellte –, in Wirklichkeit jedoch, um die veränderte Szene im Restaurant von der Glasfront her in sich aufzunehmen. Die beiden schwarzen Kellner verschwanden eben mit Bergen von schmutzigem Geschirr in der Küche, gefolgt von der Chefin mit den rabenschwarzen Haaren, die wild gestikulierend hinter ihnen herlief, während der Blonde immer noch an seinem Tisch saß. Was Kramer allerdings erbleichen ließ, waren die vielen Kinder, die überall herumsprangen und herumjagten. Ihre reisemüden Eltern, die genau in der Mitte saßen und gemeinsam die Speisekarte studierten, hatten offensichtlich die Kontrolle über die Sprößlinge verloren.

Kramer, dem klar war, daß jede direkte Annäherung damit außer Frage stand, machte sich zunutze, daß der hellhaarige Mann ihm noch immer den Rücken zuwandte, um rasch hinter den Chevrolet zu treten und sich eine neue Strategie zu überlegen.

Der Tramper kam herüber. «Essense erst noch? Oder wollnse gleich los?» sagte er mit einem seltsamen amerikanischen Akzent. «Könnte nämlich 'n Lift gebrauchen.»

«Du mußt ja auch müde sein», sagte Kramer und dachte verzweifelt darüber nach, wie er ihn loswerden konnte, ohne die Aufmerksamkeit des Blonden zu erregen, obwohl er den blöden Hund am liebsten erschlagen hätte. «Du siehst wirklich müde aus», setzte er lahm hinzu.

«Ich bin tot», sagte der Tramper.

Könntest du jeden Moment sein, dachte Kramer und bemerkte auf einmal, wie männlich und aggressiv der junge Mann auftrat – mit harten Methoden war ihm wahrscheinlich kaum beizukommen. Er machte zugleich einen trübsinnigen und empfindlichen Eindruck, so daß eine höfliche Ablehnung wenig erfolgversprechend sein dürfte, jedenfalls nicht ohne längere Überredungskünste.

«Is mir ziemlich egal, wohinse fahren, Mann», sagte der Tramper. «Wenn's in die Stadt zurück is, find ich im CVJM 'ne Matratze.»

Kramer hatte entschieden, daß es nur andersherum funktionieren konnte: Der Tramper mußte *ihn* grauenhaft finden – aber eine antisemitische Äußerung übelster Art war unter Umständen ein Schuß, der nach hinten losging.

«Wenn du so müde bist», sagte Kramer und lächelte wie eine Zahnpastareklame, «möchtest du vielleicht für heute nacht mit zu mir kommen? Ich wohne nicht allzuweit weg.»

«Nein? Is ja super. Dann hab ich endlich mal die Möglichkeit, Ihre Kultur von nahem –»

«Schscht! Nicht so laut, Mann! Natürlich kannst du meine Kultur hautnah kennenlernen! Und das Bett, es ist ein wirklich großes, weißt du? Satin. Die ganze Bettwäsche aus Satin. Und nicht etwa so ein mädchenrosa Zeug, wohlgemerkt! Magst du Blautöne, mein Freund?»

«Sicher mag ich Blau. Ich schlafe auf allem.»

«Du schläfst also in meinem Bett?»

«Klingt doch schick.»

«Und wir teilen alles?»

Die blutunterlaufenen Augen des Trampers verengten sich plötzlich, und einen schrecklichen Augenblick lang spielte ein dünnes Lächeln um seine dicken Lippen – aber dann zogen sich diese Lippen in den Mundwinkeln herab. «Hölle und Teufel», sagte er leise, «so ein Scheißkerl. Und ich dachte, das wär meine Glücksnacht.»

«Könnte es ja auch werden, mein Freund! Bleib doch!»

Er ging. Mit Sack und Pack, ohne noch einen Blick zurückzuwerfen, womit sich zwei Grundvermutungen bestätigten: erstens, daß es möglich war, nicht mehr wie ein Polizeibeamter auszusehen, und zweitens, daß jedes Vorurteil auch seinen Vorteil hatte, vorausgesetzt, es wurde richtig angewendet. Dann schlug sich Kramer den Jüngling aus dem Kopf und wandte sich wieder dem Restaurant zu. Er hatte während der ganzen unangenehmen Minuten versucht, den hellhaarigen Mann im Auge zu behalten.

Der Mann bewegte sich. Er war aufgestanden, die gefaltete Zeitung in der rechten Hand, und ging auf die Telefonzellen zu. Der Verkehrslärm machte es unmöglich, aus dieser Entfernung zu hören, ob eins der Telefone klingelte, aber Kramer entnahm seiner Gangart, daß er es nicht besonders eilig hatte. Der Mann verschwand in der hinteren Telefonzelle, die Zeitung immer noch fest in der Hand, und schloß die Tür. Vandalen hatten die Glasscheiben eingetreten, und irgend jemand hatte sie durch milchigblaue Plastikfolie ersetzt, so daß man zwar sehen konnte, ob die Zelle besetzt war, Mienenspiel und Gestik des Anrufers jedoch nicht erkennen konnte.

Das machte die hintere Telefonzelle zu einem idealen Versteck für einen Mörder – bis zu einem gewissen Punkt. Zwar konnte das Opfer sicher nicht hineinsehen, aber der Mann auch nicht heraus. Er brauchte auch gar nicht hinauszuschauen, überlegte Kramer, wenn er Wilson nicht auf dem Weg zu den Telefonzellen erledigte, sondern *in* der anderen Zelle. Die Trennwand zwischen beiden war nur eine Sperrholzplatte, eine Kugel vom Kaliber .32 würde leicht hindurchdringen und darüber hinaus noch ein Loch in einem vom Krieg übriggebliebenen Fliegermajor hinterlassen. Die Sache hatte allerdings einen Haken. Woher wußte der Mann sicher, daß es sich bei seinem Telefonzellennachbarn um Wilson handelte und nicht um irgendeinen unschuldigen Menschen? Die Verkehrsgeräusche reichten aus, um sogar Wilsons selbstherrliche Stimme zu übertönen. Ganz anders verhielt es sich natürlich, wenn der Mörder die Stimme am Telefon hörte! Und womöglich würde er ganz gern noch ein paar haßerfüllte Worte ausspucken, bevor er auf den Abzug drückte.

«Ach, es stimmt alles», murmelte Kramer voller Bewunderung für einen Kopf, der sich so etwas ausdenken konnte. «Nur daß ich ihn in der Falle sitzen habe!»

Er schlug einen großen Bogen und näherte sich den beiden Telefonzellen von hinten. Durch die Wand der hinteren Zelle waren keine Sprechgeräusche zu hören, obwohl der Mann den Hörer ans Ohr hielt. Der Mistkerl stand einfach nur da und wartete darauf, daß Wilson die leere Zelle betrat und seine Nummer wählte, und dann würde er ihm die Kugel verpassen. Das Timing war gar nicht schlecht, wenn man bedachte, wie lange Wilson gebraucht hätte, um die Tankstelle zu erreichen, wenn niemand dagewesen wäre, seine Haut zu retten.

Als Kramer um die Ecke der einen Telefonzelle spähte, sah er, daß der Tramper zurückgekehrt war, etwa siebzig Meter weiter hockte und etwas aus seinem Rucksack wühlte. Der Kerl hatte ihn jedoch noch nicht entdeckt und konnte wahrscheinlich einfach ignoriert werden.

Das größte Problem bestand darin, die Tür schnell genug aufzureißen, um den Mörder zu entwaffnen, bevor er abdrücken konnte. Irgendeine Ablenkung wäre am besten, aber es war gar nicht leicht, sich etwas auszudenken, was ihn nicht in Alarmbereitschaft versetzte. Kramer geriet plötzlich in Versuchung, sich einmal genau anzuhören, was der Mörder seinen Opfern noch zu sagen pflegte, ehe er abdrückte, und wie dieser seltsame Mischakzent klang.

Er blieb stehen, zog den Papierschnipsel mit der Telefonnummer aus der Tasche, merkte sich die Ziffern, steckte den Zettel wieder weg und beschloß, zwei Fliegen mit einer Klappe zu schlagen. Die Sache war gar nicht so schwierig. Für die vordere Telefonzelle sprach dreierlei: Sie war unbesetzt. Die Vandalen hatten die Tür vollständig herausgerissen, so daß der Mörder nicht auf Türgeräusche lauschen würde; vor allem aber war sie nicht groß, was bedeutete, daß Kramer draußen auf dem Zementsockel – und damit jenseits der Schußlinie – bleiben konnte, während er anrief.

Ehe er vor die leere Zelle trat, vergewisserte er sich ein letztes Mal mit einem Blick ringsum, ob auch keine Kinder, Tankwarte oder andere Personen da waren, die verletzt werden oder durch plötzliche Neugier alles verderben konnten. Es war niemand da. Der Tramper hatte sich auf einem Rasenstück niedergelassen und steckte etwas zusammen, das wie zerlegbare Zeltstangen aussah.

Kramer legte los. Er griff in die Telefonzelle, nahm den Hörer ab, wählte mit dem Lauf seiner Magnum die Nummer und wunderte sich überhaupt nicht, als er das Zeichen hörte, ohne daß es gleichzeitig nebenan klingelte. Der Mörder hatte bestimmt vorausgesehen, daß er sich damit verraten könnte, und die Klingel seines Apparates abgetrennt. Er brauchte kein Klingelzeichen, denn er konnte, wenn er eine Hand gegen die Sperrholzplatte preßte, mit Leichtigkeit die Vibration der Wählscheibe spüren. Sobald diese Vibration aufhörte, wartete er wahrscheinlich noch etwa zwanzig Sekunden, bevor er seinen Hörer abnahm. Was dann kam, war der spannendere Teil. Kramer stand ruhig vor der Zelle, ein Fünf-Cent-Stück in der Hand, das er sofort, wenn auf der anderen Seite abgehoben wurde, in den Münzschlitz werfen konnte.

Bis dahin vergingen nur elf Sekunden.

Dieses Schwein hat's eilig, dachte Kramer, während er die Münze einwarf.

Im Inneren des Apparates surrte und klickte es.

Kramer zog schnell seinen Arm wieder aus der Zelle und verlor beinahe das Gleichgewicht, als er rückwärts auf eine Coladose trat, die er vorher nicht bemerkt hatte. Er schwankte, sah aus dem Augenwinkel, daß der Tramper ankam, und ließ beinahe den Hörer fallen.

«Wer ist da?» fragte eine ferne Stimme.

Kramer, der sich schnell gefaßt hatte, hob den Hörer ans Ohr und sagte: «Sagen Sie mir gefälligst erst, wer Sie sind! Fair ist fair!» Es entstand eine nachdenkliche Pause, dann explodierte jemand.

«Sie Mistkerl!» brüllte Colonel Muller. «De Klerk hat richtig vermutet, daß Sie nur dorthin verschwunden sein können, aber ich wollte es nicht glauben!»

«Sir? Aber warum wollten –»

«Weil es wieder einen Anschlag gegeben hat, Lieutenant!»

«Was? Doch nicht schon wieder auf Bradshaw!»

Colonel Muller lachte dreckig. «Nein, nicht schon wieder auf Bradshaw – auf niemanden, der auch nur im entferntesten Ähnlichkeit mit Bradshaw hatte! Wollen Sie den Namen des Opfers wissen, das er diesmal beinah erwischt hätte? Es war ein Schulmädchen, und es hieß Classina Marie Baksteen.»

Eben kam der hellhaarige Mann aus seiner Telefonzelle und murmelte vor sich hin: «Himmel, es war doch nur ein Ferngespräch – kann man sich denn heute auf nichts mehr verlassen?»

19

Classina Marie Baksteen war eine entzückende Sechzehnjährige mit kurzgeschnittenem blondem Haar, großen blauen Augen, makelloser honigfarbener Haut und langen, hübschen Beinen. Zusammen mit Mutter, Vater und zwei jüngeren Schwestern wohnte sie in der Hiemstra Road 33 in Six Valleys. Sie ging zur J.-G.-Strijdom-High-School für Mädchen, auf der die Hauptunterrichtssprache Afrikaans war, und bereitete sich auf den Schulabschluß vor. Classina war eine typische Kapholländerin, die kapholländische Eltern hatte, in einer kapholländischen Atmosphäre aufwuchs und die schlechtesten Noten in Englisch bekam. Wie jemand eine Sprache erfinden konnte, in der Worte wie *plough, cough, through* und *though* immer mit den gleichen Vokalen geschrieben, aber jedesmal anders ausgesprochen wurden, war ihr schleierhaft. Sie war froh und stolz, daß beim Afrikaans, das 1926 eingeführt wurde, niemand solche Dummheiten erfunden hatte. Ihre Mutter pflegte sich ihren Ansichten anzuschließen, während ihr Vater sie keineswegs darin bestärkte – er widersprach ihnen sogar energisch. Obgleich Klaas Baksteen einen heimlichen Abscheu gegen alles auch nur andeutungsweise Angelsächsische hatte und sich bei jedem Kriegsfilm, den er sah, immer auf die Seite der Deutschen schlug, war ihm klar, daß Classina, wenn sie sich nicht bessere Kenntnisse in der zweiten Amtssprache der Republik aneignete, ihre Hoffnungen auf eine Ausbildung als psychiatrische Krankenschwester begraben konnte. Und so hatte er Classina als treusorgender Vater an jenem Abend befohlen, so lange an dem Schreibtisch am Fenster im hinteren Zimmer sitzen zu bleiben, bis sie ihre englischen Hausaufgaben gemacht hatte. *An einem ser heisen Tak,* hatte Classina begonnen, und dann war ihr nichts mehr eingefallen. Das Fenster hatte weit offengestanden, und aus der Akazienplantage, die sich an ihren Garten anschloß, drangen lauter schwache, ablenkende Geräusche zu ihr herein. In der Hauptsache Kindergeschrei, Quietschen und Froschquaken und dann wieder beängstigende Stille. Weiter entfernt war der Hörnerschall des englischsprechenden Jungen an der Ecke, der kürzlich in die Militärkapelle seiner Schule eingetreten war, zu hören. *Kam ein ser schwiriger Fall inz Krankenhaus,* hatte Classina weitergeschrieben, *und er wurde zu den anderen Patzienten mit psüchischen Problemen gebracht.* Danach hatte sie eine ganze Seite geschafft, ehe ihre Gedanken beim Anblick des nächsten leeren Blattes in ihrem Aufsatzheft wieder abgeschweift waren. Auf dem Fensterbrett vor dem offenen Fenster stand eine große Glasvase in Form eines Schwans, dessen Hals zu einer Art Henkel herabgebogen war. Classinas Mutter hatte am Nachmittag fünf Rohrkolben hineingestellt und war von der Wirkung überaus begeistert gewesen. Die Idee für dieses Gesteck, so hatte sie Classina erzählt, käme von der hochnäsigen Mrs. Drake am Ende der Straße, nur hätte sie es erheblich verbessert. Die neue Patientin, schrieb Classina weiter, *war so schwirig, weil sie alle möklichen komischen Sachen in iren Wasserkruk stekte. «Das mus einen Grunt haben», sakte die Statzionsschwester, denn sie war ser kluk unt hatte schöne blaue Augen.* Von da an war der Aufsatz Classina wie von selbst aus der Feder geflossen, bis sie mitten in dem Satz angekommen war: *Die neue Patzientin weinte for Froide, alz sie hörte, das sie geheilt war, und küste die Hant der Statzionsschwester und*

«Und dann», sagte Classina, die ihre Geschichte bereits zum drittenmal erzählte, «habe ich nur noch geschrien! Es war irre! Die Vase ist einfach so in tausend Stücke zersprungen und über mein Heft gesplittert!»

Kramer schaute sich wie betäubt in dem Zimmer um und sah in den Glasscherben viel mehr als nur eine zerbrochene Vase. Er fing einen triumphierenden Blick von Colonel Muller auf und wandte sich wieder dem jungen Mädchen zu. «Ja? Und was geschah dann?»

«Pa hörte mich schreien und kam wie der Blitz angerannt! Er suchte nach dem Stein, den der Junge geworfen haben mußte – er macht immer solche Sachen, wissen Sie, der Junge an der Ecke mit dem Horn.»

«Hmmm.»

«Aber statt dessen fand er eine Kugel auf dem Sofa.»

«Hmmm.»

«Er wußte gleich, daß es eine Kugel war, denn mein Pa ist in der Bürgerwehr», bemerkte Classina stolz. «Er sagte, es sei eine vom Kaliber .32, und dann hat er die Polizei angerufen.»

«Ah, das ist interessant», schaltete sich Colonel Muller ein. «Du sagst, dein Pa ist Soldat – war er je bei der Luftwaffe?»

«Nie und nimmer. Mein Pa sagt, Piloten sind harmlos. Er bohrt sein Bajonett lieber direkt in die Terroristen und dreht es noch mal rum.»

«Nun, Lieutenant?» sagte Colonel Muller, an Kramer gewandt. «Haben Sie noch weitere Fragen an dieses junge Mädchen, ehe es zu Bett geht? Irgendwelche Kommentare?»

«Nur, daß Sie und ihr Pa anscheinend eine Menge gemeinsam haben, Sir», sagte Kramer, dessen Benommenheit allmählich einer nervösen Gereiztheit wich.

Colonel Muller erwiderte den wütenden Blick. «Na schön, Classina, dann geh mal ins Bett! Danke Gott in deinem Nachtgebet, daß du nicht verletzt worden bist und –»

«Ach, ich finde es totspannend!» sagte Classina, und ihre großen Augen funkelten. «Denken Sie nur, wie neidisch all meine Freundinnen sein werden! Ich wünschte nur, daß Wasser in der Vase gewesen wäre, dann müßte ich meinen Aufsatz morgen nicht abgeben. Pa sagt, ich müßte um sechs aufstehen, um die letzte Seite noch zu schreiben.»

«Mal sehen, was sich machen läßt, um ihn davon abzubringen», versprach Colonel Muller mit onkelhaftem Zwinkern. «Kommen Sie, Lieutenant, falls Sie alles hier gesehen haben, wollen wir mal ins Wohnzimmer gehen und hören, wie Frans vorangekommen ist.»

Kramer schritt mit geballten Fäusten hinter ihm her. Das Wohnzimmer wimmelte von Kriminalbeamten und uniformierten Polizisten. Bateman befragte eben die Eltern.

«Aber wer sollte denn mein kleines Mädchen umbringen wollen?» fragte Mrs. Baksteen. «Und *warum*, um Himmels willen? Diese Kugel kann ihren Kopf nur um Fingerbreite verfehlt haben!»

«Um eine halbe Fingerbreite nach meiner Meinung», sagte Mr. Baksteen, ein streng und pedantisch wirkender Mann mit durchscheinenden Ohren wie eine Fledermaus. «Einen Zentimeter höher, und sie wäre nicht von der Vase abgeprallt – Sie haben ja gesehen, wo ich sie gefunden habe auf dem Sofa, nicht wahr?»

«Ja, aber *warum* bloß, Klaas? Sie hat doch keine Feinde auf dieser Welt!»

«Können wir noch einmal darauf zurückkommen, ob Sie einen Schuß hörten oder nicht?» fragte Bateman geduldig. «Oh, hallo, Lieutenant! Übernehmen Sie jetzt?»

Kramer ignorierte ihn einfach.

De Klerk saß in der Eßnische, neben sich das Telefon, vor sich eine ausgebreitete Karte, und sah aus wie eine Hyäne am Ort eines Flugzeugabsturzes.

«Nicht böse sein, Tromp!» sagte er grinsend. «Oder habe ich zu sehr dazwischengefunkt? Dachte nur, Sie wären gern da, wo die Action ist, und Colonel Muller –»

«Schießen Sie los, de Klerk. Wie sieht's aus?»

«Nun ja, Sir», sagte de Klerk und wandte sich ausdrücklich an Colonel Muller, «ich habe Botha auftreiben lassen, er müßte im Ballistiklabor sein, bis die Kugel dort ankommt – sagen wir in etwa zehn Minuten. Galt ist hier mit seinem Team – er wohnt glücklicherweise um die Ecke. Sie sind dort hinten in der Plantage und suchen nach Spuren, wo der Mann gestanden hat und so weiter. Ich habe auch Männer losgeschickt, die hier in der Straße von Haus zu Haus gehen und fragen, ob jemand irgend etwas gesehen oder gehört hat, und –»

«Schon irgendwelche Ergebnisse, Frans?» fragte Colonel Muller.

«Nichts, Sir. Natürlich sind auch Polizeistreifen mit Hunden unterwegs und suchen die ganze Gegend weiträumig ab; jede verdächtige Person wird sofort aufgegriffen.»

«Irgendwelche Bemerkungen dazu?» fragte Colonel Muller Kramer. «Irgend etwas, das wir Ihrer Meinung nach tun sollten und bisher noch nicht getan haben?»

Kramer fiel eine ganze Menge ein, was sie tun sollten, aber nichts davon war sehr nett oder auch nur praktikabel. Er schüttelte den Kopf.

«Unsere Hauptschwierigkeit, Colonel», fuhr de Klerk fort, «ist, daß dieser Mistkerl verschiedene Zugänge zur Plantage dahinten hatte. Wenn Sie einmal einen Blick auf diese Karte werfen, sehen Sie, daß er überall auf der kleinen Straße parken konnte, die vom Staubecken herkommt, um sich dann durch die Bäume zu schlagen. Er konnte aber auch zu Fuß durch das Wäldchen spazieren, falls er in diesem Bezirk lebt, was inzwischen als wahrscheinlich anzusehen ist. Auf jeden Fall konnte er sich bestimmt, als der Alarm losging, lange vor unserer Ankunft davonmachen.»

«Wissen Sie, was ich glaube, Frans? Ich glaube, er wollte wieder auf der Rennbahn zuschlagen, nur haben wir ihn verscheucht, weil wir das vorausgeahnt haben und selbst dort waren.»

«Und dieses arme Kind war einfach nur eine leichte Ersatzbeute für ihn?»

«Ja, darauf scheint alles hinzudeuten», stimmte Colonel Muller zu. «Sie wissen ja, wie Verrückte sind, sie setzen sich etwas in den

Kopf, und nachdem er uns schon so herausgefordert hatte, mußte er einfach jemanden finden, an dem er es ausführen konnte.»

Kramer ließ ihr Gebrabbel an sich abgleiten, dann beschloß er, in Erfahrung zu bringen, ob Galt schon Ergebnisse hatte. Er fand das Spurensicherungsteam nicht weit von der Akazienplantage entfernt in einer Linie mit dem Fenster, an dem das Mädchen gesessen hatte.

«Ein Schwergewicht», seufzte Galt leise und trampelte mit den Füßen im Kreis auf der weichen Erde herum. «Werfen Sie mal einen Blick unter den Ast dort, Lieutenant Kramer. Da muß er gestanden haben. Ich würde sagen, ein Mann von mindestens zweihundertdreißig Pfund.»

Kramer betrachtete die Stelle und sah, daß die Erde tief eingedrückt war. «Diese Zigarettenkippen – sind die auch von ihm?»

«So frisch, wie man's sich nur wünschen konnte», bejahte Galt. «Bei acht Minuten durchschnittlicher Brenndauer dieser Marke – ich werde das am Morgen noch überprüfen – reicht das, was Sie hier sehen, für etwa eine Viertelstunde. Paßt alles recht hübsch zusammen.»

«Konnte sie seine brennende Zigarette nicht vom Fenster aus sehen? Es sind keine Zweige im Weg, und der Abstand kann doch höchstens dreißig Meter betragen.»

Galt lächelte. «Haben Sie noch nie heimlich eine geraucht, während Sie Uniform trugen?» fragte er. «Es ist nicht besonders schwer, sie so zu halten –»

«Sehen Sie sich das an, Sir!» sagte einer seiner Männer. «Ich habe es in einem Busch gefunden ein Stück weiter rechts.» Mit diesen Worten hielt er Galt einen zusammengeknüllten Nylonstrumpf hin.

«Aha! Ich glaube, da ist heute abend jemand ganz schön in Panik geraten!» sagte Galt beiläufig, nahm den Strumpf und zog ihn im Licht seiner Taschenlampe auseinander. «Falls der für das gebraucht wurde, was ich vermute, dann finden wir womöglich etwas, wenn wir ihn umdrehen.»

Er fand etwas. Ein ziemlich langes Haar und ein winziges Tüpfelchen rosa Creme, an dem er vorsichtig roch.

«Pickellotion?» rief Kramer.

«Könnte sein – andererseits könnte es auch ... Nein, ich sage lieber nichts, bis ich es im Labor untersucht habe. Was meinen Sie, welche Farbe dieses Haar hat? Rötlich? Kastanienbraun?»

«Bräunlich – schwer zu sagen bei Taschenlampenlicht.»

Colonel Muller gesellte sich zu ihnen und bekam die Fundstücke gezeigt. «Ziemlich wenig, um damit etwas anzufangen», bemerkte er. «Die Zigarettenkippen und der Strumpf erzählen uns zwar etwas mehr über den Mann, sind aber kein Hinweis auf jemand Bestimmten. Bradshaws Aussage über seinen Körperbau ist durch diese Fußabdrücke jetzt natürlich bestätigt.» Dann blickte er auf und sagte: «Und noch etwas hat sich, nebenbei bemerkt, bestätigt, was Sie beide interessieren dürfte.»

«Colonel?» sagte Galt.

«Botha von der Ballistik hat gerade angerufen. Die heute abend hier abgefeuerte Kugel entspricht in jeder Hinsicht genau denen, die bei Bradshaw und Hookham aufgefunden wurden.»

Das überraschte Kramer nicht sonderlich, aber es war sozusagen der Tropfen, der das Faß zum Überlaufen brachte. «Ach, zum Teufel mit alledem!» knurrte er und wandte sich zum Haus zurück.

«Lieutenant?»

«Ich hau ab, Colonel. Ich hab die Schnauze voll.»

Miriam war erstaunt, zu dieser frühen Stunde den Chevrolet vor ihrem Haus in Kwela Village zu hören, und trat noch gerade rechtzeitig ans Fenster, um zu sehen, wie ihr Mann ausstieg, winkte und dann von einer Staubwolke eingehüllt wurde, als der Wagen wieder abfuhr.

«*Hau*, der Lieutenant scheint aber heute abend eine üble Laune zu haben!» bemerkte sie, als sie Zondi an der Tür empfing. «Auf wen ist er denn so sauer, Mickey?»

«Auf sich selbst, glaube ich», sagte Mickey und klopfte ihr zärtlich auf das Hinterteil. «Wo sind denn die Zwillinge?»

«Draußen. Sie haben versprochen, vor der Ausgangssperre zurück zu sein.»

Zondi setzte sich an den Tisch und rieb sich mit den Fingerknöcheln die Augen. «Ist noch Tee da?» fragte er.

«Zuerst muß heißes Wasser dasein», sagte Miriam und setzte den Kessel auf den Primuskocher. «Du siehst sehr müde aus.»

«Müde? Ich bin fast am Ende! Willst du wissen, was heute los war?»

Und während sie darauf warteten, daß das Wasser im Kessel kochte, ging Zondi die Hauptereignisse durch und versuchte dabei, sie für sich selbst in irgendeine Ordnung zu bringen. Miriam konnte nicht begreifen, wie der Lieutenant auf so eine fixe Idee gekommen war, um sich schließlich vollkommen zum Narren zu machen.

«Ich habe nicht alles erzählt», sagte Zondi, «denn wahrhaftig, Frau, es tut nichts mehr zur Sache, aber ich glaube, ich kenne den Grund dafür.»

«Er ist ein guter Mann, Mickey, er muß also einen guten Grund gehabt haben.»

Zondi lächelte. «Hmmm, aber er hat auch Schwächen, wie wir alle. Sein Verhängnis war dieser Boß Hookham, denn der war in den Augen des Lieutenants ein tapferer Mann und ein Mann mit Herz. Obgleich er tot ist, bin ich sicher, daß den Lieutenant etwas stark mit ihm verbindet. Aber das ist noch nicht alles. Boß Hookham hatte eine Freundin aus alten Zeiten, auch ein guter Mensch, und sie hat viel erlitten und dabei Mut bewiesen, und der Lieutenant mag sie sehr – das hat er mir sogar gesagt. Siehst du die Gefahren, die darin lauern?»

Miriam zupfte einen Holzspan aus einer der Rillen, die sie in den gestampften Lehmboden gezogen hatte, um Fußbodendielen vorzutäuschen. «Nein, aber erzähl weiter», sagte sie. «Wehe, wenn die Göre noch einmal das Zimmer ihrer Mutter so verunreinigt!»

«Um es richtig verstehen zu können, müßtest du den Zustand der Leiche von Boß Hookham im Kofferraum des Wagens gesehen haben. Er war so klein, so übel zugerichtet, die Hände zusammengebunden und das Loch in seinem Hinterkopf voller Fliegen. *Hau*, es war nicht so, wie ein tapferer Mann sterben sollte! Es war böse! Der Lieutenant konnte, glaube ich, nicht hinnehmen, daß Boß Hookham auf eine so sinnlose Art gestorben ist, daß er von irgendeinem Verrückten völlig grundlos geschnappt, gefesselt und erschossen worden ist.»

«Aber so etwas ist doch nichts Ungewöhnliches, Mickey», sagte Miriam und füllte die Teekanne. «Ist nicht auch auf den ersten Boß völlig grundlos geschossen worden? Und auf das junge Mädchen?»

«Völlig grundlos», bestätigte Zondi, «es sei denn, ein Wahnsinniger weiß eine Begründung. Nur kümmert es den Lieutenant überhaupt nicht, was jemand diesem Boß Bradshaw antut, weißt du, während es bei Boß Hookham anders ist. Also hat er versucht, irgendeinen Sinn in der ganzen Sache zu erkennen, und alles, was ihm dazu einfiel, war das mit den Bomben. Das hat ihm in beiden

Fällen die Schüsse erklärt und ihm das starke Gefühl gegeben, er hätte einen Ast zu fassen bekommen, während es in Wirklichkeit nicht einmal ein Zweig war.»

Nachdem sie beide Tassen mit dünnem schwarzem Tee gefüllt hatte, schnalzte Miriam mit der Zunge und sagte leise: «Wie schade, daß der Lieutenant nicht an Gott glaubt, mein Gatte. Nur Gott kann diesem unserem Leben einen Sinn geben.»

Dann rührte sich eins der Kinder im Nachbarzimmer im Schlaf und gluckste in sich hinein, und sie lächelten beide.

Helle rosarote und blaue Lichter flackerten in den Fenstern über dem Frisiersalon, und laute Rockmusik, Gelächter, Stimmengewirr und Gläserklirren waren deutlich von der Straße aus zu hören.

«Leck mich doch!» sagte Jonty und schwang seine Eingangstür weit auf.

«Auf keinen Fall, Kuschelhäschen», sagte Kramer. «Kann ich trotzdem zu Ihrer Party kommen?»

Jonty machte einen Knicks und zog ihn herein. «Herrje, sehen Sie kaputt aus!» sagte er. «So ein Tag also, was? Egal, Kumpel, jetzt sind Sie aller Sorgen ledig! Nie verzagen, Jonty fragen!» Er war schon ziemlich betrunken.

Das größte Zimmer der Wohnung war so vollgepackt wie der Fahrstuhl in einem brennenden Wolkenkratzer, nur daß sich die Leute, die hineingepfercht waren, köstlich amüsierten und entzückt waren, einen weiteren Mann an Bord willkommen zu heißen. Gesichter, die er nie gesehen hatte, lächelten Kramer von allen Seiten zu, ein paar hübsche Mädchen zogen die Augenbrauen hoch, und schon umfing ihn das tiefe, alles durchdringende Dröhnen der Lautsprecher und die wohlige Wärme der vielen schwitzenden Leiber. Blau, rosa, blau blau, rosa, blau, rosa rosa rosa, bumbum, dazwischen aufheulende Horn- und Gitarrenklänge – es war chaotisch. Er grinste: Untertauchen in diesem sinnlosen, zwecklosen, geistlosen Chaos, das war genau das, was er brauchte. Und etwas zu trinken – möglichst viel.

«Schnaps ist hinten in der Küche», sagte Jonty wie eine gute Fee, die wußte, was er sich wünschte. «Habe heute abend 'n echten Barmann aus Teksssas engagiert! Jawoll, Sssir, 'n Typ, den ein Schätzchen vonner Uni mitgebracht hat. Zwitschernse einfach Ihre Bestellung, Partner, und der Cowboy legt los! Ich musss mal eben 'n Wörtchen mit...»

Kramer bahnte sich mit der Schulter einen Weg in die Küche und entdeckte den Texaner sofort: Er hatte ein gebräuntes, angenehm lakonisch wirkendes Gesicht, trug verwaschene Jeans, ein kariertes Hemd, einen Gürtel und Rohlederschuhe. Außerdem erzählte er gerade einem jungen Pärchen in fehlerlosem Afrikaans Anekdoten. Kramer, der weder die Pointe verderben noch sonst irgendwie diese groteske und zugleich beruhigende Szene stören wollte, bediente sich selbst mit einem Wasserglas vom feinsten Brandy, trank es fast leer, füllte es wieder auf und gesellte sich genau in dem Augenblick zu dem Pärchen, als die Geschichte mit einem Lachen endete.

«Was hast du denn in Hongkong gemacht?» fragte das Mädchen.

«Ich habe Mandarin gelernt – eine sehr elegante Sprache mit nur vier Tonhöhen. Einem absteigenden, einem aufsteigenden, einem auf- und absteigenden und einem vierten Ton, der einfach auf einer Höhe bleibt.»

«Kannst du es wirklich sprechen?» fragte der Mann.

Der Texaner lächelte. «Einen Abend kamen mal ein paar Freunde von der Uni auf ein paar Drinks vorbei, und da bin ich in die Küche gegangen, um etwas Eis aus der großen Eismaschine zu holen, die dort steht. Der alte Koch schuftete am Herd. Mir war klar, daß die meisten Leute in Hongkong Kantonesisch sprechen, aber ich dachte mir, sie würden vielleicht etwas Mandarin in der Schule lernen – die kommunistische Regierung will es mit allen Mitteln zur Landessprache machen.»

«Tatsächlich?» fragte das Mädchen.

«Er schuftete weiter am Herd, und ich sagte zu ihm auf Mandarin: ‹Wie geht es Ihnen?› – *Ni hao ma? Ni* heißt ‹Ihnen›, *hao* heißt ‹gut› und *ma* ist die Frageform. Er starrte mich mit offenem Mund an! Also wiederholte ich es noch einmal: *Ni hao ma?* Und da fing er an zu lachen und sagte auf englisch: ‹Sie splechen Mandalin?› – ‹Ja.› Darauf er: ‹Wissen Sie denn, was Sie da sagen? Mandalin ist ganz anders als Chinesisch.› – ‹Nein, keine Ahnung.› – ‹Sie sagen: 'Sie sehr gutes Lennpferd!'›»

Darüber wurde noch lauter gelacht, und jemand dicht hinter Kramer stimmte mit einem kehligen Kichern ein. Als er sich umdrehte, stand die kleine Rothaarige aus dem Salon da, leicht beschwipst in einem weinroten Kleid. Sie hatte einen breiten auffallenden Mund, eine nette Stupsnase und kornblumenblaue Augen, so rund und so keck wie ihre hohen Brüste.

«Hi!» sagte sie lächelnd. «Erinnern Sie sich noch an mich?»

«Selbst an Teile, die ich damals nicht gesehen habe», sagte Kramer. «Sie arbeiten unten bei Jonty, stimmt's?»

Ihr Lächeln wurde breiter. «Ich tue eine Menge für Jonty.»

«Ach ja? Klingt interessant.»

«Wollen Sie mich verhören?»

«Aber sicher», sagte Kramer.

«Wann? Jetzt?»

«Nein, zuerst muß ich Sie ein bißchen weichklopfen – darf ich Ihnen das Glas mit irgendwas füllen?»

«Ich weiß nicht recht, ob ich diesen Ton mag!» sagte sie, und ihre blauen Augen sprühten. «Ich kann mir nicht helfen, aber ich habe das Gefühl, daß wir von verschiedenen Dingen reden!»

«O nein, ich will nur in Ihre innersten Geheimnisse eindringen.»

Sie lachte. «Das kommt später! Na schön, ich nehme noch – einen großen Campari, bitte. Mit viel Eis.»

«Ein großer Campari, kommt sofort...»

«Ich bin Tish.»

«Prost!» sagte Kramer. «Ich bin Trompie.»

Danach ging alles mit traumhafter Leichtigkeit, und hätte Kramer nicht auf leeren Magen getrunken, wäre er womöglich nicht so skrupellos gewesen. Sie gingen in den großen Raum zurück, fanden ein Plätzchen, wo sie ihre Gläser abstellen konnten, und mischten sich unter die Tanzenden. Eine Stunde oder länger, mit kurzen Unterbrechungen zum Gläsernachfüllen in der Küche, überließen sie sich mit Haut und Haar den heißen Rhythmen, die sie allmählich immer näher zueinander brachten, bis sie schließlich, benommen und wie berauscht, in einer Ecke auf ein paar Kissen sanken. Ihre Pupillen waren riesig, als seine Hand von ihrer Schulter in ihr Kleid glitt.

Tish kicherte. «Das wird mich aber nicht weichklopfen, Trompie!»

«Scheint mir auch so», murmelte er und spürte, wie sich ihre linke Brustwarze unter seiner hohlen Hand versteifte. «Und wenn ich jetzt hier drücke?»

«Wie auf einen Knopf, meinst du? À la ‹Wir haben unsere Methoden, um Sie zum Reden zu bringen›?»

«Hmmm.»

«Drück mal, aber du setzt vielleicht was in Gang, was du nicht mehr anhalten kannst!»

«Soll ich?»

«Ich hab dich gewarnt», sagte sie und knabberte an seinem Ohr.

Kramer drückte die Brustwarze ganz zart und setzte wirklich etwas in Gang. Der Kuß dauerte, bis jemand über seine Beine stolperte und er voller Erstaunen über ihre Zunge zu sich kam.

«Soll ich jetzt gestehen?» fragte sie. «Ausplaudern, wo der arme Bonzo zum Essen war? Alles erzählen, was ich weiß?»

«Wie?»

«Guck doch nicht so ernst», sagte Tish schmollend und tippte ihn auf die Nase. «Nicht, solange wir uns amüsieren.»

«Aber wenn du –»

«Du lieber Himmel, was habe ich angerichtet! Ich weiß überhaupt *nichts* über den armen Kerl, ehrlich! Alle reden nur noch von ihm und dem gräßlichen Archie Bradshaw, aber es kommt nichts dabei heraus. Das einzige, was die meisten wirklich aufatmen läßt, ist, daß dieser Zuchthengst Darren endlich einmal ihre Töchter in Ruhe läßt.»

«Der junge Bradshaw ist also ein Zuchthengst, was?» murmelte Kramer und fand wieder einen Knopf zum Drücken. «Worauf hat er sich denn spezialisiert? Lennpferde oder Poloponys?»

«Sehr rassige Pferde!» sagte Tish lachend. «Von der Sorte ‹reiner als Perlen und weißer als frisch gefallener Schnee›. Normalerweise ist er jede Nacht auf Beutefang, mit dem Erfolg, daß letztes Jahr eine gewisse sehr feine junge Dame eine kurze Reise zu einer Londoner Klinik antreten mußte, wenn du verstehst, was ich meine! Deshalb hat ihn sein Papa nach Johannesburg verbannt und – uuuh, ist das angenehm...»

«Und das?»

«Noch angenehmer. Meinst du nicht, daß wir –?»

«He, nicht kneifen! Wenn du das machst, muß ich dich in die Mangel nehmen.»

«Herrlich.» Ihre Hand griff zu. «Mein Gott, was für ein Schlagstock! Es stimmt also alles, was geredet wird! Groß und vielversprechend, und bei Handankurbelung voll unter Strom!»

«Das ist noch gar nichts, Madame – warte mal, bis du siehst, was ich mit meiner kleinen Plastikente alles machen kann!»

Sie küßten sich wieder, und dann stieß sie ihn weg. «Doch nicht hier, Trompie», flüsterte sie heiser. «Nicht hier, und ich glaube, es ist schon jemand in Jontys –»

«Kein Problem», sagte er, stand auf und zog sie auf die Füße. «Zeig mir bloß die Tür, und dann versteck dich eine Minute.» Benebelt vom stetigen Aufblitzen der Lichter, den dröhnenden Rhythmen, von Brandy und Lust, zog er seine Ruger Magnum, riß die Schlafzimmertür auf und marschierte hinein. «Polizei!» bellte er. «Razzia!»

Und alle drei glaubten ihm aufs Wort.

20

«Das ist ja ein schrecklicher Gedanke», sagte Colonel Muller und sah den ordentlich getippten Bericht an, den de Klerk ihm zu seinem Morgenkaffee ausgehändigt hatte. «Ein *Schalldämpfer*, sagen Sie?»

«Ich weiß nicht, ob es wirklich so schrecklich ist, Sir», sagte de Klerk. «Ich würde eher sagen, es stimmt recht gut mit Ihrer Theorie von einem Wahnsinnigen überein und daß wir wahrscheinlich beruhigt sein können, weil seine Experimente fürs erste vorbei sind.»

«Tatsächlich? Was hat Sie denn auf die –?»

«Der Ärger, den wir letzte Nacht da draußen in Six Valleys hatten, Sir, als niemand beschwören konnte, einen Schuß gehört zu haben.»

«Aber wir hatten doch Meldungen –»

«Na ja, viele Leute meinten, sie hätten ‹einen Knall› gehört, und der Junge mit dem Horn hat behauptet, es seien zwei gewesen, bloß: Was sagt Classina Baksteen dazu? Sie hat kein Wort darüber geäußert.»

Colonel Muller wand sich unbehaglich. «Das kommt schon mal vor bei unserer Arbeit im Morddezernat. Die Leute denken sich entweder überhaupt nichts dabei, wenn es knallt, oder die Kugel trifft sie noch vor dem Schall, so daß –»

«Sehr richtig. Aber was ist mit den Eltern?»

«Sie hatten gerade den Western im Fernsehen eingeschaltet, der mit einer wilden Schießerei beginnt – fast jeder hat diesen Film angeschaut.»

«Trotzdem, Colonel, bei mir hat da etwas geklingelt.»

«Tatsächlich?»

De Klerk nahm Bradshaws Aussage aus der Akte, die vor ihm lag. «Mir fiel auf einmal ein, daß Mr. Bradshaw zwar davon gesprochen hat, das ‹Mündungsfeuer› der Waffe gesehen zu haben, aber nichts von einem Knall erwähnte.»

«Er hat aber auch gesagt, daß er wie betäubt war, als ihn die Kugel traf, Frans», stellte Colonel Muller klar. «Er ist womöglich schon bewußtlos gewesen, bevor er den Knall überhaupt hören konnte!»

«Diese Möglichkeit habe ich auch in Betracht gezogen, Sir, aber dann dachte ich, es sei besser, das kurz noch einmal zu überprüfen. Deshalb bin ich heute früh auf dem Weg zum Dienst bei den Bradshaws vorbeigefahren, habe die Sachlage geklärt und Mr. Bradshaw gebeten, sich diesen Punkt noch einmal genau zu vergegenwärtigen.»

«Oh, und wie geht es Mrs. Bradshaw heute?»

«Hatte keine Zeit für die Dame, Colonel, aber er rückte zum Schluß mit etwas heraus, was sich als nützlich erweisen könnte. Zunächst einmal fand er den Gedanken mit dem Schalldämpfer lächerlich und hat mich gefragt, wer denn auf so eine abwegige Idee gekommen sei. Dabei hat er mich aber merkwürdig angesehen, woraufhin ich ihm dann doch noch ein Zugeständnis abringen konnte.»

«Dieser verdammte Sauhund!» Colonel Muller schäumte und stand erregt auf. «Nun erzählen Sie mir bloß nicht, er hätte schon wieder eine Information zurückgehalten, nur weil er sich nicht zum Narren machen will! Er *ist* ein verdammter Narr! – Ich sollte ihn eigentlich anzeigen!»

De Klerk lächelte beschwichtigend. «Würde uns das nützen, Sir? Im Grunde kommt es darauf an, wie man die Sache angeht. Ich glaube, daß Mr. Bradshaw, wenn er nicht gezwungen wird, sich seinem Image entsprechend als harter Typ zu produzieren, sondern nett und freundlich behandelt wird, so drauflosredet wie jeder andere auch. Hier ist jedenfalls seine letzte Aussage, der zufolge er den Schuß nicht gehört hat. Außerdem bin ich überzeugt, daß er jetzt wirklich alles gesagt hat.»

«Was soll denn jetzt noch kommen?» sagte Colonel Muller. «Schalldämpfer! Kriminelle Elemente am Werk. Da wird einem ja schwindelig!»

De Klerks Lächeln blieb unerschütterlich. «Ich bezweifle das, Sir. Erstens: Warum sollten kriminelle Elemente Interesse an Classina haben? Und zweitens: Bei keinem Verbrecher hier in Trekkersburg – oder auch sonstwo in Natal – ist je ein Schalldämpfer gefunden worden. Sie haben einfach nicht das Niveau. Doch bevor ich meine eigene Theorie darlege, möchte ich noch erwähnen, was Bradshaw hinzuzufügen hatte. Er hat ein paarmal einen hochgewachsenen jungen Mann mit rötlichem Haar an der Rennbahn gesehen. Er hat nie mit ihm gesprochen, sondern nur beobachtet, wie er ab und zu stehengeblieben ist und seinen Hund gestreichelt hat – mit ihm einlassen wollte er sich nicht, weil der Mann selbst von weitem einen etwas merkwürdigen Eindruck machte. Erst als mir von allem, was er beiläufig äußerte, ausgerechnet diese Beobachtung beachtenswert erschien, sah auch er ein, daß sie vielleicht bedeutsam war. Und dann erzählte ich ihm von dem Haar, das in dem Strumpf entdeckt wurde. Das hat ihn dann doch erschüttert.»

«Ich will's wohl meinen! Aber warum ist Kramer nicht darauf gekommen? Wo zum Teufel steckt der überhaupt?»

«Sie hatten ihm gesagt, er solle sich einmal richtig ausschlafen, Colonel. Der arme alte Tromp, er war in ziemlich schlechter Verfassung gestern nacht.»

Colonel Muller schätzte nichts höher als die Kollegialität seiner Beamten und lächelte verständnisvoll. «Sie haben recht, Frans, ich hatte es ihm geraten. Und nun lassen Sie mal Ihre Theorie hören. Ist sie klar und einfach?»

«Sie ist fast schon banal, würde ich sagen, Sir.»

«Ausgezeichnet!»

«Aber sie ist abgesichert durch die Kollegen von der Ballistik, weil nämlich Munition mit *niedriger* Mündungsgeschwindigkeit verwendet wurde, wie sie bei konventionellen Waffen mit einem Schalldämpfer erforderlich ist. Bei einer .32er Smith & Wesson beispielsweise, die einem Amateur-Waffenschmied in die Hände gefallen ist. Ich stelle ihn mir als einen in jeder Hinsicht ganz normalen jungen Mann vor, der in Six Valleys wohnt, ein eher stiller Typ und offensichtlich kein besonders guter Schütze, der jedoch trotz allem eine gestörte Persönlichkeit hat. Vielleicht handelt es sich sogar um einen Schizophrenen mit paranoiden Tendenzen, den es reizt, sich mit uns zu messen und –»

«Das genügt», sagte Colonel Muller in der Überzeugung, daß sich jetzt zumindest ein verläßliches Grundmuster abzeichnete. «Ich hatte zu Beginn meiner Laufbahn einen ganz ähnlichen Fall; einen Sechzehnjährigen, der vier alte Damen mit einer Steinschleuder tötete, bis ich ihn schnappte. Er hat mich immer vorher angerufen, aber was ihn zu Fall gebracht hat, war einmal, daß er diese Schleuder einem Freund gestohlen hatte, und zum andern, daß er dann in einer Kraftfahrzeugwerkstatt nach alten Kugellagern fragte.»

«Hochinteressant, Colonel», sagte de Klerk und zog wieder ein ordentlich getipptes Blatt Papier hervor. «Hier habe ich einmal meinen

Plan für den heutigen Tag umrissen, Sir, und wenn Sie und Tromp ihn gutheißen, würde ich mit Vergnügen –»

«Meines Erachtens eine hervorragende Arbeit, Frans», sagte Colonel Muller und überflog rasch die Überschriften. «Und nun verschwenden Sie keine Zeit mehr. Nichts wie weg! Setzen Sie Ihren Plan schleunigst in die Tat um!»

«Aber, Sir ...», stammelte de Klerk entsetzt.

«Machen Sie sich keine Sorgen wegen Ihres Freundes!»

«Tromp wird bestimmt Amok laufen, wenn –»

«Überlassen Sie das getrost mir, Lieutenant de Klerk. Ich lasse mir etwas einfallen, um ein Nachspiel zu vermeiden.»

De Klerk ging, sichtlich beruhigt von dem gebieterischen Ton, den Colonel Muller angeschlagen hatte, und der Colonel lehnte sich rundum zufrieden zurück. Es würde nicht leicht sein, es Kramer beizubringen, aber wenn der Fall auf diese Weise zügig gelöst werden konnte, hatte es sich gelohnt.

Kramer erwachte am Morgen um Viertel nach neun in einer neuen Welt unter einer Zimmerdecke, die er noch nie gesehen hatte und die mit hübschen Papiergänseblümchen dekoriert war.

Er setzte sich auf.

Er befand sich in einem Schlafzimmer mit weißgetünchten Wänden, schwarzem Balkenwerk, einem rauhen Zementfußboden und einer kleinen Lamellentür in einer Ecke. Die Möbel im Zimmer waren alle aus Bambus gefertigt. Drei große Bilder hingen an den Wänden – ein paar Sonnenblumen, ein rotes Café mit einem Billardtisch und ein Mann mit einem verbundenen Ohr, Meerkat Marais nicht ganz unähnlich –, und neben der Tür stand ein altmodischer Hutständer, über den seine Kleider und sein Schulterhalfter drapiert waren. Ein mit blauem Wachsstift beschriebener Zettel war mit einem Streifen Tesafilm ans Ende des Bettes geklebt:

Es gibt Leute, die müssen morgens zur Arbeit. Dein Frühstück steht im warmen Backofen, und dein Hemd und deine Unterwäsche hängen zum Trocknen in der Dusche. Sehe ich dich um sechs? Tish

Kramer ließ sich nach hinten fallen und lächelte den Gänseblümchen zu. So fühlt man sich vielleicht, wenn man wiedergeboren ist, dachte er, in Anbetracht seines Adamskostüms gar nicht mal so abwegig. Er reckte sich, wickelte sich das Laken um und ging zu dem hohen

Schiebefenster hinüber, um einen Blick hinauszuwerfen. Die Wohnung war offenbar in einem Altbau, der in dem Viertel unterhalb des Krankenhauses stand, mit Blick auf die Weiden am Umgungundhlovu-Fluß. Dann öffnete er die kleine Lamellentür, entdeckte dahinter die Dusche und machte, nachdem er seine Wäsche abgenommen hatte, ausgiebigen Gebrauch davon. Er hätte gern ein paar von den bonbonfarbenen Mixturen ausprobiert, die auf einem Brett über dem Wasserhahn aufgereiht waren, war sich aber über deren Wirkung, zum Beispiel auf einen so verschlagenen Typen wie de Klerk, nicht im klaren. Der Mann widersprach zu häufig. Tish hatte ihm ein echtes Gilette-Rasiermesser, einen Dachshaarpinsel und eine angebrochene Tube Rasierseife hingestellt; irgendwie interessant und beruhigend.

Kaum hatte er sich angezogen und in aller Eile sein Halfter übergestreift, verspürte Kramer einen furchtbaren Hunger. Er ging ins Nachbarzimmer und sah, daß es sich um eine große Wohnküche handelte, mit großen Kissen statt Stühlen, Jalousien an den Fenstern, Regalbrettern voller Bücher und Schallplatten und verschiedenen teuren Ziergegenständen, die nicht recht dorthin paßten; interessant.

Dein Frühstück stand auf einem zweiten Zettel an der Backofentür, für den Fall, daß er den ersten übersehen hatte. Es war ein ausgezeichnetes Frühstück: vier gegrillte Lammkoteletts, sechs Streifen Frühstücksspeck, Kartoffelpuffer, gebratene Bananenscheiben, Auberginen und Pilze. Im allgemeinen tankte er einfach nur Energien auf, statt genüßlich zu essen, aber diesmal setzte er sich auf den Stuhl, auf dem *Dein Platz* stand, und ließ es sich bis zum letzten Krümel schmecken. Dann fiel sein Blick auf eine weitere Notiz, die an einer Glasschale lehnte: *Deine Kugeln*. Auch sie weckte keine Erinnerungen an seine Ankunft in dieser Wohnung vergangene Nacht oder an seine Verfassung zu jenem Zeitpunkt bei ihm, aber er konnte es sich jetzt immerhin lebhaft vorstellen. Er stellte das Geschirr für das Hausmädchen in die Spüle, lud seine Ruger wieder und schlüpfte in sein Jackett. *Dein Schlüssel* stand auf einem Schildchen, das mit einem rosa Bändchen an einem Schlüssel neben der Tür hing.

«Dein Wunsch ist mir Befehl, Lady», sagte Kramer, ließ das Bändchen hängen und machte sich gemächlich davon.

Zondi stand bei der Einsatzbesprechung, die von Lieutenant de Klerk im Hauptraum des CID abgehalten wurde, im Hintergrund und kaute an einem Streichholz.

«Und jetzt solltet ihr Bantus mal gut zuhören», sagte de Klerk und straffte seine schmalen Schultern, «denn der ganze Erfolg dieser Operation hängt davon ab, daß jede Spur genauestens untersucht wird. Die von euch, die heute vormittag nach Six Valleys abkommandiert sind, müssen sicherstellen, daß auch nicht ein Haus mit einer Hobbywerkstatt übersehen wird. Diesbezüglich ist die Arbeit der Bantu-Beamten von äußerster Wichtigkeit: Ich möchte, daß Sie die Hausangestellten aller Haushalte genauestens überprüfen für den Fall, daß uns irgendwelche Eltern aus Angst, ihr Sohn könnte unerlaubten Aktivitäten nachgehen, irrezuführen versuchen.»

Zondi kaute auf seinem Streichholz herum.

«Sie bekommen natürlich alle eine Liste, in der aufgeführt ist, nach welchen Gegenständen und Materialien Sie Ausschau halten sollen. Die gleiche Liste hat auch Trupp zwei bei sich, der Ausbildungsstätten für die Metallverarbeitung, die technische Hochschule sowie andere Institutionen aufsucht, in denen das Know-how zur Herstellung eines Schalldämpfers erlernt werden kann. Trupp drei soll sich, wie bereits erläutert, jedes Sportgeschäft im Bezirk vornehmen, nicht nur die in Trekkersburg und auch nicht nur solche, die mit Waffen handeln und daher eventuell einen Verdächtigen kennen, auf den die Beschreibung paßt. Es werden dort auch Springseile verkauft, vergessen Sie das nicht! Lassen Sie keine noch so kleine Spur unbeachtet, die zur Identifizierung des Mannes beitragen könnte. Und Trupp vier wird, wie ich zu Anfang sagte, hier im Hauptquartier bleiben und die eingehenden Informationen koordinieren.»

Dem Kriminalbeamten Bateman, der den vorherigen Tag damit zugebracht hatte, allen Meldungen von Schüssen nachzugehen, entrang sich ein Stöhnen.

«Schon gut, Bateman», sagte de Klerk mit einem gefälligen, strahlenden Lächeln unter dem adrett gestutzten Schnurrbart, «die Schußmeldungen sind nicht mehr relevant – die Damen im Sekretariat kümmern sich darum. Irgendwelche Fragen?»

«Jawoll, Sir», sagte Kriminalwachtmeister van Rooyen, ausgeliehen von der Drogenfahndung. «Wo genau paßt Lieutenant Kramer in diesen Plan?»

«Sie wollen wohl eher wissen, *wann* genau!» spöttelte de Klerk, was mit schallendem Gelächter belohnt wurde. «Wenn das alles ist, Leute, seid ihr entlassen.»

Zondi spuckte das Streichholz aus, machte auf dem Absatz kehrt und stieg zum Dachboden über der Toilette für Nichtweiße hinauf, wo er sich auf den Boden legte. Von dort aus konnte er durch eine Lücke in den roten Ziegeln den Fahrzeughof beobachten.

Kramer kam spät um elf Uhr beim CID an, denn er hatte seinen Wagen erst gefunden, nachdem er das Krankenhausviertel mit einem Taxi abgekämmt hatte. Mit munteren Schritten kam er in Colonel Mullers Büro marschiert und setzte sich auf eine Ecke des Schreibtischs.

«Morgen, Colonel!» sagte er und kniff ein Auge zu.

Colonel Muller sah ihn argwöhnisch an. «Das macht also ein gesunder Schlaf aus Ihnen?»

«Nicht direkt, aber wo sind denn alle hin, he?»

«Hm.»

«Hmmm? Und?»

«Hier», sagte Colonel Muller und schob ihm zwei sauber getippte Seiten hin, unter denen seine gestochene Unterschrift glänzte. «Werfen Sie mal einen Blick hierauf, Lieutenant – dann bekommen Sie einen Eindruck vom Stand der Dinge.»

Kramer nahm die Blätter, die unübersehbar von de Klerk geschrieben waren, und überflog sie ohne jedes Gefühl. Nach der Nacht, die hinter ihm lag – oder vielmehr, was ihm davon noch in Erinnerung war –, war ihm deren Inhalt ebenso fern wie irgendeine Meldung in einer Zeitung vom Vorjahr. Was Gefühle der Empörung anbetraf, so war das ein Schlag ins Wasser. Wie Tish gesagt hatte, während sie ihre Beine um ihn schlang, kam es unter dem Strich doch nur darauf an, daß es ihm Spaß machte.

«Wirklich erstklassig, Sir», sagte er und reichte die Seiten zurück, «wenn ich so unverschämt sein darf, meine Meinung zu äußern. Zeugt von Logik und Kombinationsfähigkeit, diese Idee mit dem Schalldämpfer. Teufel auch, ich hatte das einfach der schlechten Beobachtungsgabe der Leute zugeschrieben, wie sonst.»

«So?»

«Es könnte die Lösung sein, Colonel – aber Sie wissen ja, wie das ist, ich bin am Ende meiner Weisheit bei diesem Fall. Wann sind Sie denn auf die Idee gekommen?»

«Ach, sozusagen durch vereinte Bemühungen», sagte Colonel Muller und verstummte wieder, um seine Pfeife anzuzünden. «Wenn Sie sagen, Sie seien –»

«Noch eins, Colonel.»

«Lieutenant?»

«Na ja, um ehrlich zu sein, sehe ich nicht recht, wo ich noch gebraucht würde. Frans de Klerk ist doch sicher der richtige Mann für Sie, oder? Mir macht es keinen Spaß mehr, und außerdem bin ich mit vielem anderem im Rückstand – könnte ich mich vielleicht ein paar Tage nur damit befassen?»

«Äh...», gab Colonel Muller von sich, als sei ihm gerade das Wort aus dem Munde genommen worden, und sah Kramer noch argwöhnischer an. «Ist das wieder Ihr Sarkasmus, he?»

«Bitte, Sir?»

«Na ja, vielleicht haben Sie recht, Trompie», sagte Colonel Muller und bot ihm eins von den zähen Tennis-Plätzchen an, die er sich zum zweiten Frühstück zu gönnen pflegte. «Statistisch gesehen haben wir doch hier nur einen Mord und zwei Mordversuche, und der Tote war im Grunde ein Ausländer. Es muß schon über eine Woche hersein, seit wir –»

«Also kann ich loslegen und ein bißchen was von den Routinesachen aufarbeiten?»

«Gewiß doch! Wenn Sie nichts dagegen haben, daß Frans –»

«Dagegen? Um ganz ehrlich zu sein, Colonel, ich bin verdammt froh, es vom Hals zu haben», erklärte Kramer wahrheitsgemäß.

«Was steht denn als erstes an bei Ihnen?»

«Nichts Anstrengendes. Ich dachte mir, daß ich Zondi diesen Banjo Nyembezi wegen des Tötungsdeliktes in Mama Bhengus Bordell schnappen helfe.»

«Aha.»

Kramer beobachtete, wie Colonel Muller verstohlen eine sauber getippte Aktennotiz unter seine Schreibtischauflage schob, und einen kurzen Augenblick lang sah er seine neue Lebensanschauung gefährdet. Doch dann wurde ihm klar, daß er nur gewinnen konnte, wenn er seine Ziele im Auge behielt und die Dinge unbeschwert anging.

«Sie sagen ‹Aha›, Sir.»

«Ach ja, Bantu-Sergeant Zondi gehört gegenwärtig zu de Klerks Trupp, damit er ein Auge auf ihn halten kann. Ich kann ihn selbstverständlich wieder in den normalen Dienstablauf eingliedern, aber dazu muß ich erst mal eine Sache klären. Sie wissen ja, daß ich gewillt bin, ein Auge zuzudrücken, was den unglückseligen Vorfall gestern abend betrifft, denn Sie hatten wirklich viel Streß in den letzten Wochen. Aber welche Entschuldigung hat Zondi? Hat er Sie freiwillig zu dem Anwesen begleitet in dem Wissen, daß Sie meinen strikten Anweisungen zuwiderhandelten? Oder ist er nur Ihrem Befehl nachgekommen?»

Kramer rutschte grinsend von seiner Schreibtischecke herunter. «Teufel auch, Colonel, er ist doch nur ein Kaffer, oder etwa nicht? Was meinen Sie denn?»

Sie ergriffen Banjo Nyembezi noch am selben Nachmittag um vier Uhr. Sein Fehler war, daß er mehrmals hintereinander Spielschulden gemacht hatte und dann verschwunden war, so daß die Parole umging, ihm sei nicht mehr zu trauen. Das hieß, daß Spieler nah und fern die Augen nach ihm offenhielten, und als sie hörten, daß Kramer und Zondi einen Haftbefehl für ihn hatten, rissen sie sich darum, ihnen zu helfen. Glänzende Limousinen tauchten auf einmal überall in Peacevale auf und hielten an Straßenecken oder stoppten kurz in kleinen Gassen, und ähnliches geschah in zwei neueren Townships von Trekkersburg. Schließlich fand Yankee Boy Msomi, ein professioneller Spitzel, dessen Augen so traurig aussahen wie hartgekochte Eier in schwarzen Eierbechern, sein Versteck in einer Wellblechhütte in der Nähe der Baptistenmission heraus.

«Da siehst du, wie du die Gewaltbereitschaft hier ringsum erhöhst, Mann», beklagte sich Yankee Boy, der wie immer auf der hinteren Sitzbank eines rostigen Plymouth auf einem Schrottplatz hockte, bei Zondi. «Banjo hat bis vor einer Stunde, als er munkeln hörte, du und Onkel Tom da hinten machten Jagd auf ihn, noch nie ein Schießeisen in die Hand genommen.»

«Banjo hat eine Kanone?»

«Sehr richtig – hat schon einen Mann schwer verletzt, um dranzukommen, nur daß *dessen* Name nicht über meine Lippen kommt, Bruder. Aber du kapierst sicher, was ich meine, oder?»

«Was für eine Kanone?»

«Irgend 'ne Art von sechsschüssiger, vermute ich mal. Seid ihr Bullen nicht 'n bißchen hart drauf? Sind doch bloß Spielschulden!»

Zondi grinste schief. «Wieso Schulden? Unser Haftbefehl lautet auf Mord.»

«O wow, Mann!» Wenn Yankee Boys Augen Schalen gehabt hätten, wären sie jetzt gesprungen. «Hätten wir gewußt, daß es ums

Hängen geht, hättet ihr kein verdammtes Sterbenswörtchen von uns gehört!»

«Das hatten wir uns gedacht», sagte Zondi, der auch schon ein paar einschlägige amerikanische Paperbacks gelesen hatte. «Er ist also ein übler Bastard?»

«Er ist *niederträchtig*, Bruder, absolut *niederträchtig*. Paßt nur auf, daß ihr keinen Mist baut und der Kerl am Ende frei rumläuft, denn Yankee Boy hat noch keine Lust auf die ewigen Jagdgründe! Vielleicht sollte ich fürs erste in einem tiefen Loch verschwinden.»

«Wird schon werden», versicherte Zondi ihm.

Er konnte sich nicht erinnern, wann er den Lieutenant das letzte Mal so entspannt und gut gelaunt erlebt hatte, und damit war schon viel gewonnen im Kampf mit einem verzweifelten Killer wie Banjo Nyembezi.

Die Wellblechhütte lag strategisch schlecht. Die einzige Deckung davor war ein altes, mit Wasser gefülltes Ölfaß, und von dort aus waren es noch fast zehn Meter bis zur Tür. Hinter der Hütte war eine niedrige Steinmauer, aber der Zwischenraum zwischen der Mauer und dem kleinen rückwärtigen Fenster war vollgestellt mit brandgeschädigten Eisenbettgestellen, die fast ebenso schwer zu überwinden waren, wenn man's eilig hatte, wie ein Stacheldrahtverhau. Und zu allem Überfluß wuchsen zu beiden Seiten der Hütte auch noch dichte Reihen von Feigenkakteen.

«Wir werden ihm die Chance geben, mit erhobenen Händen aus der Hütte herauszukommen», sagte Kramer, der von einer Ecke der Missionskapelle aus die Szene begutachtete. «Ich gehe hinter dem Ölfaß in Stellung, und du schleichst dich jenseits der Mauer von hinten an. Hat noch nie eine Kanone benutzt, sagst du?»

«Das hat mir jedenfalls Yankee Boy gesagt», bestätigte Zondi.

«Dann ist er bestimmt ein lausiger Schütze. Wenn er das hier um jeden Preis durchziehen will, könnten wir mal wieder unseren Drunter-und-drüber-Trick probieren!»

«Klingt gut, Boß. Alle Spieler können sehr gut zählen.»

Der Missionar zupfte Kramer am Ärmel. «Verzeihen Sie», sagte er besorgt, «aber ich habe zufällig mitgehört. Sie wollen doch nicht ganz allein mit diesem Mann fertig werden, hoffe ich? Hier sind überall Kinder, und wenn er –»

«Ihnen passiert nichts, Herr Pfarrer, wenn Sie dafür sorgen, daß sie hinter der Kirche bleiben, wie ich empfohlen hatte.»

«Aber es sind doch keine hundert Meter von dort nach hier», protestierte der Missionar und schielte durch seine billige, gesprungene Brille zu der Hütte hinüber, und das rote Muttermal auf seiner bleichen Wange hob sich wie ein Tintenklecks davon ab. «Die Strecke könnte er in zwölf Sekunden zurücklegen!»

«Sogar in zehn, Herr Pfarrer. Nur hat er nicht die mindeste Chance.»

«Wie können Sie da so –?»

«Schauen Sie einfach zu», sagte Kramer, «und beten Sie, wenn Sie wollen, aber halten Sie um Gottes willen Ihren Kopf unten.»

Zwei Minuten später kauerte Kramer in der brennendheißen Nachmittagssonne hinter dem Ölfaß, die Tür der Hütte im Auge. Er hörte einen schrillen Pfeifton, der anzeigte, daß Zondi bereit war, und antwortete mit einem Pfiff. Ein Schuß knallte aus der PPK und prallte, ohne Schaden anzurichten, vom Dach der Hütte ab.

«Polizei!» rief Kramer laut. «Das war eine Kugel aus dem Revolver von Sergeant Zondi, Banjo Nyembezi! Er ist hinter dir, und ich bin vor dir, es gibt also kein Entkommen. Wir wissen, daß du eine Waffe hast – schmeiß sie einfach vor die Tür, und komm langsam mit erhobenen Händen raus!»

Ein Knall ertönte, und Staub wirbelte drei Meter links vom Ölfaß auf.

«Jetzt hast du nur noch fünf Kugeln übrig!» schrie Kramer. «Und wie viele haben wir, Banjo Nyembezi? Allein in meiner Kanone noch sechs Schuß! Jawohl, sechs! Und Zondi hat acht in seiner! Welche Aussichten hättest du da, he? Kannst du unter diesen Umständen gewinnen?»

Ein Schwall von obszönen Zulu-Flüchen drang aus der Hütte, und Kramer sah belustigt, daß der Missionar wieder etwas Farbe bekam. «Herr Pfarrer?» rief er ihm zu. «Wollen Sie ihm nicht erzählen, wie hoffnungslos seine Lage ist? Sie können ja auf Ihre Bibel schwören, daß alles, was Sie sagen, wahr ist.»

Der Missionar begann von der Ecke der Kapelle aus in eindringlichen Zulu-Worten auf den Flüchtling einzureden. Nyembezi unterbrach ihn mit einer Frage, die er nach einigem Zögern beantwortete.

«Worum ging's denn, Herr Pfarrer?»

«Er hat mich gefragt, ob Sie wirklich nur zu zweit wären, und ich konnte ihn doch nicht anlügen. Ja, nur die zwei, so wahr Gott mein Zeuge ist.»

«Völlig in Ordnung», sagte Kramer, dem bekannt war, daß der Mann bei den Schwarzen wegen seiner absoluten Ehrlichkeit Hochachtung genoß. Dann wandte er seine Aufmerksamkeit wieder der Hütte zu. «Deine letzte Chance, Banjo! Ich zähle jetzt bis fünf, und wenn du dann nicht draußen bist, hat Sergeant Zondi den Auftrag, dich zu töten!»

Der Missionar schnappte nach Luft.

«Eins», begann Kramer. «Zwei, Nyembezi! Drei! Vergiß nicht, daß ich sechs Kugeln habe! Und Zondi acht! Rechne dir deine Gewinnchancen aus, Nyembezi! Vier, Nyembezi! Wie viele Kugeln hast du denn noch, Nyembezi?» Er wartete darauf, daß sich der Mann ergab. «Fünf!»

Zwei Schüsse fielen in schneller Folge hinter der Hütte, und gleich danach ertönte ein lauter Knall von Nyembezis Waffe. Zondi schrie auf, war einen Augenblick lang seitlich der Hütte sichtbar, taumelte zurück, warf seinen Revolver in die Luft und brach hinter der Mauer zusammen.

«Barmherziger Gott!» rief der Missionar. «Ihr afrikanischer Beamter ist –»

Kramer feuerte sechsmal auf die Hüttentür und brüllte: «Jetzt hab ich dich, du Bastard! Du wärst nie da hinten rausgekommen!»

Etwas bewegte sich hastig; Nyembezi hatte die Hütte durchquert, riß die Tür auf und kam auf Kramer zugerannt, um in todsicherer Schußweite zu sein, bevor er abdrückte. Kramer schleuderte ihm seine leere Magnum entgegen. Dann hockte er sich hin und schoß auf Banjo Nyembezi mit Zondis Walther PPK, die er Sekunden zuvor aufgefangen hatte, nachdem sie ihren langsamen, zielgenauen Flug beendet hatte.

«Sie sehen aus, als hätten Sie gerade das Licht Gottes gesehen, Herr Pfarrer», sagte Kramer. «Und keine Sorge! Banjo hat nur eine Fleischwunde.»

«Mama, Mama!» schrien die jüngeren Kinder, so daß Miriam zur Tür rannte. «Mama, sieh doch nur! Unser Vater ist zurück, und dabei ist es noch hell!»

«Es ist nicht mal sechs!» sagte sie, und dann wurde ihr flau im Magen, denn ihr wurde auf einmal bewußt, daß sie gar kein Auto hatte vorfahren hören. «Mickey?» sagte sie, als sie auf der Straße vor ihm stand. «Mickey, was ist passiert?»

«Ein schöner Tag heute, sonst nichts. Der Lieutenant hatte es nur ein bißchen eilig, und da hat er mich schon vorne am Tor abgesetzt.»

«Aber du warst doch selten so früh zu Hause!»

Zondi zuckte die Achseln. «Das liegt an unserer neuen Arbeitsweise.»

«*Hau!* Dann bitte Gott, daß es so bleibt!»

«Oh, ich glaube schon, daß es so bleibt», sagte Zondi.

21

Meerkat Marais war vollkommen von seiner blinden Besessenheit gefangen und wurde von Tag zu Tag mungoähnlicher.

Die Nymphomanin vom Fernsprechamt war schamlos offen in ihrer Reaktion auf diese unerfreuliche Metamorphose. Sie sagte ihm, daß seine kleinen roten Augen vom Anstarren der Wand bald so rot und klein wären, daß sie im Dunkeln leuchteten. Sie sagte, seine mageren Wangen würden dadurch, daß er nie aß, so einfallen, daß seine Zähne schon hervorträten wie gelbe Reißzähne, die eine Reinigung nötig hätten. Und zum Schluß bemerkte sie, wie sehr doch sein knochiges, haariges Körperchen zusammengeschrumpelt wäre, um dann noch unbesonnen hinzuzusetzen, daß es mit seiner Kobra wohl auch vorbei sei, da diese ihr Haupt nun schon eine Woche lang nicht mehr erhoben habe. Daraufhin schlug Meerkat sie mit dem Dampfbügeleisen, das sie gerade benutzte, halbtot, bügelte ihr die Brustnippel platt und machte sich auf den Heimweg zum Tatort über der Reinigung.

Er hatte eine vage Beschreibung erhalten, das war alles.

Vage, weil sie von einer Epileptikerin stammte, die außerdem noch schlechte Augen hatte, aber immerhin hatte er jetzt wenigstens von einem der beiden Pistolendiebe eine gewisse Vorstellung. Der Mann war Weißer, hatte dunkelbraunes Haar, war groß und zwischen achtzehn und dreißig Jahre alt. Seine Kleidung war angeblich ziemlich elegant gewesen, was vermuten ließ, daß er aus einem erheblich feineren Stadtteil kam, und hatte aus einem dunklen Anzug, einem blauen Hemd und einer gestreiften Krawatte bestanden, deren Farben ihr nicht mehr einfallen wollten. Er hatte eine schwarze Aktenmappe getragen und einen irgendwie federnden Gang gehabt. Zwei- oder dreimal hatte er an Meerkats Tür geklopft, um dann schließlich eine weiße Karte hervorzuziehen und in der Wohnung zu verschwinden. Er war nur sehr kurz darin geblieben und hinterher schnell weggegangen.

«Na los, Dynamit! Laß mal hören, was sonst noch war, he?»

«Grrrrr», murmelte Dynamit und verschlang eine ganze Dose Kitekat, die sein Ernährer vorsorglich auf dem Heimweg geklaut hatte.

«Du bist mir ein schöner Wachhund», knurrte Meerkat mit einer klitzekleinen Spur von Zuneigung. «Was ich wissen will, ist, welcher Montag es war? Ist das zuviel verlangt?»

«Grrrrr», knurrte Dynamit und wurde unruhig.

Das Problem war natürlich, daß Meerkat acht Tage fortgewesen war, ehe er die Ungeheuerlichkeit entdeckt hatte, und noch einige Tage hier und dort, so daß nicht mehr festzustellen war, wann die Sache passiert war. Nicht, daß dies letzten Endes eine Rolle gespielt hätte, aber er zerbrach sich inzwischen über jede einzelne Kleinigkeit den Kopf. Der gestreifte Schlips zum Beispiel: Die einzigen gestreiften Schlipse, die Meerkat kannte, waren entweder ziemlich elegante oder solche, wie Schüler sie trugen, und die Beschreibung, so ungenau sie auch war, paßte eindeutig nicht auf einen Schuljungen. Eigentlich war die gesellschaftliche Zugehörigkeit der betreffenden Person recht verwirrend, denn feine junge Männer wagten sich nie in diesen Teil der Stadt, es sei denn, sie wollten eine Versicherung an den Mann bringen, und diesbezügliche Nachforschungen hatten keine Aufklärung gebracht. Was ihn außerdem noch zutiefst verunsicherte, war, daß die Epileptikerin nur eine Person zu seiner Wohnung gehen sehen hatte, wohingegen die Fingerabdrücke auf den Gläsern darauf hindeuteten, daß es zwei gewesen waren.

Vor sich hin summend und vorübergehend in gehobener Stimmung wie immer, wenn er ordentlich Prügel ausgeteilt hatte, beschloß Meerkat, erneut nach hinten zu gehen und sich die Gläser noch einmal anzuschauen. Es war ja möglich, daß er dabei genau die Art von Hinweis bekam, auf die Kramer so scharf war – einen fehlenden Mittelfingerabdruck beispielsweise. Die Gläser lagen zerbrochen auf dem Fußboden vor seiner Bar, aber er brachte es in kürzester Zeit fertig, die Scherben ihrer Form nach in zwei Häufchen zu sortieren, und einige Bruchstücke waren groß genug, um sie genauer zu betrachten. Die Fingerabdrücke erschienen ihm nun viel schwächer, als sie ursprünglich gewesen waren, und wie sehr er sie auch im Licht drehte, konnte er doch nichts Klares erkennen.

«Prrrrr?» schnurrte Dynamit, der ihm nachgegangen war, und ließ sich auf seiner Jacke nieder.

Aber Meerkat war in Gedanken verloren. Die Männer von der Spurensicherung benutzten feinen Kreidestaub, wie er wußte, und er fragte sich, ob Talkum es wohl auch tat. Er hatte zwar keins da, aber er konnte immer schnell zum Eckladen hinunterflitzen und welches stehlen. Die Beamten verwendeten manchmal auch schwarzen Staub, der ein wenig wie Ruß aus einer Petroleumlampe aussah, aber so etwas hatte er ebensowenig im Haus. Diesen Staub pflegten sie mit einer Art Gummiball aufzupusten, um dann die Fingerabdrücke mit Tesafilm abzuheben. Tesafilm hatte er, sogar fünf Rollen. Dann fiel ihm ein, daß er auch ein Pumpfläschchen mit Graphitstaub hatte, der sich hervorragend dazu eignete, Schlösser gängig zu machen, so daß der Schlüssel lautlos umgedreht werden konnte. Der ging vielleicht.

«Halt dich zurück!» sagte er zu Dynamit. «Jetzt geht Sherlock Houses ans Werk!»

Dynamit fiel in einen tiefen Verdauungsschlaf und schenkte der fieberhaften Betriebsamkeit der nächsten fünf Minuten keine Beachtung. Zum Glück brauchte Meerkat nichts aus seinen Jackentaschen.

«Hölle und Teufel, sieh mal an!» rief Meerkat, als er den Tesafilm abgezogen hatte und darauf ein paar klare Abdrücke erblickte. «Dann woll'n wir doch mal sehen, was wir erkennen können ...»

Er drückte sich eine Uhrmacherlupe ins rechte Auge, für die er immer irgendwann Verwendung zu finden gehofft hatte, und versuchte zu entdecken, was auch Spurensicherungsbeamte unter solchen Umständen entdeckten. Es wunderte ihn, wie klar unterschieden die Muster waren: Spiralen auf dem einen Finger und demgegenüber eine Art Bananenform auf dem anderen. Er stellte Vergleiche mit seinen eigenen Fingerabdrücken an, die beim Umgang mit dem Tesafilm darauf zurückgeblieben waren. Aber statt daß nun seine Fingerabdrücke völlig anders aussahen, waren sie in seinen Augen genau gleich. Seine Hände begannen zu zittern. Er prüfte es noch einmal und dann noch einmal.

«O nein ...», stöhnte er dann, «eins von den Gläsern war die ganze

Zeit über meins!» Das hätte ihm sofort klar sein müssen, da er ein hoffnungsloser Fall war, wenn es darum ging, etwas in die Küche zurückzutragen und abzuwaschen. Statt dessen hatte er wilde Vermutungen angestellt, die ihn Wochen fruchtloser Bemühungen gekostet hatten. «Ich suche nur *einen* Kerl, Dyna, keine Zweierbande, und das ist ein ganz verfluchter Unterschied, nicht wahr?»

Oder sind auf dem anderen Glas etwa auch meine eigenen Fingerabdrücke? fragte er sich mit Schaudern. «Das wäre ja wirklich das allerletzte!» Aber sie waren anscheinend nicht von ihm; diese Fingerabdrücke sahen vollkommen anders aus.

«Was nun?» sagte Meerkat, nahm sich ein heiles Glas und suchte, ob er noch etwas fand, womit er es füllen konnte. «Wie gehen wir jetzt vor?»

Bevor er sich damit befaßte, kehrte er in Gedanken noch einmal zu dem eleganten jungen Mann zurück und stellte ganz neue Überlegungen an. Vielleicht war er kein Profi. Vielleicht hatte er, Meerkat, die Schubladen selbst hintereinander von unten nach oben herausgezogen und keine Zeit daran verschwendet, sie wieder zuzuschieben, aus reiner Gewohnheit und Übung. Vielleicht handelte es sich nur um einen Lackaffen aus einem feineren Stadtviertel, der eine Knarre haben wollte und wußte, daß Meerkat damit handelte. Das paßte: Nur ein solcher Typ konnte so verrückt sein, am hellichten Tag mit einer Aktentasche voller gebrauchter Banknoten eine Kanone kaufen zu wollen in der Erwartung, sie am selben Nachmittag auch gleich mitnehmen zu können. Und dann? Keine Antwort auf sein Klopfen, und da hatte er wieder geklopft, weil er dringend eine Waffe brauchte. So überaus dringend, daß er schließlich einzubrechen beschloß mit Hilfe des Kreditkartentricks, den er im Kino gesehen hatte und der auch tatsächlich funktionierte. Drinnen war der blöde Affe offenbar in Panik geraten, völlig verunsichert, wo in dem Riesendurcheinander er das finden sollte, was er suchte. Er war an die Bar getreten und hatte seine Nerven mit einem Schluck Scotch beruhigt. Aber warum hatte er plötzlich einen Blick in den Kühlschrank geworfen? Die Antwort war leicht: weil er womöglich die gleichen Fernsehfilme angeschaut hatte wie Meerkat – jetzt, wo er darüber nachdachte, fiel ihm ein, daß oft genug in solchen Filmen Kühlschränke als Versteck dienten, daß seine Idee also gar nicht so clever gewesen war. Jedenfalls hatte der junge Mann nachgesehen, den Revolver im Eisfach gefunden, das ja bei näherer Überlegung fast wie ein Safe aussah, Dynamit einen Tritt versetzt und war hinausgeeilt, inzwischen so voller Angst, daß er nicht mehr darauf geachtet hatte, die Tür richtig zu schließen. Kein Wunder, daß die Epileptikerin gesagt hatte, er hätte irgendwie einen federnden Gang gehabt!

Meerkat trank drei Finger hoch Crème de menthe und hatte das ziemlich sichere Gefühl, diesmal recht zu haben; eigentlich war es nicht nur ein Gefühl, sondern eine tödliche Gewißheit. Bei dem Gedanken daran, daß ihm etwas gestohlen worden war von einem reichen Affen, dem seine Eltern jeden Wunsch von den Augen abgelesen hatten, wich seine gute Laune abrupt einer blinden Wut. Von seinen eigenen Eltern hatte er nie etwas bekommen, nur Mißhandlungen, blaue Flecken, Zigarettenbrandmale, Armbrüche und einen Hungerfraß, und angesichts der schreienden Ungerechtigkeit der an ihm begangenen Untat konnte er sich nur noch die Ohren zuhalten, aufschluchzen, auf den Fußboden setzen und sich vor und zurück wiegen.

Er saß noch immer in seinem Wohnzimmer auf dem Fußboden und wiegte sich vor und zurück, als über ihm eine fröhliche Stimme ertönte.

«Mein Gott, Meerkat! Mußt du aber einen Kater haben!»

Meerkat blickte auf und sah Basil «Silberfinger» Benson, einen Trickbetrüger, der sich darauf spezialisiert hatte, dumme alte Frauen auszunehmen, in seinem besten Anzug und in allerbester Stimmung. «Hau ab», sagte Meerkat, mehr brachte er nicht fertig zu sagen.

«Immer sachte, mein Alter», murmelte Benson, der nebenbei noch Pornofilme und schmierige Sexmagazine vertrieb und so ziemlich jedes plötzliche Gelüst befriedigte, das seine Kunden verspürten. «Ich finde, ich bin schon entsetzlich langmütig gewesen.»

«Wieso, he? Ich bin nämlich nicht in langmütiger –»

«In bezug auf die kleine Vermittlungsgebühr, die du mir schuldest – du weißt schon, ein junger Mann, der ein etwas unklares Interesse an einem Ballermann äußerte. Na ja, das ist nun schon gut einen Monat her, und allmählich habe ich mir doch Sorgen gemacht wegen unserer – äh – kleinen Vereinbarung. Hab dich überall gesucht. Warst festgenagelt, was? Bei 'nem hübschen jungen Ding, stimmt's?»

Meerkat sprang Benson an die Kehle und drückte ihm seine ungeschnittenen Fingernägel in den Hals. «Du? Du hast ihn hergeschickt?»

«Im-mer *sachte*», keuchte Benson und fiel rückwärts aufs Sofa, «hatte nichts mit irgendwelchen krummen Sachen zu tun, bestimmt nicht! Reines Sammlerinteresse, hatte allen Grund, das zu glauben – urrrrg!»

«Basil», sagte Meerkat sehr leise, und Dynamit floh aus dem Zimmer. «Ich werde dir nicht weh tun, Basil, aber halt mich nicht noch mal zum besten! Erzähl mir bloß, wer –»

«Ein Waf-f-fenliebhaber, sammelt sie, hab natürlich nur mit dem Zwischenhändler gesprochen, alles sehr diskret, *sehr, sehr* diskret, kann ich dir versichern! Alte Muni–»

«*Wann?*» fragte Meerkat und warf eine Stehlampe um. «*Und wer?*»

«Mo-Mo-Montag vor knapp einem Monat! O Gott, ich glaube, ich bekomme einen Herz–»

«*Wer?*» schrie Meerkat.

Aber Benson war schon außer Gefecht gesetzt, er hatte blaue Lippen und schnaufte wie ein undichter Blasebalg. Meerkat nahm seine Hände weg, wischte sie hinten an seiner Hose ab und ergriff seine Jacke. Er mußte erst einmal ein Zigarette rauchen, um sich abzukühlen, während der alte Narr wieder zu sich kam. Einmal ein Betrüger, immer ein Betrüger – Meerkat Marais war zuversichtlich, daß seine schreckliche Rache jetzt nur noch eine Sache von Stunden war. Da durfte er sich ruhig noch ein bißchen entspannen.

22

Als Kramer am selben Nachmittag um kurz nach vier an der Leichenhalle ankam, war van Rensburg so schlecht gelaunt, daß ihm das übliche Gerede erspart blieb. Sie nickten einander lediglich zu, und van Rensburg murmelte: «Der sogenannte Herr Kreisarzt ist noch nicht da.»

«Hmmm. Dann geh ich mal ein bißchen dahin, wo's kühler ist.»

Auf jedem der fünf Seziertische im Autopsieraum wartete eine Leiche. Die am nächsten liegende mußte noch ganz frisch sein, denn das darübergedeckte Laken war feuchtrot. Er warf einen Blick auf den Weißen darunter, sah ein bis zur Unkenntlichkeit entstelltes Gesicht und kam zu dem Schluß, daß es sich wahrscheinlich um die sterblichen Überreste irgendeines jungen Motorradfahrers handelte, der unbedingt seine Zähne in einen Laternenpfahl hatte schlagen müssen. Die drei Leichen in der Mitte überging er und schlug gleich das Laken der fünften zurück, einer weißen Frau von etwa zwanzig Jahren, die in der vergangenen Nacht im Blue Stream Motel ermordet worden war. Was den Fall möglicherweise interessant machte, war die Schnur, mit der sie erdrosselt worden war: ein zusammengeknoteter Zwirnsfaden, auf den 113 Schlüssel aufgefädelt worden waren. Er hatte sie selbst gezählt.

Eine Bewegung zwei Leichen weiter fesselte seinen Blick. Da war es wieder. Eine Auswölbung im Laken, die er für einen hervortretenden Nabel gehalten hatte, bewegte sich auf die Brust zu. Er näherte sich dem Tisch behutsam, etwas belustigt über seine eigene Feigheit, und riß das Laken mit einem schnellen Ruck weg. Eine Schnecke.

«Hölle und Teufel», schnaubte er, «komm schon, mein Freund, raus mit dir!» Und er schleuderte die Schnecke durch ein offenes Oberlicht.

«Hallo, Tromp!»

Es war Strydom, der fröhlich hereingefegt kam, gefolgt von einem kräftigen schwarzen Gärtner und Nxumalo, die vier mit feuchten Tüchern bedeckte Eingeweideeimer trugen. «Dort drüben neben die Spüle, Josiah», befahl er. «Stellt sie einfach ab und wartet draußen beim Auto auf mich, ja?» Die Eimer wurden abgestellt, die beiden Zulus schlüpften hinaus.

«Anstrengender Tag, Doc?» fragte Kramer.

«Ach, auch nicht anstrengender als Ihrer, würde ich behaupten», erwiderte Strydom unbekümmert, «und Sie sehen eigentlich ganz gut dabei aus! Haben Sie vielleicht in letzter Zeit Gewicht zugelegt?»

Kramer zuckte die Achseln. «War nie fitter.»

«Es lag sicher an der Überstrapazierung Ihrer Nerven», sagte Strydom und trottete weiter, um zu sehen, was da für ihn bereitlag. «Dieser Kerl ist ja noch warm, was? Ach ja, das hier muß die Dame mit den defekten Lockenwicklern sein. Und der?»

«Ja, den kenne ich», sagte Kramer. «Nichtidentifizierter Bantu, um die Fünfzig, heute morgen mit dem Kopf auf der Hauptbahnstrecke gefunden. Offenbar Selbstmord.»

«Wirklich? Keine Papiere und nichts?»

«Er hatte Lumpen an», sagte Kramer und pustete eine verirrte Wimper aus einer Augenhöhle des Motelopfers. «Wenn man sich ihre Nase von nahem ansieht, könnte man meinen, sie hätte eine

Schönheitsoperation hinter sich. Könnten Sie daraus etwas ableiten, was uns ein bißchen auf die Sprünge hilft? Sie ist auch noch nicht identifiziert.»

«Haben Sie's sehr eilig? Sonst hätte ich noch etwas...»

«Nur zu, Doc.»

Als Strydom den Raum verlassen hatte, kam van Rensburg herein und starrte wütend die Eimer an. «Bloß nicht noch mehr», murmelte er düster.

«Nicht noch mehr wovon, van Rensburg?»

«Sie würden es mir nicht glauben Lieutenant», sagte van Rensburg und ging wieder hinaus.

Kramer wollte eben einmal nachschauen, was denn in den Eimern war, als Strydom mit einer elektrischen Verlängerungsschnur und Nxumalo im Schlepptau zurückkehrte.

«Es dauert keine Minute», sagte Strydom und entblößte den Körper des mutmaßlichen Selbstmörders. «Ich habe Wochen auf diese Gelegenheit gewartet – der letzte, bei dem ich es ausprobiert habe, hatte nämlich weder den richtigen Körperbau noch das richtige Alter.» Er hob die Arme der Leiche, knotete die Schnur um die Handgelenke und hielt Nxumalo die Enden hin. «Du weißt, was du zu tun hast?»

«Zwei Rand, mein Boß?»

«Vier», sagte Strydom.

«O nein!» lachte Kramer, als ihm klar wurde, was der Kreisarzt vorhatte. «Ist das nicht alles längst abgeschlossen und vergessen? Sie wissen doch, daß Frans de Klerk deshalb beinahe einen Nervenzusammenbruch bekommen hätte.»

«Es handelt sich um eine persönliche Angelegenheit, Tromp – natürlich nicht zwischen Ihnen und mir. Auf geht's, Nxumalo.»

Der Zulu wand sich die Schnurenden um die Fäuste, spannte seine massigen Schultern an und zog mit einem plötzlichen Ruck, daß die Sehnen fast rissen.

Die Handgelenke der Leiche sprangen auf den Bauch und blieben dort liegen, unglaublich fest zusammengeschnürt.

«Die Knochen sind aber noch heil», stellte van Rensburg fest, der unbemerkt hinzugetreten war. «Ich hab's ja schon tausendmal gesagt, Doc – es ist schlicht unmöglich.»

«Also, was war nun mit der Nase?» fragte Strydom Kramer und wandte sich dem hinter ihm befindlichen Tisch zu. «Raus mit dir, Nxumalo! Das hier ist eine weiße Dame.»

Nxumalo ging zerknirscht und mißmutig hinaus, und van Rensburg schwelgte eine Weile in einem erhebenden Gefühl, bis sein Blick auf etwas an der Federwaage über der Spüle fiel. Kramer sah es auch. Eine Schnecke.

«Nun sehen Sie sich das an!» entrüstete sich van Rensburg. «Ich will ihnen mal was sagen, Dr. Strydom: So kann es nicht weitergehen! Igitt!»

«Die Wissenschaft kümmert sich nicht um Ihre kleinlichen Vorurteile, Sergeant», sagte Strydom und nahm sein größtes Messer zur Hand. «Wenn Sie besser Ordnung hielten, käme es gar nicht erst so weit.»

«Wissenschaft nennt der Mann das!» sagte van Rensburg und wandte sich voller Verzweiflung an Kramer. «Ist es etwa wissenschaftlich, überall in einem staatlichen Leichenschauhaus schleimige Kriechtiere herumkrabbeln zu lassen? Die an allen Ecken und Enden ihre Schleimspuren zurücklassen? So was ist nicht wissenschaftlich! So werden Fehler gemacht!»

«Quatsch!» sagte Strydom giftig und ließ seinen Ärger ab, indem er die Ermordete vom Schambein bis zum Unterkiefer aufschlitzte.

«Ach, ja?» entgegnete van Rensburg. «Wer hat denn die letzte Woche gemeint, Spermaflecken auf dem armen Steuerinspek –»

«De Klerk ist wieder beim Einbruch, wie ich gehört habe», sagte Strydom und wechselte das Thema. «Ich muß schon sagen, daß er erstklassige Arbeit geleistet hat bei der Verfolgung aller Spuren, bis sie sich im Sande verliefen, aber seine Vermutung muß wohl falsch gewesen sein.»

«Er hätte lieber Schnecken einsetzen sollen, was, Doc?»

«Welche Vermutung war das denn?» fragte Kramer und steckte sich eine Zigarette an, um den Geruch der Motelküche zu vertreiben. «Er hat am Ende eine ganze Menge davon durchprobiert! Das beste war, als er alles Digby-Smith anhängen wollte.»

«Nein!» japste Strydom. «Was hat Hans Muller denn dazu gesagt?»

«Er hat einen ganzen Nachmittag lang herumgebrüllt, Doc.»

Van Rensburg prüfte die Schärfe seiner Knochensäge. «Wenn ich sie alle in eine Reihe bekommen könnte», sagte er, «könnte ich sie vielleicht auf einmal durchteilen.»

«Ruhe!» knurrte Strydom und legte die Rippen frei. «Aber warum bloß? Was ist denn eigentlich passiert?»

«Na ja, als erstes ist er nach Morninghill hinausgefahren und hat Digby-Smith dazu gebracht, seine Aussage zu widerrufen.»

«Ohne Hans zu fragen?»

«Ich glaube, er wollte ihn überraschen», sagte Kramer und mußte bei der Erinnerung an den betreffenden Nachmittag lächeln. «Es war eigentlich bis auf ein oder zwei Kleinigkeiten ziemlich logisch.»

«Erzählen Sie mal!»

Kramer langweilte die Geschichte zwar mittlerweile, da er sie schon Tish und dann der Witwe Fourie erzählt hatte, ehe diese mit den Kindern in die Ferien ans Meer gefahren war, aber daß van Rensburg mal den Mund hielt, war durchaus diese Mühe wert. «De Klerk ging davon aus, daß Digby-Smith plötzlich ausgerastet ist, da er ein merkwürdiger Typ mit ‹aufgestauten› Emotionen sei – seine eigenen Worte. Jahrelang hat er einen Groll gegen Hookham gehabt, zu dem sich noch ein Gefühl der Demütigung gesellte, daß ihm Bradshaw verpaßt hatte. Es hätte alles damit angefangen, meinte de Klerk, daß Hookham von dem Fliegerclubtreffen zurückkam und, statt Digby-Smith dankbar für den guten Tip zu sein, ihn, betrunken wie er war, mit Bradshaw aufzog – und sich dabei wahrscheinlich ein bißchen zuviel rausnahm. Digby-Smith konnte sich zum Beispiel ausgemalt haben, daß Bradshaw Hookham erzählt hatte, wie er dessen blöden Schwager zum besten gehalten hatte, und daß sie alle hinter seinem Rücken über ihn gelacht hatten. Digby-Smith hat tatsächlich einmal mir gegenüber geäußert, es sei schade, daß Bradshaw nur angeschossen worden ist, und Colonel Muller hat diese Bemerkung weitergegeben.»

«So, so – er zog also gegen alle Welt zu Felde, wie?»

«Nein, anfangs nur gegen Bradshaw, wie de Klerk meinte. Blinde Wut hätte in ihm den Wunsch geweckt, Bradshaw umzubringen, und das, obgleich er Pazifist ist, nichts von Waffen versteht und –»

«Ein miserabler Schütze ist», lachte Strydom, der gleich merkte, wohin der Hase lief. «Weil er zwei- von dreimal nicht richtig getroffen hat?»

«Hmmm. Hookham könnte Digby-Smith von dem Hundeauslauf an der Rennbahn erzählt haben, woraufhin der eine alte Waffe genommen – wahrscheinlich einen Revolver aus der Hinterlassenschaft seines Vaters – und ihn dorthin verfolgt hat. Er dachte, Bradshaw sei vom ersten Schuß tödlich getroffen worden, habe ihn dort liegenlassen und sei nach Hause geeilt, vermutlich bereits von Entsetzen über seine Tat erfüllt. Was geschieht dann? In der Zeitung anderntags steht, daß Bradshaw gar nicht tot ist! Und da überkommt Digby-Smith das große Zittern, weil er glaubt, daß Bradshaw ihn erkannt hat.»

«Ich dachte, Hookham hätte das große Zittern bekommen», sagte Strydom.

«Nur laut Aussage von Digby-Smith, Doc. Mrs. Digby-Smith beobachtete nur eine gewisse Gemütsbewegung bei ihrem Bruder, die de Klerk darauf zurückführte, daß Hookham halbwegs ahnte, wer hinter der Tat steckt.»

«Wissen Sie was, Tromp? Das klingt viel vernünftiger als alles, was ich bisher gehört habe!»

«Es hat aber einige Schwach –»

«Nein, nein; erzählen Sie weiter, mal sehen, ob ich sie errate.»

Kramer zündete sich an der ersten die zweite Zigarette an und wünschte, er hätte sich eine Zigarre mitgebracht. «Na schön, de Klerk versetzte sich also an die Stelle von Digby-Smith und stellte sich vor, welche Höllenqualen er durchlitten haben muß, bis die Sonntagszeitungen Bradshaws Beschreibung eines ‹Riesen› wiedergaben. Digby-Smith ist zwar ziemlich groß, aber nicht gerade stark gebaut, deshalb könnte er gedacht haben, daß Bradshaw ihn doch nicht richtig erkannt hat.»

«Puh!» machte Strydom.

«Ja, aber was ist an jenem Abend geschehen, Doc? Hookham benimmt sich auf einmal sonderbar und will nach Hause. Er benimmt sich wie jemand, der in einer unangenehmen Lage ist. Er ist sich über das, was er weiß, nicht ganz im klaren und will einfach nichts mehr damit zu tun haben. Digby-Smith ist allmählich davon überzeugt, daß Hookham ihn verdächtigt, und wirft einen Blick in sein Tagebuch. Hookham hat aufgehört, Kommentare abzugeben. Warum? Weil er sich nicht mehr traut, seine Gedanken zu Papier zu bringen? Digby-Smith unterstützt ihn in seinen Abreiseplänen. Dann kommt der Dienstagabend, an dem Hookham Mrs. Westford besucht und gesagt hat, er wolle noch einen letzten ‹Einsatz› wagen, der darüber entscheiden würde, ob er bliebe oder nicht. War das eine Konfrontation mit Digby-Smith? Höchstwahrscheinlich, und Digby-Smith beschloß daraufhin, daß es Zeit war, sich von dieser furchtbaren Gefahr zu befreien. Er hatte den Mann sowieso nie gemocht.»

«Gut, sehr, sehr gut», sagte Strydom lobesvoll und zog die Kopfhaut ab, damit Van Rensburg auch etwas zu tun bekam. «Nur schnürte er diesmal sein Opfer zusammen, um ein festsitzendes Ziel zu haben und aus größerer Nähe schießen zu können, ja?»

«Hmmm. Nicht nur das, de Klerk fand auch heraus, daß Digby-Smith eine kleine Werkstatt für sein Hobby, den Schiffsmodellbau, hat und folgerte daraus, daß er darin einen Schalldämpfer gebastelt hat. Digby-Smith konnte inzwischen, so de Klerk, nichts mehr dem Zufall überlassen, sondern mußte bei allem, was er tat, größte Vorsicht üben. Da er nicht wußte, wo er Hookham finden sollte, wenn er abends ausging, hätte er sich einfach hinten in dem grünen Rover versteckt, bis er Hookham in einer einsamen Gegend zum Anhalten gezwungen habe, indem er ihm die Waffe aufs Ohr drückte. Nachdem er ihn getötet habe, immer in der Annahme, daß Hookham ihn wegen des Mordversuchs an Bradshaw in Verdacht hatte, hätte Digby-Smith den Wagen aus drei oder mehr Gründen wieder nach Hause gefahren: erstens, weil das die Ermittlungen erschweren würde; zweitens, weil er damit seiner Frau heimzahlen konnte, daß sie jahrelang von dem ‹Jungen mit den blauen Augen› geschwärmt hatte; und drittens, wie hätte er sonst vom Tatort nach Hause kommen sollen?»

Strydom, gerade mit dem Hals zugange, blickte auf. «Ah! Aber was ist mit der Schülerin? Sie paßt doch überhaupt nicht ins Bild!»

«Sie haben's erfaßt, Doc.»

«He?»

Kramer zuckte die Achseln. «De Klerk macht mich für ihre Rolle in dieser Sache verantwortlich, wegen meiner Zwangsvorstellung von der R.A.F. Durch einen anderen der vielen Zufälle des Lebens – wie etwa seinen Fehler, Hookham zu dem Fliegertreffen zu schicken, was sicher in guter Absicht geschah – hatte er ungefähr zu dem Zeitpunkt gerade beschlossen, so einen Piepser von Robert du Plooi zu mieten, um mit seinem Büro in Verbindung zu bleiben, während er irgendwelche Grundstücke besichtigte. De Klerk stellte fest, daß du Plooi ihm von meinem Interesse an dem, was auf dem Treffen geredet wurde, erzählt hatte, so daß Digby-Smith aufging, wie gefährlich das sein konnte, weil es möglicherweise als Motiv ausgelegt werden konnte.»

«Das klingt auch außerordentlich vernünftig», bemerkte Strydom. «aber Sie haben immer noch nicht –»

«Digby-Smith wurde klar, daß er dafür sorgen mußte, daß diese von mir behauptete Verbindung nicht mehr gegeben war. De Klerk hatte Colonel Muller erzählt, wie sehr er von Mrs. Baksteen damit gemartert worden wäre, daß sie immer nur wiederholt hatte: Aber warum sollte denn jemand mein kleines Mädchen umbringen wollen? Und da war sein Unmut auf einmal einem Hochgefühl gewichen. Denn die Antwort auf Mrs. Baksteens Frage war einfach genug: Niemand hatte Classina umbringen wollen – es sollte nur so aussehen, als ob! Digby-Smith räumte auf diese Weise gleich mit *zweierlei* auf, wodurch sich ein Zusammenhang herstellen ließ: mit der zufälligen Verbindung zur Royal Air Force und mit etwas, was noch viel mehr ins Gewicht fiel, weil es sowohl für Bradshaw als auch für Hookham galt – daß ein Mensch sie beide gleich haßte.»

«Aha!»

«Als er in Six Valleys abdrückte, päng, war jeder Verdacht von ihm abgewälzt. De Klerk war sicher, herausfinden zu können, woher das Springseil, der Strumpf und alles andere stammte, nachdem er einmal den schuldbewußten Ausdruck in Digby-Smiths Augen wahrgenommen hatte.»

«Klingt alles sehr plausibel», applaudierte Strydom und entfernte das Zungenbein, das einen Bruch aufwies. «Besonders das von der Schülerin.»

«Da pflichte ich Ihnen bei», sagte Kramer, «aber de Klerk hätte zuerst einmal den Hausangestellten ein paar Fragen stellen sollen.»

«Den Schwarzen? Warum denn das?»

«Weil sie Digby-Smith für jeden Tatzeitpunkt ein hieb- und stichfestes Alibi verschaffen können, ganz abgesehen von dem, was Mrs. Digby-Smith nach de Klerks Besuch von sich gab.»

«*Yirra!*» rief van Rensburg mit schadenfrohem Lächeln. «Voll danebengehauen, was? Er ist also nie hinter den Riesen gekommen?»

«Ach, um Himmels –», stöhnte Strydom auf.

«Doch», sagte Kramer und lächelte ebenfalls. «Er hat um zwei Uhr früh Colonel Muller zu Hause angerufen und gesagt, es sei so einfach, daß er sich in den Hintern beißen könnte. Er wurde zwar daran erinnert, daß er wieder ins Einbruchsdezernat zurückversetzt worden sei und der Fall als ‹ungelöst› ad acta gelegt worden ist, bestand jedoch darauf, noch etwas loszuwerden. Der Schalldämpfer sei der Schlüssel, sagte er Colonel Muller und erklärte ihm, daß Digby-Smith wohl reich genug sei, um teure Springseile zu kaufen *und* darüber hinaus in Johannesburg einen Killer anzuheuern, der die schmutzige Arbeit für ihn erledigen sollte. Einen echten Profi, der nicht nur einen Schalldämpfer benutzte, sondern auch noch riesenhaft gebaut war, wodurch sich die gebrochenen Handgelenke erklären ließen, die vorher nie ins Bild passen wollten. Natürlich einen Fremden mit einem seltsamen Akzent, und zudem hatte Digby-Smith noch die Vorsichtsmaßnahme getroffen mir zu erzählen, daß –»

«O nein! Ich kann nicht mehr!» lachte Strydom jetzt. «Der arme alte Fransie, was? Das ist immer das Problem bei solchen Fällen mit Beteiligung von Wahnsinnigen: Es *gibt* kein Muster, nur lauter Fitzelchen und Stückchen, und bei dem Versuch, sie zusammenzufügen, geht die Phantasie mit einem durch. Hat Galt übrigens je herausgefunden, was das rosa Zeug in dem Strumpf war?»

«Irgendeine Tönungscreme», sagte Kramer.

«Für Damen?»

«Ja, aber sie wird anscheinend auch gegen Sonnenbrand benutzt. Ich glaube nicht, daß der Fall wiederaufgenommen und dann nach einer zwei Meter großen Ringerin mit paranoider Schizophrenie gesucht wird.»

«Gott bewahre uns!» sagte Strydom und nahm ein Messer zur Hand. «Wird es nicht Zeit, daß Sie mit dem Sägen anfangen, Sergeant?»

«Selbst eine Ringerin könnte das nicht», murmelte van Rensburg. «Nicht einmal *zwei* Ringerinnen, die ihre –»

«Da kommt mir ein Gedanke», sagte Strydom. «Hätten Sie was dagegen, Tromp?»

«Nur zu!»

Doch Nxumalo und Josiah konnten trotz ihres gemeinsamen Kraftaufwandes ihre Zugbewegungen nicht zu einem einzigen gewaltigen Kraftakt verschmelzen, bei dem die Knochen gesplittert wären, und es wurde viel Zeit daran verschwendet, die verschiedensten Kombinationen auszuprobieren. Kramer meinte, was fehle, sei der Adrenalinstoß, der Hausfrauen die nötige Kraft gebe, Waschmaschinen aus ihren brennenden Küchen zu tragen, verlor jedoch jegliches Interesse, als sein Angebot, gern für den notwendigen Anstoß bei van Rensburg zu sorgen, abgelehnt wurde.

«Immerhin habe ich eins beweisen können», sagte Strydom. «Es konnte nur von einer Person fertiggebracht werden, die ihre Bewegungen durch einen einzigen Gedankenimpuls vom Gehirn koordinieren konnte. Haben Sie je erwogen, daß der ‹Riese› tatsächlich ein Riese gewesen sein könnte? Viel, viel größer, als Bradshaw ihn beschrieben hat?»

«Von einem Zirkus oder so was, meinen Sie?» fragte Kramer und verzog keine Miene.

«Warum nicht? Sie könnten die Schuhgeschäfte abklappern und nachforschen, ob irgend jemand hier extragroße Schuhe braucht. Damit, daß Sie bei Bradshaws Aussage gleich von Übertreibung ausgegangen sind, haben Sie vielleicht den Fehler begangen, den Verdächtigen buchstäblich kleiner zu machen, als er wirklich ist.»

«Hmmmmm.» Wieder war eine Schnecke aufgetaucht und kroch über die Scheibe der elektrischen Wanduhr. «Doc, ich muß los – ich muß noch jemanden abholen.»

«Wie? Aber was ist mit der Nase? Es ist doch erst fünf nach fünf.»

«Sie kennen ja meine Philosophie: Morgen ist auch noch ein Tag.»

«Das ist *Ihre* Philosophie?» fragte Strydom erstaunt.

«Hmmm.»

Und schon war Kramer fort und ließ einen Strydom zurück, der sein Messer weglegte, ein paarmal ungläubig die Augen auf- und zuklappte und schließlich zu van Rensburg sagte: «So ein Glück! Schieben Sie die anderen wieder in den Kühlschrank zurück, und dann können wir beide mit meinem kleinen Experiment weitermachen. Jetzt wird's nämlich interessant, meinen Sie nicht?»

Zondi wartete nicht ab, bis Banjo Nyembezi unter Mordanklage gestellt und in Untersuchungshaft genommen wurde. Er verließ die Vorverhandlung am Bezirksgericht um Viertel nach fünf und ging in Richtung der Haupteinkaufsstraße, um noch vor Ladenschluß ein Geschenk für seine Kinder zu kaufen. Sie hatten alle ausgezeichnete Zeugnisse erhalten, was ihn sowohl mit Stolz als auch mit Besorgnis erfüllte: Gut in der Schule zu sein war eine Sache, nach der Schule etwas zu finden, was ihren Begabungen gerecht wurde, eine ganz andere.

Er stürzte in den größten Buchladen im Zentrum von Trekkersburg und suchte in aller Eile in der Schulbuchabteilung. Sein Hauptproblem war, daß er sich für ein Buch entscheiden mußte – mehr als eins konnte er sich nicht leisten –, mit dem allen gedient war, und Zulu-, Afrikaans- und Englischwörterbücher sowie ein paar Bücher über Mathematik und Zulu-Geschichte hatte er ihnen schon besorgt.

Schließlich fiel seine Wahl auf einen Atlas, der wegen des eingerissenen Schutzumschlags im Preis herabgesetzt war, und froh darüber, solches Glück gehabt zu haben, ging er zur Kasse.

«Bist du auch ganz sicher, daß du ein so großes Buch willst?» fragte die Verkäuferin, eine Frau mit freundlichem Gesicht und Plastikzähnen, die leise pfiffen. «Es ist ziemlich teuer, weißt du, und es sind nur Karten darin.»

«Bitte, Madam.»

«Hast du mal hineingeschaut und dich vergewissert?»

«*Hau*, ich nicht hineinschauen, Madam. Mein Boß sagen, ich soll billig einkaufen für ihn Atlas, sonst nichts.»

«Oh, dann ist es ja gut, nicht wahr? Zehn Rand, bitte...»

Zondi lächelte dankbar, daß sie solches Interesse zeigte, und reichte ihr die sorgsam gehorteten Scheine; sein Verhalten war zwar nicht ganz ehrlich zu nennen, aber es vereinfachte die Dinge oft.

«Dann trag es hübsch vorsichtig!» sagte sie noch.

«Ja, Madam. Danke sehr, Madam.»

Auf halbem Wege zur Boomplaas Street konnte er der Versuchung nicht länger widerstehen und setzte sich auf den Rasen vor einem öffentlichen Gebäude, um seine Anschaffung auszupacken. Er entfernte das braune Papier, ohne es zu zerreißen, hielt sich den Atlas unter die Nase und roch ausgiebig daran. Nichts gab ihm mehr das Gefühl, ein glücklicher Mensch zu sein, als der Geruch eines brandneuen Buches. Dann blätterte er die Seiten um, wobei er das Geräusch genoß, das sie machten, wenn sie sich zum erstenmal voneinander lösten, und überging die kleineren Weltkarten, bis er an die ersten großen Karten von den Britischen Inseln kam. Ohne jede Mühe fand er Hookhams Dorf in der Nähe von Southampton, was ihn noch mehr davon überzeugte, daß es wahrhaftig ein feiner Atlas war. Der «Westeuropa»-Teil fing an, und wieder hielt er im Blättern inne, weil es ihn reizte, die Picardie zu suchen, durch die Hookham und seine Kriegsgefangenenkameraden seinerzeit aus Deutschland geflohen waren. Die Entfernungen, um die es ging, waren alle viel kürzer, als er gedacht hatte, und er fuhr mit dem Finger hierhin und dorthin und malte sich die vermutliche Fluchtroute durch dünner besiedelte Gebiete aus. Er war gerade nördlich von Amiens angelangt, als er unliebsam unterbrochen wurde.

«Pssst!»

Es war niemand anderer als Jiji Govender, der seiner Arbeit als

Straßenfeger nachging. Zondi war nicht in Stimmung für weitere unterwürfige Dankesbezeigungen des Inders und gab ihm mit seiner freien Hand ein Zeichen, zu verschwinden.

«Aber ich habe doch Neuigkeiten von großer Wichtigkeit», jammerte Jiji. «Sie hören, wie ich von geheimnisvollem Herrn erzählt habe, der eine .32er Kanone suchte?»

«Ich erinnere mich daran.»

«Dieselbige ist am heutigen Tag gesehen worden, Sergeant – ich höre das von Bruder Straßenfeger, der in jenem Teil arbeitet.»

«In welchem Teil?»

«In dem Teil, wo ein Mann wohnt, dessen Namen ich nur mit Zittern aussprechen kann: Mr. Meerkatty Marais.»

«Meerkat?» Zondi verlor die anvisierte Stelle im Atlas. «Weiter, Jiji. Wie ist denn der Name dieses Herrn?»

«Beim Mittagsimbiß wurden mir diese Informationen zuteil», gestand Jiji und hockte sich neben Zondi. «Kein Wort wird über den Namen des Herrn verlautet, aber Sammy Punjat, der in jenem Teil arbeitet, er sagt, er beobachtet dieselbe hochgestellte Persönlichkeit im Streit in Wohnung von Meerkatty.»

«Wie lang war er da drin?»

«Viel Geschrei, und Sammy sagt, Herr nicht wiedergesehen. Er ging weg, um die Bedürfnisse des Leibes zu stillen – wir haben frei von ein bis zwei Uhr.»

«Dieser Herr könnte also gegangen sein, während Sammy fort war, um mit dir und den anderen Straßenfegern zusammen Mittag zu halten?»

Jiji nickte, hatte Erfolg in seinem linken Nasenloch und betrachtete die Siegestrophäe eingehend.

«Wenn Sammy den Namen des Herrn nicht wußte, was hat er denn über dessen Aussehen gesagt?» fragte Zondi.

«Bloß ein weißer Herr, das ist alles Sergeant», sagte Jiji und reihte die neue Trophäe in das Heer der übrigen auf seinem Besenstiel ein. «Ich bin mit Sammy vorsichtig, er nicht weiß, daß ich als Geheimdienstmann arbeite.»

«Du hast also nicht nach Einzelheiten gefragt?»

Jiji schüttelte den Kopf, lächelte aber weiterhin. «Ist es nicht ein großes Gefallen meinerseits für Sie, Sergeant?»

«Da bin ich nicht so sicher», erwiderte Zondi.

Es war schon so lange her, seit er das letzte Mal an die unaufgeklärten Schüsse gedacht hatte, und so vieles Interessantere war inzwischen passiert, daß er eine Weile brauchte, um sich in die richtige Gemütslage zurückzuversetzen. Die Wahrscheinlichkeit, daß ein Zusammenhang zwischen den Schüssen und Jijis mysteriösem Herrn bestand, erschien doch sehr weit hergeholt, und Meerkat Marais zu verdächtigen brachte überhaupt nichts. Warum? Weil der Lieutenant an dem Tag, als Hookhams Leiche aufgefunden wurde, Meerkat ordentlich in die Mangel genommen hatte und es bei dem Mann nicht ein einziges jener verräterischen kleinen Anzeichen dafür gegeben hatte, daß er log, als er ableugnete, die Waffe besorgt zu haben. Der Lieutenant war sich sogar der Unschuld Meerkats so sicher gewesen, daß er sich nicht einmal die Mühe gemacht hatte, dessen Wohnung zu durchsuchen oder ihn zu beschatten. Der eine oder andere Zeitfaktor hatte ebenfalls eine Rolle gespielt, da erst nach dem Schuß auf Bradshaw gutes Geld für einen .32er Revolver geboten worden war... Und da kam jetzt Jiji Govender mit einer halbgaren Information an, die darauf hinzudeuten schien, daß sich doch alles irgendwie zusammenfügen könnte. Vielleicht stimmten die Daten nicht, aber wie stand es mit Meerkats offenkundiger Unschuld? Da er diese nicht gut hat mimen können, dachte Zondi, gibt es dafür nur die Erklärung, daß er unwissentlich in die Sache hineingezogen worden ist. Das aber hatte er sicher nicht leiden können, wodurch sich wiederum das Geschrei erklären ließ.

«Wo ist Sammy Punjat denn jetzt, Jiji?»

«Bis fünf Uhr dreißig ist er noch da drüben, dann haben wir Feierabend. Sie gehen zu ihm?»

Zondi sah auf die Uhr. «Kann schon sein.»

«Ist immer wieder eine Freude», sagte Jiji und hielt die Hand auf, «dem Sergeant Nummer eins aller Zeiten einen großen Gefallen zu tun.»

«Und es ist eine Freude, dir auch einen zu tun, Jiji», sagte Zondi, der nicht vorhatte, sich auch nur von einem Cent zu trennen, ehe er sich davon überzeugt hatte, was der Tip überhaupt taugte. «Wenn du zehn Meter zurückgehst, findest du Apfelsinenschalen, die du übersehen hast.»

Dann ging er seines Weges, nachdem er den Atlas sorgfältig wieder in das braune Packpapier gewickelt hatte, und fragte sich, warum ihm die ganze Zeit über, seit er gestört worden war, eine frühe Eintragung aus Hookhams Tagebuch im Kopf herumgegangen war. Wodurch war er darauf gekommen? Und warum hatte er das Gefühl, als sei sie der Schlüssel zu der ganzen Sache? Am 27. Mai war Bonzo Hookham noch in England gewesen.

23

Tish Hayes stand nicht an der Ecke Alemap Avenue und Reid Street, als Kramer pünktlich um fünf Uhr dreißig mit dem Chevrolet vorfuhr. Er stellte den Motor ab und lehnte sich zurück, um sich in Gedanken mit 113 Schlüsseln an einer Knotenschnur zu beschäftigen. Zuerst erwog er die Möglichkeit, ob die Dreizehn als Unglückszahl vielleicht eine Bedeutung dabei hatte, verwarf diese Idee jedoch schnell wieder als zu phantasievoll und darum unsinnig. Es handelte sich um 113 kleine Messingschlüssel, die kleiner als Türschlüssel und ganz unterschiedlich geformt waren. Als nächstes überlegte er, ob sie dem Wächter einer Anlage mit Schließfächern gehören konnten, aber davon kam er auch gleich wieder ab; Zwirn, ob mit oder ohne Knoten, paßte einfach nicht zu diesem Job. Daraufhin spielte er mit dem Gedanken an einen Schlüsseldienst, aber das war zu offensichtlich, und dann kam er auf die Idee, die Schlüssel könnten jemandem gehören, der alte Ladenkassen sammelte. Wieder zu phantastisch. Endlich kam Tish aus Jontys Tür, und schon war die Arbeit vergessen.

«Nach Hause, James, und zwar durch den Park», seufzte sie und ließ sich in den Sitz neben ihm fallen. «Gott, bin ich kaputt.»

«Hat der Mistkerl dich so herumgescheucht? Vielleicht sollte ich ihn mal –»

«Red keinen Stuß, Tromp. Jonty ist sehr nett, und er arbeitet schwer, was man von anderen Chefs kaum sagen kann. Ich kann doch nicht einfach gehen und ihn das alte Rebhuhn fertig frisieren lassen! Und außerdem, solltest du ihm nicht ewig dankbar sein?»

«Ach ja», sagte Kramer und fädelte sich in den Verkehr ein.

Tish lächelte und legte ihm eine Hand aufs Knie. So fuhren sie ein Dutzend Häuserblocks weiter, einfach froh, beieinander zu sein. Und aus Spaß machte Kramer tatsächlich einen Umweg zu einem kleinen Park, an dem er auf einer Eichenallee entlangfuhr.

«Tromp?»

«Hmmm?»

«Du hast mir nie erzählt, warum du Jonty und mich im Verdacht hattest, ein Ver – na, du weißt schon», sagte Tish leise und kniff ihn ins Knie. «Nun sag schon, warum! Ich dachte, unsere kleine Affäre wäre vollkommen geheim geblieben.»

«Bist du nicht auch aus Southampton?»

«Aber das hast du doch erst in unserer zweiten Nacht erfahren!»

«Der Zierat in deiner Wohnung. Alles sehr teuer, alles sehr stilvoll und intellektuell – nichts davon wie du.»

«Also – vielen Dank, Lieutenant Kramer!»

«Nichts zu danken, Madame.»

Sie reihten sich wieder in den Berufsverkehr ein, bogen jedoch an der nächsten Kreuzung in eine stille Seitenstraße ab.

«Was noch?» fragte Tish.

Kramer wünschte, sie hätte nicht davon angefangen. Die Freude über ihr Beisammensein kam nicht zuletzt daher, daß sie ganz in der Gegenwart lebten, ohne Vergangenheit und Zukunft zu erwähnen, und einfach jeden Augenblick genossen. Da sie aber einmal begonnen hatte, war es besser, diese leidige Unterhaltung möglichst schnell zu beenden.

«Bevor wir uns kennengelernt haben», sagte er, «hat Jonty ganz zu Anfang einmal im Fitneßstudio zu mir gesagt, du wärst scharf auf mich.»

«Nein!»

«O ja, und dann ließ er durchblicken, daß er selbst hinter der schwedischen Puppe her sei, nur damit ich keine Gewissensbisse hätte – falls du verstehst, was ich meine.»

«So eine Frechheit! Ich habe ihm nie ein Sterbenswörtchen über dich gesagt, und außerdem hatte ich dich ja nur einmal im Salon gesehen, ohne dich überhaupt richtig wahrzunehmen.»

«Den Eindruck hatte ich nicht gerade», sagte Kramer grinsend. «Warum ist er denn dann zu dir gerannt, um mich anzumelden, als ich auf der Party erschienen bin, he?»

Sie ließ ihr kehliges Kichern vernehmen. «Wie eingebildet ihr Männer sein könnt! Ich habe mich in die Küche begeben, weil mir der Texaner gefiel.»

«Willst du etwa ableugnen, daß Jonty dich mir praktisch in die Arme geworfen hat?»

«Nein», gab sie zu, mit einer jener überraschenden Sinnesänderungen, die ihr solchen Reiz verliehen. «Er fing sicher an, sich ebenso im

Bett zu langweilen wie ich, und hat wahrscheinlich in seiner großzügigen Art gedacht, daß du dringend eine Ablenkung brauchtest.»

«Und was für eine!» Kramer lachte. «Aber –?»

«Aber ich habe mir doch vorbehalten, selbst zu wählen – er hat den ganzen Abend versucht, mir jemanden anzuhängen. Dann sah ich einen großen Buren vom Lande dastehen und dachte bei mir: Na, Tish, wie würde dir ein bißchen was Grobes gefallen? Es muß am Schnaps gelegen haben und daran, daß ich es schon die ganze Woche entbehren mußte.»

Kramer schüttelte den Kopf. Es amüsierte ihn, wie ungeschminkt richtige englische Mädchen zu reden pflegten und wie wohltuend sie sich damit von ihren südafrikanischen Geschlechtsgenossinnen mit ihrer lüsternen Prüderie abhoben. «Arbeiten wir das immer noch auf, he?» seufzte er. «Ich wollte dich nämlich fragen, ob ich ein paar Nächte freihaben kann, wenn wir den Rückstand aufgeholt haben.»

«Abgeschlafft?»

«Wenn du das meinst, was ich glaube», sagte Kramer und bremste vor ihrem Haus, «ja.»

Aber sie waren kaum drei Minuten im Haus, da liebten sie sich schon wieder – langsam, mühelos und ungezwungen. Die untergehende Sonne malte die Wände des Schlafzimmers rosarot, ein leichter Wind trug den Duft von Magnolien durch das offene Fenster herein, und irgendwo am Flußufer spielte ein Schwarzer weich und wehmütig auf einer billigen Flöte. Dann dösten sie eine Weile, wobei ihr kleiner Kopf unter seinem Kinn ruhte, und regten sich erst wieder im letzten Licht der Dämmerung, erfrischt und bereit, sich in einer Welt zu verlieren, zu der nur sie Zugang hatten und die von ihnen selbst erschaffen war. Kramer hatte sie nie gefragt, aber er spürte, daß Tish irgendwo in ihrem Innern einmal tief verletzt worden war.

«Jetzt bist du dran mit Gänseblümchen zählen», flüsterte sie, rollte sich auf ihn und küßte ihn auf den Mund. «Ich habe nachgedacht. Oder vielmehr mich gewundert.»

«Und?»

«Warum fragst du mich nie etwas? Du hast mir nicht einmal die üblichen Fragen über Jonty gestellt. Ob er schwul ist und so.»

«Ich weiß doch, daß er nicht schwul ist. Er gibt sich nur so, damit die Ehemänner nichts daran auszusetzen haben, wie er mit ihren Frauen flirtet. Und weil er sie so gut zu nehmen weiß, kommen sie alle zu ihm.»

«Ist das wörtlich gemeint?»

«Wie?»

Tish lachte. «Vergiß es, mein Grizzlybure... Manche Ehemänner sind vielleicht gar nicht so dumm! Es gab einmal eine kleine Schlampe mit einer sagenhaften Figur, die – warte einen Augenblick, Tromp, ich rede doch noch!»

«Ich weiß: Das will ich ja auch abstellen.»

«Aber *ich* bin jetzt mal an der Reihe mit –»

«Schscht», machte Kramer und legte ihr den Finger auf die Lippen. «Drücken wir es lieber so aus: *Wir* sind jetzt an der Reihe.»

«Nein, warte, es ist mein Ernst!»

«Was muß ich denn noch wissen, was ich nicht mit eigenen Augen sehen kann?» fragte er und schaute zu ihr hoch.

Sie war so zerbrechlich und leicht, wie sie da auf seinem Bauch lag, und trotzdem ganz und gar Frau, mit Brüsten, die schwer und reif über seinen Lippen schaukelten und ihn einluden, von ihrer erdbeerspritzigen Süße zu kosten; Brüste, die sogar Charakter hatten, denn ein Nippel stand heraus, während der andere in sich selbst gekehrt war und sich erst unter sanften Liebkosungen aufrichtete, und beide wußten um das Vergnügen, das sie bereiten konnten. Ihr kupferrotes Haar ringelte sich über ihre schmalen Schultern, es kitzelte und trug ihren ganz speziellen Duft, und links von ihrem Nabel saß klar wie ein Knopf ihre größte Sommersprosse in Form eines Schmetterlingsflügels. Er küßte die Sommersprosse und drang in Tish ein, als sie sich wieder aufsetzte.

Aber Tish bewegte sich nicht. «Warum fragst du nie?» wiederholte sie. «Möchtest du nicht wenigstens wissen, welche Geschenke ich als Gegenleistung Jonty gemacht habe?»

«Doch, eine Frage habe ich.»

«Und die wäre?»

«Wie kommt es, daß du keine Sommersprossen in deinem Gesicht und auf deinen Händen hast?»

«Ich schmiere mir was auf die Haut», sagte sie ärgerlich und versuchte, sich von ihm herunterzurollen. «Ich glaube, dich interessiert überhaupt nicht, was für ein Mensch ich bin!»

«Nein, du bist nur eine Ablenkung», sagte Kramer, klemmte ihre Hüften ein und stellte sich vor, er nagele gerade einen Schmetterling auf ein Korkbrett, worüber er lachen mußte. «Du bist einfach *du selbst*, Mädchen! Kannst du das nicht verstehen? Du bist kein Teil von

Jontys Leben oder vom Leben deiner Onkel, Tanten und Schwestern. Du bist alles, mehr ist nicht nötig! Du bist Tish! Aus *en klaar*!» So hatte er in seinem ganzen Leben noch kaum mit jemandem gesprochen.

Tish starrte ihn an. «Weißt du was?» sagte sie. «Das ist genau das kindische Zeug, das ein Junge von sich gibt, wenn er zum erstenmal verliebt ist.»

«Mag sein», sagte Kramer.

«Immerhin bin ich doch sicher ein Teil deines Lebens, oder? Wäre dann nicht auch der wichtigste Teil von dir mein?»

«Ist er das nicht schon, he? Wie kannst du bloß da sitzen und so blöde Fragen stellen! Spürst du ihn etwa nicht?»

Jetzt fing Tish ebenfalls an zu grinsen. «*Hier* sitzen, meinst du wohl!»

Ihrer beider Lachen brachte sie in Bewegung, die rein mechanische Reaktionen auslöste, und dann überkam sie eine neue, wilde Freude, die einen ganz eigenen gleichmäßigen Rhythmus erzeugte. «Ein Gänseblümchen», zählte Kramer. «Zwei Gänseblümchen. Drei Gänseblümchen, vier Gänseblümchen, fünf Gänse – sechs! Sieben! Acht! Neun!»

«Uuuuups-*Blümchen*!»

Und sie fielen genau in dem Moment aus dem Bambusbett, als im Nebenzimmer das Telefon zu klingeln begann.

Zondi hielt unter dem wachsamen Blick von Sammy Punjat den Hörer von Meerkat Marais' Telefon mit einem sauberen Taschentuch ans Ohr, um keine Fingerabdrücke zu verwischen, und wartete ungeduldig darauf, daß jemand abhob. Zu ihren Füßen lag die Leiche eines elegant gekleideten, grauhaarigen Mannes, der Eindrücke von Fingernägeln am Hals hatte, anscheinend jedoch an einem Herzanfall gestorben war. Die Wohnung war ein Schlachtfeld.

Rrrrr-rrrrr.

Keine Antwort. Zondi sah auf die Uhr. Es war fast sechs Uhr dreißig. Vielleicht sollte er es in fünf Minuten noch einmal versuchen.

«Hallo?» sagte jemand völlig außer Atem. «Tish – Tish Hayes am Apparat.»

«Entschuldigen Sie die Störung, Madam», sagte Zondi, «hier spricht Bantu-Sergeant Zondi von der Kriminalpolizei. Könnte ich wohl den Lieutenant sprechen?»

«Woher kennen Sie denn meine Nummer, Sergeant?»

«Der Lieutenant hat sie mir für den Notfall gegeben, Madam. Bitte, verzeihen Sie vielmals, aber –»

«Bleiben Sie dran, ja? Ich sehe mal nach, ob er abkömmlich ist.»

Zondi lächelte. Der Lieutenant hatte ihm gesagt, es sei die Nummer einer Wohnung in der Nähe des Krankenhauses, und Wohnungen dort hatten keine Treppen, durch die die Leute außer Atem sein konnten. Sie klang sehr nett, viel jünger, als er erwartet hatte, und sie hatte ihn nicht ‹*Boy*› genannt. Dann hörte er, wie jemand den Hörer am anderen Ende der Leitung nahm.

«Heiliger Himmel, Kaffer, du mußt schon einen verflucht triftigen Grund haben – hierfür!»

Und Zondis Lächeln verflog.

«Mußtest du mit deinem Kollegen in dem Ton reden?» protestierte Tish, als Kramer ins Schlafzimmer zurückgestapft kam. «Er hat gesagt, es sei dringend.»

«Wieder mal eine Jagd auf Schatten, sonst nichts! Warum ziehst du dich denn an?»

«Weil ich dachte, daß du wegmußt, und ich gerne mitkommen würde – darf ich?»

«Ich weiß nicht, ob ich irgendwohin will», sagte Kramer und setzte sich aufs Bett.

Tish lachte und zeigte mit dem Finger auf ihn. «Mein Gott, was hätte dein Sergeant gedacht, wenn er dich so gesehen hätte! Übrigens ist das mein Unterrock, mit dem du dich schamhaft verhüllt hast – kann ich ihn bitte zurückhaben?»

Kramer zog sich den Unterrock von den Hüften, warf ihn Tish zu und ließ sich zu einem Lächeln erweichen. «Mickey hat schon Schlimmeres in seinem Leben erlebt.»

«Das war also Mickey! Warum hast du mir das nicht gesagt?»

«Ich kann mich nicht erinnern, überhaupt je von ihm gesprochen zu haben.»

«Doch, ziemlich oft sogar», sagte Tish und verschwand in ihrem Kleid, «im Schlaf nämlich.» Ihr Kopf kam wieder zum Vorschein, und sie schüttelte ihr Haar frei. «Hat er das Geheimnis der hundertdreizehn Schlüssel schon gelüftet?»

«Nein, er hat einen Toten auf dem Fußboden gefunden – es war aber nur ein Herzinfarkt.»

Tish zog fragend die Augenbrauen hoch.

«Ein Trickbetrüger und Hansdampf in allen Gassen mit Namen ‹Silberfinger› Benson», sagte Kramer und legte sich wieder hin. «Ein alter Gauner, mit dem ich nicht viel zu tun hatte, aber das Interessante ist der Ort, wo er gefunden worden ist.»

«Erzähl weiter!»

«Ich denke gerade nach.»

«Dann denk wenigstens laut nach, damit ich auch was davon habe.»

«Es hat wieder mit den unaufgeklärten Schüssen zu tun. Eine Riesenscheiße das Ganze – und es wird nur noch undurchsichtiger dadurch. Mickey hat heute am späten Nachmittag gehört, daß jemand, der ungefähr zur fraglichen Zeit eine .32er kaufen wollte, gesehen wurde, wie er einem gewissen Meerkat Marais einen Besuch abstattete – Meerkat oder ‹Mungo› Marais ist ein totaler Psychopath, der manchmal auch Schußwaffen verhökert. Obwohl ich sicher bin, daß Meerkat seine Hand diesmal nicht im Spiel hatte, glaubt Mickey inzwischen, daß er unwissentlich doch beteiligt ist. Jedenfalls hat er beschlossen, dieser Spur nachzugehen, und mit einem Straßenfeger namens Sammy Punjat gesprochen, der Zeuge des betreffenden Besuchs war. Punjat hat ihm erzählt, der Besucher sei ein grauhaariger, gutangezogener Weißer mit einer Aktentasche gewesen. Die Beschreibung trifft, so Mickey, auf keinen der bekannten Verbindungsmänner Meerkats zu, zu denen ‹Silberfinger› Benson eigentlich nicht gehört, und hält deshalb weitere Nachforschungen für ratsam – er gibt sogar zu, gedacht zu haben, es könnte Digby-Smith gewesen sein.»

«Dacht ich's doch!» sagte Tish und hüpfte auf einem Bein herum, während sie am anderen Fuß ihre Sandale zumachte. «Und dann?»

«Er bringt Sammy dazu, mit ihm zusammen zu Meerkats Wohnung zu gehen, wo sie eine Weile draußen warten, und dann steigt Mickey die Feuertreppe hinauf und sieht eine Katze aus der offenstehenden Eingangstür herauskommen. Er bringt Sammy dazu, wie ein Straßenhändler, der Obst verkauft, zu rufen, und als niemand antwortet, schleicht er sich hinein und sieht Benson mausetot daliegen, mit Kratzwunden am Hals.»

«Von der Katze?»

«Wohl eher von ihrem Herrn», sagte Kramer und wackelte mit den Zehen. «Kaum sieht Mickey diesen Benson, da muß er bei dessen Namen ‹Silberfinger› an Bradshaw denken, denn es gab mal eine ziemlich dubiose Sache mit irgendwelchem Silber in dessen Laden. Aufgrund dieser Dreifachverkettung meint er, auf ein mögliches Motiv schließen zu können, und hat mich angerufen.»

«Und was ist mit diesem Kerl namens Mungo?»

«Weg. Sammy hat Mickey erzählt, Meerkat sei in letzter Zeit auf Jagd nach irgendeinem jungen Typen, der womöglich ebenfalls mit der Sache in Zusammenhang steht. Vielleicht ist er hinter dem her. Dieser Sammy konnte ihn allerdings nicht beschreiben.»

Tish warf ihm seine Hosen zu. «Mach voran, Tromp! Vielleicht ist das die Chance, auf die du gewartet hast! Du willst sie doch nicht etwa Frans de Klerk überlassen, oder?» Und sie lächelte maliziös über ihren unverhüllten Manipulationsversuch.

«Doch, sicher», erwiderte er. «Schattenjagden sind genau sein Fach. Wir beide wollten doch heute abend essen gehen in diesem neuen Restaurant.»

«Hier ist dein Hemd und dein Schulterhalfter – weißt du übrigens, daß du deine Munition gestern abend in der Schale im Wohnzimmer liegengelassen hast? Oder vielmehr heute früh?»

«War ich etwa wieder so blau, als wir nach Hause kamen?»

«Ich fürchte, ja. Und nun komm, du kannst Mickey doch nicht damit alleinlassen.»

«Er hat selber auch keinen Dienst», sagte Kramer. «Ich werde beim Diensthabenden anrufen und jemanden hinschicken lassen.»

Tish kam herüber und stellte sich, die geballten kleinen Hände auf die Hüften gestemmt, vor ihn hin. «Du bist kein Spürhund, du bist ein Faultier!» sagte sie. «Meinst du im Ernst, Mickey würde es wagen, dich hier anzurufen, wenn er nicht allen Grund dazu hätte? Selbst ich als Laie gewinne langsam den Eindruck, daß –»

«Hör mal», sagte Kramer, setzte sich wieder auf und griff nach seinen Hosen, «mir ist dieser Fall, ehrlich gesagt, schnurzpiepegal, er macht mich geradezu krank mit all den –»

«Und dieser neue Aspekt?»

«Wenn's überhaupt einer ist, Tish! Vielleicht hat der Streit zwischen Benson und Meerkat vollkommen andere Ursachen! Mickey vermutet ja nur, daß Benson an der Sache mit dem Silber beteiligt war, der wir auch nie auf den Grund gekommen sind.»

Sie zuckte die Achseln. «Wird es denn nicht so gemacht? Daß man auch den unwahrscheinlichsten Möglichkeiten nachgeht?»

«Während die Lösung einem die ganze Zeit über direkt vor der

Nase liegt?» sagte Kramer und zog seinen Reißverschluß zu. «Dazu rätst du mir?»

«Ich finde, daß es sehr dumm von dir wäre, es *nicht* zu tun», sagte Tish.

«Was nicht?»

«Na ja, deiner Nase nachgehen», witzelte sie schwach. «Leg dir einfach mal nicht alles schon im voraus zurecht, sondern laß dich überraschen. Ich möchte doch sehen –»

Kramer lächelte nachsichtig und zerrte an seinem Hemd. «Na schön. Schließen wir einen Kompromiß», sagte er. «Wir schauen kurz bei Meerkat rein, sehen uns schnell dort um, und wenn ich meine, daß es sich nicht lohnt, die Fährte aufzunehmen, gehen wir essen – okay?» Er streifte sich das Schulterhalfter mit dem Revolver über und stellte seinen Hemdkragen hoch. «Hast du meinen Schlips gesehen?»

«Du hast ihn gleich hinter der Wohnungstür fallen lassen», sagte Tish ebenso erfreut wie aufgeregt. «Komm, ich leg ihn dir um – bring meine Handtasche mit.»

Kramer folgte ihr durch die Wohnung und bekam auf dem Weg seinen Schlips umgebunden und richtig arrangiert, dann riß er die Eingangstür auf und trat galant zur Seite. «Nach Ihnen, Madame!»

«Danke sehr, mein Herr», sagte Tish und verneigte sich leicht. «Zur Wohnung von Mungo Marais bitte, und schonen Sie die Pferde nicht!»

Zondi hatte keine Zeit verloren, während er auf Kramers Ankunft wartete. Er hatte auf dem Wohnzimmerfußboden Platz geschaffen und dann lauter Diebesgut dort aufgehäuft, das er aus vielen schlecht ausgedachten Verstecken zusammengetragen hatte. Da waren Kartons voller Hemden, Tesafilmrollen en masse, ein halbes Dutzend Stereoanlagen und noch zig andere Gegenstände verschiedenster Art, aber am interessantesten waren 41 Patronen für eine 9-mm-Pistole, die er in einer Käsedose im Kühlschrank gefunden hatte.

«Wo ist die dazugehörige Knarre?» fragte Kramer.

«Ich habe keine finden können, Boß. Aber neun aus einer 50-Stück-Packung sieht nach einem vollen Magazin aus.»

«Hmmm. Was hat er bloß vor? Ein letztes Gefecht wie Banjo? Oder was sonst?»

Zondi warf einen Blick auf Bensons Leiche. «Wenn er diesen Mann umgebracht hat, hätte er ihn nicht hier liegenlassen, Lieutenant. Ich glaube, er ist nicht deswegen auf und davon. Wahrscheinlich ist er hinter dem jungen Burschen her.»

Tish schaute ebenfalls die Leiche an und konnte ihren Blick aus morbider Faszination kaum abwenden.

«Was für ein junger Bursche?» fragte Kramer zu Sammy Punjat gewandt, der zusammenzuckte. «Was weißt du von dieser Sache?»

«Alles Gerüchte, Sir! Eitles Geschwätz! Ich weiß nur, daß Boß Marais einen jungen Burschen sucht, um sich für irgendwelche Missetaten zu rächen.»

«Mehr weißt du nicht?»

Punjat nickte nervös, und Kramer schätzte ihn als einen Menschen ein, der so ehrlich war, wie es seine niedrige Stellung im Leben zuließ. Es war komisch, wie sehr er de Klerk glich, vorausgesetzt, dieser hätte ein Auge verloren und wäre gut mit brauner Stiefelwichse eingerieben worden.

«Aber du hast doch gesagt», murrte Zondi, «Meerkat hätte seinen engsten Vertrauten eine Personenbeschreibung gegeben.»

«Das ist nur eine Vermutung», erklärte Punjat.

«Wer ist denn von hier aus der nächste Vertraute?» fragte Kramer. «Fat Solly Wynberg?»

«Es ist noch jemand unten im Laden», sagte Zondi.

«Gut, dann werde ich mal schnell ein Wörtchen mit ihm reden.»

Tish eilte hinter Kramer her. «Ich dachte, Tote wären geisterhaft bleich», sagte sie und ergriff seine Hand. «Der Mann ist aber fast lila.»

«Hmmm.»

«Komisch», fuhr sie fort, «aber es kommt mir gar nicht so vor, als sei er tot, falls du verstehst, was ich meine. Es hat mir keine Angst gemacht. Zu unwirklich.»

«Die Toten sind in dieser Branche nie das Problem», sagte Kramer. «Es sind die Lebenden.»

Sie gingen schweigend die Feuertreppe hinunter, fanden die Hintertür der Reinigung, die nur angelehnt war, um die kühle Nachtluft einzulassen, und überraschten Fat Solly Wynberg an seinem Schreibtisch. Anstelle eines Kopfes hatte er einen Plastikbeutel voll Reispudding, und aus zwei verquollenen Lücken in diesem Pudding blickten wäßrige, kohlrabenschwarze Augen und blieben lüstern an Tish hängen.

«Jäää, meine Liebe?» schnaufte er. «Womit kann ich Ihnen dienen?» Und er steckte seinen Füllfederhalter in die Hemdtasche, ohne ihn zuzuschrauben, so daß sich plötzlich Tinte ausbreitete, wie ein verfrühter Samenerguß. «Genauer gesagt: Was würde ich nicht tun, um Sie zu bedienen!»

Kramer stellte sich angeekelt vor den schmierigen Kerl. «Morddezernat», bellte er. «Lieutenant Kramer.»

«Kramer?» Fat Sollys Augen flackerten kurz zur Wohnung über seinem Kopf. «Natürlich, Lieutenant! Alles, was Sie nur wollen, alles! Aber wer ist denn diese prachtvolle junge Dame?»

«Ich stelle hier die Fragen, Wynberg – eine einzige Frage, auf die ich verdammt schnell Antwort haben will. Ich habe nämlich einen Tisch reservieren lassen.»

«Verzeihung, ich habe –»

«Also los, Wynberg: Ich will alles über den jungen Burschen wissen, hinter dem Meerkat in jüngster Zeit her ist, seinen Namen und warum. Kapiert?»

«Ich weiß nicht, wovon Sie reden, fürchte ich», erwiderte Fat Solly, und der Schweiß brach ihm aus. «Ich habe nicht viel mit meinen Mietern zu tun, das werden Sie verstehen, und deshalb –»

«Da oben liegt ein Toter», unterbrach ihn Kramer. «Muß ich Sie als Komplizen verhaften?»

«Barmherziger! Davon weiß ich nichts!»

«Was *wissen* Sie denn?»

Fat Solly wand sich, als würden seine hängenden Hinterbacken von Hörnern aufgespießt, und sein Schweiß stank ekelhaft fäkal. «Nicht, daß ich Ihnen nicht gern zu Diensten wäre, glauben Sie mir...», sagte er heiser.

«Ihre letzte Chance, Solly. Lassen Sie mal hören.»

Immer noch keine Antwort. Das war der Ärger mit Meerkat Marais' Freunden, Verwandten und Vertrauten: Für sie alle war seine Wut das Entsetzlichste, was ihnen je zustoßen konnte. Also bat Kramer Tish, auf den Flur hinauszugehen und erst wieder hereinzukommen, wenn sie bis sechzig gezählt hatte. Als sie wiederkam, ohne einen Laut gehört zu haben, saß Fat Solly Wynberg bolzengerade auf seinem Stuhl, weißer als ein Handtuch in einer Waschmittelreklame, und redete wie ein Wasserfall.

24

«*Das* hat mir aber wirklich angst gemacht!» sagte Tish, als sie mit Kramer zusammen wieder die Feuertreppe hochstieg. «Was hast du bloß mit ihm gemacht?»

Aber Kramer war zu sehr in Gedanken, um zu antworten. «Mickey!» rief er in den Flur vor Meerkats Wohnung. «Laß diesen Sammy gehen, und dann komm her, und hör dir das Neueste an.» Er ging in die Küche und warf einen kurzen Blick auf die Eisbehälter im Kühlschrank.

«Das Neueste, Boß?» fragte Zondi, der eine Minute später da war.

«Aber frag mich nicht, was es zu bedeuten hat», warnte Kramer, dem der Kopf schwirrte vor widersprüchlichen Informationen. «Laut Fat Solly ist vor über einem Monat jemand hier eingebrochen und hat eine .32er mit defektem Lauf aus dem Kühlschrank gestohlen. Dieser Jemand ist angeblich von einer Behinderten, die da draußen im Gestrüpp lebt, gesehen worden, und sie hat ihn vage als elegant gekleideten jungen Weißen beschrieben. Meerkat hat Rache geschworen und sucht seitdem nach diesem Burschen. Heute morgen nun hat Fat Solly gehört, daß es hier oben Krach gab, und von der Feuertreppe aus ein bißchen gelauscht. Nach dem, was er mitbekam, hat unser verstorbener Freund Benson als eine Art Mittelsmann gedient und einem Waffensammler den Tip hinsichtlich der .32er gegeben, die Meerkat besaß, und irgend etwas war wohl schiefgegangen. Mehr erfuhr er erst, als Meerkat heute gegen fünf in den Laden hinunterkam und ihn um fünfzig Rand anpumpte. Dabei hat er Fat Solly erzählt, daß er jetzt wüßte, wer der Dieb sei, und ihn sich vorknöpfen wolle.»

«Dann hatte ich doch recht, Lieutenant? Dahin ist Meerkat also verschwunden?»

«Hmmm, sieht ganz so aus», bejahte Kramer und setzte sich an den Küchentisch. «Andererseits liegst du aber falsch, wenn du denkst, es hätte irgend etwas mit den Schüssen zu tun. Der Lauf der .32er war defekt, hat mir Fat Solly erzählt, dem Schützen wäre also beim Abdrücken der eigene Kopf weggeblasen worden.»

Zondi zuckte mit den Schultern und lächelte. «Es ist einfach so ein Gefühl, Boß. Kann ein Lauf nicht ausgewechselt werden?»

«Warum sollte sich jemand so viel Mühe machen, Mann!»

«Stimmt, Lieutenant.»

«Und wenn Mungo nun Fat Solly eine Lüge aufgetischt hat, was den Lauf betrifft?» sagte Tish und streichelte einen freundlichen rötlichbraunen Kater mit weißem Schwanz. «Um sich zu schützen? Damit niemand auf die Idee kommt, seine Waffe könnte benutzt worden sein?»

«Hmmm, gar nicht so dumm», gab Kramer zu. «Marais kommt nach Hause, stellt fest, daß seine Kanone geklaut worden ist, zählt zwei und zwei zusammen und beschließt, sich von jedem Verdacht zu befreien ...»

«Was nichts anderes hieße, als daß ebendiese Waffe bei Boß Bradshaw, Boß Hookham und der jungen Miß verwendet wurde», sagte Zondi.

Tish öffnete den Kühlschrank und fand eine verstaubte Dose Sardinen. «Dieses arme Tier scheint ausgehungert zu sein», sagte sie. «Und was nun? Euch bleibt nicht erspart, jetzt Nägel mit Köpfen zu machen.»

«Und Meerkat Marais zu fassen, meinst du?» sagte Kramer.

«Oder den feinen Pinkel, der die Kanone geklaut hat», schlug Tish vor. «Was auf dasselbe hinausläuft, würde ich sagen, wenn Meerkatz – nennt ihr ihn so? – hinter ihm her ist. Wäre es nicht herrlich, beide auf einmal zu fassen? Dann würden sie auspacken, und ihr wüßtet alles!»

Zondi ging ruhelos auf und ab.

«Ich weiß, was du denkst», sagte Kramer. «Du machst dir Sorgen, wir könnten zu spät kommen, weil Meerkat jeden Beweis bereits aus der Welt geschafft hat.»

«Er hat zwei Stunden Vorsprung, Lieutenant.»

«Ja, und wir haben keinen blassen Schimmer, wo er jetzt ist. Siehst du nun, was ich mit der Jagd auf Schatten meine, Tish?»

Sie schüttete gerade die Sardinen auf eine Untertasse. «Da, mein Katerchen! Probier's mal hiermit!» Die Untertasse stand kaum auf dem Boden, da fiel der Kater schon darüber her. «Wenn ihr herausfinden könntet, wer der feine Pinkel ist, wüßtet ihr wenigstens, welche Richtung ihr einschlagen müßt.»

«Richtig! Aber bei der Beschreibung fällt mir kein Mensch ein, den ich je zu Gesicht bekommen habe.»

«Bist du sicher? Und Sergeant Zondi?»

Kramer drehte sich zu ihm um. «Es ist höllisch ungenau, Mickey. Der Verdächtige ist zwischen achtzehn und dreißig Jahre alt, groß, hat einen federnden Gang und trägt gute Kleidung – einen dunklen Anzug. Er hatte eine Aktentasche in der Hand und dunkelbraunes Haar. Ach ja, und sein Schlips war ein bißchen wie der Schlips einer Schuluniform oder einer Rugbykluft gestreift.»

«Fat Solly hat noch gesagt, Meerkat wäre sicher gewesen, daß der Typ nervös war, weil er vermutlich normalerweise nicht in anderer Leute Häuser einbricht», fügte Tish hinzu.

«Hmmm.» Zondi schloß die Augen.

«Er geht seine innere Datenbank durch», sagte Kramer mit einem Augenzwinkern zu Tish. «Jetzt kommt jeden Moment irgendein Quatsch hoch, der ihm gerade durch den Kopf schießt. Einmal waren wir –»

«Dieser Schlips, Boß», sagte Zondi. «Vielleicht der Schlips von einer Schuluniform, sagten Sie?»

«Ja, nur weiß ich nicht –»

«Und ‹ist in Trekkersburg zur High School gegangen›», zitierte Zondi. «Erinnern Sie sich nicht? An den Artikel in der *Gazette*?»

Kramer erstarrte einen kurzen Augenblick lang, dann entspannte er sich wieder und lachte spöttisch. «Ach was, du hast doch nicht etwa die Bradshaws im Visier, Mann! Außerdem gibt es Millionen von Kids mit gestreiften Schlipsen!»

«Darren Bradshaw?» sagte Tish und hielt den Atem an.

«Ja Madam», sagte Zondi. «Wissen Sie, wie der junge Boß aussieht?»

«Jetzt hör mal, ich habe –», setzte Kramer an.

«Ja, er ist groß, hat dunkelbraunes Haar, zieht mit Vorliebe alte Schuluniformschlipse und feine Anzüge an, um die Kunden zu beeindrucken, wenn er im Familiengeschäft hilft, und – Gott, ja! Da fällt mir ein – weil ihr so etwas erwähnt habt –, daß er einen etwas eigentümlichen Gang hat, irgendwie federn und großspurig.» Sie wandte sich an Kramer. «Wieso sagst du nichts? Du hast ihn doch auch gesehen, oder nicht?»

Kramer nickte langsam. Sicher hatte er Darren Bradshaw kennengelernt, aber er war geschwommen, nicht gelaufen, und hatte lediglich Badehosen angehabt, und seine Größe war durch das Wasser optisch verkürzt worden. Bis auf das dunkelbraune Haar hatte er persönlich nichts beobachtet, was Tishs Behauptung bestätigt – oder entkräftet hätte.

«Boß?» drängte Zondi.

«Er war seinerzeit im Swimmingpool hinter ihrem Haus.»

«*Hau!* Hat er sich einen Sonnenbrand geholt?»

Tish klatschte in die Hände. «Toll! Das rosa Zeug aus den Strumpfhosen, die du im Wald gefunden hast.»

«Nicht Strumpfhosen, Strümpfe», korrigierte Kramer pedantisch, und Argwohn beschlich ihn, weil sich alles so schnell zusammenfügte.

«Strümpfe?» sagte Tish. «Das ist ja interessant! Die muß eine ältere Frau weggeworfen haben. Würde ich jedenfalls meinen. Seine Mutter vielleicht?»

Zondi knurrte zustimmend.

«Ja, seine Nase war rot und pellte sich ein wenig», erinnerte sich Kramer und erhob sich. «Aber das ist doch verrückt! Warum sollte er auf seinen Vater schießen? Und warum auf Hookham? Oder auf Classina?»

«Schoeman von der Kripo hat mir erzählt, es hätte viel Streit gegeben, während er bei Boß Bradshaw den Schutzdienst versah», sagte Zondi.

«Ja, und sein Vater hat ihn mal verbannt, vergiß das nicht», setzte Tish hinzu. «Wer weiß schon, was es nach den Schweinereien für böses Blut zwischen ihnen gegeben hat!»

«Und Bonzo Hookham?»

«Vielleicht...», hob Zondi an und verstummte wieder, um eine Lösung zu finden. «Vielleicht war Boß Hookham an dem Abend mit den Hunden an der Rennbahn, und Klein Bradshaw fürchtete, gesehen worden zu sein!»

«Mit dem Mädchen kann's genauso gelaufen sein», platzte Tish jetzt heraus. «Sie kann etwas mitbekommen haben, ohne sich dessen bewußt zu sein, und Darren wollte kein Risiko eingehen.»

«War er denn überhaupt hier?» wandte Kramer ein. «Soweit ich weiß, befand er sich zum Zeitpunkt, als die ersten Schüsse fielen, in Johannesburg.»

«Soweit du weißt», stellte Tish klar.

«Fragen Sie doch beim Kritzinger-Wirtschaftscollege an, Boß, ob er an dem Tag dort gemeldet war», riet Zondi.

«Was, so spät am Abend?»

«Dann versuch herauszufinden, wo er die anderen beiden Male gesteckt hat», drängte Tish, ging zu Zondi hinüber und stellte sich neben ihn.

«An dem Abend, als Boß Hookham starb, Lieutenant, hat Boß

Darren seinen Vater vom Wochenendhaus abgeholt. Aber, soweit ich mich erinnere, sagten sie, er sei sehr spät dort angekommen.»

«Ich hatte nicht den Eindruck, daß er besonders stark ist», murmelte Kramer, der immer noch versuchte, alle Fakten unter einen Hut zu bringen.

«Warum fangt ihr nicht mit dem Abend an, an dem auf die Schülerin geschossen wurde?» sagte Tish. «Der Polizist, der bei den Bradshaws Wache geschoben hat, müßte doch wissen, ob Darren weg war.»

«Wie paßt denn der seltsame Akzent ins Bild?» fragte Kramer. «Und verlangt ihr wirklich von mir, zu glauben, daß Bradshaw seinen eigenen Sohn nicht erkannt hat?»

Tish verlor die Geduld. «Jetzt hör endlich auf mit all dem Grübeln und *unternimm* etwas! Was um Himmels willen hält dich eigentlich zurück?»

Kramer hätte beinahe gesagt, ein Gefühl in seinen Knochen, bemerkte aber statt dessen: «Gut, ich rufe Schoeman an – das kann ja nichts schaden.»

Das Telefon war auf dem geöffneten Telefonbuch abgestellt worden, das auf der geschmacklosen Bar im Wohnzimmer lag. Kramer wählte die Nummer des CID, ließ sich mit dem Morddezernat verbinden und hatte Glück.

«Kann ich Ihnen helfen, Lieutenant?» fragte Schoeman.

«Ich hoffe, Stürmer. Erinnern Sie sich noch an den Abend, an dem Classina Baksteen noch einmal mit dem Schrecken davongekommen ist? Wo war Darren Bradshaw da?»

«Oh, Sie meinen den – mal überlegen. Ich hab's: Das war der Abend, an dem ich ihn endlich mal aus dem Haus ins Drive-in scheuchen konnte.»

«Wie lange war er weg?»

«Ungefähr drei Stunden. Er hat das Haus um sieben verlassen und ist gegen zehn mit Lippenstift auf dem Hemd heimgekehrt. Gott, es war so viel von dem Zeug daran, daß man meinen könnte, er hätte es selbst draufgeschmiert!» Stürmer Schoeman lachte. «Ich habe darüber eine Bemerkung gemacht, kurz bevor ich abgehauen bin, und da hätte er mir fast den Kopf abgerissen –»

«In welcher Stimmung war er denn?» fragte Kramer. «Wie benahm er sich?»

«Er war sehr erregt, Sir. Sie hat ihn wahrscheinlich nicht fertigmachen lassen. Nun erzählen Sie mir bloß nicht, es hätten endlich mal Eltern Anzeige gegen ihn erstattet!»

«Es wird so einiges gemunkelt», sagte Kramer ausweichend und noch immer völlig unsicher. «Jedenfalls vielen Dank! Ich werde Sie wahrscheinlich morgen noch mal belästigen müssen wegen der Schlüssel.»

«Gut, Sir. Dann mal gute Nacht!»

Kramer legte den Hörer zurück, blieb stehen und starrte ihn an. Dabei bemerkte er, daß das Gewicht des Apparats das Telefonbuch auf einer Seite offenhielt, die mit Bradnock, J. F. anfing und mit Branch, P. C. endete. Irgendwo dazwischen lag der Eintrag Bradshaw, A. M. – und das konnte kein Zufall mehr sein.

Zondi und Tish warteten im Chevrolet vor dem Haus in der Kitchener Row, den Blick auf Kramer gerichtet, der gerade zum zweitenmal an Bradshaws Eingangstür klopfte.

«Ich frage mich, warum sie ihr Telefon abgestellt haben», murmelte Tish.

«Vielleicht machen ihnen immer noch irgendwelche Geier zu schaffen, Madam.»

«Bitte, Mickey, nennen Sie mich doch nicht so! Ich komme mir dabei immer wie eine Puffmutter vor! Da wir uns inzwischen bekannt gemacht haben, ist Tish völlig okay.»

Unmöglich, dachte Zondi. «Der Lieutenant geht jetzt ums Haus», sagte er. «Vielleicht sind sie ausgegangen.»

«Es steht ja auch kein Auto vor der Tür.»

Zondi nickte und roch heimlich noch einmal an seinem Atlas.

Mrs. Bradshaw hörte Radio unter einem Maulbeerbaum am Swimmingpool. Sie trug ein langes schwarzes Abendkleid, das gut zu der Musik paßte, klassisch und doch romantisch verspielt. Der Garten wirkte jetzt doppelt verzaubert, denn er wurde hier und dort durch sorgfältig plazierte Lampen erhellt. Sie war so sehr in ihre eigene Welt vertieft, daß es einige Sekunden dauerte, bis sie merkte, daß jemand mit ihr sprach.

«Lieutenant Kramer!» sagte sie und begrüßte ihn mit einem Lächeln. «Ist ja furchtbar nett! Ich hatte nicht damit gerechnet, Sie noch einmal zu treffen, da die schreckliche Sache ja nun vorbei ist.»

Kramer schüttelte ihr die lustlos ausgestreckte Hand. «Ich will Sie nicht beunruhigen, Mrs. Bradshaw, ich konnte Sie lediglich telefonisch nicht erreichen.»

«Archie hat es seinerzeit abgeschaltet und meint, wir brauchten zu Hause wahrscheinlich ohnehin keins. Da spart man ganz schön, wissen Sie.»

«Hmmm. Ist Mr. Bradshaw da?»

«Heute ist sein Freimaurerabend, so leid mir's tut.»

«Und Darren? Ich nehme an, er ist wieder in Johannesburg.»

Mrs. Bradshaw stellte ihr Radio leiser. «Er ist vor Wochen schon zurückgefahren, aber an diesem Wochenende ist er in unserem Ferienhaus am Fuß der Berge. Wir fahren morgen hin, um ihn und seine neue Freundin zu besuchen. Eigentlich wollten wir heute abend bereits dort sein und ein Essen für die beiden vorbereiten, aber wie gesagt, heute ist Archies Freimaurerabend, und –»

«Läßt er nie einen aus?»

Ihr Lächeln sollte strahlend sein, hatte aber den traurigen Zug, den Kramer schon früher bemerkt hatte. «Nie, auch kein Fliegerclubtreffen. Haben Sie Zeit für einen Drink?» Sie brachte diese banale Frage ganz ernsthaft vor, wie es einsame Menschen zu tun pflegen.

«Ich kann ein paar Minuten bleiben», sagte Kramer und nahm in dem anderen Liegestuhl Platz. «Darren ist also jetzt in Ihrem Ferienhaus?»

«Wahrscheinlich noch nicht ganz, denke ich», erwiderte Mrs. Bradshaw und versuchte, auf ihrer Armbanduhr die Zeit zu erkennen. «Sie wollten nach dem Mittagessen in Johannesburg abfahren. Er hat Freitag nachmittags keine Schule, wissen Sie.»

«Ach, ja?» Klick, fiel wieder ein Teilchen des Puzzles an seinen Platz.

«Du liebe Güte, es ist ja später, als ich dachte», sagte Mrs. Bradshaw. «Acht Uhr – stimmt das?»

«Hmmm. Wo genau liegt denn Ihr Häuschen? Weit ab von der Hauptstraße?»

«Es ist Teil einer Farm im Dargle-Gebiet – Twin Falls Farm heißt sie, und sie gehört einem reizenden alten Ehepaar, das wir seit Jahren kennen. Sie haben das Gelände geteilt und die eine Hälfte ihrem Sohn gegeben; sie sind inzwischen schon halb im Ruhestand. Wundervolle Leute, höflich, warmherzig und furchtbar freundlich, und trotzdem lassen sie einen in Ruhe, damit man die herrliche Einsamkeit genießen kann. Wenn Archie und ich dort sind, besuchen wir sie manchmal

Sonntag morgens zum Tee, aber ansonsten haben wir unseren Teil des Tales ganz für uns allein. Darren müßte jetzt fast schon da sein, und ich kann mir richtig gut vorstellen, wie gespannt seine neue Freundin ist, wenn sie das Ende unseres kleinen Weges erreichen und sie das niedliche strohgedeckte Haus erblickt. Genau wie ein Anwesen im alten England, Lieutenant Kramer – ich habe den Entwurf dafür aus einer der Antiquitätenzeitschriften kopiert, die Archie abonniert hat, und dann haben wir einen furchtbar klugen einheimischen Bauunternehmer gefunden, der es gebaut hat. Ich hoffe sehr, daß sie es mag.»

«Sie klingen etwas besorgt, Mrs. Bradshaw», sagte Kramer. «Warum denn?»

«Nun ja, Darren hat schon mit so vielen Mädchen, in die er sich verliebt hat, Pech gehabt», sagte sie und griff nach einem großen Glas Gin Tonic, das versteckt hinter dem Radio gestanden hatte. «Jede Mutter hat die gleichen Hoffnungen und Wünsche, nehme ich an! Man wünscht, daß die Kinder sich gut verheiraten und nicht ...» Sie gab ein leises Lachen von sich, das wie ein gesprungenes Champagnerglas klang. «Ich hoffe einfach, daß er diesmal Glück hat, weiter nichts. Sonja scheint wirklich ein Schatz zu sein.»

Kramer sah zu, wie sie ihr Glas bis auf die Eiswürfel hinunter leerte. «Ja, ich bin sicher, daß Sie sich nicht von anderen Eltern unterscheiden», sagte Kramer. «Sie haben alle ihre Sorgen. Wie gut kommt er denn mit seinem Vater aus?»

«Ausgesprochen gut. Sie hatten natürlich ihre Meinungsverschiedenheiten, aber wenn sie sich ausgesprochen haben und alles vom Tisch ist, sind sie ein Herz und eine Seele.»

«Ja? Hatten sie ernste Differenzen?»

Mrs. Bradshaw schüttelte den Kopf. «Nichts, was nicht bereinigt werden konnte. Archie war ein wenig besorgt wegen einiger Freunde, die Darren einmal hatte, obgleich zu erwarten stand, daß ein so starker, draufgängerischer Junge alle möglichen Leute um sich versammelt. Aber damit war es zu Ende, als wir beschlossen, ihn auf das Wirtschaftscollege in Johannesburg zu schicken. Er ist glücklich dort, und er macht sich furchtbar gut, wie er uns erzählt hat. Mittlerweile ist er schon fast ein Jahr fort – wie die Zeit vergeht!»

Wieder machte es klick. Es war ungefähr ein Jahr her, seit das verdächtige Silber in Bradshaws Antiquitätengeschäft entdeckt worden war.

«Was hat er denn vorher gemacht?» fragte Kramer, erleichtert, daß es so weniger Anstrengungen bedurfte, einer stolzen Mutter etwas über ihr Kind zu entlocken. «Ist er hier zur Handelsschule gegangen?»

«O nein, Archie hat ihn mit ins Geschäft genommen und ihn angelernt, aber es war doch vernünftiger, erst mal für die richtigen kaufmännischen Grundlagen zu sorgen. Wollen Sie bestimmt nichts trinken? Auch nicht ein klitzekleines Schlückchen? Ich selber –»

«Lassen Sie mich nachschenken», sagte Kramer, stand auf und nahm ihr Glas. «Wo finde ich denn –?»

«Alles im Kühlschrank, aber –»

«Bleiben Sie ruhig sitzen, und machen Sie es sich bequem», sagte Kramer. «Schauen Sie, wie schön groß und rund der Mond heute ist.»

Er mußte einen Augenblick zum Nachdenken haben. Aber mit seiner Konzentration war es vorbei, als er die Küche betrat und auf dem Abtropfbrett neben der Spüle ein niedriges, breites Glas mit einem letzten Rest Whisky stehen sah. Bradshaw war Biertrinker, wie er sich erinnerte – und dann kam ihm, fast ungewollt, wie eine von Zondis Blitzideen, etwas in den Sinn, was Tish über Jonty und eine kleine Schlampe mit sagenhafter Figur gesagt hatte. Jonty mochte nach Sonnenuntergang nichts lieber als einen ordentlichen Schluck Scotch. Kramer füllte Mrs. Bradshaws Glas, wobei ihm einfiel, daß Jonty behauptet hatte, sie sei noch nie in seinem Salon gewesen, und ging wieder hinaus und über den Rasen zu ihr.

«Ein Doppelter», sagte er und reichte ihr das Glas. «Wie ich sehe, bin ich nicht der erste Besucher heute abend, was?»

Sie lachte überrascht auf. «Wie haben Sie das bloß –?»

«Auf dem Abtropfbrett steht noch ein Glas und wartet darauf, abgewaschen zu werden.»

«Sie sind genauso schlimm wie Wachtmeister Schoeman, Lieutenant. Er hat zwar nie etwas *gesagt*, aber ich hatte immer das Gefühl, als zöge er ständig Schlüsse über uns – ich weiß, daß Archie bisweilen ganz schön wütend war! Er war furchtbar höflich, aber es war doch eine Erleichterung, als er und die anderen endlich gingen.»

«Je nun», sagte Kramer und setzte sich wieder hin, «da sehen Sie, wie einem etwas zur Gewohnheit werden kann.»

«Offen gestanden bin ich froh, daß Sie mich an das Glas erinnert haben – ich räume es lieber fort, bevor Archie heimkommt, denn er findet das wahrscheinlich nicht gerade komisch.»

«Mrs. Bradshaw, Sie setzen mich in Erstaunen!» sagte Kramer augenzwinkernd.

Selbst im Mondlicht schien es, als erröte sie. «Sie sind vielleicht einer!» kicherte sie schockiert, aber dennoch geschmeichelt. «Nein, nichts dergleichen! Es hat nur einer von Darrens schrecklichen alten Freunden hereingeschaut in der Hoffnung, ihn dieses Wochenende treffen zu können, und da konnte ich ihm Gott sei dank sagen, daß er in unserem Ferienhaus ist.»

«Kannten Sie ihn?»

«Kein bißchen, aber dafür kannte er Darren genauestens und wollte unbedingt alle Neuigkeiten hören, die ich von ihm wußte, und da brachte ich es nicht fertig, ihn einfach wieder wegzuschicken. Ein nervöser kleiner Zappelphilipp, vielleicht ein, zwei Jahre älter als Darren, aber trotz seiner äußeren Erscheinung recht nett. Darin, finde ich, hat Archie manchmal unrecht, wissen Sie, er kann ein solcher Snob sein gewissen Leuten gegenüber. Aber ich nehme an, das liegt an seinen Geschäften mit den Morninghill-Leuten und den –»

«Klingt nach Wee Williams», sagte Kramer, der den Namen gerade erfunden hatte. «Ein Typ, der Gitarre spielt? Mit langen Fingernägeln?»

«Sie sind wirklich schlau!» sagte Mrs. Bradshaw und prostete ihm mit ihrem Glas zu, ehe sie schnell einen weiteren Schluck trank. «Er hat mir nicht erzählt, daß er Musiker ist, hat nicht einmal seinen Namen genannt, aber die Fingernägel sind mir aufgefallen. Ach ja, *und* die Katzenhaare auf seinem Jackett! Musiker sind oft schmuddelig heutzutage, nicht wahr? Schade. Ich kann mich noch daran erinnern, wie sie Smoking und Frackschleife getragen haben.»

Kramer war schon auf den Füßen, wütend, so viel Zeit verschwendet zu haben – er hatte auch nicht eine Sekunde lang vermutet, Meerkat Marais würde es wagen, in diesem Haus zu erscheinen; daran zeigte sich, wie versessen der Bastard darauf war, Rache zu üben.

«Jetzt will ich Ihnen mal sagen, welche Schlüsse *ich* gezogen habe», sagte Mrs. Bradshaw mit ganz leichtem Lallen. «Ich bin darauf gekommen, daß er *zwei* Katzen haben muß. Und warum? Weil das Licht in Archies Studierzimmer schön hell war und ich sehen konnte, daß einige der Katzenhaare weiß und andere rötlichbraun waren. Das findet man nicht allzuoft am selben Tier, wissen Sie.»

«Sie haben sicher recht, Mrs. Bradshaw», sagte Kramer und setzte sich unauffällig in Bewegung, inzwischen durch und durch davon überzeugt, daß seine Vermutungen richtig waren. «Noch viel Spaß mit Mond und Musik!»

«Sie wollen doch nicht etwa schon gehen?»

«Ich dachte mir, Sie wollten vielleicht früh zu Bett», entgegnete er und überlegte, wie er ihr das richtige Stichwort geben konnte, ohne plump zu wirken. – «Wie lange fährt man denn bis zu Ihrem Ferienhaus?»

«Oh, nur zwei Stunden etwa. Aber Sie wollen doch sicher Archie eine Nachricht hinterlassen. Da plappere ich drauflos, und Sie haben keine Chance, den Grund Ihres Besuches zu nennen! – Bitte, verzeihen Sie mir.»

«Ach, Unsinn», sagte Kramer, «es war mir ein Vergnügen, und mein Auftrag kann warten. Oder kann ich Ihren Mann morgen im Ferienhaus anrufen?»

«Ich fürchte, wir haben uns ein wenig isoliert dort oben, und das Farmhaus ist so weit entfernt, daß –»

«Macht nichts, dann eben ein andermal, wie gesagt. Ich wollte ihm eigentlich bloß ein paar Karten für unsere Tanzveranstaltung nächsten Monat verkaufen.»

Sie kicherte wieder und sah ihn mit hochgezogenen Augenbrauen an. «Ich kenne eine lustige Geschichte vom Eiertanz eines Polizisten – aber die könnte ich weder Ihnen noch Colonel Muller erzählen!»

«Mrs. Bradshaw, Sie setzen mich in Erstaunen», sagte Kramer, der diesmal gar nicht vorgehabt hatte, ihr ein Stichwort zu geben. «Und überhaupt: Es war ein ebenso schockierendes wie prickelndes Erlebnis, mit Ihnen hier draußen zusammenzusein.»

Sie genoß das, die Ärmste.

«Das bedeutet aber, daß ihr gehörig in der Klemme sitzt», sagte Tish, als Zondi nach einem kurzen Situationsbericht von der Kitchener Row abfuhr. «Du kannst doch nicht ernsthaft glauben, die Stunde Vorsprung, die er hat, wettmachen zu können, Tromp – wenn es nicht mehr ist! Ich verstehe nicht, warum du nicht Mrs. Bradshaws Telefon benutzt und die Polizei da draußen angerufen hast, damit sie –»

«Was Meerkat Marais betrifft, gibt es etwas, das du nicht weißt», unterbrach Kramer sie. «Es ist bekannt, daß er nichts übereilt, wenn er in dieser Art von Stimmung und sein Opfer in Sichtweite ist. Er genießt es vielmehr, –»

«Trotzdem, Boß», warf Zondi ein und trat auf der Stadtautobahn Richtung Zentrum aufs Gaspedal, «eine Stunde ist eine lange Zeit. Die Polizei aus Dargle müßte zuerst in Aktion treten.»

«Nein, Kaffer. Diese beiden Saukerle gehören mir.»

«Mickey, halten Sie an der nächsten Telefonzelle an, die in Sicht kommt», befahl Tish und beugte sich von der Rückbank vor, um ihm auf die Schulter zu klopfen. «Du wirst jetzt Vernunft annehmen, Tromp. Das Mädchen ist doch auch in Gefahr.»

«Ach, ich glaube nicht, daß Meerkat jemanden *töten* wird – ein solcher Narr ist er nicht. Sein Stil ist es, sie so zuzurichten, daß sie nie mehr wagen, ihm in die Quere zu kommen, weshalb wir ihn noch nie überführen –»

«Warum bist du bloß so stur?» sagte Tish ärgerlich. «Warum nur? Wo doch Mickey ganz –»

«Weil ich mir gar nicht so sicher bin, ob es wirklich unmöglich ist, rechtzeitig dort anzukommen», sagte Kramer achselzuckend. «Und weil ich nicht will, daß eine Horde schießwütiger Landpolizisten mich durch eine wilde Ballerei darum bringt, die Wahrheit ans Licht zu bringen.»

«Ha! Und wer wollte heute um keinen Preis einem Schatten nachjagen? Wie nennst du das denn hier? Es ist noch verrückter!»

Zondi bremste scharf, und der Chevrolet kam neben einer unbesetzten Telefonzelle zum Stehen.

«Danke», sagte Kramer und stieg aus.

«Tromp!» rief Tish ihm nach. «Tromp, versprich mir, das du jetzt das Richtige tust!»

Er lächelte, suchte in seiner Tasche nach Münzen, betrat die Telefonzelle und tätigte zwei Anrufe, einen langen und einen ziemlich kurzen. Als er zum Wagen zurückkam, schauten sich Tish und Zondi gerade eine Karte von Natal in einem Atlas an, der plötzlich aufgetaucht war.

«Wie weit ist es Luftlinie?» fragte er sie und ließ sich wieder auf seinen Sitz fallen.

«Ungefähr siebzig Meilen, Boß, aber man muß die ganzen Ausläufer des Gebirges umfahren», erwiderte Zondi. «Ist Dargle in Alarmbereitschaft versetzt, und errichten sie eine Straßensperre?»

«Ja, sie sind alarmiert.»

«Und was ist mit der Straßensperre?» fragte Tish und sah ihn argwöhnisch an. «Du hast sie nur vorgewarnt, stimmt's? Ich seh's dir an der Nasenspitze an! Was hast du bloß vor?»

«Ich jage jetzt den Schatten», sagte Kramer, «und zwar auf der Luftlinie.»

25

In einer klaren, mondhellen Nacht mit leichter Bewölkung und wenig Turbulenzen brummte die viersitzige Cessna auf 2200 Meter Höhe mit fast 200 Stundenkilometern stetig auf Dargle zu, ohne großes Aufhebens darum zu machen.

Kramer beobachtete, wie die Landschaft immer mehr das Aussehen einer klumpigen Daunendecke in silbergrauer Seide annahm, mit dunklen Waldflecken gemustert und hier und da mit Nähten aus langen Stacheldrahtzäunen versehen. Es war ein traumhafter, erdentrückter Blick, und er wünschte, Tish säße neben ihm und könnte daran teilhaben. Aber der junge Robert du Plooi war eisern geblieben in bezug auf Leben, die er aufs Spiel setzen durfte, und ihres hatte nicht dazugehört. Auch Zondi verpaßte die Aussicht. Er war noch nie geflogen und lag zusammengerollt auf der hinteren Sitzbank. Den Hut ins Gesicht geschoben, stellte er wenig überzeugend äußerste Unbekümmertheit zur Schau.

«Wir sind verrückt», murmelte du Plooi mindestens zum zwanzigsten Mal seit ihrem Start. «Vollkommen verrückt. Man kann bei diesem Licht die Entfernung zur Erde nicht abschätzen, jedenfalls nicht, wenn wir im Landeflug sind.»

«Es ist doch bestimmt fast genauso hell wie durch eine Sonnenbrille, oder?» sagte Kramer. «Sehen Sie doch, wie hell der Mond auf unsere Nase scheint.»

«Mit wie vielen Autos wird die Landebahn dieses Farmers beleuchtet?» fragte du Plooi.

«Ach, der ganze Bezirk wird hinbeordert.»

«Wann hatten Sie denn Zeit für dieses Arrangement, he?»

«Ich habe es an Kollegen delegiert.»

«Sie wissen also gar nicht sicher, ob –»

«Ich habe Stürmer Schoeman beauftragt, das Bestmögliche in dieser kurzen Zeit zu organisieren.»

«Das erfahre ich *jetzt*!» rief du Plooi, und das Flugzeug schlingerte ein wenig.

Trotzdem schien es ihm Spaß zu machen. Es ist die Jagd, dachte Kramer, die Leidenschaft des Jägers, die Herausforderung, die im Unerwarteten, Gefahrvollen liegt. Du Plooi hatte gerade auf dem Kinderzimmerfußboden mit seinem kleinen Sohn gespielt, als er ihn angerufen hatte.

«Boß?» sagte eine gepreßte Stimme vom Rücksitz her.

«Wir liegen gut in der Zeit, Mann», sagte Kramer über die Schulter. «Gleich kommt der Murray-Stausee, und wenn wir den überquert haben, sind es nur noch fünf Minuten bis zum Aufsetzen.»

«Aufsetzen?» wiederholte du Plooi. «Sie können von Glück sagen, wenn wir nicht ausgebuddelt werden müssen!»

«Es wird schon werden, warten Sie mal ab», sagte Kramer zuversichtlich.

Sie verloren Höhe, und dann breitete sich auf ihrer Flugbahn vor ihnen der gewaltige Murray-Stausee aus. Kramer preßte den Kopf gegen das Seitenfenster und sah, wie das Land abrupt endete und das Wasser anfing. Ein flaues Gefühl überkam ihn, und sein Puls beschleunigte sich etwas, wahrscheinlich genauso wie bei Bonzo Hookham, als er den Kanal überflogen hatte. Die gewellte Wasserfläche da unten schien sich bis in alle Ewigkeit fortzusetzen. Dann war ebenso abrupt wieder Land unter ihnen, und jetzt hatten die tiefen Schatten, die Wasserläufe füllten, Täler durchströmten und runde Lehmhütten verlängerten, etwas Feindseliges und Bedrohliches. Das Flugzeug begann zu zittern und zu beben, durchgerüttelt von den anstürmenden warmen Aufwinden, die von den Vorbergen ausgingen, und Du Ploois Fußgelenk quietschte, als er in die Seitenruderpedale trat, um entgegenzusteuern.

«Zielgebiet vor uns», sagte er und folgte dem gewundenen Band einer Dreckstraße. «Möchten Sie einen Blick darauf werfen, ehe wir landen?»

«Gern», sagte Kramer.

Eine Minute später zeigte du Plooi auf ein Anwesen hinunter, das etwa 200 Meter von der Straße entfernt lag. «Die Twin Falls Farm – von hier ab folgen wir dem Fluß.»

Sie waren inzwischen nur noch 200 Meter vom Boden entfernt und sanken tiefer. Die Erde kam ihnen sehr schnell entgegen, so daß Kramer befürchtete, er könnte wichtige Details übersehen, wenn das Wochenendhaus in Sicht kam. Der erste Anhaltspunkt war ein Pfad, der von der Straße in ein Tal hinabführte, das eingedämmt war, um Wasser zur Bewässerung des trockenen Weidelandes ringsum zu stauen. Dann sah er ein kleines Steingebäude mit einem Strohdach, eine so vollkommene Nachbildung eines englischen Landhauses, daß es schien, als könne man hinunterlangen und es mit Daumen und Zeigefinger aufheben. Zwei Autos standen vor der Eingangsveranda, ein großer amerikanischer Sedan und ein MG-Sportwagen, und aus den Fenstern des Hauptraumes fiel Licht. Genau da, wo dieser Lichtschein endete, brannte ein weiteres Licht bei einer kleinen Anlegestelle am See. Neben diesem Licht, das wahrscheinlich von einer Gaslampe stammte, kauerte ein Mann, und ein zweiter Mann, der ein weibliches Wesen an der Hand hielt, stand vor ihm. Alle drei blickten zum Flugzeug auf, wandten sich aber gleich wieder ihrer Tätigkeit zu, was immer es war. Kurz bevor sie außer Sicht waren, bemerkte Kramer noch, daß der zusammengekauerte Mann das Lampenlicht reflektierte, als sei er naß.

Du Plooi begann, leise Selbstgespräche zu führen. «Das kann doch wohl nicht die Landebahn sein», sagte er und nickte zu einem Streifen versprengter orangeroter Pünktchen hinüber, der vor ihnen lag. «Da sind ja die Kerzen auf einer Geburtstagstorte heller!»

«Es sind immerhin zwei gerade Linien», sagte Kramer. «Was wollen Sie mehr?»

Sie landeten glücklich. Als die Cessna herunterstieß, meinten die in Doppelreihe angetretenen, mit jeweils einer Paraffinöllampe ausgerüsteten Farmarbeiter plötzlich, Vorsicht sei doch besser als Tapferkeit, gaben Fersengeld und rannten in alle Himmelsrichtungen davon.

Kramer ließ Robert du Plooi blaß, aber stolz und gestärkt durch den Flachmann des Farmers am Rand der behelfsmäßigen Landebahn stehen und kletterte mit Zondi ins Führerhaus eines wartenden Polizeifahrzeugs. Der Fahrer des Landrovers war ein vierschrötiger, rotgesichtiger Sergeant mit Feierabendshorts, Sandalen und blauem Trägerhemd.

«Mok Grobbler, Sir», stellte er sich mit einem Händedruck vor, der verriet, daß er in seiner Freizeit häufig Kühe molk. «Muß Ihr Boy auch mit?»

«Allerdings – er muß den Verdächtigen identifizieren. Sollen wir los? Sie können mir ja unterwegs einen kurzen Lagebericht geben.»

«Da gibt es nicht viel zu erzählen, Sir», knurrte Grobbler und ließ den Landrover mit einem Ruck an. «Sechs Männer, mehr habe ich heute abend nicht, und sie sind rund um das Haus auf der Farm von Onkel Pretorius verteilt und halten die Köpfe unten, wie Sie angeordnet haben. Das Hauptübel ist, daß unsere Walkie-talkies wieder mal nicht in Ordnung sind und wir noch keinen Ersatz von euch Jungs da unten in Trekkersburg haben. Sie können sich nicht vorstellen, wie das hier in der finstersten Provinz ist; ein verfluchtes Formular nach dem anderen, aber niemand scheint davon Notiz zu nehmen.»

«Ich konnte vorhin selbst einen Blick auf das Anwesen werfen», sagte Kramer, «und da wirkte noch alles recht ruhig.» Dann beschrieb er das, was er gesehen hatte, in erster Linie für Zondi.

«Können Sie mich eigentlich aufklären, worum es hier geht, Sir?» fragte Grobbler in dem gleichen gekränkten Ton, in dem er von den Formularen gesprochen hatte. «Ihr Kleiner, Schoeman, hat nur gesagt, es handle sich um einen Mordfall.»

«Nein, Sergeant, kann ich nicht», sagte Kramer ziemlich aufrichtig. «Wenn Sie mich vor einer Stunde gefragt hätten, hätte ich es vielleicht versucht, aber das Benehmen dieser Leute hat mich wieder völlig verunsichert. Ich muß einfach hin und sehen, was los ist.»

Die Straße senkte sich und stieg wieder an, kurvte um steile Abgründe herum und verschwand in tiefen Einschnitten, bis sie schließlich eine lange Strecke geradeaus hinunterging, an der sich auf halbem Wege ein Falttor aus Draht befand. Grobbler, der die letzten fünf Minuten zugeknöpft und verdrossen geschwiegen hatte, drosselte den Motor.

«Ist das der Weg zu dem Haus?» fragte Kramer.

«Das ist er, Sir. Fahren wir mit ausgeschalteten Scheinwerfern?»

«Nein, parken Sie bitte quer zum Tor, und blockieren Sie die Ausfahrt.»

Grobbler tat, wie ihm befohlen wurde, und stellte den Motor ab. «Und jetzt, Sir?»

«Haben Sie eine Waffe dabei?»

«Selbstverständlich.» Grobbler zog eine .38er Smith & Wesson unter dem Armaturenbrett hervor. «Ich habe außerdem noch ein Schnellfeuergewehr hinten drin. Ist dies der gleiche Fall wie der mit den Pistolenschüssen? Sie wissen ja, wie das ist, das Hauptquartier in Trekkersburg macht sich nie die Mühe, uns irgend etwas zu erklären oder auch nur zu bestätigen –»

«Gut», sagte Kramer. «Sie rühren sich nicht vom Fleck und passen auf, daß niemand von hier aus entkommt, okay?»

«Kann denn nicht Ihr –?»

«Nein, Mok, Sie sind der wichtigste Mann in alledem! Unter den Wagen am Ferienhaus ist kein Jeep, so daß dieser Weg hier die einzige Fluchtmöglichkeit bietet, falls etwas schiefgeht. Oder wollen Sie lieber, daß ein Bantu aus Trekkersburg die größte Verantwortung übernimmt?»

Überaus besänftigt, stieg Mok Grobbler aus dem Landrover, bewaffnete sich zusätzlich mit dem Schnellfeuergewehr und wünschte Kramer viel Glück.

«Jetzt dauert es nicht mehr lange, Boß», flüsterte Zondi, während sie vom Tor aus unter Platanen Deckung suchten, die einen Bachlauf säumten. «Bald wird alles ans Licht kommen...»

«Ich hoffe es, Mickey», murmelte Kramer.

Das Seltsame war, daß ihm noch immer ein ungutes Gefühl in den Knochen saß.

Stürmer Schoeman fuhr neben den großen Chevrolet vor dem kleinen Flughafen von Trekkersburg und sah mit Erstaunen, daß niemand darin saß. Sein letzter Auftrag diese Nacht – nachdem er die Empfangsparty für Kramer in Dargle organisiert und darauf geachtet hatte, daß Colonel Muller so lange wie möglich im dunkeln gelassen wurde – hatte darin bestanden, eine junge Dame abzuholen, die sein Vorgesetzter in einem Wagen zurückgelassen hatte, den sie nicht fahren durfte. Kramer hatte ihm erklärt, daß sie sich vorgenommen hatte, am Flugplatz zu warten, bis die Cessna zurückkehrte, daß er dies jedoch ignorieren und sie an ihrer Wohnung absetzen sollte.

«Sieh an, wahrscheinlich ist sie austreten gegangen», seufzte Schoeman, der selbst ein gewisses Bedürfnis verspürte.

Er stieg aus und ging zu dem kleinen Backsteingebäude hinüber, in dem die Flugabfertigung von Trekkersburg untergebracht war. Es war abgeschlossen, obwohl – aus Sicherheitsgründen – das Licht eingeschaltet war. Die Toilettentüren draußen waren ebenfalls abgeschlossen. Dann kam ein stämmiger Zulu-Nachtwächter, mit einem Schlagstock bewaffnet, um eine Ecke des Gebäudes.

«*Hau!* Poli-ssei?»

«Polizei», bestätigte Schoeman und wechselte dann auf Zulu. «Ich suche nach der Dame, die in dem großen Wagen dort gewartet hat. Weißt du, wo sie ist?»

«Sie ist weg, Sir», sagte der Nachtwächter. «Sie hat mich gebeten, sie hineinzulassen, um einen Mann anzurufen, und dann ist er mit einem anderen Auto gekommen und hat sie geholt.»

«Was? Ein Taxi?»

«Nein, Sir. Einfach nur ein Auto. Zumindest habe ich gedacht, es wäre ein Mann. Sein Haar war sehr lang und lockig wie das einer Dame.»

«Seltsam», sagte Schoeman. «Und wie lange ist das her?»

«Eine halbe Stunde», erwiderte der Nachtwächter, nachdem er auf seine Taschenuhr geschaut hatte. «Die Dame hat in dem großen Auto eine Nachricht hinterlassen.»

«Ach, ja? Danke!»

Schoeman ging zum Chevrolet zurück und sah den Zettel am Lenkrad hängen. Er war mehrmals gefaltet, und obenauf stand *Tromp*. Schoeman griff durch das offene Fenster hinein, nahm ihn und warf einen Blick darauf, aus reiner Neugier, um ihren Namen kennenzulernen und zu erfahren, warum sie fortgegangen war. Dann sah er, daß der Zettel außerdem ein Kußmal aus rotem Lippenstift trug.

«Nein, das darfst du nicht», sagte er zu sich selbst, steckte den Zettel wieder dahin, wo er ihn gefunden hatte, und fuhr zurück zur Boomplaas Street.

Kramer und Zondi bewegten sich wie zwei Schatten im Mondlicht am Ufer des Flusses entlang, durch den sie manchmal auch hindurchwaten mußten, wenn trockenes Gestrüpp zu beiden Seiten das leise Anschleichen unmöglich machte. Die Platanenstämme nahmen immer mehr ab, und dann sahen sie vor sich den kleinen See glitzern, an dem Archie Bradshaw Forellen zu angeln pflegte. Die Gaslampe war vom Ende des Anlegeplatzes entfernt worden und stand, noch immer brennend, auf der Schwelle des Hauses. Alles war still.

«Beide Autos sind noch hier», flüsterte Kramer. «Ich hoffe nur, daß die Stille nicht so verflucht unheilvoll ist, wie sie wirkt.»

«Wollen wir dichter ran, Boß?»

«Ja, wir wollen versuchen, die Kiefer dort auf der kleinen Rasenfläche zu erreichen. Ich gebe dir Deckung – lauf zu!»

Zondi sprang aus dem Binsendickicht neben der Anlegestelle die Uferböschung hinauf und erreichte sicher den Rasenflecken. Kramer wartete noch einen Moment, betrachtete den Schlamm und die Pfützen auf dem Anlegesteg und dann das kleine Ruderboot, das dort festgemacht war, ehe er seine Magnum wieder in das Halfter schob. Geduckt folgte er Zondis Fußstapfen und lag wenig später, den Rücken an den Kiefernstamm gepreßt, ganz still und lauschte.

«Noch immer so ruhig hier – kannst du ins Haus sehen, Mickey?»

«Nein, Boß. Wir sind zu weit unten, und die Fenster des Hauptraums –»

«Dann versuch mal hochzuklettern. Du bist leichter.»

Zondi reichte ihm seinen Hut, steckte seine Waffe weg und stand langsam auf. Er griff in die Zweige, fand Halt, zog sich hoch und war bald außer Sicht, wobei es nur ganz leise knackte, wenn kleine Ästchen brachen. Er blieb so lange oben, daß Kramers Herz immer heftiger pochte. Dann rieselte ein Regen von Kiefernnadeln und kleinen Zweigen herab, und kurz darauf ließ Zondi sich lautlos wieder auf den Boden herunter. Er machte ein höchst bedenkliches Gesicht.

«Ich habe vieles gesehen, Lieutenant», sagte er und schüttelte den Kopf.

«Eins nach dem andern reicht schon», sagte Kramer nervös und hielt nur mit Mühe seine Stimme im Zaum. «Na los, Mickey, laß hören!»

«Die Frau ist in dem Schlafzimmer, wo eine kleine Lampe brennt. Sie liegt auf dem Bett und ist mit Händen und Füßen daran gefesselt.»

«Vergewaltigt?»

«Nein, Boß, ihr Kleid sitzt ordentlich, und sie ist nicht übel zugerichtet, aber sie hat einen Knebel im Mund.»

«Und die anderen? Wie viele sind es denn? Nur die zwei?»

«Nur Meerkat und ein Boß, auf den die Beschreibung von Darren Bradshaw paßt.»

«Und wo sind die beiden?»

Wieder schüttelte Zondi den Kopf. «Sie sind im Wohnzimmer und sitzen sich am Fuß- und Kopfende eines langen Eßtisches gegenüber. Und wissen Sie was? Vor jedem liegt eine Kanone.»

«Wie?»

«Sie reden nicht miteinander, sie sitzen einfach nur da. Meerkat lächelt, und Boß Darren wirkt völlig verängstigt.»

«Herrgott, das klingt ja nach einem verfluchten Duell! Sind an Darren irgendwelche Zeichen von Mißhandlung zu erkennen?»

«Ich konnte nichts dergleichen sehen, Lieutenant.»

«Was hat Meerkat dann vor? Warum hat er dem Jungen eine Kanone gelassen? Er würde doch nie auf solche Weise seine Haut riskieren!»

«Schscht! Nicht so laut, Boß!»

Kramer spähte in die Kiefer hoch, ob genügend starke Zweige da waren, die sein Gewicht tragen konnten. Dann kam er auf eine andere

Idee. «Komm, Mickey, wenn sie so miteinander beschäftigt sind, wie du sagst, können wir uns unter die Wohnzimmerfenster schleichen, ohne daß sie es merken. Aber vorher wüßte ich noch gern, ob du eine Möglichkeit gesehen hast, wie wir in das Haus eindringen können.»

Zondi lächelte flüchtig und entblößte dabei die Zähne. «Die Eingangstür vorn steht offen, Boß, und die Tür zum Wohnzimmer muß von da aus etwa drei Schritte nach rechts liegen. Gehen wir horchen?»

«Hmmm. Wir sehen mal, was da los ist, und suchen uns dann den passenden Moment aus. Noch etwas, Zondi: Ich will keine Leichen, klar? Diese beiden müssen noch eine Menge erklären, bevor die Nacht um ist.»

«In Ordnung», sagte Zondi.

Sie ließen sich auf alle viere nieder und nutzten einen langen Schatten aus, den einer der Verandapfosten warf, hinter dem die Gaslampe hing, um die letzten zwanzig Meter zwischen Kiefer und Haus zu überwinden. Es war wie ein Schock, als sie Meerkat Marais' zischende Stimme aus so großer Nähe hörten.

«Es kann die ganze Nacht so weitergehen», sagte Meerkat eben. «Wird es aber nicht, weil deine Nerven versagen werden. Für einen von uns ist dies die letzte Nacht auf Erden, klar? Für wen wohl? Wer ist wohl schneller?»

«Es ist doch nur Spaß», jammerte Darren Bradshaw. «So, wie es nur Spaß war, als ich Ihre Kanone geklaut habe.»

«Toller Spaß», bemerkte Meerkat düster.

«Na ja, Sie waren ja nicht da, wie ich schon hundertmal erklärt habe. Ich hatte doch das Geld dabei, ehrlich! Ich wollte später dafür bezahlen, vielleicht sogar Silberfinger das Geld geben, aber mein Alter hat mich wieder nach Johannesburg zurückgeschickt, und –»

«Du hast meine Kanone gestohlen, mein Goldjunge. Du hast kein Geld im Kühlschrank liegenlassen. Du hast die Kanone gestohlen, die vor dir liegt. Du hast versucht, mich zu betrügen. Das war ein großer Fehler. Niemand macht so etwas mit Meerkat. Da kannst du fragen, wen du willst.»

«Ich wollte dieses Wochenende bezahlen!»

«Du lügst», sagte Meerkat ungerührt.

Darren Bradshaw verlegte sich aufs Flehen. «Bitte, hören Sie mich doch an, ja? Dieser Typ, der einen kleinen Revolver haben wollte, ist nicht wieder in den Laden gekommen. Das Geld für Sie war von meinem Vater, ich hatte es aus der Ladenkasse genommen, und als der Typ nicht wiederkam –»

«Mich interessiert das alles nicht», seufzte Meerkat.

«Aber ich habe Ihnen doch die Waffe wiedergegeben! Sie ist noch genau so wie zu dem Zeitpunkt, als ich sie entwendet habe – sie ist nie gebraucht worden!»

«Das glaub ich dir, Darren.»

«Ja?»

«Aber das ändert nichts an der Sache», fuhr Meerkat fort. «Du mußt trotzdem bestraft werden für das, was du getan hast.»

«Seien Sie doch fair! Lassen Sie uns mit diesem verrückten –»

«Ich bin doch fair», sagte Meerkat. «Ich biete dir eine faire Chance, *Mister* Bradshaw. Ich habe dir versprochen, daß ich erst zur Waffe greife, wenn du es tust, und dann soll der Bessere gewinnen. Lernt ihr es nicht so auf euren feinen Schulen?»

Kramer stieß Zondi an. Er hatte recht, es war tatsächlich eine Art Duell – obgleich er den Gedanken keine Sekunde lang wirklich ernst genommen hatte. Es paßte nicht zu Meerkats starkem Selbsterhaltungstrieb. Zondi zog die Augenbrauen hoch und zeigte damit an, daß auch ihn dieser seltsame Zweikampf verblüffte.

«Hören Sie», sagte Darren Bradshaw heiser. «Ich will Sie nicht verletzen – ich will nicht mal *versuchen*, Sie zu verletzen! Ist das nicht eindeutig? Ihnen kann doch auch nicht ernstlich daran gelegen sein, mich zu verletzen, nicht wegen so einer Sache. Warum –»

«Nein, ich will dich auch nicht verletzen, Darren. Ich will dich töten.»

«Aber – aber *warum* denn, um Himmels willen?»

«Ich hasse dich», sagte Meerkat Marais.

Kramer schauderte es unwillkürlich, und seine Nackenhaare sträubten sich. Meerkats Stimme war ganz leise geworden, sie war nur noch ein weiches Schnurren, und das enthüllte weit mehr als seine schrecklichen Äußerungen. Der Psychopath handelte jetzt unter einem inneren Zwang, und noch schlimmer war das teuflische Vergnügen, das er empfand, als hätte er einen guten Witz gemacht, dessen Pointe noch ausstand.

Darren Bradshaw klang verzweifelt, als er wieder zu reden begann und es noch einmal mit den versöhnlichen Tönen der Vernunft versuchte. «Sie sind offensichtlich total sauer auf mich, und Sie haben auch allen Grund dazu, Mr. Marais – Sie fühlen sich von mir zum Narren gehalten. Aber lassen Sie sich doch nicht von Ihrem Zorn mitreißen! Wenn Sie mich töten, wird Sonja es der Polizei erzählen –»

«Du mußt mich wirklich für einen Dummkopf halten», sagte Meerkat fast unhörbar. «Wenn ich gewinne, werde ich anschließend Sonja erschießen und dir meine Pistole in die Hand drücken, so daß es wie ein doppelter Selbstmord aussieht.»

«Was?»

«Das sage ich dir, Darren, aber sag es nicht weiter, he? Aber um es dir leichter zu machen, werde ich meine Hände auf die Knie legen. Dann hast du eine bessere Chance, vor mir zuzugreifen und zu zielen.»

Kramer machte Zondi ein Zeichen, sich so am Fenster zu postieren, daß er seine Walther PPK auf Marais richten konnte. Zondi seinerseits bedeutete ihm besorgt, daß er von dort aus Darren Bradshaw nicht sehen würde. Das sei in Ordnung, erklärte Kramer ihm mittels einer wedelnden Handbewegung, weil er selbst aus dem Flur durch die Tür hinter Marais hereinkäme und den Jungen voll im Blick hätte.

«Wann?» fragte Zondi mit lautlosen Mundbewegungen.

Kramer pochte sich ans Ohr und machte eine Bewegung, als drehe er einen Türknauf. Dann berührte er Zondi leicht am Arm und machte sich auf den Weg zur Eingangsveranda.

Aus dem Zimmer war eben zu hören, wie Meerkat Marais sagte: «Ich bin's leid, zu warten, mein reiches Jungchen. Ich zähle jetzt bis zehn.»

Er war gerade bei drei angekommen, als Kramer mit gezogener Magnum den Türknauf drehte und plötzlich im Zimmer stand. Fast im selben Augenblick tauchte Zondi auf und richtete seine Pistole auf Meerkats Kopf.

«Keine Bewegung!» bellte Kramer. «Polizei! Nicht rühren!»

Meerkat erstarrte, aber Darren Bradshaw versuchte noch schnell den .32er Revolver zu packen, der vor ihm lag.

«Halt, Darren – sonst bist du tot, klar?»

Die Hand blieb einen Fingerbreit über der Waffe in der Luft stehen.

«Du zuerst, Meerkat», sagte Kramer. «Mach eine Faust und schieb die Kanone vom Tisch. Zondi hat dich vom Fenster aus im Visier.»

«Ich sehe niemanden.»

«Wird's bald?»

Meerkats schmale Schultern zuckten verächtlich. Er ballte die Hand und schob die Pistole vom Tisch, so daß sie unter ein Schränkchen polterte.

«Jetzt du», befahl Kramer.

Darren Bradshaw sah ihn mit kalkweißem Gesicht voller Panik an und schluckte hart.

«Sie sind allein hier», sagte Meerkat.

«Halt's, Maul! Komm schon, Darren – keine Bange!»

«Gib's ihm, Darren!» schrie Meerkat.

Kramer drückte ab, als Darren Bradshaw sich die .32er Smith & Wesson schnappte. Es machte klick.

Er drückte erneut ab, während sich der Lauf der .32er auf seine Brust richtete. Es machte klick.

Darren Bradshaw grinste.

Klick, klick, klick!

Kramer sah auf einmal seine Patronen vor sich, sie lagen in Tishs Wohnung, in einer Glasschale auf dem Brett über dem Plattenspieler, und er wußte, daß er nie wieder Gänseblümchen zählen würde. Trotzdem warf er sich in dieser ausweglosen Sekunde zur Seite, prallte aber mit der offenen Tür zusammen.

Die .32er ging mit einem Höllenknall los.

Kramer spürte nichts, obwohl Darren genau auf ihn gezielt hatte. Er stand wie vom Donner gerührt. Dann kam Zondi durch die Tür hinter ihm hereingestürzt und blieb ebenfalls mit aufgerissenen Augen stehen.

Darren Bradshaw kauerte am gegenüberliegenden Tischende und starrte voller Erstaunen dahin, wo noch vor kurzem seine Hand gewesen war. Die Hand war in Stücke gerissen worden, und geblieben waren nur Fleischfetzen, Knochensplitter und ein blutspritzender Armstumpf. Dann löste sich der Hahn der .32er Smith & Wesson, der aus einem kleinen Loch in seinem Schädel gleich über der rechten Augenbraue herausragte, fiel herunter und er hinterher, leblos wie ein Stein.

Wie Meerkat Marais lachte! «Sie können nicht behaupten, *ich* hätte ihm ein Haar gekrümmt!» keuchte er, und dann lieferte er die Pointe zu seiner schrecklichen Rache. «Sehen Sie, Lieutenant, ich konnte gar nicht verlieren! Die verfluchte .32er war nämlich *tödlich*.»

26

Eine Stunde nach Anbruch der Morgendämmerung flogen sie wieder ab und stiegen langsam in einen schweren grauen Himmel empor, der so bleiern war wie Zondis Laune.

Kramer drehte sich schließlich auf seinem Sitz neben Robert du Plooi um und fragte, was mit ihm los sei. «Etwa, weil ich am Ende doch recht behielt, stimmt's?» fügte er noch hinzu. «Das war nicht einmal eine Jagd auf Schatten – es war auch noch ein Schuß, der nach hinten losging!»

«Vielleicht bin ich einfach nur müde, Boß», murmelte Zondi gähnend.

«Aber du wirst doch zugeben, daß ihr beide völlig danebengelegen habt, oder? Ich wußte von Anfang an, daß Meerkat nichts mit den Schüssen zu tun hatte, und jetzt ist es erwiesen. Nicht nur, daß diese Waffe gar nicht benutzt werden konnte – Darren war zu dem Zeitpunkt, als auf seinen Vater geschossen wurde, nicht einmal in der Nähe von Trekkersburg. Außerdem –»

«Woher wissen Sie das?» unterbrach ihn du Plooi, der die Nacht damit verbracht hatte, mit dem netten Farmer Fliegergarn zu spinnen.

«Die Freundin hat es mir erzählt», erklärte Kramer. «Sie war seit zwei Monaten fest mit ihm zusammen, und er war bei ihren Eltern zu Besuch, als ihn die Nachricht von dem Mordversuch an seinem Vater erreichte.»

«Wie geht es ihr denn?»

«Sie hat einen Schock wie eine Vergewaltigte. Sie wirkt zwar ruhig und kühl, aber ich denke, heute abend wird sie zusammenbrechen.»

«Das arme Mädchen ...», sagte du Plooi und hielt geraden Kurs.

«Ja. Sie waren gerade erst am Ferienhaus angekommen und hatten alle Fenster aufgerissen, um gut durchzulüften, als Meerkat mit einem Mietwagen vorfuhr. Darren ging hinaus, um nachzuschauen, wer es war, und kam mit einem Revolver am Kopf wieder herein. Den Rest kennen Sie ja.»

«Außer dem Teil, wie die Kanone in den –»

«Ach, Darren hat sie in den See geschmissen in der Nacht, als er seinen Vater abgeholt hat», sagte Kramer. «Meerkat bestand darauf, daß er sie wieder herausholte, und das war gerade geschehen, als wir darüberflogen.»

Du Plooi schüttelte den Kopf. «Läßt sich der dumme kleine Idiot auf solche Machenschaften ein», sagte er.

«Ich nehme an, er brauchte das Geld. Sie müßten dieses Mädchen gesehen haben, diese Sonja – alles an ihr ist sehr teuer. Die Versuchung muß sehr groß gewesen sein, als ein Angebot für einen kleinen Revolver kam.»

«Nicht speziell eine .32er?»

«Nein, Zondi und ich, wir haben beide gehört, wie Darren ‹kleiner Revolver› sagte – aber ein noch kleineres Kaliber als .32 ist kaum zu gebrauchen.»

«Dann ist also jetzt alles erledigt?»

«Hmmm, außer daß ich die nächsten Angehörigen noch verständigen muß.»

Du Plooi schürzte mitfühlend die Lippen. «Gut, daß ich das nicht machen muß! Darren war vielleicht in vieler Hinsicht ein richtiger kleiner Mistkerl, aber er war der Stolz seiner Mutter, müssen Sie wissen. Ich wette, ihr hat er es zu verdanken, daß er sich kürzlich diesen brandneuen Sportwagen zulegen konnte. Und Archie wird es auch ziemlich schwer nehmen. Sie mögen des öfteren Krach gehabt haben, aber nur, weil sie sich so ähnlich waren wie ein Ei dem anderen. Gefällt mir gar nicht, die Wolke da vor uns.»

Kramer sah sie auch und schaute auf die Uhr. «Wieviel länger brauchen wir, wenn wir drumherum fliegen?»

«Wieso?» grinste du Plooi. «Denken Sie schon an die ausgebreiteten Arme Ihrer süßen kleinen Freundin?»

«Ach was», sagte Kramer. «Ich bin bloß etwas abgeschlafft.» Und sein Lächeln hielt sich eine Weile.

Das Flugzeug begann zu schlingern, und der Motor jaulte auf. Du Plooi änderte den Kurs um dreißig Grad weiter nach Süden und betrachtete immer wieder die Karte auf seinem Schoß. «Zwanzig Minuten mehr», sagte er. «Tut mir leid, aber daran ist nichts zu ändern.» Seine Augen waren rot gerändert, und seine Schultern hingen ein bißchen.

«In Ordnung», sagte Kramer, der selbst immer müder wurde.

Zehn Minuten lang sprach niemand ein Wort.

«Ich glaube, was Ihrem schwarzen Freund da hinten die Stimmung so versaut hat, ist die Tatsache, daß Sie nun wieder von vorn anfangen müssen. Das muß eine ziemliche Enttäuschung sein.»

«Ich kann Ihnen nicht ganz folgen, du Plooi.»

«Damit, wer die Schüsse abgegeben hat und all das.»

«Ach, das Leben ist viel zu kurz für so was!» sagte Kramer und zündete sich eine Zigarette an.

«Stört Sie denn der Gedanke gar nicht, daß er noch irgendwo da draußen ist? Und sich ins Fäustchen lacht?»

«Er kann lachen, soviel er will, Mann, solange er nur mir nicht in die Quere kommt.»

Auf der Rückbank rührte sich jemand, und dann saß Zondi aufrecht da und schaute aus seinem Fenster. «*Hau!* Wo sind wir gerade, Boß?»

«Kurz vor der Landung, Mickey – entspann dich.»

Sie schwenkten langsam nach links um und verloren über dem gelben Dornbuschgelände, das sich im Südosten von Trekkersburg erstreckte, an Höhe. Kramer entdeckte ohne Schwierigkeit den Bungalow in dem Garten, wo Mrs. Westford mit ihrem großen Sohn Timmy lebte: Er sah aus wie eine grüne Rabattmarke, die auf einem Bogen zerknittertem braunem Papier klebte. Er schaute wieder weg.

«27. Mai», murmelte Zondi.

«Was ist los?»

«Nichts, Lieutenant. Bald, haben Sie gesagt?»

«Sehr bald!» sagte Kramer, übersprang seinen Besuch bei den Bradshaws und stellte sich lieber die heiße Dusche vor, die er zuerst genießen würde.

Trekkersburg glich nicht länger einem Haufen Kieselsteinen mit Petersilie in einem Loch, sondern nahm allmählich Gestalt an. Häuser waren zu erkennen, Bäume, Straßenlaternen, Menschen.

Du Plooi seufzte. «Schade, daß es so ausgegangen ist», sagte er. «Stimmt es, daß Sie Meerkat höchstens wegen verschiedener Gewaltdelikte und illegalen Waffenbesitzes belangen können? Ich hätte gedacht, daß es durchaus auch eine Rolle spielt, daß er Darren zum Schießen verleitet hat.»

«Tut es auch», stimmte Kramer zu. «Aber was wird aus Darren, wenn Meerkat der Anstifter ist? Ein Mitangeklagter? Ich glaube, Mrs. Bradshaw wird genug zu leiden haben. Ich werde Meerkat eines Tages schon noch erwischen, keine Sorge.»

«Der hat's jedenfalls faustdick hinter den Ohren.»

Zondi lehnte sich nach vorn gegen Kramers Rückenlehne. «Boß», sagte er, «ich glaube, ich weiß, was mich quält: Warum hat der junge Herr zu schießen versucht?»

«Weil er in der Hitze des Gefechts dazu gedrängt wurde!» entgegnete du Plooi. «Heiliger Himmel, du warst doch dabei! Du glaubst doch nicht etwa, er hätte das aus eigenem Antrieb getan, oder?»

«Der Boß hat mich nicht richtig verstanden», sagte Zondi höflich. «Wie mir der Lieutenant gleich zu Anfang berichtet hat, griff Boß Darren nach seiner Pistole, bevor Meerkat überhaupt etwas gesagt hat.»

«Eine instinktive Reaktion, wenn jemand hereinkommt und auch mit einer Pistole herumfuchtelt», meinte du Plooi und machte sich zum Landen bereit.

«Der Lieutenant hat aber doch gerufen, er sei von der Polizei, Boß du Plooi. Wäre ein Polizist unter den Umständen nicht sein Retter gewesen? Es war ja nicht so, daß er nicht wußte, ob der Lieutenant wirklich ein Polizeibeamter war – er hatte ihn bereits im Haus seiner Eltern kennengelernt.»

«Puh! Das ist aber mal ein ganz Schlauer!» sagte du Plooi scherzhaft zu Kramer. «Ein richtiger kleiner perverser –»

«Perverser?» wiederholte Kramer, entschlossen, sich seine Heimkehr nicht durch einen Streit versalzen zu lassen. «Herrje, Mickey ist doch der Chef unserer Sondereinheit für perverse Bantus – stimmt's nicht, he?»

Zondi wandte sich bei ihrem Gelächter ab und zurrte seinen Gurt noch fester.

Dann brach der Himmel über Kramer zusammen, und das Lachen gefror ihm auf den Lippen. Der Zettel, der offen auf seinem Schoß unter dem Lenkrad des Chevrolet lag, war in Eile geschrieben und kurz.

Tromp, mein Liebster,
ich verdanke Dir mehr, als Du je begreifen wirst. Du hast mich heute abend zur Vernunft gebracht. Es war das Gesicht dieses armen Kerls und wie tot er war, durch und durch tot. Ich kann nicht genau beschreiben, was mir da klar wurde. Klar wurde über Jonty und mich. Mir wurde auch klar, daß ich nicht hierher passe. Und daß es einen Teil von Dir gibt, den jemand anders besitzt und der mir vorenthalten bleibt. Bestell Mickey liebe Grüße und sag ihm, er soll gut auf Dich achtgeben. Versuch nicht, Kontakt zu mir aufzunehmen. Ich fahre nach Hause, und das ist weit, weit weg.

Mit süßen Erinnerungen, Tish XXXX

«Ich verdanke dir mehr, als du je begreifen wirst...», wiederholte er laut und versuchte, den Worten einen Sinn abzugewinnen.

Die Beifahrertür ging auf, und Zondi streckte den Kopf ins Auto. «Ich habe Ihre Meldung dem diensthabenden Beamten durchgegeben, Lieutenant, und Colonel Muller will so schnell wie möglich über die Vorgänge der letzten Nacht –»

«Ich habe auch eine Nachricht für dich», sagte Kramer bitter.

«Ja, Boß?»

«Sie sagt – nein, komm schon, Kaffer! Steig ein!»

Zondi schlüpfte auf seinen Sitz und schloß die Tür. «Was ist los, Lieutenant?» Seine Stimme klang sehr besorgt.

«Ach, nichts», sagte Kramer und ballte die Hand um den Zettel. «Alles Scheiße!» Dann lachte er, während eine helle Wut in seinem Bauch aufstieg und das Schluchzen zur Seite stieß, das dort gesessen hatte. «Auf zu den Bradshaws! Ich bin genau in der richtigen Stimmung, um diesem Mistkerl für das, was er getan hat, das Gesicht zu Brei zu schlagen!»

«Getan hat, Boß? Was getan?»

Kramer wußte, daß er überreagierte, aber selbst darin lag etwas Bittersüßes. Er ließ den Chevrolet an und scherte mit solchem Schwung aus seiner Parklücke aus, daß er einen Poller abrasierte und beinahe Robert du Plooi überfahren hätte, der eben vom Hangar des Fliegerclubs kam und zu seinem Wagen ging. Nein, irgendwie reagiere ich auch vollkommen normal, sagte sich Kramer, als er in den noch schläfrigen Straßen am Stadtrand von Trekkersburg voll aufdrehte. Eigentlich war von dem Augenblick an, als ihn telefonisch die Nachricht vom Schuß auf den verfluchten Archie Bradshaw erreichte, nichts mehr so gewesen wie vorher. Ein Fehler hatte sich an den anderen gereiht, Demütigung war auf Demütigung gefolgt – und jetzt noch das. Der Bastard hatte ihm nichts gelassen; kein Wunder, daß er dieses Gefühl des Abscheus in ihm geweckt hatte. Aber jetzt kam die Retourkutsche, und wenn Mrs. Bradshaw aus dem Weg war, konnte er die Wirkung dessen, was er zu sagen hatte, voll auskosten. Gott, würde er kalt sein. Hart und schonungslos.

«Der Apfel fällt nicht weit vom Stamm, was, Mickey?»

«Ich weiß nicht genau, wovon Sie reden, Boß», sagte Zondi und fuhr zusammen, weil ihnen ein Milchwagen beinahe in die Quere gekommen wäre. «Sprechen Sie von Boß Bradshaw?»

«Genau! Und von dem, was du im Flugzeug gesagt hast – weißt du, daß die kleine Ratte mich noch aufs Korn genommen hat, obwohl er hören konnte, daß meine Kanone nicht geladen war?»

«Habe ich das gesagt?» bemerkte Zondi zweifelnd.

«Jedenfalls dem Sinn nach, nur war du Plooi zu blöd, um es zu verstehen.»

Zondi nahm diese indirekte Entschuldigung mit einem Lächeln entgegen. «Ich glaube nicht, daß Boß du Plooi zu blöd war, Lieutenant. Ich habe einen sehr besorgten Ausdruck in seinen Augen gesehen, deshalb hat er den Witz gemacht. Er wollte nicht mehr wissen.»

«Mag sein, ich aber schon. Was wolltest du also noch sagen?»

«Nur dies, Lieutenant: Welche Gefühle bringen einen jungen Mann wie Darren dazu, in einem Polizeibeamten einen Feind zu sehen?»

«Kriminelle Gefühle, Mann – und die können durch Erziehung gefördert werden.»

Zondi nickte. «So ist es, Boß. Ich will nicht behaupten, daß ich eine großartige Lösung gefunden hätte, aber ich glaube, wir sind genau wieder da, wo wir angefangen haben. Vielleicht sollte Boß Bradshaw wegen einer kriminellen Handlung ermordet werden – und Boß Hookham und die Schülerin dienten bloß dazu, uns in die Irre zu führen, als wir den Verantwortlichen zu sehr auf den Pelz rückten. Mich hat außerdem die ganze Nacht eine Seite aus Boß Hookhams Tagebuch verfolgt, der 27. Mai.»

«Da war er noch in England.»

«Stimmt, Lieutenant. Er brachte seine Frau in Southampton ins Krankenhaus.»

«Und? Wo ist da ein Zusammenhang?»

«*Hau*, wenn mir nur wieder einfiele, warum ich das Bild von dieser Seite so lebhaft vor Augen habe», seufzte Zondi und kratzte sich am Kopf. «Ich sehe alles genau vor mir – das Datum, dann schreibt er, wie sie alle leiden mußten: ein gewisser Albert, Alices Familie und sie selbst.»

«Lassen wir das erst einmal außer acht», sagte Kramer, nahm plötzlich Gas weg, um den Wagen unter Kontrolle zu halten. «Ich möchte auf jeden Fall sehen, ob die Nachricht, die ich den Bradshaws übermitteln muß, ihn mürbe macht – ohne dabei irgendwelche Regeln zu verletzen, falls du recht hast. Wenn er ein Verbrechen an seinen Gegnern verübt hat, muß er logischerweise auch wissen, wer sie sind – richtig?»

«Genau, Boß.»

«Gut, daß ich Grobbler ein paar Polaroidfotos von der Leiche abgeschwatzt habe, nicht wahr?» fügte Kramer sarkastisch hinzu, immer noch so wütend, daß er wie berauscht war. «Wenn auch nur aus reiner Herzensgüte, weißt du? Ich dachte nämlich, der Doc würde sie bestimmt gern für seine Sammlung haben.»

Am gleichen trüben Morgen um 7 Uhr 55 kletterte Zondi wieder in den Chevrolet vor dem unscheinbaren Anwesen der Bradshaws in der Kitchener Row. Er hatte gerade noch gesehen, daß der Lieutenant die Eingangstür links liegen ließ und gleich zum Seitentor ging, hinter dem Rücken beide Daumen gedrückt.

Einen Augenblick lang starrte Zondi den Audi von Archibald Meredith Bradshaw an, der dicht am Bordstein vor ihm geparkt war, dann holte er seinen Atlas vor, wobei ein zerknüllter Zettel herunterfiel.

«Der arme Lieutenant», sagte er zu sich selbst, ohne den Zettel anzusehen, «aber der Witwe wird es gefallen.»

Daraufhin widmete er sich noch einmal der Karte von Frankreich, und dann schnippte er mit den Fingern.

Es war doch nicht so wie ein Rausch, korrigierte sich Kramer, als er das Holztürchen, das hinten in den Garten der Bradshaws führte, erreicht hatte. Es mußte das Adrenalin in seinen Adern sein, durch das er so klinisch gefühllos war. Statt alles nebelhaft und verschwommen wahrzunehmen, prägte sich ihm die Umgebung in allen Einzelheiten mit absoluter Klarheit ein.

«Tish», sagte er noch einmal mit der zynischen Absicht, seine Wut zu schüren, und dann schob er den Riegel auf.

Als er eine Stunde später an diesen Augenblick zurückdachte, war er geneigt, den sich anschließenden außergewöhnlichen Gang der Ereignisse einfach der Tatsache zuzuschreiben, daß er zur rechten Zeit am rechten Ort erschienen war. Und doch mußte er zugeben, daß fast alles, wonach er gesucht hatte, von Anfang an dagewesen war, nur war seine Geistesverfassung eine andere gewesen, und das hatte alles verändert.

Das Türchen schwang nach innen, und er erhaschte durch die Maulbeerbäume hindurch einen Blick auf eine Gestalt im Bikini. Er schloß die Tür und ging auf Mrs. Bradshaw zu, die gerade Gymnastik machte und die Arme kreisen ließ, was ihren herrlichen Brüsten zweifellos gut bekam. Vollkommen vertieft warf Mrs. Bradshaw die Schwingkeulen, die sie benutzt hatte, beiseite und hob ein Springseil auf. Es war kein gewöhnliches Garten- oder Kinderspringseil, sondern eine professionelle blaue Schnur passender Länge mit lackierten Holzgriffen. Sie begann zu springen und zählte jeweils ihre Luftsprünge, und ihre schön gerundeten Schenkel nahmen jeden Stoß auf, ohne zu zittern. Dann warf sie auch das Springseil weg, stemmte die Hände in die Hüften und ließ den Oberkörper kreisen. Ein solcher Körper war nicht naturgegeben, schon gar nicht bei einer Frau ihres Alters, sondern das Ergebnis einer regelmäßigen, sorgfältig ausgearbeiteten Übungsroutine, die sie zu Ende führte, bis sie schweißgebadet war. Immer im Kreis herum schwang ihr Kopf und ließ ab und zu das flache Gesicht erkennen, an dem sie nichts ändern konnte. Alles war von Anfang an dagewesen, sinnierte Kramer, nur daß er statt eines gewöhnlichen Körpers das gesehen hatte, was die Witwe Fourie ein Sexobjekt nannte. Mrs. Bradshaw drehte sich um und sprang in den Swimmingpool, schwamm zwei schnelle Runden und kletterte wieder heraus.

«Ach, Lieutenant Kramer!» sagte sie und blinzelte ihn mit ihren blauen Augen an. «So bald schon zurück?»

«Was heißt hier ‹so bald schon zurück›?» polterte ihr Gatte und ließ sich aus der Hängematte kippen, in der er gerade die Morgenzeitung las.

Kramer sah, daß die Hängematte mit einfachen Flaschenzügen versehen war.

«Halten Sie sich fit, Mrs. Bradshaw?» Seine Stimme war eiskalt.

Sie kicherte nervös. «Na ja, ich finde, das sollte man doch, nicht wahr? Ich tue das seit Jahren! Stimmt's nicht, Archie? Ich habe sogar versucht, auch dich dazu zu bewegen! Und Darren! Aber ihr seid beide böse Buben! Wissen Sie, Lieutenant, ich habe Darren alles gekauft, was dazu nötig ist, als ich das letzte Mal in Johannesburg war – zugegeben, es war ein Sonderangebot und kostete nicht die Welt –, aber meinen Sie, er hätte es benutzt?»

«Einiges wohl doch», sagte Kramer.

«Hören Sie, Lieutenant», knurrte Bradshaw, «wissen Sie eigentlich, wieviel Uhr es ist? Platzen Sie immer vor dem Frühstück bei Leuten herein?»

Kramer starrte ihn unverwandt an und war gespannt, wie sich das auswirken würde.

«Ich weiß, warum!» sagte Mrs. Bradshaw. «Lieutenant Kramer wollte früh genug hier sein, um dir ein paar Karten zu verkaufen. Er ist gestern abend hergekommen, als du weg warst, und wir haben uns lange über Darren unterhalten. Sie haben mir alle möglichen Fragen gestellt, nicht wahr, Lieutenant?»

Bradshaw warf seiner Frau einen besorgten Blick zu und machte sich daran, seine Zeitung sehr fest zusammenzufalten.

«Kann ich mal sehen?» fragte Kramer.

«Was? Die *Gazette*?»

«Die *Gazette*», sagte Kramer und nahm sie ihm ab. «Was steht denn heute früh auf der Titelseite? Etwas über Basil Benson, der tot in Meerkat Marais' Wohnung aufgefunden wurde?» Es stand tatsächlich etwas in der Spalte für letzte Meldungen, aber es enthielt kaum mehr als die Adresse. «Sie kennen doch Marais, nicht wahr, Mr. Bradshaw? Diesen dünnen, zappeligen Typen mit den langen Fingernägeln?»

«Nein, kenne ich nicht», sagte Bradshaw.

«Lange Fingernägel? Aber ich dachte doch, Darrens Freund hieße Wee Willie oder so ähnlich!» sagte Mrs. Bradshaw fröhlich, um sich dann mit der geballten Hand den Mund zuzuhalten, als sie ihren Fauxpas bemerkte. «Himmel, nicht böse sein, Archie!»

Bradshaw ließ die Augen von seiner Frau zu Kramer und wieder zurück wandern. «Was zum Teufel geht hier vor?» fragte er. «Ich habe noch kein Wort dieser Unterhaltung verstanden, und die Einstellung, die Sie an den Tag legen, Kramer, gefällt mir nicht!»

Seine Frau kicherte wieder. «Du bist wirklich schrecklich morgens», sagte sie. «Und nun reg dich mal ab, Archie! Der nette Lieutenant sieht aus, als wäre er die ganze Nacht aufgewesen, wie kannst du da von ihm erwarten, daß er putzmunter ist? Sollen wir auch Karten für Sonja und Darren nehmen? Es wäre doch nett, wenn wir auf dem Polizeiball einen flotten Vierer bilden würden!» Sie errötete ein wenig, als sie das sagte.

«So ist das also?» sagte Bradshaw. «Sie sind gekommen, weil Sie uns Karten für den Ball verkaufen wollen?»

«Nein, durchaus nicht.»

Die Bradshaws sahen sich an.

«Das haben Sie aber gestern abend gesagt», setzte Mrs. Bradshaw an.

«Ich habe gelogen», sagte Kramer. «Ich bin nur aus einem einzigen

Grund hier gewesen: Ich wollte wissen, wo und mit wem Ihr Sohn zusammen ist.»

«Was?» rief Bradshaw bebend. «Mein Gott, wenn ich Colonel Muller zu fassen kriege, werde ich dafür sorgen –»

«Ich nahm an, daß sein Leben in Gefahr ist.»

«Oh!» Mrs. Bradshaw legte die Hand auf den Mund. «Geht es ihm gut? Was war denn los? Warum haben Sie mir nichts erzählt?»

«Ich wollte Ihnen nicht zu nahe treten, Mrs. Bradshaw. Ich fürchte, ich bringe Ihnen heute schlechte Nachrichten.»

«Sie wollten mir nicht zu nahe treten? Ich verstehe nicht ganz!»

Kramer merkte, daß seine Eiseskälte Gefahr lief abzutauen. «Könnte ich wohl zunächst mit Ihrem Mann sprechen?» fragte er. «Vielleicht möchten Sie sich inzwischen ankleiden.»

«Ja, Myra, das wird das beste sein», sagte Bradshaw, trat zu ihr und berührte sie am Arm. «Bitte, Liebste.»

Sie schrak leicht zusammen und sah ihn erstaunt an, als sei sie an derlei Zärtlichkeitsbeweise nicht gewöhnt. «Zuerst will ich wissen, ob Darren in Sicherheit ist!»

«Er ist absolut sicher da, wo er ist», sagte Kramer und wünschte, sie möchte endlich verschwinden, bevor er sich noch mehr verfluchte. «Ich glaube, was ich zu sagen habe, ist Männersache.»

«Männersache? Er hat doch nicht etwa –! Ist ihr Vater –?»

«Ihr Mann ist der einzige Vater, den es angeht», versicherte Kramer ihr.

«Dem Himmel sei Dank!» seufzte Mrs. Bradshaw mit ihrem etwas unechten Lächeln. «Ja, es ist ziemlich kühl, und ich brauche dringend eine Tasse Tee. Ruft ihr mich, wenn ihr fertig seid?»

Kramer nickte, dann wandte er sich an Bradshaw, der nicht seiner Frau hinterhersah, die ins Haus ging, sondern ihn anstarrte und im Gesicht grau geworden war.

«Gehe ich recht in der Annahme, daß es sich um schlechte Nachrichten handelt, Lieutenant? Haben Sie sich deshalb so seltsam benommen?»

«Ich habe einen Vorwand gesucht, um Mrs. Bradshaw das Zuhören zu ersparen.»

«Das ist mir klar. Wie schlecht sind die Nachrichten?»

«Aus Ihrer Warte könnten sie nicht schlimmer sein, Mr. Bradshaw. Aber wollen wir nicht auch lieber hineingehen? Zum Beispiel in Ihr Studierzimmer?»

«Aber Sie müssen mir doch –»

«Bitte», sagte Kramer unbeugsam.

Bradshaw ging voraus, hastig und etwas schwankend. Er hielt sich nur mühsam aufrecht, was kein Wunder war, da er das Schlimmste für seinen Sohn befürchtete, aber interessanter war die Furcht, die sein Gesicht verraten hatte, bevor Darren der Hauptgesprächsgegenstand wurde. Im Rasen wuchsen gelbe Gänseblümchen.

«In mein Studierzimmer?»

«Das wäre ideal», sagte Kramer, der jetzt nur noch seinen Instinkten folgte und die Wut in sich hochkochen ließ.

«Nun kommen Sie schon herein, Mann! Kommen Sie!»

Aber Kramer wollte ihn erst richtig auf die Folter spannen, ehe er weitersprach, deshalb blieb er stehen und putzte sich die Füße an der Fußmatte auf der überdachten Veranda ab. Er tat es in aller Gründlichkeit, und während er seine Schuhe prüfend auf den Erfolg hin musterte, fielen ihm so deutlich wie grünes Konfetti auf dem schwarzen Fliesenboden die kleinen Blättchen einer Wasserpflanze ins Auge, die am Leder seiner Schuhe haftenblieben. Als er aufschaute, lag so etwas wie Mordlust in seinen Augen.

«Wir haben Darren, Mr. Bradshaw», sagte er.

«Und das heißt?»

«Wir haben ihn in der Polizeiwache von Dargle. Er ist in einem kleinen dahinterliegenden Backsteingebäude eingeschlossen.»

Die Wahrheit konnte, wenn sie richtig verpackt war, eine furchtbare Waffe sein, und es tat wohl, zuzusehen, wie Bradshaw weiche Knie bekam und auf einen der Ledersessel sank. Jetzt trat Kramer in das Studierzimmer und hockte sich auf eine Ecke des Schreibtischs. Seine Wortwahl spielte fortan wohl kaum noch eine Rolle, denn er war sicher, daß Zondis Scharfblick den Sieg davontragen würde und keine Beschwerden an irgendwelche Vorgesetzten gehen würden, aber er konnte der Versuchung nicht widerstehen, Bradshaw noch ein paar Tiefschläge mit Samthandschuhen zu verpassen.

«Gestern abend, Mr. Bradshaw, bin ich aufgrund einschlägiger Informationen und dank der unfreiwilligen Hilfe Ihrer lieben Frau in Begleitung etlicher Kollegen zu Ihrem Ferienhaus auf dem Gelände der Twin Falls Farm hinausgefahren. Dort trafen wir Ihren Sohn Darren im Gespräch mit jemandem, der illegal mit Waffen handelt. Sie hatten eine Meinungsverschiedenheit, einen Streit – man könnte es auch eine scharfe Auseinandersetzung nennen. Wie es scheint, wollte

Ihr Sohn illegal eine Schußwaffe von diesem Händler kaufen, fand dessen Wohnung jedoch leer, brach ein und stahl die –»

«Der Dummkopf! Ich habe ihm doch reichlich –»

«Entschuldigen Sie, aber wie war das, Mr. Bradshaw?»

Bradshaw war jetzt grauer als grau und zitterte. «Nichts», murmelte er. «Ich habe ihm doch reichlich zugesetzt und ihn gewarnt...»

«Aha, er war also gewarnt? Ich dachte, Sie wollten sagen, Sie hätten ihm doch reichlich Geld mitgegeben, aber er muß trotzdem die Waffe gestohlen und das Geld für sich behalten haben.»

«Er hat was getan?»

«So sieht es jedenfalls aus, Mr. Bradshaw. Aber keine Sorge, Sie sind ja in keiner Weise an dieser Sache beteiligt. Wie sollten Sie auch, da Sie selbst derjenige waren, auf den geschossen worden ist!»

«Sie glauben, daß Darren –»

«Ja, es muß schwer für Sie sein, wahrhaftig! Aber sehen Sie die Wasserpflanzen hier an meinen Schuhen? Vielleicht die gleichen, die wir auch an Bonzo Hookhams Schuhen gefunden haben? Und der Revolver im See? Nein, Sie wissen wohl gar nicht, wovon ich rede, aber Darren hat uns gestern sehr geholfen, diesen Fall zu einem befriedigenden Abschluß zu bringen.»

Bradshaw stolperte auf die Füße. «Mein Gott, was haben Sie mit meinem Jungen gemacht? Er würde niemals –»

«*Wir* haben eigentlich herzlich wenig gemacht, Mr. Bradshaw. Ich bedauere, sagen zu müssen, daß der illegale Waffenhandel seine eigenen Tücken hat, vor allem, wenn man mit Betrügern zu tun hat. Er hat eine Menge Blut verloren.»

Bradshaw vergrub aufstöhnend den Kopf in den Armen und stand wankend vor ihm. Dann blickte er auf. «Sie haben alles völlig mißverstanden», sagte er. «Ich hätte nie gedacht, daß der Junge das Zeug dazu hat, aber er hat um meinetwillen gelogen! O mein Gott!»

«Ich bin sicher, daß Darren mir keine Lügen aufgetischt hat», sagte Kramer. «Nicht eine.»

«Das *muß* er aber! Wenn ich es Ihnen beweise, lassen Sie ihn dann frei? Ich werde Ihnen die ganze Geschichte erzählen!»

«Hoffentlich ist sie gut», sagte Kramer.

27

Colonel Muller klopfte an Zondis Fenster. «Wo ist dein Boß?» fragte er. «Was, zum Teufel, war gestern nacht in Dargle los? Warum bin ich nicht informiert worden –?»

«Der Lieutenant bringt die Nachricht von Boß Darrens Tod gerade den Eltern bei», sagte Zondi und stieg schnell aus dem Chevrolet.

«Tatsächlich?» Colonel Muller musterte die Hausfront. «Oh, da ist ja Mrs. Bradshaw!» Sie winkte ihm zu, und er winkte zurück. «Sieht mir nicht so aus, als hätte sie die schlimme Nachricht schon gehört!»

«Ich glaube, der Lieutenant wollte es zuerst Boß Bradshaw sagen, Colonel.»

«Ich überzeuge mich mal lieber selbst, wie er es aufnimmt.»

Zondi wagte, ihn am Ärmel festzuhalten. «Entschuldigen Sie, Sir, aber der Lieutenant hat mich gebeten, unbedingt Ihre Meinung zu einem neuen Anhaltspunkt in der Sache mit den ungeklärten Schüssen einzuholen. Hier, er hat einen Atlas für Sie dagelassen, und ich soll Ihnen die genauen Einzelheiten erklären.»

«Einen neuen Anhaltspunkt? Ich dachte, der Fall sei ad acta gelegt? Und was zum Teufel hat ein Atlas damit zu tun?»

«Sie werden es sicher interessant finden, Sir.»

«Ja, aber –»

«Wollen Sie mal hineinschauen, Colonel, bitte?»

«Wenn ich es mir recht überlege», sagte Colonel Muller und warf nochmals einen Blick auf Mrs. Bradshaw, «sollte ich vielleicht doch Lieutenant Kramer das überlassen, was jetzt jeden Augenblick mit dem Gesicht der armen Frau passieren wird. Komm, setzen wir uns in meinen Wagen.»

Nach langem, qualvollem Schweigen begann Archibald Meredith Bradshaw zu reden. Er tat es ohne unnötiges Drumherum oder lange Vorbemerkung, wie eben ein Mann redet, dem vollkommen gleichgültig ist, was er sagt.

«Ich habe Bonzo Hookham getötet, Lieutenant Kramer. Ich habe die Tat begangen – niemand hat mir dabei geholfen.»

«Quatsch!» sagte Kramer. «Ihre eine Hand war zu dem Zeitpunkt unbrauchbar, und das war ein medizinischer Befund. Wie hätten Sie ein Seil so verknoten können? Wie hätten Sie –»

«Ich werde alles erklären, das verspreche ich Ihnen.»

«Ha! Welches Motiv hatten Sie denn?»

«Rache, so würde man es, glaube ich, nennen.»

«Wofür?»

«Dafür, daß Hookham *mich* umbringen wollte.»

«Wie?» Kramer warf den Kopf in den Nacken. «Wann denn das? Im Krieg?»

Ein geisterhaftes Lächeln huschte über Bradshaws Gesicht. «Nein, hier in Trekkersburg, vor etwas über einem Monat.»

Das war zuviel auf einmal. Kramer zog seine Zigaretten aus der Tasche, steckte sich eine an und bemerkte, daß ihm die Finger zitterten. Er sah Bradshaw wieder an. Das Lächeln war verschwunden.

«Ich führte meinen Hund aus, als jemand einen Namen rief – nicht meinen Namen, einen Männernamen. Ich drehte mich um, und da sah ich ihn im Gegenlicht der untergehenden Sonne, mit dem Revolver in der Hand. Ich wollte es nicht glauben. Ich machte ein paar Schritte auf ihn zu, und er drückte ab. Die Kugel schlug in meine Schulter ein, und ich ging zu Boden. Vielleicht war ich eine Sekunde lang ohnmächtig. Das nächste, was ich weiß, war, daß mein Hemd auf der betreffenden Seite klatschnaß war von warmem Blut. Er wollte an mich herankommen, sehen, wo die Kugel mich getroffen hatte, aber das viele Blut muß das kleine Loch eine Handbreit über meinem Herzen versteckt haben. Mein Hund hat ihn ferngehalten, er ist auf ihn losgegangen. Heiliger Himmel, dachte ich, wenn er sieht, daß ich noch am Leben bin, fange ich noch eine. Es war erstaunlich, wie klar ich denken konnte. Mir wurde bewußt, daß er mich atmen sehen konnte, also gab ich einen Erstickungslaut von mir, zuckte noch einmal und blieb wie leblos liegen. Ich hielt den Atem an, und mein Hund bellte unentwegt. Ich hörte ihn etwas vor sich hin murmeln, so daß mir schlagartig die ganze Sache klar wurde. Als meine Lungen eben platzen wollten, hörte ich, wie das Bellen meines Hundes leiser wurde, und ich erhob mich gerade so weit, um ihn wegrennen zu sehen. Dann habe ich richtig das Bewußtsein verloren, und als ich wieder zu mir kam, war es dunkel, und mein Hund leckte mir das Gesicht ab. Und wie das Leben so spielt, Lieutenant: Drei Tage später ist ebendieser Hund, mein treuer Freund, unter ein Auto gekommen und auf meinem Schoß gestorben.»

«Und dann? Sind Sie zum Auto gekrochen?»

«Ich bin hingehumpelt – es war qualvoll. Sobald ich mir klargemacht hatte, daß das Unmögliche wirklich passiert war, packte mich die Wut – eine wilde Wut! Eine rasende Wut, das ist das richtige Wort, und ich nahm mir vor, mich zu rächen.»

«Stopp», sagte Kramer. «Schon gelogen, Bradshaw. Ich dachte, diese Story sollte die Wahrheit sein?»

«Sie ist wahr!»

«Rache zu üben ist Sache der Polizei, Bradshaw. Warum sind Sie nicht zu uns gekommen und haben uns alles erzählt?»

«Weil Sie ihn dann verhaftet und sein Motiv herausgefunden hätten. Und das wollte ich nicht.»

Kramer blies einen Rauchring in die Luft. «Welches Motiv hatte er denn?»

«Müssen Sie das wissen? Soweit ich weiß, Lieutenant, braucht die Anklage kein Motiv nachzuweisen, und ich habe auch nicht vor, es Ihnen auf die Nase zu binden.»

«Und warum nicht? War es durch eine Tat Ihrerseits begründet, he?»

Das geisterhafte Lächeln erschien wieder. «Ich vermute es, obwohl es nichts ist, was mir je Schuldgefühle verursachen würde – es geschah unter außergewöhnlichen Umständen. Trotzdem bin ich nicht gerade stolz darauf, und wenn die Leute davon erfahren würden, wäre ich, gelinde gesagt, ruiniert.»

«Also lassen wir es erst mal beiseite», sagte Kramer. «Bisher haben Sie noch nichts gesagt, was mich davon überzeugen könnte, daß Darren –»

«Dann hören Sie, verdammt noch mal, zu!» brauste Bradshaw auf und packte die Armlehnen seines Sessels. «Das Entscheidende war, daß ich wußte, wie gefährlich ich von jetzt ab lebte. Hookham würde entweder noch einmal einen Anschlag auf mein Leben verüben, oder er würde mich verraten. In seinen Augen war ein schreckliches Funkeln, und durch den Tod seiner Frau war er unberechenbar. Ich bin sicher, er war in einer Verfassung, wo es ihn wenig kümmerte, was er tat.» Die grauen Wangen bliesen sich eine Sekunde lang auf. «Ha! Meine erste Reaktion während der Heimfahrt, an die ich mich erinnere, hatte mit irgendeinem albernen Schuldgefühl zu tun, würde ich sagen. Ich weiß noch, daß ich gedacht habe, es müßte eine göttliche Fügung gewesen sein, daß sich unsere Pfade auf diese Weise kreuzten. Aber bei vernünftiger Überlegung war mir klar, daß es einfach einmal so kommen mußte. Er war einer dieser typischen Engländer, wie sie Trekkersburg hervorzubringen scheint – kennen Sie diese

Sorte Mensch? Den Typ, der im Gespräch England immer als Heimat bezeichnet, selbst wenn er nie dort gewesen ist? Und ich bin nach dem Krieg aus genau diesem Grund hierhergekommen: Diese Sorte Engländer ist nicht nur in Antiquitäten vernarrt, sondern hat mir auch Zugang zu diesem Zeug verschafft, das ich überall im Land an andere Händler verhökern konnte. Zudem waren wir beide Ehemalige der Royal Air Force, so daß es gar nichts Ungewöhnliches war, bei einem geselligen Beisammensein im Fliegerclub zufällig aufeinanderzutreffen. Als ich mich endlich von diesen dummen Ängsten befreit hatte, fand ich, daß es das Sinnvollste war, ihn umzubringen. Gott, ich muß Tausende mit meinen Bomben umgebracht haben, Leute, die mir persönlich nie etwas getan haben, und einer mehr würde mir auch nicht schwerer auf der Seele liegen – schon gar nicht, wenn es einen mordlustigen Mistkerl treffen würde! Ich brauchte keine Skrupel zu haben, und überdies habe ich mich nie von jemandem herumstoßen lassen, ohne es ihm irgendwann heimzuzahlen.»

«Sie sind der Mistkerl», sagte Kramer, «das weiß ich. Aber Schluß jetzt mit all dem philosophischen Geschwätz! Nur Tatsachen können den Ruf Ihres Sohnes retten.»

«Hören Sie doch zu!» sagte Bradshaw erneut hitzig. «Hier sind die Tatsachen! Tatsache eins ist, daß ich beschlossen habe, Hookham kaltzumachen. Dazu mußte ich aber erst einmal nachdenken, einen Plan entwerfen. Bis dahin nahm ich mir vor, zu schweigen und Gedächtnisschwund zu mimen oder so zu tun, als stehe ich unter einem schweren Schock – was auch immer. Also sagte ich, als ich nach Hause kam, nichts, und in der Nacht im Krankenhaus habe ich auch nichts erzählt. Morgens wußte ich schon, was zuerst nottat. Ich mußte Hookham möglichst schnell überrumpeln – ich konnte mir lebhaft vorstellen, was in ihm vorging, als er am Samstagmorgen in der Zeitung las, daß ich noch lebte! Das war der schlimmste Tag überhaupt: die Angst, er würde zu Ihnen gehen und sich stellen. Seine einzige Alternative war nach meiner Ansicht, schleunigst nach England abzudampfen.»

Kramer nickte. Erwiesenermaßen hatte Hookham genau das vorgehabt.

«Was habe ich also gemacht?» fuhr Bradshaw fort und war trotz allem beinahe wieder der alte Prahlhans. «Ich habe das kleine Ekelpaket einfach in einen Riesen verwandelt! Ich habe Ihnen totalen Quatsch aufgetischt von einer ‹riesenhaften Gestalt, die sich vor dem

Horizont auftürmte›, wie es die *Gazette* wohl beschrieb, und das war noch nicht alles. Ich wußte, daß ein harter Brocken wie Sie eine solche Story nicht allzu ernst nehmen würde und eher geneigt wäre, mich für einen Idioten zu halten, um sich lieber interessanteren Dingen zu widmen.»

«Sie *sind* ein Idiot, Bradshaw. Weiter.»

«Trotzdem sind Sie auf mich angewiesen, wenn Sie wissen wollen, wie es weiterging!» schoß Bradshaw zurück und war fast stolz darauf. «Seien Sie vorsichtig, wen Sie einen Idioten nennen, Lieutenant. Sie hatten keine Chance.»

«Richtig, also haben Sie Hookham in Sicherheit gewiegt – obgleich ich Ihnen verraten darf, daß er wahrscheinlich einiges ahnte –, und dann haben Sie Ihren Angriffsplan gemacht.»

«Genau, und dabei habe ich auch die Möglichkeit berücksichtigt, daß Hookham sich nicht blindlings täuschen ließ, aber auch, daß er absolut niemandem von dieser Sache erzählen konnte. Ich beschloß, mir die Tatsache zunutze zu machen, daß er höchstwahrscheinlich noch einmal auf mich losgehen wollte – und wo würde er das wohl tun? Ich konnte schließlich nicht ständig in einsamen Gegenden an der Rennbahn herumspazieren, bis er auftauchte! Natürlich wußte er von meiner Gewohnheit aus unserem Gespräch beim Fliegertreffen, und so beschloß ich, ihn von einer weiteren Information profitieren zu lassen, die er dort bekommen hatte, nämlich der Beschreibung unseres Ferienhauses und seiner Lage. Wieder nahm mir die *Gazette* die Arbeit ab und druckte die Nachricht, ich führe hinaus zum Forellenangeln. Sind Sie jetzt im Bilde? Ich hatte meinen Köder ausgelegt.»

Kramer nickte. Der Artikel war Anfang der Woche erschienen, und Hookham hatte am Abend desselben Tages mit seinen Freunden auf der Wiese in Morninghill ein Saufgelage veranstaltet.

«Meine nächste Überlegung war die, *wie* ich ihn töten sollte», sagte Bradshaw. «Man macht so leicht Fehler bei einem Mord und hinterläßt Spuren, die direkt zu einem zurückführen. Aha, dachte ich, dann werde ich lieber absichtlich Spuren hinterlassen; schöne, auffällige Spuren, hinter denen auf jeden Fall solche zurücktreten, die ich unter Umständen selbst übersehe. Die Wasserpflanzen waren eine böse Überraschung für mich, als ich davon las, das kann ich Ihnen sagen!» Sein Bericht machte ihm sichtlich Spaß. Seine einzige Enttäuschung war wie für jeden Täter, der ein «perfektes Verbrechen» begeht, daß er bisher auf den verdienten Beifall verzichten mußte. «Ich ging noch einen Schritt weiter. Ich kam zu dem Schluß, daß ich statt eines Sammelsuriums von Fingerzeigen, die hierhin und dorthin wiesen und möglicherweise sogar auf mich zurückfielen, lieber einen Fingerzeig in eine bestimmte Richtung geben sollte. Was läge da näher als ein Riese, von dem ich wußte, daß er gar nicht existierte? Das war eine brillante Idee, fand ich, denn wenn es schien, als sei Hookham von derselben Person ermordet worden, die auch mich zu töten versucht hatte, war ich der letzte, der je in Verdacht geraten würde!»

«Hmmm.» Dem mußte Kramer beipflichten.

«Wie konnte ich nun den Eindruck erwecken, ein Riese sei am Werk gewesen? Es war eine Frage der Kraftanwendung, und so fertigte ich zuerst einmal aus einem alten Golfschläger eine Faust, spannte das Ding in einen Schraubstock und bearbeitete es mit einer Raspel, die ich in der linken Hand hielt. Das war übrigens auch wieder so eine Schrecksekunde, als dieser Idiot de Klerk auf die Wahnsinnsidee mit den Hobbywerkstätten verfiel! Ich zog die Lederhülle über den Schläger und machte eine Probe – da sind starke Hebelkräfte am Werk, wie Sie wissen, und ich habe immerhin einen Kürbis in Stücke geschlagen. Aber ich war noch nicht zufrieden. Da fiel mir das Springseil ein, wegen dem Sie alle Fitneßcenter und Sportläden in der Stadt abklappern würden, bis Sie die Nase voll hatten. Myra hatte mir vor Monaten eins geschenkt, nach ihrem Besuch in Johannesburg, und ich hatte ihr gesagt, daß ich es aus Versehen weggeschmissen hätte – ich hatte keine Lust, jeden Morgen diesen blöden Quatsch mitzumachen. Es war zu eindeutig mit den Griffen daran, die ich deshalb abschnitt und verbrannte, wobei ich mir ziemlich sicher war, daß Ihre Spurensicherungsexperten mich nicht enttäuschen würden. Ein guter fester Knoten, fester, als ihn ein normaler Mann hinbekam, war mein nächster Gedanke. Ich probierte es mit den Flaschenzügen draußen an meiner Hängematte und brachte Extraseile an jeder Seite an, aber es war zu kompliziert, und so ließ ich fürs erste davon ab. Richtig auf die Spitze treiben würde es die ganze Sache, wenn ich eine Kugel herstellen konnte, die mit der in mir gefundenen übereinstimmte, aber das war mir natürlich nicht möglich. Einen Augenblick lang hatte ich sogar die verrückte Idee, bei den Digby-Smiths einzusteigen und zu sehen, ob ich nicht die Waffe dort fand, die Hookham tatsächlich gebraucht hatte – er mußte sie sich ohne Wissen des Eigentümers irgendwo geliehen haben. Aber dann wurde mir rechtzeitig klar, daß die Waffe kaum von diesem Armleuchter stammen konnte – der Typ ist Pazifist, müssen Sie wissen –, sondern daß Hookham sie anderswo stibitzt haben mußte.»

Kramer nickte. Du lieber Gott, Mrs. Westford hatte erzählt, ihr Mann hätte für alles gesorgt, was eine Frau, die ziemlich allein auf dem Lande lebte, zu ihrer Sicherheit brauchte, und dazu hatte bestimmt auch ein Damenrevolver vom Kaliber .32 gehört, den sie wahrscheinlich oben auf dem Schrank neben ihrem Bett liegen hatte. Am letzten Abend, kurz bevor er zu seinem «letzten Einsatz» aufbrach, war Hookham einige Zeit allein in dem Schlafzimmer gewesen, während sie Timmy beruhigte. Nach dem zu urteilen, was Hookham danach noch geäußert hatte, bevor er ging, ließ sich kaum noch abstreiten, daß er vorhatte, Bradshaw zu töten und dann vielleicht doch zu bleiben.

«Jetzt will ich Ihnen etwas mitteilen», sagte Bradshaw und beugte sich mit erhobenem Finger vor, «das Sie als eidesstattliche Erklärung meinerseits gelten lassen müssen. Es betrifft Darren.»

«Natürlich – Sie wollen mir weismachen, daß Sie ihn nicht in Ihre Pläne eingeweiht haben, als er hergekommen ist und Ihnen im Geschäft geholfen hat.»

«Genau! Und das *ist* die reine Wahrheit!»

Bradshaw log, Kramer konnte es an seinen Augen sehen, beschloß aber, vorerst darüber hinwegzugehen. Der Apfel fällt nicht weit vom Stamm. Bradshaws Tod hätte auch das Aus für das Geschäft und die Zukunft des jungen Darren bedeutet.

«Glauben Sie mir, daß es die Wahrheit ist?» wollte Bradshaw wissen.

«Hmmm. Weiter.»

«Mir kam noch eine brillante Idee», fuhr Bradshaw fort, und er versuchte gar nicht mehr, witzig zu sein. «Der Haken bei der Kugel waren ja die Kratzer, die vom Lauf in der Oberfläche zurückblieben – wie nun, wenn es gar keine Kugel gab? Wie, wenn sie einfach hindurchsauste und verschwand? Dann hatte Ihr Gerichtsmediziner ein Loch von einer .32er und konnte sich den Reim darauf machen, den ich mir wünschte. Ohne daß Darren wußte, worum es ging, beauftragte ich Silberfinger Benson, mir eine .32er zu besorgen. Sie sollte zum Laden gebracht werden, und Darren sollte Geld aus dem Safe nehmen und dafür bezahlen. Was immer Sie auch anderes gehört haben mögen, so ist es gelaufen.»

Und er glaubt auch noch selbst daran, dachte Kramer. Er glaubt tatsächlich, Darren hätte nicht versucht, sich einzuschalten in der Hoffnung, Meerkat vielleicht niederschlagen und die Preisdifferenz einstreichen zu können. Er hatte seinem Sohn die Tricks seiner Branche zu gut beigebracht.

«Darren wußte nicht, daß er eine Kanone kaufte?»

«Er hatte keine Ahnung», sagte Bradshaw. «Er hat sie mir in einem zugeklebten Schuhkarton nach Hause gebracht. Dann bin ich in mein Ferienhaus gefahren und habe auf Hookhams Erscheinen gewartet. Montag- und Dienstagnacht passierte nichts. Am Mittwoch, als sich bei mir bereits der Schlafmangel bemerkbar machte, rief ich mit verstellter Stimme bei den Digby-Smiths an, um herauszubekommen, wo er steckte. Oder war das schon am Dienstag? Egal, mein Akzent hat mir später noch einmal gute Dienste geleistet.»

«Ja, halten wir uns nicht mit den Einzelheiten auf, Bradshaw. Das war der Abend, an dem Hookham auftauchte?»

Bradshaw grinste. «Gegen zehn. Er ließ sein Auto oben in der Nähe des Tors stehen und nahm den gut erkennbaren Weg am Fluß entlang. Ich hatte die .32er im Gürtel stecken, war unten am See und lauschte auf seine nahenden Schritte, als mir der Gedanke kam, er könnte, wenn ich nicht direkt an ihn herankam und ihn überraschte, doch einen Schuß in – na ja, das gefiel mir jedenfalls nicht.»

«Hmmm. Verständlich.»

«Das Boot, dachte ich. Wenn ich mit dem Boot hinausrudere, kann ich ihn von der Seite erwischen, sobald er die Binsen erreicht hat. Das Problem war die Entfernung. Und dann hatte ich's! Im Haus lag meine Marlin Century, die ich zum Böckeschießen verwende. Eine Hebelverschlußbüchse vom Kaliber .30/30, wie Sie sicher wissen! Das Übel war, daß ich immer nur Revolver im Kopf gehabt hatte und auf diese simple Lösung gar nicht verfallen war. Ich hatte gerade noch Zeit, kehrtzumachen, mir die Büchse zu schnappen und hinter einer Kiefer zu verschwinden, bis Hookham die Uferböschung heraufgekrochen kam.»

Bradshaws Augen glühten jetzt, was Kramer anwiderte. Aber er hörte trotzdem gespannt weiter zu.

«Das Boot erfüllte doch noch seinen Zweck. Haben Sie es gesehen? Es ist weiß. Vor diesem Hintergrund sah Hookhams Kopf selbst bei Mondschein wie das schwarze Zentrum einer Zielscheibe aus.» Bradshaw hielt inne, um seine wulstigen Lippen anzufeuchten. «Wie gesagt, ich verwende die Büchse zum Böckeschießen bei Taschenlampenlicht, und sie hat ein Visier mit Perlkorn. Als Hookham langsam den Kopf hob, um zum Haus zu schauen, wartete ich, bis die Kugel mitten im See landen mußte, und feuerte. Bumm! Ich erwischte ihn gleich beim ersten Schuß mitten in die Stirn, und das Loch war ideal, um mit dem einer .32er verwechselt zu werden.»

O Doc, dachte Kramer, wenn das Van Rensburg spitzkriegt.

«Der Büchsenschuß war natürlich sehr laut, und ich wußte, daß er bis zur Farm zu hören war, durfte also keine Zeit verschwenden. Als ich Hookham aufheben wollte, fiel ihm der Revolver aus der Hand, und da sah ich, daß alle meine Wünsche in Erfüllung gegangen waren. Damit würde ich noch ein paar Schüsse auf ihn abgeben, und zwar so, daß die Kugeln steckenblieben. Die Kanone hatte einen Mordsrückstoß, und die erste Kugel ging daneben in den Schlamm. Bei den nächsten beiden war ich vorsichtiger und traf ihn schön in die Brust, und dann prüfte ich seinen Rücken auf Schußwunden hin – nichts. Anschließend warf ich erst mal seinen Revolver so weit wie möglich in den See hinaus, während ich meinen im Gürtel steckenließ, damit ich den Nachbarn sagen konnte, ich hätte nur aus Spaß ein bißchen rumgeballert, falls sie nachfragen kamen.»

«Und dann sind Sie das Auto holen gegangen?»

«Selbstverständlich, Lieutenant. Er hatte es unauffällig geparkt. Ich habe es vors Haus gefahren, ihn hingezerrt und dann Darren gebeten, mich abzuholen – er konnte, ohne es zu wissen, Hookham nach Trekkersburg zurückfahren, so daß ich meinen eigenen Wagen mit Automatik nehmen konnte.»

Kramer drückte seine Zigarette aus. «Darren stand also die ganze Woche auf Abruf bereit? Und ist nicht ausgegangen, weil er nicht wußte, wann Sie ihn zu einer Bergungsaktion brauchen würden?»

«Er war froh, mit seiner Mutter zusammenzusein!» sagte Bradshaw wütend, und die Lüge stand ihm ins Gesicht geschrieben. «Und er war nach dem langen Tag im Geschäft erschöpft.»

«Hmmm. Und dann mußte er Ihnen dabei helfen, die Handgelenke zusammenzubinden? Sie haben mit Ihrer gesunden linken Hand gezogen, und er hat seine ganze Muskelkraft –»

«Heiliger Himmel!» explodierte Bradshaw. «Ich habe Ihnen doch gesagt, daß der Junge nichts damit zu tun hat! Ich habe neben der Veranda mit dem Springseil herumgespielt – na schön, ich habe wirklich versucht, es richtig festzuziehen, wie Sie sagten –, und da ist mir eine höchst einfache Lösung eingefallen. Ich habe das Abschleppseil aus Hookhams Wagen genommen und mit dieser Verlängerung ein Ende des Springseils an der Stoßstange des Rovers und das andere an einem Verandapfosten befestigt. Dann brauchte ich nur noch den Rover ein Stück vorrollen zu lassen. Offen gestanden habe ich gedacht, ich hätte es ein wenig übertrieben, als ich sah, daß die Knochen gebrochen waren, aber gottlob scheint das Ihre sogenannten Experten von der Gerichtsmedizin nicht weiter gestört zu haben. Oder doch?»

«Einer von ihnen hatte seine Bedenken», gab Kramer zu, «aber er war in letzter Zeit stark anderweitig beansprucht. Von schleimigen Geschöpfen in harten Schalen wie Ihnen, Bradshaw. Erzählen Sie zu Ende.»

«Sie glauben mir allmählich, was?» sagte Bradshaw und verriet seine Erleichterung durch ein schwaches Lächeln. «Dann wird mein Junge aus der Untersuchungshaft entlassen? Und die Anklage gegen ihn fallengelassen?»

«Darren hat nichts mehr zu befürchten», sagte Kramer.

«Gott sei Dank! Na ja, der Rest muß Ihnen eigentlich klar sein. Der springende Punkt ist der, daß Darren nicht bekannt war, was im Kofferraum des Wagens lag, den er zurück nach –»

«Ach, erzählen Sie mir doch nichts, Mann! Liest er denn keine Zeitung?»

Bradshaw saß in der Falle, und seine Wangen färbten sich wieder grau. «Also gut, ich erzähle Ihnen, wie's wirklich war. Ich habe den Rover selbst gefahren – bin los, ehe er da war, und habe eine Nachricht für ihn hinterlassen, daß mich jemand mitgenommen hat.»

«Quatsch, Bradshaw. Er hat den Rover gefahren, Sie haben an der Ecke auf ihn gewartet, und dann sind Sie zusammen nach Hause gefahren», log Kramer gewandt. «Das paßt viel besser zu dem, was er –»

«Warum hat er nichts zu befürchten?» fragte Bradshaw und blickte nach oben, als über seinem Kopf Schritte auf den Dielen zu hören waren.

«Weil ich glaube, daß Mrs. Bradshaw ohnehin genug zu leiden haben wird», sagte Kramer und überlegte schon, wie er ihr möglichst viel ersparen konnte. Mit Bradshaws Hilfe konnte es sicher so gedreht werden, und es würde doch noch reichen, um ihn baumeln zu lassen. «Sie können jetzt ganz offen mit mir reden.»

«Das ist Ihr Ernst, nicht wahr?» bemerkte Bradshaw überrascht. «Ich verstehe bloß nicht, warum!»

«Das liegt wahrscheinlich daran, daß Ihre Frau als Person gar nicht für Sie vorhanden ist», sagte Kramer. «Welche Rolle spielt Classina Baksteen bei alledem?»

«Das müßten *Sie* doch wissen!» schnaubte Bradshaw. «Schließlich waren Sie es, der die Nase in etwas gesteckt hat, was Sie nun wirklich nichts anging! Warum haben Sie sich so in die R.A.F.-Geschichte verbissen?»

Kramer ließ den Blick durchs Zimmer wandern. «Es war hier, daß ich zum erstenmal dieses Gefühl hatte», sagte er. «Hier in Ihrem Studierzimmer. Mrs. Bradshaw sprach von Bonzo Hookham, und –» Plötzlich stand die Szene wieder klar vor seinen Augen. «Ja, jetzt weiß ich wieder, wieso mich dieses Gefühl beschlichen hat! Es muß daran gelegen haben, daß ich mich bei dem, was Mrs. Bradshaw erzählte, gewundert habe, warum Sie ihr nach der Party nichts von Bonzo erzählt haben – ein merkwürdiges Verhalten für einen Veteranen, nicht wahr? Und wo waren all die alten Erinnerungsstücke? Die Art von Gegenständen, die ein ehemaliger Bomberpilot der Royal Air Force gern in seinem Zimmer um sich versammelt? Warum war nichts davon da? Wollten Sie die Erinnerungen auch aus Ihrem Gedächtnis löschen? Und trotzdem mußten Sie gesellschaftlich Ihre Rolle weiterspielen, konnten sich nicht darum drücken, ohne Argwohn zu erregen, oder?»

«Ich sehe schon», sagte Bradshaw, «daß es nicht verkehrt war, Sie auf die falsche Fährte zu locken und davon abzubringen, zu tief nachzugraben.»

«Wäre ich vielleicht auf Bonzo Hookhams Motiv gestoßen?»

«Schon möglich. Aber Sie wollten doch etwas über Classina hören. Diesen Einfall hatte ich, als Sie mit Colonel Muller hier waren und ich merkte, daß Sie der Gedanke an die R.A.F. nicht mehr losließ. Glücklicherweise hat der Unsinn mit dem ‹seltsamen Akzent›, den ich Myra rechtzeitig eingeimpft hatte, für einigen Wirbel gesorgt und den Colonel abgelenkt, und was er sagte, war für mich Anlaß genug, schleunigst das Schema aufzubrechen, bevor Sie es weiter verfolgten.»

Ein halber Punkt für de Klerk, dachte Kramer; vielleicht sogar fast ein ganzer.

Bradshaws Augen funkelten wieder prahlerisch. «Mir kam blitzartig eine Idee. Colonel Muller schien sich total auf die Rennbahn als Tatort festzulegen, und so fingierte ich einen Anruf, nach dem ich sicher sein konnte, daß alle verfügbaren Polizeikräfte dorthin abgezogen wurden, so daß im übrigen Six Valleys die Luft rein war für einen jungen Burschen, den ich angeheuert hatte. Es mußte natürlich Six Valleys sein, weil das in Ihr Schema paßte. Außerdem war ich es allmählich leid, ständig wieder etwas erfinden zu müssen, was ich angeblich zu erzählen vergessen hatte, und ich wollte, daß die Ermittlungen im Sande verliefen; deshalb habe ich den Anruf passend zu Colonel Mullers Voraussage eines letzten Anschlags gemacht.»

«Klingt ganz so», sagte Kramer, «als hätte Stürmer Schoeman einen Tritt in den Arsch verdient.»

«Nein, Sie sollten ihn nicht tadeln, weil er meinen Anruf nicht mitbekommen hat», sagte Bradshaw selbstgefällig. «Ich hatte Myra gebeten, ihn zum Schwimmen einzuladen, und er war völlig von ihr hingerissen. Aber egal – erinnern Sie sich noch an den ersten Schuß, den ich mit Hookhams Revolver abgegeben habe?»

«Hmmm.»

«Die Kugel hatte ich natürlich aufgehoben und aufbewahrt, wie man es mit Sachen macht, die man vielleicht noch gut gebrauchen kann. Die habe ich dem jungen Burschen gegeben, ihn gut bezahlt und ihm gesagt, er solle sich mal von hinten an Six Valleys heranmachen und ein paar Burenwohnsitze ins Visier nehmen, die ich aus dem Telefonbuch herausgesucht hatte. Wenn er irgend etwas Harmloses sähe, möglichst in der Nähe einer Person, sollte er mit seiner Schleuder darauf schießen und statt eines Steins meine Kugel nehmen. Ich habe extra etwas Harmloses zur Bedingung gemacht, weil ich nicht wollte –»

«Ja, ich bin im Bilde», sagte Kramer. «Sie wollten nicht, daß Unschuldige leiden? Nach all den Bomben, die Sie abgeworfen haben?»

Bradshaw hatte Sinn für Sarkasmus. «Es war recht unangenehm», gab er zu. «Ich habe dem Jungen noch eine Tüte Zigarettenasche und -kippen mitgegeben, um eine falsche Fährte zu legen, ihm gesagt, er solle sich mit einem Paar extra großer Schuhe unter einen Ast stellen und sich dann feste dagegenstemmen, um möglichst tiefe Abdrücke zu hinterlassen, und so weiter. Er sollte zuerst einen Kracher zünden und dann erst mit der Schleuder feuern, aber der Kracher ging nicht los. Wieder haben die phantasiereichen Genies von der Polizei zu meinem Glück auch dafür eine Theorie parat gehabt, und da de Klerk sie mir darlegte, bevor er irgendwelche Fragen stellte, konnte ich ihn hübsch an der Nase herumführen.»

«Das war nicht irgendein junger Bursche», sagte Kramer, «das war Darren. Kriminalwachtmeister Schoeman ist nicht auf den Kopf gefallen, Bradshaw – er hat seine Beobachtungen gemacht.»

«Was? Warum haben Sie mich dann nicht –?»

Kramer zuckte die Achseln. «Warum wir Sie uns nicht früher vorgeknöpft haben? Ach, es war einfacher, Sie in dem Glauben zu lassen, die ganze Sache sei vergessen, und dann abzuwarten, bis einer von Ihnen beiden einen tödlichen Fehler machte. Den hat Darren letzte Nacht begangen, Mr. Bradshaw, indem er einen Revolver auf einen Polizeibeamten richtete. Sie sind nicht der einzige Mensch in Trekkersburg, der mit ein paar Brocken der Wahrheit sein Süppchen am Kochen hält.»

Das schlug nicht nur wie eine Granate ein, sondern wie eine tonnenschwere Fliegerbombe. Bradshaw erstarrte. Vielleicht starb sogar ein Teil von ihm in diesem Augenblick.

«Tödlicher Fehler?» brachte er mühsam mit zitternder Stimme hervor. «Sie meinen, jemand hat ihn erschossen? Wer?»

«Absolut tödlich, aber es hat ihn niemand erschossen.»

Bradshaw kam langsam aus seinem Sessel hoch und auf Kramer zu, die wuchtigen Arme ausgestreckt, um ihn an der Gurgel zu packen. Ein Stoß vor die Brust ließ ihn zurücktaumeln.

«Allmächtiger Gott! Ich will wissen, was passiert ist!» brüllte Bradshaw. «Erzählen Sie schon, Sie Bastard! Erzählen Sie!»

«Beruhigen Sie sich, Bradshaw, und ich weiß noch was Besseres», sagte Kramer so leise wie seinerzeit Meerkat. «Ich werde es Ihnen vor Augen halten. Aber zuerst will ich wissen, warum Sie einen anständigen Mann wie Bonzo Hookham umgebracht haben – und warum er Sie umbringen wollte.»

«O nein, keine faulen Tricks mehr!»

«Es fing alles auf dem Fliegertreffen an, nicht wahr? Sie haben etwas Skandalöses gesagt, eine alte Wunde aufgerissen. Sie haben sich irgendwie vor ihm bloßgestellt, obgleich er Sie noch nie im Leben gesehen hatte. Was war es dann? Na los, Sie müssen es doch vor langer Zeit erraten haben!»

«Lecken Sie mich doch am Arsch! Gehen Sie doch –»

«Was war es? Ein Name? Der Name, den er ihnen zugerufen hat? Oder war es Ihr Nonnenwitz? Den binden Sie doch jedem auf die Nase, nicht wahr?»

Bradshaw sank in sich zusammen, und Kramer wußte, daß er ihn jetzt in der Hand hatte. «Sagen Sie mir doch, was mit meinem Sohn ist», wimmerte er.

«Wir machen ein Spielchen, Mr. Bradshaw, einen kleinen Tauschhandel. Sie erzählen mir, was wirklich passiert ist, als die Gestapo Sie geschnappt hat, und ich erzähle Ihnen dafür, was wirklich mit Darren passiert ist. Okay?»

Bradshaw blickte zu ihm auf, und Tränen rannen seine fleischigen Wangen hinunter. «Wir waren nicht nur Vater und Sohn», sagte er, der harten Realität des Augenblicks entrückt, «wir glichen uns –»

«Ja, ich weiß», sagte Kramer. «Wie ein Ei dem anderen. Aber zurück zu unserem Tauschhandel.»

Dann begann er, die Polaroidfotos von Darren Bradshaws verstümmelter Leiche zugedeckt auf dem Schreibtisch auszulegen. Und jedes Foto, das Archie Bradshaw umdrehen durfte, mußte er mit einem weiteren Teil der Wahrheit bezahlen, der ganzen Wahrheit und nichts als der Wahrheit. Kramer war zuversichtlich, daß er es schnell kapieren würde.

Ein schmaler Schatten fiel auf den Atlas auf Colonel Mullers Schoß, und als er aufschaute, stand Mrs. Bradshaw vor ihm und brachte kaum ein freundliches Lächeln zustande, so tiefe Sorge stand in ihren Augen. «Bitte», flüsterte sie, «können Sie mir sagen, was los ist? Ich höre Archie in seinem Studierzimmer wie ein Kind weinen, aber ich soll nicht hineingehen.»

«Äh, eine schlimme Nachricht, Myra», murmelte Colonel Muller und gab Zondi den Atlas zurück. «Äh, ein Unfall. Sergeant, würden Sie bitte –»

«Bin schon weg, Colonel», sagte Zondi.

Er zog sich in den Chevrolet zurück, schob sich hinter das Lenkrad und drückte den Atlas dagegen. Im rechten Rückspiegel sah er, wie Colonel Muller Mrs. Bradshaw in seinen Wagen half. Sie redeten kaum eine Minute, und dann warf Mrs. Bradshaw dem Colonel die Arme um den Hals und vergrub ihr flaches Gesicht an seiner breiten Schulter. Ihre eigenen Schultern bebten und zuckten. Dann nahm der Colonel sie tröstend in die Arme und senkte den Kopf, um ihr beruhigende Worte ins Ohr zu flüstern.

«Hmmm», brummte Zondi, schlug den Atlas auf und schaute hinein, um sich inspirieren zu lassen.

In diesem Augenblick öffnete sich zum erstenmal die Eingangstür des Hauses. Der Lieutenant trat heraus, eine schlotternde, zusammengeschrumpfte Gestalt fest im Griff.

Zondi warf noch einen letzten Blick auf die Karte von der Picardie.

Dort, direkt über Amiens, lag ein Ort namens Albert. Wenn man das wußte, konnte man den Eintrag vom 27. Mai in Bonzo Hookhams Tagebuch ganz neu interpretieren: *Lieber Gott, hat meine arme Alice nicht genug gelitten im Leben? Albert – ihre Familie, und jetzt noch dies!* Albert lag, wie es schien, auf einer direkten Fluchtroute von Deutschland aus, und Alices Familie war an die Deutschen verraten worden. Ein Mordmotiv, falls der Verräter entlarvt wurde? Colonel Muller hatte der Gedanke zwar beeindruckt, aber weder er noch Zondi hatten recht gewußt, was man damit anfangen konnte.

28

Alle Welt schien an diesem milden Sommernachmittag im Obersten Gerichtshof versammelt zu sein, als Archibald Meredith Bradshaw, 56 Jahre alt, wohnhaft in der Kitchener Row 42 in Bullerton, Trekkersburg, wegen Mordes an Edward «Bonzo» Hookham, 55 Jahre alt, wohnhaft in Forge Cottage, Little Bowerby, Hampshire, England, zum Tode verurteilt wurde.

Die Witwe Fourie war da, sie saß in der ersten Reihe der Zuschauerempore auf der für Weiße reservierten Seite und begegnete Kramers Augen mit einem verständnisvollen Blick, als Richter Willoughby-Evans, ein Oxford-Blauer, das Urteil verlas.

Archibald Meredith Bradshaw ...

Miriam Zondi war da, sie saß in der Mitte der Zuschauerempore auf der für Nichtweiße reservierten Seite und schaute stolz ihren Mann an, der gerade in der Vorrede des Richters wegen seiner Unterstützung des Beamten, der die Verhaftung vorgenommen hatte, lobend erwähnt worden war. Zondi, der sich ein wenig auf der Holzbank neben Kramer wand, hielt die Augen vor Verlegenheit gesenkt.

... Sie werden dazu verurteilt ...

Colonel Muller war da, er saß zusammengekauert auf der leerstehenden Geschworenenbank und betrachtete mit einer sonderbaren Befriedigung Bradshaws Gesicht, als könnte es ruhig alle Welt erfahren, daß seine Tage als Junggeselle gezählt waren. Es war bereits bekannt, daß keine Berufung eingelegt wurde.

... nach Ihrer Rückkehr in das Untersuchungsgefängnis ...

Drei ehemalige Mitglieder der französischen Widerstandsbewegung waren da, extra eingeflogen, um über jeden Zweifel erhaben zu bestätigen, daß es sich bei dem Gefangenen auf der Anklagebank um eben jenen stiernackigen Flieger und Speichellecker handelte, der dabei beobachtet worden war, wie er auf die «konspirative Wohnung» in Albert hingewiesen hatte, in der einst die junge Alice Hookham mit ihrer Familie gelebt hatte.

... aus dem Sie hierher überführt worden sind ...

Sechs ehemalige britische Kriegsgefangene waren da, die ebenfalls eingeflogen worden waren, um zu bezeugen, daß der Gefangene auf der Anklagebank nach seiner Rückkehr ins Lager einen Monat lang nicht gesehen worden war und danach behauptete, sich während dieser Zeit von den durch Folter zugefügten Verletzungen erholt zu haben. Das alles war eigentlich unerheblich für den Fall, aber der Erste Kronanwalt hatte befunden, daß ein solcher Schauprozeß einer angemessenen Ausschmückung bedürfe.

... an einem vom Staatspräsidenten bestimmten Tag ...

Die Witwe von Trigger Stevens war da und hatte die 6000 Meilen weite Reise auf Kosten einer britischen Sonntagszeitung auf sich genommen, um endlich den Namen ihres Gatten von jedem Verdacht gereinigt zu sehen.

... an einen gleichfalls von ihm bestimmten Ort gebracht ...

Mrs. Sophie Pritchard war da, die beste Freundin der verstorbenen Alice Hookham, die ausgesagt hatte, daß ihr die Verblichene unzählige Male den Feigling beschrieben hatte, der eines Tages zu ihrem Zimmer hochgeschaut, darauf gedeutet hatte und dann unter fröhlichem Geplauder von einer Gruppe Gestapo-Offiziere weggeführt worden war.

... und dort am Halse aufgehängt zu werden ...

Auch Classina Marie Baksteen war da und genoß jede Minute in vollen Zügen. Das vollbusige Mädchen mit krausem Haar saß neben ihrem zu Glatzköpfigkeit neigenden Verlobten.

... bis Sie tot sind.

«Danke, Euer Ehren», sagte der Gefangene.

Wer nicht da war, waren Dr. Christian Strydom und Sergeant van Rensburg. Kramer fand sie völlig in etwas vertieft im Autopsieraum, als er kurz nach fünf dort vorbeikam. Um sich herum hatten sie Gestelle mit Reagenzgläsern, Kolben und Flaschen sowie verschiedene Längen von Glaszylindern aufgestellt und kommunizierten zufrieden brummend miteinander.

«Mein Gott», sagte Kramer und blieb abrupt stehen. «Was ist denn das? Dr. Jekyll und Mr. Hyde?»

«Ah, Tromp!» rief Strydom und wandte sich mit einem Reagenzglas voll Blut in der Hand zu ihm um. «Haben Sie den Schlüsselfall schon gelöst?»

«Nein, ich war gerade im Gericht und habe mir angehört, wie Ihr Freund, der große weiße Riese, am Galgen baumeln wird.»

«Ach so», sagte Strydom, «war das heute?»

«Sollen wir es ihm zeigen, Doc?» flüsterte van Rensburg.

«Was wollen Sie mir zeigen?» fragte Kramer.

«Was wir mit unserem Schleimextrakt machen können», erwiderte Van Rensburg stolz. «Mann, es ist wirklich ein Wunder! Von welcher Farbe ist zum Beispiel Ihrer Meinung nach das Blut dort in der Hand vom Doc?»

«Rot», sagte Kramer.

Van Rensburg runzelte die Stirn. «Ach was! Ist es weißes oder schwarzes Blut? Wenn Sie es an einem Tatort finden würden, wüßten Sie es dann?»

«Ich würde es auf seine Reinheit hin kosten», sagte Kramer grinsend und trat an den Tisch, an dem die beiden beschäftigt waren. «Ist es das, wozu Sie die verfluchten Schnecken alle brauchten?»

«Ich will es Ihnen zeigen!» sagte van Rensburg begeistert. «Es ist eine Frage der Eiweißreaktion, nicht wahr? Man läßt einfach einen Tropfen des Extrakts auf die Probe fallen, und dann perzip – äh – präzipitiert es je nachdem, ob es weißes Blut ist oder nicht.»

«He, Doc! Gar nicht so übel!»

Strydom errötete leicht. «Nicht ganz meine eigene Erfindung, muß ich dazusagen. Die Pionierarbeit hat man in Port Elizabeth geleistet mit der Schnecke *Helix* –»

«Bitte keine wissenschaftlichen Details!» bat Kramer und schaute um sich. «Ich bin schließlich nur Laie, das wissen Sie doch!»

«Ja, Doc, da hat er recht», sagte van Rensburg.

«Haben Sie etwas verloren, Tromp?»

«Hm, einen ungeöffneten Brief, den ich heute morgen in der Hetze vor dem Gerichtstermin mit hierher gebracht hatte. Es waren Luftpostaufkleber und englische Briefmarken drauf.»

«Ach ja, natürlich, den habe ich aufgehoben und für Sie aufbewahrt», sagte Strydom und fischte den Brief aus seiner Schürzentasche. «Wo sind Sie denn heute abend? Im Landhaus?»

«Hmmm.»

«Nur weil ich Ihnen möglicherweise erste Ergebnisse zu der Sache mit dem Bantuzwerg durchgeben kann.»

«Schön – also dann: Weiter so gute Arbeit, klar?» sagte Kramer von der Tür her. «Nur noch eine Frage: Was passiert bei einer Probe Kapblut? Sie wissen schon – gemischtem Blut?»

«*Yirra!*» sagte van Rensburg und drehte sich bestürzt zu seinem Mentor um.

Zondi blieb diskret neben dem Auto stehen, schwatzte mit Nxumalo und teilte sich eine Zigarette mit ihm, während Kramer den Brief las, den er einigermaßen beklommen geöffnet hatte.

Lieber Tromp,
entschuldigen Sie meine Schrift, aber ich sitze gerade im Wartezimmer der Entbindungsstation des Städtischen Krankenhauses von Southampton – kein Wunder. Tish muß irgendwelche Untersuchungen oder so was über sich ergehen lassen. Sie möchte, daß ich Ihnen mitteile, wie gut sich alles gefügt hat, seit wir wieder zu Hause sind, und läßt Sie herzlich grüßen. Sie haben uns beiden eine Lehre erteilt, das steht fest. Ich hätte nie gedacht, daß ich sie zurückbekomme – Tag für Tag habe ich gebettelt und gefleht. Ich habe sogar das Fräulein Smørgasbord aus dem Fitneßcenter mitgezerrt und blind schwören lassen, daß wir es nicht in der Sauna miteinander getrieben haben. Das ist jetzt alles vorbei. Und nicht nur das – Tish sagt ganz richtig, es gibt eigentlich nichts Schöneres als ein Zuhause, also zum Teufel mit dem Dolce vita, alter Freund! Übrigens wird es Sie vielleicht interessieren, daß ich in meinem neuen Salon kreuzbrav sein werde. Dafür habe ich natürlich meine Gründe. Was mache ich, wenn in ein paar Monaten ein sehr *maskulines Baby hier in Southampton geboren wird und auf Afrikaans nach seiner Flasche schreit? Wahrscheinlich werde ich das Kauderwelsch doch noch lernen müssen, und bis dahin, alter Kumpel, haben Sie ein bißchen was zum Nachdenken. Tausend Dank!*

Ihr ergebenster Jonty Hayes

«*Hayes!*»

«Ja, Lieutenant?» fragte Zondi und kam ans Wagenfenster. «Wollen Sie jetzt fahren?»

Kramer nickte, lachte und sah wieder den Brief an, in dem eine Menge zwischen den Zeilen stand. «Da hätten wir mal ein typisches Beispiel dafür, daß Vorurteile bei diesem Job nichts bringen», sagte er, als Zondi sich hinter das Steuer geklemmt hatte und den Motor anließ. «Oder hättest du gedacht, daß ein schwuler Frisör noch einen Nachnamen hat?»

«Boß? Haben Sie irgend etwas verbockt?» fragte Zondi mit Besorgnis in der Stimme. «Ist dieser Brief –?»

«Nein, es war schon in Ordnung so, nehme ich mal an», sagte Kramer und steckte den Brief in die Tasche, damit die Witwe Fourie ihn lesen konnte. «Und nun nach Kwela Village, Mickey, durch den Park bitte, und schon die Pferde nicht!»

Linda Barnes

«Carlotta Carlyle ist eine großartige Bereicherung der schnell wachsenden Gruppe intelligenter, witziger, verführerischer, tougher, aber dennoch verwundbarer Privatdetektivinnen ...»
The Times

Carlotta steigt ein
(thriller 2917)
Carlotta Carlyle, Privatdetektivin, Ex–Cop und Hin–und–wieder–Taxifahrerin, bekommt von der alten Dame Margaret Devens den Auftrag deren spurlos verschwundenen Bruder zu suchen...
«Linda Barnes' Stil gefällt mir ungemein gut: klar, straff und aufregend.»
Tony Hillermann

Carlotta fängt Schlangen
(thriller 2959)
Zwei Fälle halten Carlotta in Atem: in Fall 1 sucht sie im Auftrag ihres kürzlich suspendierten Freundes Mooney eine Entlastungszeugin. Hauptmerkmale: Wasserstoff–Blondine, attraktive Nutte, Schlangen–Tätowierung. Fall 2 beschert ihr eine halbwüchsige Ausreißerin, Tochter aus gutem Hause und Schülerin der ebenso teuren wie angesehenen Emmerson–Privatschule. In beiden Fällen führen die Spuren in Bostons üblen Rotlichtbezirk.

Früchte der Gier *Ein Michael Spraggue-Roman*
(thriller 3029)
Michael Spraggue, Schauspieler und Detektiv (auch wenn seine Lizenz schon abgelaufen ist) bekommt es in seinem ersten Fall mit gleich drei Kofferraum–Leichen zu tun.

rororo thriller

Marathon des Todes
(thriller 3040)
Jemand will die Wahl von Senator Donagher verhindern und Spraggue einen Mord...

Blut will Blut
(thriller 3064)
Wer goß Blut in den Bloody Mary, wer enthauptete Puppen und Fledermäuse? Und wer legte den toten Raben ins Büro des Theaterdirektor? Michael Spraggue wird wieder einmal gefordert.

Im Wunderlich Verlag ist erschienen:

Carlotta jagt den Coyoten
Roman
288 Seiten. Gebunden

Carlotta spielt den Blues
Roman
288 Seiten. Gebunden

rororo thriller wird herausgegeben von Bernd Jost. Ein Gesamtverzeichnis der Reihe finden Sie in der *Rowohlt Revue*. Jedes Vierteljahr neu. Kostenlos in Ihrer Buchhandlung.

3025/2

Jerry Oster

Jerry Oster arbeitete viele Jahre als Journalist und Filmkritiker in New York, bevor er begann, Bücher zu schreiben. Die *New York Times* bezeichnet ihn als den besten Krimiautor der letzten Jahre.

Saint Mike
(thriller 2924)
Susan Van Meter ist ein Undercover-Narco. Deckname: Saint Mike. Ihr Mann hat an einem brisanten Fall gearbeitet, bis er von einer unbekannten Schönen eiskalt hingerichtet wurde. Saint Mike muß diesen Fall aufklären.

Death Story
(thriller 3011)
Herzschuß. Der Mittelfinger ist abgetrennt und steckt im Mund der Leiche. An der Wand prangt kryptisch das Graffiti: Raleigh... Kein leichter Job für Joe Cullen, denn er muß gegen Kollegen ermitteln.

Violent Love
(thriller 3037)
Die New Yorker Intellektuellen–Schickeria trägt eine der Ihren zu Grabe, es ist die brutal ermordete Maklerin Karin Justice... Ein neuer Fall für Detective Joe Cullen.

Nowhere Man
(thriller 2925)
Der dritte Gedanke des Joggers war sein letzter, denn das, was die Gestalt ihm entgegenhielt, war kein wertloses Schmuckstück, auch keine Hand, die ihn stoppen wollte, sondern eine Pistole. Die Kugel schlug ein Loch in seine Stirn und beendete das Denken...

rororo thriller

Dschungelkampf
(thriller 2773)
In der U–Bahn stirbt Carlos Pabon mit einem Loch in der Stirn. Die Zeitungen reden vom «Samariter-Killer», denn Pabon war ein mieser und kaputter streetboy. Weitere Morde passieren . Detective Jake Neumann und sein Partner setzen sich auf die Spur...

rororo thriller wird herausgegen von Bernd Jost. Ein Gesamtverzeichnis der Reihe finden Sie in der *Rowohlt Revue.* Jedes Vierteljahr neu. Kostenlos in Ihrer Buchhandlung.

3026/2

Serientäter

Robert Brack
Die siebte Hölle
(thriller 2941)
Oldtimer bringen's besser als Bücher, meint der bankrotte Buchhändler Jercy Pacula, und überführt zwei Limousinen nach Lissabon...
Schwere Kaliber
(thriller 2967)
Psychofieber
(thriller 3058)

Frank Göhre
Schnelles Geld
(thriller 3048)
Der erste, seit Jahren vergriffene Kriminalroman von Frank Göhre, der mit mehreren Literaturpreisen ausgezeichnet wurde und als Kinofilm Beachtung fand. Neu bearbeitet und wesentlich erweitert.
Der Tod des Samurai
(thriller 2832)
Ein Thriller über organisiertes Verbrechen in Hamburg.
Der Tanz des Skorpions
(thriller 3025)
Letzte Station vor Einbruch der Dunkelheit
(thriller 2795)
Der Schrei des Schmetterlings
(thriller 2759)

Daniel Pennac
Wenn nette alte Damen schießen...
In Belleville, dem Kreuzberg von Paris, schneidet ein erbarmungsloser Killer armseligen Rentnern die Kehlen durch. Angst macht sich breit, gefolgt von einer kräftigen Paranoia. Ausgezeichnet mit dem «Prix Mystère de la critique».
(thriller 2921)
Königin Zabos Sündenbock
(thriller 3003)

rororo thriller

30 Jahre thriller Jubiläums-Lesebuch
(thriller 3030)
Dieser Jubiläumsband präsentiert einen opulenten Querschnitt durch die Geschichte der rororo thriller- Reihe und bietet literarischen Nervenkitzel pur. Die Palette internationaler Autoren gleicht einem Who is Who der Kriminalliteratur.

Pacio Ignacio Taibo II
Der melancholische Detektiv *Drei Fälle für Héctor Belascoarán Shayne*
(thriller 3039)
Der Boxer Angel, Freund von Detektiv Héctor Belascoarán, wird beim Training im Ring von einem Unbekannten erschossen. Mögliches Motiv: eine alte Rivalität um eine Frau... Taibo liefert nicht nur ungewöhnliche Stories, sondern ein dichtes Bild von Mexiko, seiner Atmosphäre, seinen Problemen und seiner Faszination.
Das bizarre Leben
(thriller 2940)
Comeback für einen Toten
(thriller 3019)